Escalier B, Paris 12

PIERRE LUNÈRE

Escalier B, Paris 12

Comédie policière

Harper
Collins

HARPERCOLLINS FRANCE
83-85, boulevard Vincent-Auriol, 75646 PARIS CEDEX 13
Tél. : 01 42 16 63 63

www.harpercollins.fr

ISBN 979-1-0339-0266-9

1

Aucune envie qu'on m'emmerde un dimanche. J'ai ce pékinois albinos sur les bras. Tellement laid qu'il en devient mignon. Les yeux bleus y sont pour beaucoup. Ma chienne a une âme, lui je ne sais pas encore. Un week-end. Je pars seulement *un* week-end, je laisse Twiggy à Dolorès et voilà le résultat. Ma Twiggy enceinte.

Dolorès passe tout son fric en cosmétiques et ravalement de façade, si je lui file le chiot de son rejeton, elle ne va pas le garder. « J'en ai un, tu penses, ça me suffit chéri. » Cris n'en veut pas non plus, Sophie a déjà ses quatre clébards et Dorothée est allergique, soi-disant. Je passe des coups de fil à droite à gauche depuis ce matin. J'hésite à mettre sa photo sur Facebook. Faut que je lui trouve une famille à ce chiot, et vite. Pour dépanner, je vais accepter la proposition de Danny ; je le file à sa fille en attendant de trouver acquéreur. Je ne suis pas censé travailler le dimanche, qu'on soit très clairs. Sauf que c'est la troisième fois qu'on me dérange. Ça commence à devenir lourd.

18 h 45 : Rita du troisième sonne à ma loge. Elle se plaint des allées et venues d'hommes bizarres dans les escaliers. De sa fenêtre, elle a bien vu une grosse camionnette noire se garer n'importe comment, c'est sûrement la leur. Ils sont trois et en jogging. Je rappelle à Rita que le jogging, c'est le jean de notre époque. Rien de louche là-dedans. Rita apaisée.

Coup de fil à 19 h 30 : M. Dijoud, du deuxième étage. Sa femme, Pascaline, s'inquiète que *ces gens* rayent la cage d'escalier avec les gros meubles qu'ils font passer. Quelques questions et je recolle les morceaux. Bien sûr : l'appartement du quatrième gauche est vide, les Hamid sont partis s'installer à Nice pour être plus près de la belle-mère en état de décomposition avancée. Le nouveau locataire nous fait le coup du déménagement dominical. Encore un petit con qui va ruiner ma tranquillité. Un regard vers sainte Sarah. Je me calme. Un coup de plumeau s'impose ou elle va devenir aussi blanche que moi. Est-ce que ça sent le chien ? Avec la fortune que je dépense en vaporisateur, il n'y a pas intérêt.

19 h 55. C'est la goutte d'eau. La voisine du quatrième face frappe à ma porte. Trois coups. Elle doit trouver ça plus solennel. Je pourrais faire le mort. J'ai tout à fait pu sortir pour m'acheter un dessert, par exemple. J'hésite quelques secondes. Ouvrir, ne pas ouvrir. Comme d'habitude, je cède.

— Madame Keller, vous savez que le syndic m'a fait installer une sonnette à grands frais ? C'est vous qui l'avez payée, avec *vos* charges. Ne pas l'utiliser, c'est du gâchis pur et simple.

— Monsieur Pierre, j'appelle la police ! On n'a pas le droit de faire ça, un remue-ménage pareil un dimanche ! Les murs, vous savez bien, c'est du papier à cigarette ! Déjà ils ont grimpé les cartons, ils ont fait un boucan pas possible, je n'ai rien dit. Mais là ? Il va se passer quoi ? Ils vont bouger les meubles jusqu'à minuit ? C'est un manque de respect ! Il faut faire quelque chose !

Il y a une brigade juste à côté, à quelques mètres, une super-pâtisserie nous sépare. Je connais suffisamment les méthodes de Mme Keller pour savoir qu'elle ne fait pas semblant. Si je n'interviens pas, elle est vraiment capable de les appeler. Elle ne se demande jamais si passer l'aspirateur trois fois par jour (après chaque repas, un cas de maniaquerie avancée) et lancer autant de machines emmerdent ou non ses voisins. Évidemment.

Je promets à cette chieuse d'agir rapidement. Je dis *chieuse* mais c'est affectueux, pas méchante Mme Keller, juste psychorigide et c'est un genre très répandu. Parfois j'ai envie de lui dire que c'est fini tout ça, c'est derrière elle. Je l'ai *vue* s'occuper de sa mère, lui donner la becquée comme à un gosse, la laver, sa vieille mère qui gerbait à n'en plus finir. Sans doute une maladie. Sénilité ? En tout cas elle lave sa mère à répétition, ça je le vois très clairement, et du coup elle se sent sale, la Keller. Elle lave son passé, difficile de lui en vouloir.

Je la congédie en douceur, j'enfile une paire de baskets – monter en charentaises pour un premier contact, moyen. Je demande à Danny de veiller sur le petit en mon absence. Fidèle Danny. Colocataire malgré elle. Elle me suit depuis des années. Du coup sa cuisine aussi, ça c'est déjà plus problématique. Ceci dit, ces derniers temps j'évite de critiquer, d'autant que si sa fille accepte d'héberger le chiot, je lui dois un peu de tolérance.

Vibration de mon téléphone. Le pro. C'est le beau gosse du cinquième qui m'envoie trois SMS de suite. Ces petits jeunes ne savent pas condenser leur pensée.

y'a un problème en dessous ?
j'ai entendu des bruits genre marteau
on est dimanche = interdit non ????!!!

L'ascenseur est encore en panne. J'ai pas eu le temps de mettre un panneau, il faut absolument que je pense à le faire en redescendant. Ils ont dit qu'ils intervenaient quand ? Fin de journée lundi je crois. Ça me fait chier de me taper ces quatre étages. Et en plus un dimanche.

Je reprends mon souffle et roule mes épaules bien en arrière. Avoir l'air décontracté mais un poil autoritaire histoire de le calmer vite fait. Rester très poli mais bien lui rappeler qui commande ici. Et qu'il n'a pas intérêt à m'obliger à me déplacer une seconde fois. Je sonne. Mon Dieu, le paillasson. *J'aime le Sud*. Avec une cigale dans le coin supérieur gauche. Ring' à souhait.

— Entrez, c'est ouvert !

Effectivement. Je pousse à peine la porte et tombe sur une bonne femme en T-shirt cra-cra et salopette moulante en train de boire à la bouteille du Coca Zéro. Un petit marteau dans sa main libre.

— Attention !!!

Je me précipite juste à temps pour retenir l'étagère vide avant qu'elle ne lui tombe dessus.

— Merde ! Je me disais bien que le sol n'était pas totalement droit !

— C'est pas le sol qui est penché, c'est votre étagère qui est montée n'importe comment ! Mais qu'est-ce que c'est que... Regardez ! Vous ne vous êtes pas demandé ce que c'était, ce petit truc-là ?

— Si si, ça fait partie du kit mais je savais pas trop où le mettre...

J'ai ma petite idée sur la question mais je la garde pour moi. Pas encore assez intimes.

Nous avons tous les deux les bras en hauteur, pour plaquer l'étagère contre le mur.

— On va la faire basculer sur le sol, d'accord ? Ensuite, je vais vous aider à la remonter correctement.

Elle s'exécute et me regarde comme si j'étais le Christ avant de me tendre une main franche :

— Marion-Lara Martinez. Je suis votre nouvelle voisine. Vous habitez sur le palier ?

— Pierre. Je suis le concierge. Ou le gardien, si vous préférez. Et je viens vous féliciter parce que déménager un dimanche soir, pour vous faire des petits copains dans l'immeuble, c'est la bonne idée du siècle.

Je vois passer dans son regard une lueur d'inquiétude. Cette fille ne veut pas d'ennuis. Et qu'on ne l'aime pas dans l'immeuble l'affecterait réellement. Belle âme. Encore un peu verte. Mais belle âme. La trentaine passée. Joli sourire. Regard intéressant. Un peu trop maquillée pour un déménagement peut-être.

— J'ai encore mon lit à monter, y'a tellement de lattes dans ce machin que je ne sais pas par où commencer. Mais si vous me dites qu'il est vraiment trop tard, je peux dormir à même le sol, vraiment.

Elle me fait le coup de la victimisation. Je prends une profonde inspiration.

— Allez, montrez-moi ces lattes et qu'on en finisse.

Un lit, une penderie, deux ampoules et un branchement de machine à laver plus tard, je regagne enfin ma loge. Évidemment, j'ai encore plusieurs textos et appels en absence, nouvelles plaintes de l'immeuble. J'avais bien l'intention de la remettre en place mais les déménageurs étaient repartis, je n'allais pas laisser cette pauvre gamine toute seule. Elle m'aurait fait deux fois plus de bruit.

Comme il est 21 h 15, je n'ai plus la foi de ressortir. Personne ne mord pour le chiot et… Ah oui, Sophie me proposait de passer pour un apéro. Même plus le temps de voir ma grande amie de toujours. Je vais rester plutôt tranquille. La journée a déjà été costaud, et tout ce dont j'aurais besoin, c'est d'un peu de solitude. Mais je vais me contenter d'un Delon-Drucker en replay avec ma Danny. Le micro-ondes m'avertit que la barquette de riz cantonais est à température idéale, je m'affale sur le canapé d'angle. Bien en face du petit Christ en croix de mon grand-père. Ah, mon grand-père, c'était un dur. La rumeur dit qu'il fouettait le gardien de sa propriété avec un nerf de bœuf… Je me demande souvent s'il aurait apprécié l'ironie de ma situation.

J'ai à peine le temps de réfléchir à mon dessert. Le sort s'acharne contre moi. Cette fois-ci, je vais gueuler.

— Je voulais vous remercier pour votre aide, et pardon il est tard, elle est sympa la sonnette.

J'essaye d'afficher le regard le plus neutre possible. La môme fixe d'un air interloqué mon pan de mur azur pétant avant de poursuivre son monologue.

— Je me demandais, enfin ça va peut-être vous surprendre, mais la semaine prochaine j'ai un mariage à Versailles.

Twiggy se glisse entre mes jambes et se met à lécher les orteils de Marion-Lara – la malheureuse est en tongs roses. Elle demeure absolument imperturbable.

— C'est une cousine du côté paternel. Honnêtement, je viens d'arriver à Paris, je ne connais personne. La plupart des invités, je ne les ai pas revus depuis au moins dix ans et m'afficher toute seule devant eux… On n'aura qu'à dire que vous êtes…

— Attendez, attendez, vous voulez… que je vous accompagne ? Je veux bien arroser votre collection de cactus pendant votre absence. Mais ma générosité s'arrête là.

— J'ai pas de plantes vertes, en fait. Je viens d'envoyer un texto pour dire que je venais accompagnée. Pitié, me lâchez pas.

— Vous savez que c'est totalement inconscient de proposer ça à un homme rencontré il y a une heure ? En plus, vous me mettez devant le fait accompli, c'est extrêmement désagréable… Qu'est-ce qui vous dit que je suis quelqu'un de fréquentable ?

— Vous êtes venu m'aider tout à l'heure et… il est bizarre, votre chien.

— Je suis venu vous demander de cesser d'importuner le voisinage. Mon aide était purement accidentelle. Et c'est une chienne.

— De toute façon, si vous êtes un sale type, j'ai les moyens de vous empêcher de me nuire.

— Vous êtes la fille du directeur du syndic ?

— Je suis dans la police.

2

Je n'ai jamais développé d'allergie aux flics. Mais en l'occurrence, ils sont vraiment trop nombreux. Dans l'ensemble, plutôt bas du front. Et ça me stresse. J'en vois trois probablement déjà bien éméchés qui jouent à se photographier la raie ou les parties (saine alternance) avec leur portable. Dire que tout ça finira sur le mur Facebook des mariés... adorables d'ailleurs, la cousine esthéticienne et son mari, flic donc, d'où le nombre record de poulets pour un mariage.

J'ai rapidement compris quelque chose au sujet de Marion-Lara. Cette petite est une vraie pénible. Elle m'a littéralement harcelé. Le matin, elle doit démarrer aussi tôt que moi, elle me croisait en plein passage de serpillière dans le hall et, marchant sur la pointe des pieds (tous les locataires qui veulent marquer leur respect profond pour mon travail le font), me saluait en ponctuant son sourire d'un « Vous ne m'oubliez pas, samedi. » Ce n'était pas une question, plutôt une tentative d'intimidation. Moi, j'aime pas qu'on me fasse chier, mais il faut reconnaître qu'avec sa bonne bouille et ses attitudes de cagole, elle avait quand même tout pour me séduire. Et je me suis laissé faire, comme un con.

Je vérifie mon portable entre deux choux de pièce montée – faut que j'arrête le sucre. Une connaissance de Sophie a trouvé le chiot craquant. Pourvu qu'elle craque pour de bon, j'en ai rien à foutre des compliments, ce que je veux, c'est qu'il parte, merde. Apparemment elle habite un intérieur blanc épuré, à la suédoise, et elle trouve que le chien ferait bien dedans. Y'a quand même des connes.

La gosse m'a eu en beauté. Le jeudi soir, je sentais que son « Vous ne m'oubliez pas, samedi » sonnait plus crispé que d'habitude, je l'ai donc rassurée, parce que je suis un gars sympa. J'ai promis. Vendredi soir, elle a sonné à ma loge avec une bouteille de Prosecco et un cactus miniature dans un pot azur criard.

— Je ne bois plus. Et le cactus, je vous préviens, il va crever.

— Prenez-le quand même, je l'ai choisi pour la couleur du vase, c'est assorti à votre mur.

Toujours maquillée à outrance la petite, crème teintée et fard à paupières de couleur, elle doit bien avoir une nuance différente pour chaque jour, j'ai pas vu ça depuis Divine dans *Hairspray*. Je l'invite à rentrer boire sa bouteille, moi je suis au Tang orange ; on me le rapporte du Brésil, c'est chimique comme j'aime, plutôt passer l'arme à gauche pour overdose d'aspartame qu'à cause d'une cirrhose du foie. Très à son aise, elle s'installe dans mon canapé, à peine gênée par les activités frénétiques de Twiggy et du bébé qui étudient l'hôte avant de se décider pour une cuisse chacun et faire mine de s'endormir, la tête sur ses genoux.

— Ils sont pas très beaux, vos chiens.

— Et vous, vous faites très débarquée de votre province.

— Pourquoi vous dites ça ?

— J'hésite entre votre maquillage à la truelle ou votre spontanéité.

— Vous êtes un peu direct, quand même.

— Peut-être, mais en attendant je vous accompagne à ce mariage. Donc vous avez intérêt à vous montrer un peu plus polie à l'égard de mes chiens, sinon j'expliquerai que je vis de ces dames et que vous êtes ma dernière recrue.

— Je suis pas sûre de comprendre.

— Normal, c'est du Audiard, pas de votre génération. Alors j'auditionne pour quel rôle, le fiancé parfait ? À vue de nez, vingt ans nous séparent, ça risque de faire jaser…

Tout en auscultant mon salon sans aucune pudeur, elle explique d'un ton très calme, sans le moindre accent plaintif, qu'elle est fille unique, n'a plus ses parents, pas de petit ami, qu'il lui est difficile d'échapper au mariage de cette cousine avec laquelle elle a passé des vacances sur la Côte quand elle était enfant. Je n'ai jamais trop compris ces femmes qui, à l'heure où il est pourtant établi que l'homme est tout juste utilisable pour son sperme, continuent d'avoir honte d'avouer qu'elles sont célibataires.

Ce matin, nous étions sur le quai du RER C à 9 heures, elle sur des talons de 8 centimètres et dans une minirobe en jean franchement ringarde, moi en costume. La cérémonie à la mairie était courte, le discours du témoin numéro 1 presque tolérable. La métaphore cycliste, « Il reste un dernier col à franchir », du numéro 2, un peu trop poétique pour moi.

Je fais mon show, je décris ma rencontre avec Marion-Lara, moi sortant de la piscine municipale, elle en tenue de flic. Je suis très amoureux, j'essaye de lui passer la bague au doigt depuis plusieurs mois, mais elle me résiste. « D'ailleurs, j'offre une récompense à celle d'entre vous qui parviendra à la faire changer d'avis. » Je sens ma flic se crisper un peu. Il faut dire que je ne donne jamais dans la demi-mesure. La cousine esthéticienne vient prendre son lot de compliments à notre table. Elle est ravie de faire enfin la connaissance du compagnon de sa cousine, plus si éloignée maintenant. Évidemment, je ne suis plus gardien d'immeuble. Je bosse dans le cinéma, m'occupe de sous-titrages. Murmures réjouis autour de la table.

Je note une petite gamine qui vient chercher du réconfort dans les jupes de sa mère, assise à ma droite. Une bourge droguée au yoga, déjà bien entamée, qui me propose de terminer ses choux à la crème, parce qu'elle serait allergique « au gluten du caramel ». J'ai compris au trou normand qu'elle était la sœur aînée de la mariée. La petite Myrtille, prénom à chier, est donc une sorte de nièce ou de cousine au centième degré de ma flic. La mère lui assène de retourner jouer avec la baby-sitter censée s'occuper des douze autres mômes. Quand elle s'éloigne, un drapeau allemand flotte au-dessus de sa tête. Mes visions sont souvent très nettes, mais il m'est quasi impossible d'en faire quoi que ce soit sans un minimum de contexte. Autrement l'image ne peut pas devenir la pièce d'un puzzle, elle reste isolée et elle meurt.

Marion-Lara en a marre d'essuyer les blagues potaches des amis flics du marié et m'entraîne derrière le manoir. Alicia et Christophe, les jeunes époux, ont eu l'idée d'installer un photomaton. Pas de photographe officiel, sauf si j'ai loupé un épisode et qu'un hipster est venu les immortaliser dans les poses les plus mièvres du monde à la sortie de la mairie ; ce n'est pas à exclure. Le photomaton sort trois exemplaires, comme des bandes de négatifs. Trois photos imprimées à la verticale, en noir et blanc. La quatrième reste dans la machine : les tourtereaux récupéreront tout ça à la sortie. Vu le degré d'alcoolémie de la soirée, je n'ose pas imaginer les surprises auxquelles ils auront droit. D'ailleurs, je pense que ma petite protégée a bu plus que sa corpulence ne l'exige, et elle se vautre pratiquement sur moi dans l'espace confiné de la cabine.

Marion-Lara a assez joué. Elle s'enfuit d'une démarche peu alerte vers la piste de danse. On n'échappe pas à *Ça se sent que c'est toi* et *I love rock'n'roll* entrecoupés d'un Claude François. Prestations oubliables par un DJ qui doit l'être encore plus. Je suis obligé d'intervenir quand un gay chauve à l'air prétentieux s'approche d'elle en levant les mains en l'air. Si c'est une chorégraphie, elle paraît agressive. Ma flic danse avec un petit tonneau à l'accent marseillais. La connivence géographique se sent à des kilomètres. Manifestement le petit tonneau est le compagnon du gay chauve. Petit tonneau est probablement bi pour que cela inquiète autant son partenaire. Mais bon, personne ne tombe amoureux sur fond d'Indochine, c'est contre-nature. Pour désamorcer une éventuelle crise, j'emprunte Marion-Lara et amorce quelques pas de danse paresseux, laissant au couple le temps de l'infâme refrain de *L'aventurier* pour quitter la piste et aller s'engueuler comme il se doit derrière la pièce montée.

Ambiance de mariage. Je n'ai jamais vraiment aimé ça. Au moins, le temps est doux pour un soir de mai. La bouffe était bonne. Tout n'est pas perdu.

Plusieurs invitées des tables voisines s'approchent pour me murmurer sur un ton comploteur ou maternel selon les cas qu'elles ont soufflé deux mots à Marion-Lara et « espèrent que cela fera son petit effet ».

Je me décide pour quelques pas dans le parc du manoir loué par les parents des mariés. Petite bâtisse sans prétention mais versaillaise. Un lac, dangereux point d'eau dans un contexte aussi imbibé. À proximité, je croise un groupe d'adolescentes assises dans l'herbe en train de fumer. L'une porte un bébé dans ses bras. Le môme disparaît. C'était juste une vision. L'ado est sans doute la prochaine sur la liste des génitrices de la famille. À moins qu'elle ne se pose la question en ce moment. Une brune à lourd chignon me fait signe d'approcher. Elle m'explique leur ruse ; pour échapper aux vioques, elles ont fauché plusieurs nappes blanches et écrasent gentiment leur cul dans la dentelle. On me tend une clope, je décline. Je ne fume pas non plus. J'ai à peine le temps d'écouter les répliques huilées sur l'hypnose pour essayer d'arrêter, la prise de poids et l'addiction ; ma flic débarque déjà. Elle vient chercher l'amour de sa vie. Marion-Lara a envie de rentrer, et justement Cendrillon va bientôt manquer de fuel pour incarner son personnage. Envie de retrouver ma loge, Twiggy, un dimanche vaseux et paisible si c'est encore permis. Je m'installe à l'arrière d'une bagnole quelconque. Apparemment une tante et son mec nous reconduisent dans le 12e, c'est sur leur route, ils habitent Montreuil. Ma compagne s'attache, sans doute un réflexe de femme de loi, je m'apprête à faire de même quand on cogne violemment contre le pare-brise.

— Sortez de la voiture, vite !

La baby-sitter a été relevée de ses fonctions. Au moment de récupérer leurs mioches, les parents pas si indignes ont constaté qu'il en manquait une à l'appel. Merde. La petite Myrtille.

Un des flics organise des groupes et les répartit sur différentes zones de recherche. J'aperçois un grand blond à la mine hagarde et comprends qu'il s'agit du père. Il n'était pas à ma table. Je suis affecté avec le gay chauve et le Marseillais à la zone du lac. Plusieurs invités éclairent l'eau noire de leur iPhone. On distingue que dalle, peut-être quelques mouvements d'algues ou des remous épars, sans doute causés par des carpes. On remonte vers le manoir, les zones photomaton, parking, tables du dîner et salle de danse ont déjà été fouillées, sans succès. Il reste encore une des ailes de la baraque, fermée pendant la cérémonie, une partie chambres d'hôtes qui ne serait plus aux normes européennes. La décision est prise d'y jeter quand même un coup d'œil. Autour de moi les invités pénètrent dans la dizaine de chambres avec précaution. Ils doivent avoir peur de tomber sur une scène sordide ou un petit cadavre ; ils avancent comme dans du coton, chaque ouverture de porte est hésitante.

La môme ne craint rien. J'en suis sûr, mais je ne peux évidemment le confier à personne.

Il est 4 heures du matin. Après une heure et demie de recherches, les parents appellent enfin la police. Les invités sont tous interrogés, chacun y met du sien en dépit de la fatigue et de l'alcool. Nous laissons nos coordonnées avant de retourner chez nous, on nous demande de nous tenir prêts pour une déposition dans les vingt-quatre heures.

Le couple de Montreuil nous a oubliés. Nous rentrons en RER, il est presque midi. Marion-Lara fixe la vitre pendant tout le trajet, les larmes aux yeux. Arrivés dans le 12e, je l'observe grimper ses quatre étages, ses faux Prada dans une main. Ça me fait chier, je tombe de sommeil, mais elle est tout de même sous le coup de l'émotion et d'un excès d'alcool, alors je grimpe les étages avec elle. Au bout de sa troisième tentative d'ouverture de serrure, la porte s'ouvre et Marion-Lara m'adresse un dernier regard, pas du tout étonnée que je l'ai suivie.

— Reposez-vous bien.

J'hésite. Mais pas longtemps.

— Myrtille, elle… elle va bien. Ne vous inquiétez pas.

3

Il me fatigue, ce Yves.

Si je fais le calcul, j'ai 5 % d'hommes. Après, je les divise en deux catégories. Les homos – mêmes demandes que celles des femmes, leur B.A.ba c'est Bite Amour, bébé et angoisses. Et les businessmen. Intéressés uniquement par leur fric, à savoir, connaître le déroulé de leur carrière (sommet d'altruisme atteint quand le type pose une question sur le bac du fils ou le cancer du sein de l'officielle). Ils viennent me voir comme s'ils allaient à la salle de sport ou à un bilan de compétences. Pour eux ça n'a rien de honteux, et j'imagine qu'ils en parlent très naturellement à leurs collègues, de retour dans leur open space. D'où le phénomène qui veut qu'un cadre dynamique amène systématiquement trois ou quatre femmes dans son sillon. J'appelle ça un business plan.

Depuis ce matin, j'enchaîne. Avant celui-ci, j'ai eu deux autres rendez-vous impossibles à décaler. Besoin de tunes. Je suis coincé dans mon repaire du sixième étage, une chambre de bonne du bâtiment B dont je profite depuis quelques mois. Trois séances de suite, j'aime pas, ça m'oblige à garder un œil sur mon portable pro. D'autant qu'hier j'ai eu un message vocal, cette casse-couilles ne pense même pas à dire son nom, mais j'ai reconnu la voix de crécelle de Bethsabée Diallo. Quoique ça pourrait aussi être sa fille, elles ont le même genre de timbre, ce qui change avec la génération, c'est la taille du derrière. Question contenu, j'ai retenu une histoire obscure d'apparition de tuyau *dans* son appartement. Je dois passer voir ce petit miracle en plomb dans l'après-midi, j'ai promis. La vérité, c'est que ça m'inquiète.

L'immeuble des damnés se réveille. Le plus souvent ça entraîne une sale loi des séries, surtout en période de pleine lune. Le bâtiment B, de l'autre côté du petit jardin, sur lequel donne mon appart mais où les dirigeants du syndic, bouffés par l'appât du gain, envisagent de faire construire une crèche, c'est un peu le pendant satanique du A. Avec huit étages – contre six dans celui de l'immeuble où se trouve ma loge –, autant dire potentiellement huit familles de tarés en plus. Cet immeuble B me pompe beaucoup plus d'énergie que le A. La faute à son entité. Négative. Faudrait que je fasse quelques recherches, parce que les entités sortent rarement de nulle part. Je pense toujours à cette histoire de fontaine des Innocents. J'habitais Châtelet quand j'étais ado, et j'avais beau passer à toutes les heures du jour et de la nuit devant cette fontaine, tout ce que je voyais c'était des toxicos, des paumés accompagnés de bergers allemands aussi perturbés que leur maître. Il y a longtemps, ce sont les lépreux qui venaient y boire. Communauté marginalisée remplacée par une autre. Ça, c'est l'entité. Pas un hasard que cette fontaine ne soit pas devenue le terrain de jeu des Prune et Louison qui poussent leur bateau en bois *made in France* avec papa derrière consultant *L'Obs* sur son iPhone.

En parlant de prénom à chier, ça me fait penser à la gosse. Ma flic est partie au boulot avec une sale trogne hier matin. Mélange pas sympa de gueule de bois et d'inquiétude. Elle m'a regardé d'un air fixe, étrange. Bien sûr, ça a dû lui traverser l'esprit que j'étais peut-être complice dans la disparition de la gosse, avec ma déclaration. Je sais pas ce qui m'a pris de lui révéler que la petite allait bien, mais je me sentais au pied du mur ; garder cette info pour moi, ça me semblait injuste. Je ne pouvais pas laisser Marion-Lara dans cet état.

Le dimanche soir, elle a frappé à ma porte avec insistance. Danny est allée lui ouvrir, pourtant elle aime pas qu'on la dérange pendant le J.T. Moi, j'étais dans le petit jardin, à rêvasser en attendant que Twiggy fasse sa merde. Aux dires de Danny, Marion-Lara l'a dévisagée avec un drôle d'air. Il faut dire que ma Danny surprend toujours. On se demande si c'est ma meuf – un peu vieille –, ma mère – un peu jeune –, ou un genre de malédiction qui me serait tombé dessus très jeune ; la sœur dont j'ai hérité et que je dois choyer pour le restant de mes jours, sous peine de mourir écrasé par le poids de ma propre culpabilité. Je préfère broder autour de cette troisième option, d'abord parce que ça me laisse plus de liberté, ensuite parce que faire enrager Danny, j'adore.

Donc, la Marion-Lara demande à me voir. Elle me rejoint dans le jardin, affiche une mine dégoûtée parce que je ramasse après Twiggy. Ma Twiggy, c'est un genre raffiné. L'idée de retrouver sa crotte là où elle l'a laissée la veille, ça la révolte. Je tâche de lui épargner ça.

— Pourquoi vous avez dit ça hier ?

— Hum ?

— Me prenez pas pour une demeurée. S'il vous plaît.

— C'est vrai qu'entre futurs époux, ça ne se fait pas.

Pour incarner nos rôles à la perfection, nous étions passés au tutoiement hier. La facilité avec laquelle elle est revenue au vouvoiement m'indique qu'elle est de mauvais poil.

— Comment vous le savez ? Qu'elle va bien ? Pourquoi vous dites ça ? C'est quoi, une formule ? Une façon de me rassurer ? Vous savez que c'est sérieux, ce qui se passe ? Les invités sont passés au crible, en ce moment ils terminent d'étudier les photos...

— Du photomaton ? La police a une piste ?

— Oui. Les trois types qui n'ont pas arrêté d'exhiber leur cul. Ils étaient à la table voisine, me dites pas que vous les avez loupés.

Non, chérie, je loupe rarement l'occasion de mater du vieux cul de poulet...

— Ouais, et alors ? Quel rapport avec votre nièce ?

— Ils ont fait une séance de photomaton avec Myrtille. Et vu leur comportement pendant toute la soirée, on n'écarte pas l'hypothèse péd...

J'ai une flic qui pleure dans mon jardin, enfin, celui de la copro, mais c'est pareil. Elle se ressaisit presque aussitôt. Heureusement, parce que ça me gonfle, une nana qui pleure, je ne supporte pas les reniflements et ça stresse Twiggy.

— ... Pardon. On n'écarte pas l'hypothèse pédophile, donc. Excusez-moi. Ça va passer...

(Elle s'essuie à demi dans sa manche. Ça me permet de remarquer qu'elle est en costume de flic. Tentative d'intimidation ?)

— ... Bref, je venais vous voir parce que je veux savoir pourquoi vous m'avez dit qu'elle allait bien hier. Soit vous savez quelque chose et vous êtes capable de m'expliquer le pourquoi du comment. Soit je vais être obligée de vous dénoncer pour non-transmission d'un témoignage probablement crucial.

Si sa carrière ne démarre pas, elle pourra au moins prendre la relève de Corinne Letouze à la télé. Même façon dramatique d'accentuer le mot « crucial ». Danny va adorer.

Je suis obligé de mettre ma flic à la porte. J'ai consacré mon lundi à régler des problèmes de parking et d'eau chaude, je n'ai pas l'énergie de raconter maintenant à cette jeune femme qui je suis et pourquoi elle peut avoir confiance en ma déclaration de l'autre soir. Je me contente donc de la raccompagner en passant par ma loge et en dérangeant Danny, qui décoche un regard noir à Marion-Lara, sans doute parce qu'à deux nous lui ôtons cinq secondes de Pujadas, autant dire de pur fantasme. La môme tente une dernière fois de me faire céder, les deux mains agrippées à la porte. Comme si je n'allais pas oser la lui claquer sur les doigts si elle refuse de me lâcher la grappe.

— Dites-le-moi. Dites-moi comment vous savez que Myrtille n'a rien à craindre. S'il vous plaît.

Ça doit être son « S'il vous plaît » qui m'achève. J'ai encore un peu de cœur, merde.

— Ma petite Marion-Lara. Vous voyez votre concierge ? Ah non, faites-moi le plaisir de ne pas me reprendre. Si je dis « concierge », je dis « concierge », d'accord ? Donc, niveau échelle sociale, vous vous dites que j'ai déjà touché le fond ? Qu'on ne peut pas faire pire ? Alors, faisons dans le mystère. Ça vous va ? Je suis aussi voyant, médium, appelez ça comme vous voulez.

Et sur cette révélation généreuse de ma part, je réussis à lui rabattre la porte à la gueule.

J'essaye de me recentrer sur mon rendez-vous. Le mec parle depuis tout à l'heure en fixant les premières cartes qu'il a tirées. Si je résume. À 8 heures, j'ai commencé avec le startupeur dont la jeune épouse russe est malade. J'ai vu beaucoup de choses en fixant la photo de sa nana, mais pas la maladie. J'en ai déduit que sa femme avait un futur. À 9 h 30 j'ai enchaîné avec ce gay très touchant. La quarantaine et déjà entièrement refait. Une teinture bizarre, « noir intense » ou une nuance du genre. Obsédé par le sain, le jeune. Même la peau de ses couilles doit avoir été retendue. Je comprends vite la chose. Il évoque un amant beaucoup plus jeune que lui, vingt-deux ans, profil à la con. Je vois parfaitement la tournure que ça va prendre : dans deux, trois ans maximum, le jeune en a marre de son mentor et se casse. Mais l'homme que j'ai en face de moi, qui passe son temps à se lisser la peau des mains, tic assez cohérent avec sa personne, est trop fragile pour l'entendre. Certaines personnes ne sont pas là pour que je leur dise ce que je vois mais pour que je les rassure uniquement. Le voyant a cet avantage qu'il est moins intrusif qu'une mère et moins branlette intello que Freud.

En tout cas, à 11 heures, j'ai su que j'avais merdé. Déjà lors du premier contact téléphonique, la semaine dernière, j'ai eu un doute. La voix laisse une marge d'erreur, sans un visage je peux encore me tromper. Mais maintenant que j'ai Yves en face de moi, je sais. Il entre dans la catégorie des 1 %.

Les 1 %. Les déséquilibrés. En relation directe avec les ovnis (c'est le cas de notre Yves), le Christ ou l'arrière-grand-mère qui suce les pissenlits par la racine depuis un bail. Les 1 % nécessitent de la fermeté. J'adopte une attitude qui ne laisse pas place au débordement, un savant mélange de détachement et d'autorité. Je me tais et j'aboie. Je me tais et j'aboie. Sans oublier la règle d'or : toujours les faire payer avant.

Yves fixe les cartes depuis quinze longues minutes en tremblant. Je chasse mes pensées pour mieux aider ce pauvre homme à sortir de sa torpeur et libérer ma fin de matinée. J'ai la dalle. Je commence ma cure de raisins demain, autant bien se remplir avant. Je dois résister à la tentation de crier à Yves qu'il ferait mieux d'arrêter la raie au milieu au lieu de chercher des preuves que la NASA « nous cache des choses essentielles à la connaissance de notre espèce ». Je le laisse retourner à ses études sur le chaînon manquant entre le singe et l'homme. Je compte jusqu'à 30. Histoire qu'il soit bien reparti. Aucun client ne doit savoir que je vis dans cet immeuble. Les normaux me harcèleraient et les 1 % pourraient vouloir ma peau. On n'imagine pas comme la voyance est un métier à risque. J'envoie régulièrement des partenaires infidèles au pilori, je démasque les hypocrites et je ravive les blessures familiales. Alors, c'est vrai, je n'inspire pas que du bien. Le Superman de l'occulte.

Je me fais un déj mono-aliment. J'engloutis trois Paris-Brest. Sont pas mal. Il me faut bien ça pour avoir le courage d'affronter Diallo mère ou fille. À 16 h 30, je sonne au quatrième. C'est Bethsabée qui m'ouvre la porte.

— Monsieur Pierre !

— Pierre tout court, je préfère, sinon j'ai la nostalgie de mes années mac.

— Monsieur Pierre, c'est très délicat à vous de vous être déplacé. Je suis confuse de vous déranger mais je suis vraiment très inquiète. C'est à cause des locataires de l'appartement du dessus. Je suis obligée de vous faire rentrer pour que vous puissiez juger le problème par vous-même. Surtout, je vous demanderai de bien vouloir chuchoter. Ici les murs ont des oreilles.

Bethsabée désigne un ancien tuyau en plomb, dans l'angle gauche de son couloir. A priori chaque appartement a le même. Sauf qu'elle soutient qu'il date de cette nuit.

— Le tuyau que vous avez devant vous, monsieur Pierre, est apparu il y a maintenant vingt-quatre heures. Il est le résultat de ce que nous appelons « un envoûtement ». Au vu de la nationalité de mes voisins du dessus, il s'agit sans nul doute d'un envoûtement chinois. Vous n'imaginez pas sa force. L'envoûtement chinois, nous en parlions justement avec mon amie Andrée, du Coccinelle Daumesnil, pas plus tard qu'hier. On mesure assez mal sa puissance. Il faut faire quelque chose. Je vais avoir besoin de votre aide et de votre soutien, monsieur Pierre.

Je promets à Mme Diallo que je vais revenir les voir, elle et Mimosa, sa fille. Elle est aide-soignante, et, à part le fait qu'elle vit encore chez sa mère à trente-cinq ans, elle m'a l'air d'avoir la tête sur les épaules. On ne sera pas trop de trois contre l'envoûtement chinois. Avant de partir, je prends en photo le tuyau de plomb avec mon iPhone parce qu'il est plus neuf que le sien et que ça la rassure qu'il y ait des « preuves en images ».

*
* *

J'ai ma soirée. Je savoure ces rares jours de la semaine sans Danny. Elle dort chez une copine, Teresa ou un truc en A. À l'entendre, elle se fait des nouvelles amies toutes les semaines. Que voulez-vous ? Charisme indémodable. Twiggy et moi on va en profiter pour se mater des vieux films. Ce chien a une putain d'âme cinéphile, chaque fois ça m'épate.

On est en plein dans *Cul-de-sac*. Françoise Dorléac est sublime et survoltée mais sa réplique est interrompue par la sonnette. Techniquement, à partir de 20 heures, je ne réponds plus de rien. La locataire qui m'oblige à lever le cul à cette heure va en prendre pour son grade.

— Écoutez, si vous savez quelque chose avec votre machin de voyance, il faut nous aider.

— C'est un peu formel, comme entrée en matière, Marion-Lara.

— Pierre. Je suis sérieuse. La police a zéro piste pour le moment.

Je vois qu'elle dit encore « la police » au lieu de « nous » ou « on ». Sa carrière va rester au point mort.

— Pour tout vous avouer, je suis censée être à fond sur un gros dossier que mon boss m'a donné, mais je ne pense qu'à Myrtille.

J'ai l'image d'un type un peu gras, beaucoup de gel dans peu de cheveux. Ça doit être le boss en question. Il gueule. Il parle avec d'autres collègues. Je vois. Il se fout d'elle. M'est avis que le gros dossier n'est qu'une façon de tenir gentiment la débarquée de sa province à l'écart.

— S'il vous plaît, Pierre !

Elle a enfilé un peignoir sur sa nuisette Hello Kitty, le tout rehaussé par des Crocs. J'espère que c'est simplement parce qu'elle n'a pas encore ouvert tous ses cartons.

— Je peux essayer, mais il va me falloir des photos. Celles du photomaton, vous pouvez me les avoir ?

— Si je demande à ma cousine de me les scanner maintenant, elle va le faire, j'en suis sûre. Vous montez chez moi ? C'est encore le bordel, vous ferez pas gaffe, et j'ai de la bière aromatisée.

— Je ne bois toujours pas. Allez, montez me ranger votre appartement, je supporte mal le désordre, ça m'empêche de travailler.

Angoisse.

Angoisse.

Angoisse.

Tiens… la Voix s'était faite discrète ces derniers jours. Trop de demandes peut-être, au bout d'un moment ça la gonfle, mais ausculter l'esprit de Marion-Lara semble lui tenir à cœur. Décidément, cette flic a le don de monopoliser l'attention.

4

Je ne pratique pas la consultation à domicile. Je ne suis pas à un coach à la con. Les gens veulent me voir ? Ils se déplacent. J'ai besoin d'un lieu neutre, je ne reçois pas chez moi. Question d'intimité. La chambre de bonne du sixième n'est peut-être pas le Pérou, mais ça me permet de ne pas mélanger les genres. Alors ma flic qui me fait venir chez elle, c'est le pompon. En même temps, une gosse qui disparaît, j'admets, ça demande un peu de souplesse, j'ai encore un cœur, merde !

J'ai pris un quart d'heure, le temps de rassurer Twiggy qui n'aime pas spécialement que je fasse le mur et histoire que la gosse puisse arranger ses affaires intimes, déjà que la nuisette Hello Kitty m'angoisse…

Un jour je serai gardien dans un immeuble de deux étages, ça m'évitera de faire du sport à des heures indues. Passé la porte, je manque de m'évanouir. Pourtant j'aime le kitsch, c'est même une référence esthétique chez moi, mais les lustres à pampilles arc-en-ciel et l'abat-jour Marilyne, ça excède largement ce que je peux supporter. Quant au petit tapis en faux poil de lama parme au sol, j'appelle ça du délire. L'ensemble du salon est tout à fait *too much*. Et l'ambiance peu propice à éveiller ma bonté d'âme. Sans compter les piles de cartons dans chaque coin.

— Le salon n'est pas grand mais vous voyez, j'ai improvisé une sorte de petit bureau. Ça vous va si on s'installe là ? Devant mon ordi ? C'est un vieux PC mais il fonctionne.

Marion-Lara m'a servi un jus d'orange.

— Je ne bois pas d'excitant après 17 heures, mais ça me touche.

— Vous préférez un déca ?

— Je préfère qu'on s'y mette.

Elle m'installe à ses côtés, sur un tabouret en plastique vert d'eau. Je reluque le sien, même teinte, pas de jaloux. Le vieux coucou s'allume dans un bruit de réacteur, ça prend des plombes.

— Ma cousine Alicia vient de tout m'envoyer par mail. Voyons voir....

Le fichier est énorme. La faute au photomaton qui a eu un succès fou. Deux cent cinquante petites bandes au total, à multiplier par les trois poses qu'autorise une seule bande. Les invités s'en sont donné à cœur joie. J'ai une pensée pour mes huit heures de sommeil ; elles viennent de gagner leur statut de fantasme. Au moins, ma flic a la décence de ne pas demander par où on commence. On fait apparaître les bandelettes une par une à l'écran. Je suis censé dire quand quelque chose de pertinent me vient. Pertinent pour l'enquête, j'entends. Pour le moment, rien de capital. Mais un constat : le photomaton a attiré les invités à un moment clé du mariage. Quand ils étaient déjà bien torchés.

Je reconnais Marion-Lara et son fiancé d'un soir. Décidément, je porte bien le costume. Sourire un peu figé pour moi et air bien trop détendu pour elle. Elle est quand même mignonne, à poser sa tête sur mon épaule comme si on avait passé le brevet des collèges ensemble.

— Vous voyez rien ? Dites, vous voyez quelque chose ? Vous me dites, hein ?

— Ma petite Marion-Lara, je vous aime bien mais je vais être très clair. J'ai besoin de concentration, d'accord ? J'ai beaucoup d'informations qui m'arrivent via les photos, seulement mon job, et arrêtez-moi si j'ai tort, c'est aussi de faire le tri entre ce qui m'arrive, ce qui peut vous aider à retrouver votre nièce, et ce qui ne vous concerne pas.

— Oui, c'est bien résumé.

— Maintenant, si vous voulez que je m'arrête sur chaque tronche pour vous dresser le portrait de ce que je vois, autant vous mettre en garde ; ce que vous allez apprendre sur la nature humaine, c'est moche.

— Je posais juste une question.

— Alors je vais vous faire juste une réponse. Oui, je vois quelque chose. D'accord ? Je vois des trucs continuellement parce que je me concentre là-dessus. Je vois des fantasmes, des secrets, des peurs. Je peux vous dire que la brune qui pose avec ce clébard ridicule a souffert de moquerie à cause d'un appareil dentaire, que celui-ci trompe sa femme, tiens, celui-là aussi. Je peux vous parler d'argent ; cette femme s'apprête à en gagner beaucoup, et elle le sait. Ce joli petit couple, là ? Encore trois ans et ça s'arrête. Vous préférez peut-être que je vous parle de ce type, avec la moustache bien entretenue ? Il est homosexuel mais il vit avec ça depuis des années et il arrive à duper son monde, et mécham…

— C'est le père de la mariée. Je ne veux pas savoir.

— … Exactement : « Vous ne voulez pas savoir ». Donc, je reprends : moi, je suis le filtre. Tout ce que vous ne voulez pas savoir, je vais me le prendre en pleine gueule. Et si je cerne un élément qui peut avoir un lien avec la disparition, je vais vous le dire tout de suite. Alors par pitié, ne commencez pas à me bassiner toutes les deux minutes avec vos questions à la mords-moi-le-nœud. Nous sommes d'accord ?

Ma flic se lève d'un bond et quitte la pièce. J'ai dû la vexer. Tant mieux, ça va me laisser le champ libre pour avancer efficacement.

Deux minutes plus tard, elle revient avec toutes sortes de merdes apéritives. Elle n'était pas blessée par ma franchise mais estimait urgent de me nourrir. Elle parle directement à mon cœur, cette petite.

Une heure plus tard, j'ai beau avoir vu et revu toutes les photos, je n'ai pas le moindre début de piste. La Voix est en berne, aucune des images ne l'inspire. Je lis sur le visage de Marion-Lara une angoisse qui me déplaît. La môme se ronge les sangs, et j'aimerais sincèrement pouvoir l'aider.

Je m'y remets : les flics graveleux transpirent le cul, c'est clair. Leur pose en dit long sur leur niveau de finesse. Mais tout ce que je distingue, c'est une bonne grosse obsession érotique, et un qui complexe sur son micropénis. Bref, ça pue le sexe mais pas le crime. Tiens, la mère de la gamine a les traits instables. Généralement, quand je vois un visage qui tangue comme ça, c'est un problème d'alcool. Pas forcément la personne elle-même, parfois ça peut toucher le père ou la mère. Je ne me trompe jamais pour le tangage, donc je tiens un truc, mais tout seul, ça ne vaut rien.

— Dites, Pierre ? Vous n'avez pas remarqué quelque chose ?

— Quoi ? Je suis en plein…

— Il manque les gosses. Les photos des gosses ! Les ados et les petits, quoi !

— Oui oui, ça va, j'ai compris ! Calmez-vous !

— Mais c'est très important ! J'envoie un texto à Alicia tout de suite. Je peux pas croire que les enfants n'aient pas voulu jouer dans le photomaton !

Ma flic a raison. Dix minutes plus tard, nous recevons cinq planches supplémentaires. Les gosses se sont effectivement déchaînés, grimaces, poses d'adolescents timides ou déjà très sûrs d'eux. Bizarre que la cousine n'ait pas eu le réflexe de les envoyer avec les autres. Marion-Lara a raison, elle ne pensait pas que cela pourrait nous intéresser, sachant qu'un coupable est par définition adulte… Je ne vais pas parler maintenant à ma collaboratrice des enfants maléfiques, elle risque de me jeter les Tuc au bacon à la gueule.

— Tiens ! Voilà, regardez, Pierre, ça, c'est la petite Myrtille.

Je reconnais le visage, pourtant pas si marquant, de la gosse venue chouiner dans les jupes de sa mère pendant la soirée. Joufflue, des lunettes à grosses montures, se voulant sans doute un peu *fashion*, une tête pleine de boucles. Franchement vilaine, à bien y regarder.

Je me concentre et des images se mettent à affluer. Une main qui pince, qui tire, qui pousse. Des stylos et des feuilles qu'on prend dans un cartable après l'avoir ouvert. J'entends aussi des larmes. Et soudain, c'est limpide. Je ne vois pas une victime, je vois le bourreau. Cette gamine est une vraie peste. Elle emmerde les enfants de son âge, elle en martyrise probablement quelques-uns. Petite conne. Je craque.

— Vous êtes sûre de vouloir la retrouver ?

— Pardon ?

— Nan, rien. Bon, sérieusement, je vois quelque chose, ça confirme ce que je vous disais l'autre dimanche. Myrtille va bien. Elle est sauve, elle n'a pas peur. En fait je ne sens aucune menace, aucun danger autour d'elle.

— C'est franchement bizarre. Je… vous pouvez expliquer ?

— Ça prendrait trop de temps, mais sachez qu'elle est en vie et qu'elle…

— Je vais écrire ça à ses parents, tout de suite !

— Pas question. Vous ne faites rien. Marion-Lara, soyez un peu raisonnable. On parle de voyance, là ! Ces gens ont paumé leur gamine, ce qu'ils veulent ce sont des preuves tangibles, pas que Mme Irma vienne leur expliquer que tout baigne pour Myrtille.

— Vous... vous avez raison. Pardon. Je m'égare un peu. Attendez, revenez en arrière pour voir ? C'est qui, celle-là ? Ce n'est pas une enfant ! Elle a bien dépassé la vingtaine, non ?

— Tout à fait d'accord. Vous ne l'avez jamais vue ?

— Non. Ah, je sais ! Ça doit être la baby-sitter ! Vu le nombre d'enfants, Christophe avait proposé d'en payer une, histoire que les parents puissent profiter du mariage sans...

— Vous bâillez sans mettre votre main devant la bouche ? On vous a éduquée où ?

— Pardon, c'est... je suis hyper fatiguée, en fait.

— Eh bien, allez vous coucher ou alors retenez-vous de bâiller, sinon je vous préviens, je me casse. Déjà que je vous sacrifie ma nuit, c'est pas en plus pour admirer vos amygdales, qu'on se mette d'accord.

Après cette leçon de bonne conduite, je recentre mon attention sur le visage de la supposée baby-sitter. Physique indescriptible, pas moche mais un air de déjà-vu. La banalité jusque dans le choix de la blouse à pois. Du gentil classique mou.

— Ils l'ont bien payée, les mariés ?

— Je ne vois pas où vous voulez en venir, Pierre.

— Votre cousine et son mari, ils lui ont donné un joli paquet de tunes à la baby-sitter ?

— Euh... ça m'étonnerait. C'est les parents d'Alicia qui ont assumé une grosse partie des frais du mariage et... enfin pardon de dire du mal, mais ils sont plutôt du genre radoche.

— Bon. On tient peut-être quelque chose. La nounou veut décrocher le pactole, d'accord ? Elle compte sur une très grosse somme, elle en salive d'avance. En même temps y'a une gêne, je sens que quelque chose ne va pas. Elle n'est pas honnête avec elle-même. Ce pognon, elle en rêve, mais d'un autre côté... elle est tiraillée, vous me suivez ?

— Oui, je crois.

— Et puis je vois deux personnes. Elle n'arrête pas de penser à son partenaire. Elle n'a pas pu amener son petit ami à la soirée, par hasard ?

Non. Non. Non.

J'adore quand la Voix me contredit sans proposer d'idée de rechange. C'est presque vexant, cette façon d'intervenir en mode « moi toute-puissante », mais c'est sa façon de faire.

— Pourquoi vous vous interrompez ?

— C'est la Voix, Marion-Lara, ça serait trop long à expliquer… Mettons de côté la piste du petit ami pour l'instant. En tout cas, cette jeune fille avait un… un allié, en quelque sorte. Un guide. Et si le guide est parmi les invités, je dois le trouver. Refaites-moi défiler toutes les photos des adultes. Lentement, une par une ; je vous dirai stop.

Encore des secrets. J'essaye de ne pas me laisser trop atteindre par certaines images qui me tombent dessus. Et puis, alors que nous passons sur un visage défait d'une personne que je vois se débattre dans des problèmes juridiques (divorce, harcèlement au boulot ?), j'ai une sorte d'illumination. J'évite d'employer ce terme, je ne veux pas passer pour un de ces exaltés de la voyance. Quand je dis « illumination », c'est au même titre que Dolorès quand elle se rappelle où elle a encore foutu ses coussinets en silicone. Elle les perd tout le temps dans des endroits improbables alors que, vu l'état lamentable de ses seins, ils lui sont largement plus utiles que son Xanax.

— Revenez en arrière, Marion-Lara.

— Celle-ci ? Ou bien celle-ci ?

— Peu importe. La série des trois poses précédentes. Voilà. Nous y sommes. Regardez attentivement cette photo et dites-moi ce que vous remarquez.

Marion-Lara se concentre, elle a presque l'air vif en dépit

des décrochements de mâchoire contre lesquels elle lutte depuis tout à l'heure.

— Je vois Philippe, le papa de Myrtille, poser au milieu de deux jumelles… je crois que c'est des cousines mais du côté du marié, vous voyez ?

— Je m'en fous de votre bottin mondain des prol, ce que je veux, c'est que vous décriviez ce qui vous saute aux yeux !

— À part le fait qu'ils sont éméchés et…

— Justement non. Je viens de comprendre ce qui clochait côté adulte. Je suis passé déjà deux fois devant ces photos et maintenant, c'est clair. Le père de la gamine est sobre.

— Vous n'êtes pas sérieux ? On dirait presque qu'il bave ! Et regardez-moi ces yeux vitreux ! Non, franchement, Philippe est tout sauf sobre.

— Il fait semblant d'être ivre. Je dois admettre qu'il s'en sort très bien, stade d'ébriété avancée parfaitement imité. Mais cet homme ment. Il est aussi sobre que moi. Soit dit en passant, je ne dis pas « que vous et moi », parce que je vous ai vu siffler votre bière aromatisée à deux balles.

Je me rappelle soudain de la première fois où j'ai aperçu la gamine, de dos, retourner contre son plein gré jouer avec le groupe de chiards.

— J'ai vu un drapeau allemand flotter au-dessus de votre nièce lors du mariage. Ça vous évoque quelque chose ?

— Euh… Là, comme ça, je ne vois pas. Ses deux parents sont français.

— Je ne parle pas forcément d'un lien aussi évident. Le drapeau allemand peut renvoyer à autre chose qu'une nationalité, ça pourrait être un lieu, un… En fait, n'importe quel élément en rapport avec les Kartoffeln, d'accord ?

— Je suis vraiment désolée. J'ai beau chercher, je trouve rien.

— Allez, faites un effort, c'est votre famille, oui ou non ? Essayez un peu de conduire votre esprit, concentrez-vous, tâchez de vous rappeler si dans la conversation personne ne vous a…

— … C'est ça, « conduire » : mais oui, les voitures !

— Vous pouvez développer ?

— La témoin insupportable qui faisait le tour des tables avec un petit carnet pour s'occuper des covoiturages du retour, vous vous souvenez ?

— Un témoin est souvent insupportable, ça fait partie de ses attributs.

— Oui, eh bien, elle m'a annoncé qu'on rentrerait avec le couple de Montreuillois et elle a fait un genre de blague comme quoi eux au moins ils n'auraient pas besoin de changer de voiture pour se mettre au goût du jour, ou quelque chose comme ça.

— Vous commencez à me perdre, ma petite, il va falloir être un peu plus claire !

— La moitié du parc auto, c'était des voitures françaises, ça ne vous a pas frappé ?

— Les caisses, j'en ai rien à foutre.

— Je vous comprends. Bref, le père de Myrtille est DA pour des marques de bagnoles. Et… Mince, c'est ça ! Je ne comprends même pas comment ça a pu m'échapper.

— Mais vous allez parler, oui !

— Il a été débauché par une boîte allemande.

Bien sûr, ce ne sont encore que des pistes, mais elles sont prometteuses. J'admets à contrecœur que le coup de pouce de la Voix m'a bien aidé. Il y a un lien avec le père, c'est clair et net, et j'ai encore des visions sur la mère et la baby-sitter à éclaircir, mais je pense avoir donné suffisamment de matière à ma flic pour l'aider. Je suis toujours aussi sûr de moi quant au sentiment de sécurité de la petite peste.

Au moment de me coucher, Twiggy au pied du lit – quand je rentre tard, elle me fait la gueule –, je jette un dernier coup d'œil à mon portable perso. J'ai un SMS de Steph. À 2 heures du mat ? Où est-ce qu'elle crèche, encore ?

Steph est la seule locataire du bâtiment A qui soit vraiment devenue une amie. Comme elle est hôtesse de l'air, elle est sans arrêt à l'autre bout du monde. Quand elle se pose à Paris, on passe des soirées à discuter dans ma loge ou dans son appart, qui ressemble à une chambre d'hôtel, proprette et sans âme. Mais le texto me rappelle que Steph peut être une vraie plaie quand elle s'y met.

Mon Pierrot, ma filleule ne peut pas s'occuper de Prépuce cette semaine, elle part en cure thermale. Tu peux t'occuper de l'eau et des croquettes ? Confirme-moi ça. Ta Steph. Xoxo.

Passer une nuit agitée de mauvais rêves me rendrait sans doute plus attachant. Je me réveillerais entre deux cauchemars, obsédé par les photos de la soirée, le visage qui tangue de Mère Myrtille, la probable implication de Père Myrtille…

Sauf que je m'endors comme une souche.

5

— Vous l'aimez, votre mari ?

— Ah non. Pas du tout.

Le mercredi après-midi, j'ai toutes les mères de famille qui après avoir laissé Matisse et Romane au cours d'escrime ou de pâte à sel, se précipitent devant la boule de cristal censée régler l'ensemble de leurs gros chagrins.

J'ai mon lot de demandes aberrantes, ça va de la probabilité qu'a le gosse de devenir plein aux as en passant par la chance qu'a la môme de devenir lesbienne. L'idée les terrorise. J'adore, parce qu'elles préfèrent me demander ça plutôt que de savoir si elle ne va pas crever d'un cancer du sein avant quarante ans. Je m'efforce de rester stoïque. « Pierrot, vous êtes formidable » est quand même la phrase qui revient le plus souvent. Pour la mériter, je dois fermer ma gueule. Mais quitte à payer une séance, si j'étais à leur place, je demanderais tout de suite si je vais brûler en enfer, pas si mon crétin de gosse va se taper une tôle en maths. Les gens sont tellement pragmatiques, ça m'achève. La plus grande partie des questions auxquelles j'ai droit, autant dire que ça ne relève pas de la métaphysique.

Du coup, quand une obscure copine de Danny me fait comprendre d'un ton décontracté qu'elle en a rien à carrer de son mari, c'est vrai que ça me change. Je reconnecte mes neurones. Pas de doute, on est bien mercredi. Valérie demande quand est-ce que son mari trépasse. Sur le moment, je suis quand même surpris. J'en ai vu beaucoup, des gens qui accompagnent la fin de vie de l'époux ou de l'épouse et qui viennent me demander quand leur moitié sera libérée de sa souffrance. Parfois je sens de l'égoïsme mais il reste policé, dissimulé derrière une inquiétude apparente pour autrui. Là, ça me semble pas être de la même eau.

— Vous ne l'aimez pas du tout ?

— Non. Mais bon, écoutez, ce n'est pas le sujet, je veux juste savoir quand est-ce qu'il ira serrer la louche à saint Pierre. J'ai vu une petite cabane à Brie-sur-Marne, je rêve depuis longtemps de quitter Paris pour la banlieue, un petit truc modeste, au vert. L'eau qui coule à vos pieds…

Je me laisserais presque attendrir.

— … mais avec lui dans les pattes, ce n'est pas concevable.

Les mères de famille peuvent me foutre en l'air une journée. Ajoutez à ça la visite de la veuve noire et je risque l'hyperventilation.

Je sors Twiggy pour décompresser. Comme c'est l'heure du goûter, je vais m'acheter un flan pâtissier. Je donnerai la pellicule du dessus à Twiggy. On fait le tour classique, son préféré, on vérifie elle et moi que toutes les fontaines de la place fonctionnent bien, que la façade du musée de l'Immigration n'est pas taguée. Des passants s'arrêtent toujours pour observer ma chienne. Elle fait parler d'elle. Une gosse très con demande si c'est un chien. Ça doit être ses boucles, elle me fait penser à Myrtille.

Ce matin, en me levant, je l'ai vu comme une évidence : ce fameux « partenaire », ce « guide » auquel pense la baby-sitter sur la photo, c'est le père de la gamine. Le sobre aviné. Une histoire d'adultère ? Quel rapport avec la disparition de Myrtille ? J'ai presque envie de passer un coup de fil à Marion-Lara, mais elle doit être sur son dossier putes, du coup je vais attendre qu'elle se manifeste.

Merde. Jenni. Jenni, c'est ma copine comédienne. Je lui fais les cartes trois fois par an mais elle m'appelle aussi souvent qu'elle a des castings. Autant dire tout le temps. Parfois, je suis obligé de faire le mort. Mais j'aime bien cette fille.

— Allô, Pierrot chou ?

— Oui, ma Jenni. Comment tu vas ?

— T'as un créneau pour moi la semaine prochaine ?

— Jenni, je t'ai déjà dit qu'il faut laisser passer du temps avant de revenir. Sinon je vais tirer exactement les mêmes cartes, tu piges ?

— Mais non, le créneau c'est pour que Twiggy fasse la connaissance de Roupette ! T'as oublié ? On dit mercredi 14 h 30, pendant ta pause ? Bon, parfait, je note. Attends je galère, j'ai un nouveau iPhone, là. Ce truc est tellement cher que ça me fait presque mal de penser que je l'ai acheté. T'as fini ta cure de raisin ? J'en amène sinon, du blanc, du noir, tu préfères quoi ? Roupette est super excité. D'ailleurs faudra que je te raconte, tu sais le producteur là, le Suisse ? Il cachait bien son jeu ce connard, lui à part du sperme, je vois pas trop ce qu'il produit !

— Ma chérie, je dois te laisser, j'ai une affaire de parking urgente à régler, d'accord ? Allez, on s'appelle.

Finalement, le comportement que j'adopte avec les tarés de la voyance, les 1 %, est à peu près le même qu'avec Jenni. Beaucoup de fermeté. Le tout, c'est de raccrocher vite.

J'avais totalement oublié cette histoire. Notre grand projet. Jenni aussi est une adepte des pékinois, le sien est noir mais on s'est juré de favoriser le coup de trique entre ma Twiggy et son Roupette. Avec un peu de chance, il en sortira une espèce nouvelle, tachetée ou à rayures. Roupette – un prénom pareil, c'est révélateur. On sent qu'il lui manque une éducation. Les comédiennes aujourd'hui, c'est souvent ce qui leur fait défaut. Elles veulent jouer, « Le rôle, est-ce que je vais l'avoir ? », mais à côté de ça, elles croient que *Madame Bovary* c'est une impro d'Isabelle Hupert et qu'*Entre les murs* marque la naissance du plan fixe.

Je la connais, Jenni. D'abord elle va apporter des machins orientaux, sucrés. Qu'elle bouffera pas. « Tu comprends Pierrot, j'ai pas de fesses, j'ai pas de seins, une vraie tige, maintenant tu m'ajoutes du bide, ça fait une bosse : plus personne ne voudra coucher avec moi pour me donner un rôle. » Une fille lucide. J'adore.

Tiens, ils ont changé les modèles de chaise aux Cascades ? Je salue trois personnes que je connais au passage. Un couple de retraités, anciennement locataires du bâtiment A, maintenant ils sont sur le boulevard Poniatowski. Et puis Patrick, comme toujours assis devant un allongé, Ray-Ban par tous les temps. Il doit penser que ça va attirer du monde. Par « monde », j'entends : des étudiantes. C'est le genre de personnes que la Voix se sent obligée de commenter sans que j'aie rien demandé, et ça m'agace prodigieusement. À cinquante piges, le mec souffre d'un complexe de non-reconnaissance assez monumental. Il pense qu'être apprécié par une gamine redorerait son blason. Là, au moins, les gens *sauraient*. Que c'est vraiment un as de la séduction. Je m'éloigne, ça me rend malade. Ou alors c'est le flan pâtissier que j'engloutis toujours trop vite. Ce qui est bien avec la promenade en boucle, c'est que je peux en prendre un deuxième. Je suis pas monomaniaque non plus, je prends la version avec trois abricots qui se battent en duel. À cinq centimes en plus par demi-fruit, je comprends que les Français mangent de la merde.

Je soupire parce que je sens mon portable pro vibrer. L'immeuble a besoin de son sauveur. Sauf que c'est le numéro de ma flic. C'est vrai que je ne lui ai pas donné mon perso, j'en suis pas à ce stade non plus. Je décroche et j'entends une voix étouffée.

— Oui ?... Allô ?... On a retrouvé Myrtille...

— Vous cachez bien votre joie. Qu'est-ce qui vous prend, à marmonner comme une petite vieille ?

— C'est pas ça, je suis coincée dans la salle des écoutes, je suis obligée de chuchoter... Le boss est parti fumer une clope, il va revenir d'un instant à l'autre, mais je voulais vous prév...

— Vous pouviez pas m'envoyer un texto plutôt ? C'est aberrant votre truc. Ça n'a pas rendu votre génération plus futée, les smartphones. Allez, ma petite, raccrochez-moi vite ce téléphone, je ne veux pas que vous vous attiriez des ennuis. Passez à la loge après le boulot, vous me raconterez ça en détail. Je suis content pour vous.

Le soir, Marion-Lara a l'air épuisé, je crois que c'est encore à cause de son gros dossier dont elle a promis de me parler plus tard. Elle porte un fard à paupières dans cette nuance de bleu assez proche de celle de mes murs. Sur les yeux, c'est pas terrible. Elle m'explique avoir fait part de nos découvertes à sa cousine sans, bien sûr, mentionner ma personne. Alicia a d'abord été un peu agacée parce qu'elle croyait que Marion-Lara cherchait seulement à remettre en question le travail des enquêteurs chargés de l'affaire. Mais ma flic ne s'est pas laissé dégonfler. Elle a parlé de la petite comédie du père, rappelant que se torcher ne semblait pas dans ses habitudes, et elle a suggéré d'interroger plus longuement la baby-sitter. Bingo : cette nouille a craqué. Elle a avoué que le père lui avait versé une forte somme d'argent pour qu'elle accepte de fermer les yeux sur un éloignement prolongé de la gosse en fin de soirée. Le père étant en déplacement à Düsseldorf, la police allemande a été mise sur le coup. Et a retrouvé la gosse, cachée dans la chambre d'hôtel. Le projet était de la soustraire à la mère. Manifestement, c'est la gamine elle-même qui a demandé à papounet d'organiser son kidnapping. La mère souffrirait d'alcoolisme mondain. Apparemment l'une des formes les plus difficiles à déceler. C'est ce que clame le père pour justifier son comportement mais la gosse, elle, s'est seulement plainte d'une mère restant souvent tard au pieu, oubliant de l'amener à l'école le matin et lui laissant une autonomie dont la petite Myrtille ne voit pas l'intérêt. Au fond, à huit ans, elle préférerait que maman lui prépare des coquillettes avec un sourire ketchup plutôt qu'elle lui donne un billet de 50 euros en début de semaine. Elle changera d'avis d'ici quelques années.

Il reste encore pas mal de trous noirs dans cette histoire. Mais tout de même. Le visage de la mère qui tangue, l'absence de peur autour de la gosse ; chaque élément prend son sens maintenant.

Marion-Lara me dévore des yeux tout en parlant. Je sens un mélange confus d'admiration et de projection dans le futur. Je vais devoir mettre un frein à tout ça rapidement, au risque de la voir débarquer tous les jours dans ma loge sous un prétexte fallacieux.

— Bon, écoutez-moi bien. Tout ça c'est formidable, mais on n'est pas Black et Mortimer.

— Pardon ?

— J'oubliais… c'est pas de votre génération. On n'est pas Batman et Robin, OK ? On forme pas une équipe, on n'est pas une « team » ! Bon, et puis là, je vous laisse, parce que Danny ne va pas tarder à rentrer, et elle déteste me trouver à la maison avec une gonzesse.

Tous les prétextes sont bons pour dégager l'intruse.

Je referme la porte gentiment, pour ne pas la vexer, mais ce que j'ai vu ne me plaît pas, mais alors, pas du tout. Elle nous voit déjà comme un duo de choc.

La cagole et le concierge.

Elle rêve.

6

Les gens ne s'étonnent jamais que je sache des choses. Sur eux, leur quotidien de merde, leurs foutus gosses ou leur caractère. Dans leur esprit, c'est parce que je suis concierge que je *sais*, que je *vois*. Ils s'imaginent sans doute que je passe ma vie derrière le judas à épier leurs moindres mouvements et que le soir on se réunit avec les gardiens des immeubles alentour pour échanger nos ragots sur les voisins ; allées et venues suspectes, disgrâces, adultère, hémorroïdes. Finalement, ils se voient comme un troupeau d'ouailles au centre de nos préoccupations. Le concierge, dans leurs fantasmes à la con, c'est un peu le pasteur du rez-de-chaussée, la bienveillance en moins.

Pourtant, il y a tellement de fois où je préférerais ne rien avoir vu ou anticipé. Comme ce matin où je flaire à des kilomètres que ça s'agite au deuxième gauche. Et quand Mme Dijoud se met en branle, c'est mauvais signe. Soit elle envoie son brave mari en éclaireur, transmettre des messages au pacificateur qu'elle croit deviner en moi. Soit elle descend elle-même et là, je sais que je dois vraiment m'inquiéter. Car tout ce qui mérite le déplacement de Pascaline Dijoud est inquiétant. Ça ne manque pas : quelques secondes plus tard, Twiggy aboie furieusement, parce qu'elle déteste être dérangée quand elle petit-déjeune, ça ruine sa digestion. En ouvrant la porte à Pascaline, j'aperçois comme une âme furtive, le fils aîné des Yen dans le couloir, son skate à la main. Ce petit est toujours tellement en retard à l'école que j'ai peur qu'un jour il oublie de se saper.

— Monsieur Pierre, vous signerez bien ma pétition ?

Comme quoi, Mme Diallo n'est pas la seule à avoir pris de mauvaises habitudes. « Monsieur Pierre »… je ne m'y ferai jamais. Ça me fait penser qu'il faut que je passe la voir cet après-midi, merde. Une excroissance du tuyau en plomb. Je dois probablement témoigner de ce nouveau sortilège.

— Bonjour, madame Dijoud.

Je mets les formes. La politesse avant tout. Avec un peu de chance, elle finira par comprendre la nécessité de commencer par le mot aux deux syllabes si elle veut me mettre dans de bonnes dispositions.

— Tenez, monsieur Pierre, j'ai même pensé au stylo.

— Madame Dijoud…

J'accentue le soupir. Le soupir du gars qui sait, qui maîtrise sa partition.

— … Vous m'avez déjà sollicité pour faire enlever la fresque du hall A.

— La fresque ? C'est à peine du graffiti ! Fait par des rappeurs ! À capuche !

Basquiat aurait dû tenter la capuche, je suis sûr qu'il aurait pu peindre plein de halls d'immeuble au lieu de s'emmerder avec ses toiles et ses galeristes.

— Vous m'avez aussi demandé d'interrompre la construction des jardins collectifs sur la petite ceinture…

— C'est une honte ! Ces rails, c'est notre patrimoine !

Pas plus que les voitures bar des TGV.

— Il y a un an et demi, c'était pour interdire l'ouverture du Burger King sur la place…

— Y'a un McDonald's en face, ça ne leur suffit pas pour manger leurs frites ?

Là, je concède qu'une nouvelle pâtisserie aurait été plus utile, ils commencent à me courir avec leur nouveau flan sans gluten. D'ailleurs, je dois appeler Dolorès pour qu'elle me redonne la marche à suivre pour son Blitzrégime. Ça a bien fonctionné sur Danny, y'a pas de raison que j'échoue.

— Quand vous dites « leurs », je ne vois pas trop à qui vous faites allusion, madame Dijoud.

Elle ne relève rien d'autre que le nez, un soupçon menaçante. Elle est restée sur le pas de la porte, heureusement. J'évite au maximum de laisser rentrer Mme Dijoud, qui se mettrait aussitôt à commenter ma déco intérieure. Je suis assez sensible sur le sujet, or la dernière fois elle a remis en question le bon goût du portrait de ma chienne, dit « Twiggy aux Ray-Ban ».

— Monsieur Pierre. Cette pétition, c'est une question de vie ou de mort. Ne pas la signer, c'est accepter de mettre le quartier en danger. Tout le quartier. Même les enfants.

— Madame Dijoud…

— Monsieur Pierre, moi je n'ai rien contre les Chinois vous savez, ils s'intègrent, ils sont discrets, certes ils continuent de manger leur nourriture ici et même d'ouvrir des restaurants partout, mais je ne leur en veux pas, il faut bien qu'ils vivent de ce qu'ils savent faire. Mais là ! Là ! Ce n'est plus tenable !

— MADAME DIJOUD !

— MONSIEUR PIERRE ! On ne peut pas laisser des… des… des *dames* envahir notre porte Dorée comme ça, sans rien faire !

Mon Dieu. Encore cette histoire… Effectivement, les putes chinoises ont été chassées de Saint-Denis, remplacées par des filles de l'Est souvent plus gamines que femmes matures. Mais c'est surtout des problèmes d'immobilier qui les ont fait fuir. D'après ce que m'a raconté Dolorès, qui habite porte Saint-Martin, y'a de plus en plus de propriétaires bobos qui achètent et rénovent des piaules minables du quartier. Ils lancent des travaux et font pousser comme des petits pains espaces atypiques et minilofts pour y habiter, quand avant ils se contentaient d'investir et de louer lesdites piaules en se racontant qu'ils aidaient Pin Yen à crécher tranquille pendant sa licence de lettres à la Sorbonne. Du coup les chambres se raréfient et, apparemment, la filière de l'Est est prête à aligner pour avoir la mainmise sur les quelques mètres carrés nécessaires à leurs affaires, tandis que les Chinois se font dégager. La porte Dorée est devenue l'un de leurs nouveaux refuges ces derniers mois. C'est loin d'être le seul, mais là, il faut croire que le tollé est général, que ça ne passe pas inaperçu. Pourtant, déménager à côté du Palais de l'Immigration, je trouve que ça a du sens. Maintenant, je vois bien que c'est inutile de me lancer dans un débat avec Pascaline sur la légitimé ou non de ces pauvres filles à rester dans le 12ᵉ. Tout ce que je dois faire, c'est parvenir à la faire décamper d'ici fissa.

— Je ne peux pas signer de pétition. Je vous l'ai déjà expliqué plusieurs fois et ça n'a pas changé depuis.

— Mais c'est juste une petite signature ! Je porte ça au commissariat et on est bons ! Je veux seulement qu'ils comprennent à quel point ça nous met en danger toutes ces histoires !

— Le péril jaune commence à dater, madame Dijoud, mais je ne vous apprends rien, n'est-ce pas ?

— Ne me faites pas dire ce que je n'ai pas dit, enfin… Elles pourraient tout aussi bien être noires, vous savez, comme ça en pleine nuit, éclairées par les lampadaires, moi c'est autre chose qui me gêne…

— Madame Dijoud, j'ai un rendez-vous téléphonique professionnel, on appelle ça « un call », dans quelques minutes. Et quand un P-DG vous appelle, il faut répondre présent, vous me suivez ?

— Monsieur Pierre, je vous comprends, ça oui.

— Parfait. Alors pour la dernière fois, en tant que gardien, je ne suis pas *autorisé* à signer votre truc. Pascaline, vous permettez que je vous appelle Pascaline ? Vous voulez ma signature ou ma mort ?

C'est fou comme parler de ma mort peut aider parfois. Elle remonte l'escalier, la queue basse. Elle retentera probablement le coup dans deux jours, histoire de s'assurer que je n'ai pas changé d'avis ou de métier entre-temps. Mais pour le moment, me voilà débarrassé de la commère officielle du boulevard Soult.

7

— Vous devinerez jamais qui est venu déposer plainte au commissariat aujourd'hui ?

Marion-Lara parle la bouche pleine, sous les yeux exorbités de Twiggy.

Twiggy est comme moi, à savoir qu'elle maîtrise totalement les codes de la bienséance et ne tolère pas qu'on s'empiffre de chips au poulet tout en racontant ses aventures extraordinaires du jour. Sauf que là (et je n'ai pas eu le temps de l'expliquer à ma chienne), il y a exception. Je dois me débarrasser de toutes les merdes grasses qui traînent chez moi avant d'entamer le régime de la mort. Et comme la petite est sous-nourrie, je trouve, je vide mes placards tout en répandant le bien autour de moi. Marion-Lara commençait à prendre la mauvaise habitude de sonner tous les soirs à ma loge après le boulot. Elle doit se sentir seule. Je m'attendais à ce que suite à l'affaire Myrtille, Alicia se rapproche un peu de sa cousine et m'en débarrasse de temps à autre en l'invitant à déjeuner à Versailles. Mais non. Bref, j'ai décidé d'instaurer des mercredis apéro, comme ça je respire en début de semaine et elle ne risque pas de se faire refouler à l'entrée par Danny, ou pire, par moi.

— Alors, Pierre ? Vous essayez pas de deviner ? Quand même ! Si je vous dis : « Vous devinerez jamais qui est venu déposer plainte au comm… »

— Madame Dijoud, oui, on sait.

— Quoi, vous l'avez vue ?

— Littéralement.

— Dans un flash ?

— Non, sur mon palier. Pendant une bonne dizaine de minutes.

— Estimez-vous chanceux. Moi, elle est restée presque une heure, et encore, elle va nécessairement revenir vu qu'elle compte augmenter le nombre de signataires sur sa pétition.

Marion-Lara pioche allègrement dans le paquet de chips, j'ai peur qu'elle s'essuie les mains sur le canapé, il faut absolument que je lui donne une petite serviette en papier.

— Ah, elle est venue vous la déposer ? Déjà ?

— Croyez-moi si vous voulez, elle a collecté cinquante signatures rien que sur le boulevard Soult.

— Il est long, ce boulevard.

— Les gens sont horribles, c'est surtout ça.

— Méfiance, ma petite Marion-Lara, à force de me fréquenter, vous allez devenir une flic aigrie ! C'est justement celles qui ne trouvent pas de mecs.

— Vous savez ce qu'a répondu Mme Dijoud, quand je lui ai demandé ce qui, au fond, l'embarrassait vraiment dans cette histoire ?

C'est ça que j'aime avec Marion-Lara : sa façon d'ignorer royalement mes piques.

— Elle a dit : « Moi, c'est pas que ça me dérange. C'est que ça fait des bruits d'oiseaux, je ne peux pas ouvrir les fenêtres alors qu'il fait 40° dans l'appartement ! » J'ai quand même mis quelques secondes pour comprendre de quoi elle voulait parler…

Sacrée Pascaline. Elle doit manquer de culture générale pour imaginer ce qui se passe à chaque montée d'aigus.

— Et qu'est-ce que vous lui avez répondu ?

— Qu'on avait poussé la réintégration des perruches à collier dans le 12e arrondissement et qu'il lui serait donc difficile de prouver que la nuisance sonore était due aux filles et non aux perruches.

— C'est vraiment ça, votre argument ?

— Pour m'en débarrasser ? Oui. Mais ça ne suffira pas. Mme Dijoud est loin d'être un cas isolé. Je commence à avoir une galerie de bien-pensants qui viennent m'expliquer que ces dames ont choisi de faire ça, que ça les regarde, mais que, maintenant, il faut qu'elles assument et qu'elles trouvent un endroit normal où exercer.

— Que pensez-vous qu'ils entendent par « normal » ?

— Beaucoup de gens imaginent que le bois de Boulogne est le paradis des putes et qu'il serait bien de limiter leur circulation hors de ce territoire.

— Oui, enfin, en l'occurrence, la plupart des filles qui échouent sur la place des Fontaines viennent de la rue Saint- Denis, pas du Bois…

— Je sais bien, j'en ai déjà interrogé plusieurs. Enfin, pour le moment deux seulement ont accepté de répondre à mes questions.

— Vous y êtes allée seule ?

— Non, bien sûr. Le chef m'a mis sur le coup avec un collègue plus expérimenté, Adrien…

En prononçant ce prénom, ma flic plisse le front. Je sens que le Adrien la préoccupe. Je vois un type lourd. Insistant. Elle n'aime pas son assurance, pas plus que son mépris avec les gonzesses.

— C'est pas votre copain lui, hein ? Bon. C'est votre premier gros dossier, vous êtes sous pression ?

— Non, ça peut aller. Simplement, je ne vois pas trop où ça peut me mener. Le chef m'a seulement dit que ma mission consistait à apaiser le quartier au sujet de cette affaire de prostitution. Mais moi, ces filles, j'ai aucune intention de les déloger.

Pour le moment, je vais tenter de recueillir les plaintes de mes concitoyens et les paroles des prostituées et…

— Et vous allez continuer votre mission gentiment, ça vous mènera bien quelque part. Sans doute dans une direction que vous n'aurez pas prévue, d'ailleurs… mais ? Vous partez déjà ?

— Oui, je vois que Twiggy bâille, il faut qu'elle aille se coucher.

— Ça ne vous ennuie pas d'emporter le deuxième paquet de chips ?

— Ça dépend du parfum.

— Herbes de Provence.

— J'adore ! On a vraiment les mêmes goûts !

Je ne voudrais pas contrer son enthousiasme, mais non, certainement pas. Pour preuve, j'hésite à classer sa « french manucure Italia » dans la catégorie supplice visuel ou torture psychologique.

— Et vous, Pierre, du coup je ne vous ai même pas demandé : à part la visite de notre charmante voisine, vous avez passé une bonne journée ?

— Excellente, Marion-Lara, excellente.

8

Pas envie de faire l'effort de me saper, je vais recevoir Jenni en peignoir. C'est mon RTT, j'ai encore le droit de m'habiller comme je veux.

J'adore poser un jour en pleine semaine, le grand kiff. Les voisins me foutent la paix, ils emmerdent Danny à ma place. Je me demande s'ils ne sont pas gagnants. Danny a bon cœur. Elle est prête à écouter Rita se plaindre de la hausse tarifaire du Lavomatic de Bizot, *les tauliers ont doublé le prix de l'essorage*. Ou Mme Keller vanter sa dernière trouvaille, le nouveau Starwax antimoisissures, *et votre salle de bains retrouve le sourire*. Dans tous les cas, elle assure ; écoute, compassion, anecdote boomerang. Spécialité de Danny, vous pouvez lui raconter à peu près n'importe quelle histoire rocambolesque, elle vous en renvoie une à la gueule, si possible encore plus émouvante, encore plus préoccupante, encore mieux quoi, avec les larmes en bonus.

Bien sûr, l'installation des prostituées sur la Place continue d'agiter les esprits. Hier soir, quand Mlle Diallo a sonné, j'ai cru qu'elle allait se plaindre à Danny du fait que je n'étais toujours pas remonté constater les évolutions de l'envoûtement chinois chez sa mère. La semaine dernière, j'y étais allé à reculons. Diallo-mère avait eu la bonne idée de recouvrir entièrement le tuyau avec des pulls, pour « endiguer l'avancée du sortilège », je crois que c'est l'expression qu'elle a utilisée. Mais Diallo-fille venait pour de l'inédit. Apparemment, elle se fait désormais aborder pratiquement tous les soirs quand elle rentre du travail. « Ça doit être comme je rentre de nuit, y'a des hommes qui me confondent avec une professionnelle maintenant, je peux vous dire que c'est agaçant. » M'est avis que ça pourrait être lié à son imper plastique léopard qu'elle adore associer à des santiags en cuir orange, du meilleur effet. Les hommes ne vont pas chercher loin.

J'ai quand même oublié une nuance de taille. La capacité d'écoute de Danny est directement liée à *Télé Z*. Ce qui veut dire que seul le début de *Questions pour un champion* ou de l'épisode hebdomadaire de *NCIS* est capable de la faire abréger une conversation.

Elle se reconcentre sur ma personne :

— Tu vas l'accueillir comme ça, ton actrice ?

— Quoi, tu préférerais que je sois en spencer ?

— Non, mais tu pourrais mettre le peignoir noir avec les bambous rouges, au moins il te donne bonne mine.

C'est ça qui me plaît avec Danny, ses préoccupations ne sont pas tout à fait… terrestres. Là où un être humain normalement constitué s'affolerait de ce qu'une actrice française puisse me voir en tenue d'Ève, Danny se contente de penser harmonie des couleurs et teint frais.

— Au fait Pierrot, tu sais que j'ai trouvé preneur pour le chiot ?

— À combien ?

— Comment ça « À combien » ? Pierrot, c'est une mamie super sympa. On lui fait un don.

J'ai pigé. On donne le clebs à la grand-mère. J'achète ma place au paradis des concierges. Je suis un type bien.

— … Par contre, y'a un problème.

— Comment ça ?

— Il bouffe encore ses merdes.

— Écoute, Danny, on pardonne tout à ce qui est petit, blanc et mignon. Mamie-sympa se chargera de parfaire son éducation.

— Ne pas être coprophage, d'après moi, ça relève pas de la perfection.

— Oh ! ça va, déjà qu'on lui file ! Tiens, rends-toi utile, va me chercher le peignoir asiate. T'as raison, les rayures bleues, ça me vieillit.

La miss arrive avec sa demi-heure de retard traditionnelle. Elles me gonflent, ces actrices. Cette façon de vous faire sentir qu'elles vous accordent un peu de leur si précieux temps...

Jenni débarque en total look safari, saharienne et pantalon beige, petit bob blanc et besace en cuir.

— Coucou mon Pierre-Chou ! Olala, c'que t'es court vêtu ! Fais gaffe que j'aille pas porter plainte pour harcèlement chéri, si je me concentre je suis à peu près sûre de croiser le regard de tes parties ! Tu me fais penser à Harvey !

— T'as qu'à te concentrer sur mon pif, c'est ce que j'ai de mieux.

— M'en parle pas. J'ai hésité à refaire faire le mien *tellement* de fois ! Jusque-là j'ai pas cédé aux sirènes de la chirurgie, mais qu'est-ce que tu crois Pierre-Pierre, y'a un moment où je vais devoir faire le grand saut !

Le couplet des actrices sur la préservation de leur physique, j'y ai droit à chaque fois. Et chaque fois, ça m'exaspère. Mais comme elle a apporté des profiteroles et un bac de glace vanille, je vais l'écouter bien sagement.

— Tu m'en veux pas si je mange pas ? Donne-moi une pêche, tiens, avec un peu de chance j'aurai même la flemme de la manger. Heureusement que j'ai Roupette et qu'il est gourmet, parce qu'avec toute la bouffe qu'on m'offre ! J'ai jamais compris ça… pourquoi les fans m'envoient des chocolats alors qu'ils pourraient aussi bien m'offrir des massages ?

Actrice, concierge, même combat, chouchoutés par des douceurs chocolatées…

— Écoute, j'ai fait le test : dans toutes mes interviews, je dis que j'adore les massages. Je le glisse comme ça, subtilement, comme un message subliminal. Eh bien, tu vois, Pierre, personne ne m'en a jamais offert.

— C'est plutôt les gens qui te demandent des massages, c'est ça ?

— Tu penses : y'a quinze jours, j'ai quand même eu droit à « J'ai mal au bas du dos et comme votre personnage est infirmière, autant que vous me montriez vos compétences tout de suite. »

— Ils n'y vont pas de main morte !

— C'est moi qui n'y suis pas allée de main morte !

— Je ne suis pas sûr de comprendre, ma Jenni.

— Pierre-Pierre, écoute, je dois manger, moi ! Enfin, moi non, mais il faut bien nourrir Roupette ! Et puis faire des cadeaux d'anniversaire à mes neveux !

— Donc tu as accepté de faire ce massage ? Tiens, ressers-moi un peu de vanille, tu veux ? Non, un peu plus quand même. Voilà, comme ça.

— Oui oui, je suis aux anges, je joue une infirmière lituanienne abusée dans son enfance, le tournage commence dans deux jours.

— Tu m'en vois ravi.

— Il m'a donné le rôle, c'est sûr que c'était un test et qu'il a dû se dire : la prochaine fois, elle fera plus. Enfin, deux jours plus tard, j'ai appris qu'il avait dû poser un congé maladie d'un mois !

— C'est-à-dire ?

— C'est-à-dire que je suis comédienne, moi, pas masseuse ! À tous les coups je lui ai fait mal, vu la vigueur, j'ai dû lui coincer trois nerfs, au bas mot ! Comme disait toujours tante Félicité : « On ne peut pas tout avoir. »

Encore abattus par les propos de feu la tantine, assis dans le grand canapé d'angle, elle en tenue néocoloniale et moi en peignoir, nous reportons notre attention sur nos deux bestioles, tranquillement occupées à se renifler.

— J'ai l'impression qu'ils s'entendent à merveille !

— Je sens qu'on a dépassé le stade de l'entente, Jenni.

— J'ai tellement hâte de voir le résultat ! Ça va être adorable !

— Écoute, ne t'enthousiasme pas trop sur les mélanges, souviens-toi de Miller et Monroe…

— « Mes oreilles et son intelligence ? » Quel goujat, ce type ! Dire qu'elle l'a épousé. Tu sais, Pierre-Pierre, au fond, je suis très Marilyn.

— Oui, d'ailleurs, ta tenue c'est pour un remake des *Désaxés* ?

— Je suis contente que tu le remarques. J'ai eu un mal fou à trouver une saharienne, tu n'imagines pas… En fait c'est un Américain, je te dis pas son nom, hyper célèbre, qui cherche une Française pour jouer Jane.

— Encore un Tarzan ?

— Je vais te dire une chose, le cinéma c'est comme le harcèlement sexuel, un éternel recommencement. Bref, apparemment il cherche une petite brune plantureuse, mais je m'en fiche, je tente !

— Les scènes aquatiques avec Cheetah vont te poser problème.

— Quoi ? Tu vois quelque chose ? Attends, ne me dis pas ! Tu as eu une vision ! Oh mon Dieu ! Mes dernières heures en maillot de bain, dans le marigot, entourée de crocodiles ! En même temps si tu me vois me noyer, logiquement, ça veut dire que j'ai le rôle, voyons le bon côté des choses, donc…

— Jenni…

— … Oui Pierre-Pierre ?

— C'est toi qui me l'as dit. Tu ne sais pas nager.

9

Ça fait un moment que je l'observe. Elle fait son entrée vers 13 heures. Elle monte les escaliers du bâtiment A. D'après mes calculs, elle descend vingt minutes plus tard, parfois moins. Les heures d'entrée varient, réparties entre 12 h 30 et 18 heures. Depuis combien de temps dure ce petit manège ? Deux semaines ? Un peu plus ?

Huit jours après mon traumatisme épilation, je me remets peu à peu ; j'arrive enfin à supporter un textile. J'ai troqué le peignoir pour des T-shirts en pur coton de Danny, de la période où elle avait vachement grossi. Maintenant on pourrait en mettre trois comme elle dedans. J'ai récupéré une vraie collec, mon préféré c'est un Adidas vintage. Le chic intégral.

J'espère que ça vaut la peine d'avoir souffert autant. Et qu'après la crise, j'aurai un torse à la Beckham. L'avenir me le dira. Ou le dira à Cris. Ça fait un moment qu'elle ne m'a pas tiré les cartes. Ne jamais rien voir pour soi, c'est quand même frustrant. J'ai beau penser : « D'accord, c'est le prix à payer, tu vois le déroulé de certaines vies net comme un tuyau de vidange, mais pour toi-même, que dalle », je digère mal. C'est Jenni qui m'a présenté Cris. Faut dire que mon aspirante-Jane connaît tous les gourous, guérisseurs et voyants que compte Paname. Et elle a eu l'œil, puisque Cris et moi nous sommes immédiatement bien entendus. Cette femme est sacrément courageuse ; tabassée il y a trois ans par deux gamins qui cherchaient à se défouler plus qu'à choper son sac à main, elle s'est relevée, reconstruite et a repris les cartes. Le déferlement de violence qui s'est abattu sur elle n'a pas eu raison de son don, il l'a même accru. On se croise une fois par mois environ. Elle m'aide à y voir plus clair dans ce gros bordel de double vie. Elle fait partie des gens qui voient pour eux-mêmes, elle n'a pas besoin que je sorte mon tarot, sauf en cas de traversée du désert sentimental. Elle m'a écrit y'a deux jours, j'y pense, je dois lui répondre. Elle cherche un endroit où exercer la première semaine de juin ; ils virent enfin la moquette seventies de son bureau pour la remplacer par du parquet flottant, mais du coup, impossible de recevoir sa clientèle. Je pense que je vais dire oui et lui prêter mon lieu une semaine, on s'arrangera pour se partager la place entre matin et après-midi. Ou alors, je me calerai une semaine très peu chargée en rendez-vous…

Mais je m'égare. Je me reconcentre sur cette femme que j'observe. Il faudrait que je puisse lui parler : quelques minutes seulement suffiraient à confirmer ou non mes soupçons. J'entends le mot « déguisement ». Parfois, la Voix exagère : cette femme est invariablement en tailleur-pantalon. Alors, d'accord, je soupçonne que ses chemises à col tartan soient des imitations Burberry, mais de là à parler d'un déguisement… Aujourd'hui, elle fait son apparition avec un jean ultra moulant. Ça ne serait quand même pas M. Keller qui trompe sa femme quand elle va chez son kiné ? Non, je l'aurai flairé depuis longtemps. La grand-mère du petit Akira, peut-être ? D'après ce que je vois, elle doit avoir la soixantaine… Je vais me faire des crampes rétiniennes à force de lorgner par le judas. Je vais finir par demander à Jérôme du syndic d'investir dans une ouverture horizontale, comme dans les cellules de prison.

Un détail m'intrigue chez cette femme depuis la première fois où je l'ai aperçue : sa coupe de cheveux. J'avais décidé de nettoyer les glaces de l'entrée de l'immeuble. L'avantage de miroirs rutilants, c'est qu'ils vous font oublier que le paillasson est rêche comme le cul d'un octogénaire. J'en étais à la phase raclette quand elle a fait son entrée. Une blondeur saisissante, à la Bardot ; si elle ne s'était pas retournée pour lancer un regard furtif en direction du miroir, jamais je n'aurais deviné qu'elle était asiate. Ni qu'elle était déjà bien tapée. Elle s'est vite détournée (j'aurais fait la même chose, avec une gueule aussi ravagée) et a franchi la porte intermédiaire du hall pour se diriger vers les escaliers du bâtiment A, sans l'ombre d'une hésitation. Son passage éclair m'a fait une curieuse impression. J'avais la certitude que ce carré blond, presque blanc, m'était... familier. Longueur maxillaire, brushing gonflé impeccable, frange-mèche : tellement parfait qu'on pourrait confondre avec une perruque. Ce serait ça, le « déguisement » que me souffle la Voix ? Peu probable. Elle s'arrête de me poursuivre quand je suis sur la bonne piste ou que j'ai découvert le pot aux roses.

Inutile de me fatiguer davantage la pupille. Je rentre bouquiner un peu avec Twiggy à mes côtés pour une micro-sieste après la pause déjeuner, triste et frugale. C'est terrible, ce régime, mais j'ai perdu trois kilos en une semaine, donc je m'accroche. J'engraisse Danny et Marion-Lara qui ont entamé les paquets de spéculoos. Quand je suis à la diète, même le plus infâme des biscuits secs se transforme en une source potentielle de plaisir. Du coup je me débarrasse de toutes ces tentatives, mais sans gaspillage.

Tiens, le temps d'observer la blonde, la terre entière a eu l'idée synchrone de me tomber dessus. Pour preuve, j'ai déjà trois SMS sur mon pro ; un rendez-vous avec le patron du nouveau syndic se profile, le beau gosse du cinquième vérifie si ce n'est pas interdit de laisser des plantes vertes sur le palier et Marc alias Monsieur Parfait, oubliant que concierge n'est pas synonyme de baby-sitter, me demande si je peux jeter un œil ce week-end sur Akira puisqu'il doit s'absenter pour un séminaire. Un jour, je vais plaquer cette vie et m'installer loin, dans une ville tellement chiante que personne ne voudra me rendre visite. Lons-le-Saunier ? Draguignan ? Firminy ? Twiggy sent bien que je suis soucieux : elle se pelotonne contre ma cuisse, couchée sur le dos, mais garde un œil grand ouvert. Elle se passe aisément de judas pour me mater sans complexe. Je décide de la sortir pour profiter des dix minutes de répit qu'il me reste et prendre un peu le soleil sur ma tonsure.

Twiggy tressaute déjà comme une dingue devant la porte, j'enfile mes tongs ananas et me dirige d'un pas traînant vers le Planet Tacos. Ils adorent Twiggy là-bas, on lui lance une frite ou deux à chaque passage (je ne vois pas les frites comme un assortiment très catholique pour les tacos, mais passons). Ma chienne n'est pas un animal de cirque. Elle refuse les frites, bien entendu, mais je la soupçonne d'être assez flattée de l'attention qu'on lui prête.

Long boulevard moche : c'est comme ça que je qualifiais ce coin de Paris quand j'ai débarqué dans ma nouvelle loge. Petites vieilles voûtées, kebab et opticiens, bâtiments haussmanniens sans aspérités alternant avec moderne fadasse. Un glissement de tram exaspérant en guise de bruit de fond. Et puis je m'y suis fait. La bande de gazon vert kiwi qui scinde la route en deux. Les groupes de jeunes hésitants entre McDo et Burger King comme si c'était un choix politique, l'étrange façade de l'école professionnelle de la boucherie. Et le Faceboof, audace de devanture s'il en est. OK pour tous ces changements urbains, à condition que l'être humain ne vienne pas me chatouiller.

Je n'ai pas le temps de me plonger pleinement dans mes réflexions architecturales parce que je suis arrêté par la vision d'une voiture, au moment où je m'apprête à tirer très légèrement sur la laisse de ma Twiggy qui prolongerait bien notre promenade. Cet Espace, garé sur le trottoir d'en face, m'en rappelle un autre. Mais où est-ce que j'ai bien pu voir une bagnole pareille ?

Je rentre, vérifie le tombé de ma capuche dans le miroir du vestibule. Un connard a encore mis sa main crade sur mes miroirs. Vu l'empreinte, ça doit être un gosse. Si je le chope je lui fais bouffer de l'Ajax par les oreilles. Pourquoi est-ce que cette camionnette me titille autant ?

« Riche », répète la Voix en boucle. Vous parlez d'une info…

Mon début d'après-midi se déroule sans heurts. Je me planque dans le local à poubelles pour éviter Mme Diallo. De temps en temps j'ai recours à ce genre de technique, toujours très efficace. Je règle un problème d'encombrement des caves, je porte un pli pour Rita du troisième. Elle refuse systématiquement de signer sur la tablette du livreur Colissimo, persuadée que c'est un moyen de lui soustraire du fric. J'ai tout essayé, impossible de la raisonner. Du coup, je récupère les colis pour elle, c'est un deal tacite entre nous. La première fois, je l'ai ouvert accidentellement. Et c'est là que j'ai su. Que Rita était abonnée à *Délice des sens*, revue « gourmande, dans tous les sens du terme ». Cuisine et Éros. Le tout avec une abondance de roman-photo où Samantha à demi à poil se fait peloter les miches par Connor cintré dans son tablier similicuir. Elle ne sait pas que je sais. Pourtant, elle me retire toujours le colis des mains avec un empressement inquiet.

À 19 h 30, je décide de sortir acheter quelques kilos de Pink Lady, histoire que Danny ne me tente pas encore avec des Montblanc vanille ou des conneries du genre. En attendant, Twiggy se laissera bercer par le début de *Johnny, ce dur si doux*, un docu fiction sur TF1.

Dolorès m'a laissé un message vocal, elle veut m'inviter au resto. Je me chargerai, en temps voulu, de lui rappeler l'absence de finesse et le sadisme dont elle a fait preuve à mon égard, son grand truc quand je suis au régime. Pour le moment, je me contente de lui proposer un café aux Cascades, pour ce dimanche. Elle veut me montrer les nouvelles créations d'Olympe et apparemment, ça vaut le détour. Olympe a beau être sa fille, c'est aussi la femme d'affaires la plus redoutable que je connaisse. Pas de quartier, même pour sa mère. Dans le message, Dolorès précise qu'elle veut me demander conseil avant de s'entretenir au sujet « du pourcentage ». À tous les coups, elle espère toucher plus gros sur leur petit trafic… comme si Olympe allait céder, elle rêve !

Quand je rentre chargé de pommes et de carottes, je m'arrête deux secondes pour gratter un sticker qui dégrade les boîtes aux lettres. Le concept d'harmonie des étiquettes échappe à tout le monde, et ça me désole. Encore un malotru qui m'a foutu un autocollant « Chien méchant » à côté de sa boîte, il doit trouver ça spirituel, alors que ça gâche tout le côté classe du hall, merde.

Une silhouette passe dans mon dos. Je me retourne par réflexe (on est vulnérable quand on gratte des étiquettes) et, de surprise, la jeune femme trébuche à la fois sur son long manteau et sur mon sac de carottes bio (pourvu qu'elle n'en ait pas écrasé au passage, vu le prix que ça me coûte). Je l'aide à se relever, chic type responsable que je suis. C'est presque une gosse, en fait. En tombant, son manteau s'est largement ouvert sur un short de la taille d'un mouchoir en vinyle rouge. Mais c'est qu'elle est à demi à poil, la môme ! Et qu'est-ce que c'est que ces compensées dorées, là ? Elle est plutôt mignonne, cette petite Chinoise, si on excepte les deux tresses qui lui donnent l'air un peu cloche. Je sens une immense lassitude qui se dégage de tout son être. Elle sent bon le gel douche coco-vanille ou un machin sucré dans le genre. Elle me remercie d'une grimace gênée et se jette presque dans la rue.

La blonde, la camionnette, et maintenant cette enfant à moitié nue. Il se trame des choses pas nettes sur mon boulevard. Il va falloir mettre un peu d'ordre dans tout ça.

10

Au fond, c'est peut-être Soso qui a raison : ma cagole est légèrement… envahissante. Voilà qu'elle a décidé de rentrer pour certaines pauses déj – « Ça serait quand même bête, Pierre, de travailler à deux pas et de ne pas en profiter. » Profiter de *quoi*, on se le demande. Ou plutôt de *qui*, d'ailleurs. Car en l'occurrence, elle me tombe littéralement dessus, je suis pris en otage. La dernière fois, elle m'a tenu la jambe pendant presque une heure. Tout a tourné autour de la Voix. Ça semblait vraiment la passionner de savoir si c'était une voix de mec, de grand-mère ou une petite voix démoniaque, si c'était une partie de moi ou une présence que j'hébergeais gentiment dans un coin de ma tête. Je n'aime pas spécialement ce genre d'interrogatoire, parce que ça me ramène à des questions auxquelles moi-même je n'ai pas toujours les réponses.

Une salade quinoa-carotte dans une main, des falafels dans l'autre. Je devine malheureusement trop vite laquelle des deux est ma potence. Pitance, pardon. Elle a apporté un dessert, ou quoi ? Ça sent la noix de coco ou la vanille, un truc sucré… J'en peux plus de ce régime de merde.

J'entame courageusement ma salade en essayant de fixer la tête de ma flic plutôt que son menu de rêve. Oh ! Seigneur, je n'avais pas encore repéré les pendants d'oreille style bouée de sauvetage. La teinte est presque assortie à celle du vernis, ça doit être le comble du chic pour une cagole.

— Je m'étonne qu'on vous laisse vous peinturlurer les ongles avec du orange en toute impunité dans votre commissariat.

— C'est du *rose*.

— Évitez de me répondre la bouche pleine, vous serez gentille.

Elle se trahit : autant j'ai parfois l'impression que ma petite Marion-Lara pourrait être confondue avec les jolies filles de multiples coins de France, autant la façon dont elle prononce certaines couleurs ne laisse aucun doute quant à ses origines. Cela étant, ou elle a travaillé d'arrache-pied pour perdre son accent, ou elle est arrivée sur le tard à Marseille… un jour où j'aurai le courage de me lancer dans une conversation biographique, je lui poserai la question. Mais aujourd'hui, elle me fatigue vraiment et je me contente d'écouter ses élucubrations sur une récente affaire assez sordide.

— Et donc, elle s'est réveillée à l'hôpital… euh, vous savez ? Celui avec un nom de manuel de savoir-vivre ?

— Rothschild ? Laissez-moi vous dire que Nadine vous aurait radiée avant votre naissance.

— Oui, voilà, Rothschild ! Donc, cette femme, appelons-la Corinne…

— … Vous refusez de révéler sa véritable identité ?

— Ben non, elle s'appelle vraiment Corinne. Pourquoi ?

— Écoutez, Marion-Lara, évitez les effets de style que vous ne maîtrisez pas totalement, d'accord ? Poursuivez, s'il vous plaît.

— Eh bien, ça devait faire deux mois qu'elle était dans le coma, après un épisode assez violent. Son mari l'avait vue se lever, très tôt comme d'habitude, leur réveil sonnait toujours à 6 heures. Et là, il a ouvert un œil, il l'a vue sauter du lit presque d'un bond et se jeter par la fenêtre. Du deuxième, heureusement.

Du sixième, elle ne se loupait pas. Là, elle s'en est sortie avec plusieurs fractures mais surtout, un aller simple pour le coma.

— Son réveil sonne et elle se défenestre ? Elle travaillait chez Orange ?

— Vous faites dans l'humour noir dès l'heure du déjeuner ? Donc, elle s'est réveillée, Pierre, et dites-vous bien que son mari était là *tous les jours* depuis qu'elle est dans le coma. Pas un jour sans qu'il vienne passer plusieurs heures à son chevet, pour prier. Il avait même obtenu la permission de dormir dans sa chambre, donc, une fois par semaine, on lui installait un lit d'appoint et il…

— Pour prier, c'est-à-dire ?

— Prier c'est prier, je vais pas vous donner de détails sur les paragraphes qu'il récitait !

— Les versets, Marion-Lara, les versets. Ce sont des cathos ?

— Et même des supercathos. Apparemment, c'est le couple phare de l'église qui ressemble à une fusée, vous savez, toute en briques rouges, pas loin, avenue Daumesnil ?

— L'église du Saint-Esprit.

— Mais vous connaissez tout le périmètre, Pierre ?

— Je connais mon quartier, plus modestement.

— Je vois. En tout cas, c'est un couple très populaire, et même modèle. Très investi dans la vie paroissiale. Apparemment, Corinne donnait des cours de catéchisme. Et lui, Didier, il tient un magasin d'optique sur la place Félix- Éboué.

— Et à quoi tient l'engagement spirituel de ce brave homme ? Il compte refourguer des lunettes aux enfants de chœur, pour qu'ils apprennent à lorgner ?

— Il est leveur de fonds en faveur de l'église. L'an dernier, grâce à lui, ils ont récolté suffisamment de sous pour réparer un vitrail qui avait été gravement endommagé et ils s'apprêtaient, juste avant le drame en fait, à rencontrer le mécène qui allait leur permettre de rénover les fresques de Maurice Denis.

— Qui ça ?

— Maurice Denis est un peintre naïf, originaire de Saint-Germain-en-Laye, il est connu pour…

— Marion-Lara, épargnez-moi vos fiches Wikipédia. Je suis sûr que vous vous êtes renseignée sur le sujet, inutile de m'en convaincre.

— Mais enfin, c'est vous qui…

— Dites m'en plus sur le drame lui-même : elle s'est réveillée, et… ?

— Et c'est le deuxième drame : quand le médecin est arrivé, son premier geste a été…

Marion-Lara pointe son doigt vers moi, bras tendu, ongle orange accusateur. Je crois d'abord que je me suis taché, avant de comprendre qu'elle ne fait qu'imiter le geste de la bonne femme.

— … de pointer son mari du doigt, comme ça ! Et là…

Pas le temps d'achever le récit de cette affaire qui devient pourtant passionnant. Nous sommes interrompus par une sonnette virulente. Je sais immédiatement que c'est Pascaline Dijoud, cette mégère sonne toujours comme si elle était menacée par une descente d'organe. Je lui ouvre avec appréhension. Ça doit être la pétition qui l'agite, elle m'a encore demandé deux fois de bien vouloir y ajouter ma signature, « même sous pseudonyme ».

— Ah, monsieur Pierre, je suis soulagée de vous trouver. Je viens en toute urgence vous signaler quelque chose de pas normal dans l'immeuble.

— Vous parlez sans doute des locataires ?

— Pardon ?

— Non, rien, poursuivez madame Dijoud, je bois vos paroles.

J'ai entendu des pas rapides dans mon dos. Je parie que ma flic s'est planquée dans la cuisine. En restant dans le salon, elle pouvait être sûre que Pascaline allait la repérer. Bon réflexe. Elle doit déjà avoir des démêlés avec la commère supérieure.

Marion-Lara partie.
Marion-Lara partie.
Marion-Lara partie.

Parfois, la Voix ne se fatigue pas…

— Voilà, depuis quelques jours, ça va bien faire deux semaines maintenant, je vois des personnes peu recommandables dans les escaliers. Et pour vous exprimer le fond de ma pensée, je vous le dis franchement, elles n'ont rien à faire ici.

Tiens, tiens…

J'appuie mon bras sur l'embrasure de la porte, comme si j'hésitais à sortir de ma loge. J'ai remarqué que ça donnait l'illusion que j'étais passionné par la conversation. Ça encourage mes ouailles à poursuivre leur récit sans que j'aie à répondre à quoi que ce soit.

— Elles sont au moins cinq. Et ça y va, un vrai défilé. Je ne sais pas quel est l'individu qui ose en… en « accueillir » autant à la fois dans une même journée, mais vous voulez que je vous dise ? C'est révoltant, la nature humaine !

— Où voulez-vous en venir exactement, madame Dijoud ? Excusez mon insistance, mais l'heure a l'air grave et je veux m'assurer de bien comprendre les tenants et aboutissants de votre discours.

Elle chuchote presque sa réponse :

— Monsieur Pierre… imaginez que quelqu'un du bâtiment A… eh bien… quelqu'un invite « des dames » chez lui. Tous les jours ! Vous vous rendez compte ? Et encore, ça serait une seule, on pourrait lui trouver des excuses, mais là, cinq !

— Une pour chaque jour de la semaine ?

— Vous plaisantez ? Parfois, c'est cinq *par jour* ! Oh ! excusez-moi, je me sens mal rien qu'en y pensant… vous… vous n'auriez pas un petit verre d'eau, s'il vous plaît ?

Je m'échappe deux secondes dans la cuisine pour lui servir un peu de flotte. Marion-Lara est en train de flatter le menton de ma

Twiggy et, pour une raison qui m'échappe, évite soigneusement de croiser mon regard.

— Tenez, madame Dijoud, buvez ça. Je vous ai ajouté une pincée de guarana, ça va vous aider à vous remettre.

— Qu'est-ce que c'est que ce truc-là ? Ce n'est pas dangereux ?

— J'ai entendu dire que les animateurs télé en consommaient pour se changer de l'héroïne. Très bien. Passons aux choses sérieuses. Pour résumer, vous soupçonnez un de nos braves locataires de se payer les services de filles à raison de plusieurs fois par jour.

— C'est ça.

— Vous pensez que cela a lieu à votre étage ?

— Oh non, monsieur Pierre ! Ce genre de choses n'aurait pas lieu au deuxième.

C'est bien connu, plus on grimpe dans les étages, plus la libido des locataires s'affole.

— Et vous êtes persuadée que ces « dames », comme vous dites, ne sont pas des jeunes filles de bonne famille ?

— Absolument. C'est vrai, ça aurait pu être juste des étrangères, monsieur Pierre, elles ont toutes les yeux bridés, et je n'ai rien contre les Chinois hein, attention ! Les voisins au-dessus de Diallo, vous voyez, dans le bâtiment B, ils sont discrets ! Mais là, elles s'habillent bizarrement, c'est un peu… olé-olé. Je vous avais bien dit qu'il fallait la signer, cette pétition ! Maintenant, elles vont toutes venir s'installer chez nous, elles vont nous prendre nos…

— Nos hommes ? M'est avis que c'est plutôt le contraire.

Je ne laisse pas le temps à Pascaline de comprendre et coupe court à cette conversation qui dérive.

— Je prends en compte votre plainte, mais là vous m'excuserez, il faut que je sorte ma Twiggy. Et puis il faut bien que tout le monde travaille, même les putes !

Généralement, le seul moyen de renvoyer pour de bon une commère, c'est d'user d'un vocabulaire qui soit une atteinte directe à ses bonnes mœurs. Mission accomplie.

Marion-Lara regagne sa place sur le canapé d'angle. Mais... ? C'est elle qui sent le gâteau ! J'en suis sûr maintenant ; un mélange de vanille et noix de coco presque écœurant. J'ai l'impression d'avoir déjà senti cette odeur quelque part, mais où ? Au moins, ça veut dire que je n'aurai pas à subir l'épreuve de la voir s'engouffrer un dessert comme si je n'existais pas.

— Un petit brugnon, Marion-Lara ?

— Volontiers. Où est-ce qu'on en était ? Ah oui, Corinne se réveille sur son lit d'hôpital, elle désigne son mari du doigt. Et voilà.

— Et voilà quoi ? Attendez, non non, vous n'allez pas m'en foutre partout ! Là, prenez un Sopalin !

— Bah, elle désigne son mari ! Elle l'accuse de l'avoir précipitée par la fenêtre !

— Accuser un bon croyant de tentative de meurtre ? C'est presque pire que si elle avait vraiment tenté de se suicider...

Suicide.

Suicide.

Suicide.

Tiens. La Voix s'était pourtant tenue à carreau pendant tout le déjeuner.

— Bon, rassurez-vous, la Voix me dit qu'elle a bel et bien voulu en finir. Peut-être que Corinne était un peu à l'ouest à son réveil.

— Pierre, votre loge, c'est encore mieux que *Secret Story*. J'adore ! Mais là, quand même, je suis en train de vous expliquer qu'aussitôt sortie de sa période de léthargie, cette femme accuse son mari si dévoué d'être à l'origine de sa chute !

— Hum hum. C'est vous qui le dites.

— Imaginez le plan parfait et machiavélique de Didier, tous les jours au chevet de sa propre victime !

— Vous regardez trop de séries policières, mon enfant.

— La Voix n'a rien à ajouter, là ?

— Que dalle. Crevée, la Voix. Comme moi, d'ailleurs. Enfin, dans un cas comme ça, typiquement, j'aurais encore demandé des photos. Vous l'avez vu pour Myrtille, je travaille très bien à partir de photos, même quand je suis fatigué. Peu importe qu'elles soient récentes ou non. Par contre, c'est vrai que j'apprécie que la personne soit seule dessus. Sinon, le risque, c'est toujours que je sois contaminé par les autres figurants, je vois les rapports qu'ils entretiennent les uns avec les autres plus que ce qui les concerne eux-mêmes, vous comprenez ?

Au fond de moi, je sais que j'irai jeter un œil à l'église, quand j'aurai un moment. J'y suis rentré une fois, beaucoup plus jeune. J'étais figurant sur un long-métrage avec Christophe Lambert interprétant le père Popieluszko, je me souviens. Il y avait un prêtre qui le poursuivait pour avoir un autographe, il les collectionnait je crois.

— D'accord, et en passant, une petite question : si je vous apporte une photo d'une personne, vous pouvez me dire si cette personne n'est pas cette personne ? Je veux dire, si son identité…

Impossible de démêler les propos confus de ma voisine préférée. Nouvelle interruption. Les gens ne respectent rien, surtout pas ma pause déjeuner.

C'est le petit Akira. Ce mioche ressemble à un pois chiche, dodu et disgracieux.

— Papa dit que faut que je passe ce soir vous dire que je vais bien quand je rentre de l'école vu qu'il est parti ce matin et il rentre dimanche soir mais tard.

Mal élevé en plus.

— *Bonjour*, Akira.

— Donc là déjà je viens pour vous dire que je vais bien.

— Ça m'en a tout l'air.

— Oh ! bonjour, toi ! Tu es Akira ? Je ne sais pas si on s'est déjà présenté, je suis Marion-Lara, j'habite dans l'appartement juste en face du tien !

— Mon père il dit que vous avez fait plus de bordel qu'un tsunami quand vous êtes arrivée dans l'immeuble.

— Akira, tu devrais surveiller ton langage en présence d'un représentant des forces de l'ordre.

— Mais non, Pierre, laissez-le, la vérité sort de la bouche des enfants ! Akira, j'espère te recroiser très bientôt, n'hésite pas à venir sonner chez moi ce week-end si tu as besoin de quoi que ce soit, d'accord ?

Marion-Lara file. Le petit groin a droit à un regard tendre, Twiggy et moi à peine à un salut de la main.

J'observe l'avorton quitter l'immeuble, probablement pour aller se morfondre sur les bancs de l'école. Encore un perturbé d'une famille monoparentale dysfonctionnelle. J'ai déjà vu sa mère, une beauté, la Japonaise digne d'une estampe, avec un teint de porcelaine et des cheveux parfaits. Repartie vivre au Japon après le divorce et surtout après avoir vu l'erreur qu'elle avait pondue. Dans un flash, je vois le mioche se vanter auprès de ses camarades. Probablement parce que sa mère vit au pays des mangas, un truc bien de son âge. Mais dans l'ensemble, il me paraît assez triste comme gamin.

Je dois être sur le pied de guerre. Jérôme, le nouveau patron du syndic, m'attend à 15 heures pour, je cite, « échanger, établir du lien et brainstormer autour du concept de fête des voisins ». J'oubliais cette étape obligée du mois de juin. La plaie. Enfin, si Diallo-mère nous refait ses beignets de poisson, je n'aurai pas tout perdu. Oui : je vais m'autoriser un jour d'excès, en évitant le suicide alimentaire. Je consulte mon agenda, toujours à côté de la porte d'entrée, jouxtant le vide-poche rempli avec des cochonneries que Danny ramène de je ne sais où… Ouh là, ne pas oublier le café avec Dolorès. Rendez-vous à 18 h 15 précises. Cette antiquité est aussi ponctuelle qu'un train brésilien. Au moins, en l'attendant, j'aurais le temps de m'organiser avec Cris pour le partage du lieu. C'est décidé, je me fais une semaine de pause voyance et je lui laisse la chambre de bonne. Je lui demanderai juste de me tirer les cartes, ça sera un échange de bons procédés plus que correct.

Danny m'a déposé le courrier, comme d'habitude, sous l'agenda. J'ai beau lui répéter qu'il faut le mettre SUR l'agenda, elle ne m'écoute jamais.

Facture EDF.

Refacture EDF.

Engie.

Les petites sœurs des pauvres organisent un karaoké.

Monsieur Kalloumariandraina. Guérisseur, coupeur de feu, dermatologue. Fait partir votre urticaire et vos problèmes de cœur même très profonds.

Misère.

Qu'est-ce que c'est que cette écriture à l'encre bleue ? Une lettre d'avertissement. Et elle est signée de la main de Mimosa Diallo.

11

Monsieur Pierre,

Je soussignée Mimosa Diallo, tiens, par la présente, à vous avertir avant qu'il ne soit trop tard de la situation désormais critique dans l'appartement que je partage avec ma mère, Bethsabée Diallo. Il y a maintenant un mois et neuf jours, ma mère vous a pour la première fois alerté au sujet d'un problème d'apparition de tuyau (sous la forme d'une excroissance de type tuyau) au niveau de notre couloir d'entrée. Par la suite, ce problème étant devenu récurrent et s'étant propagé à d'autres pièces de notre logement, elle vous a prié de bien vouloir photographier pour archivage l'avancée progressive, régulière et manifeste desdites excroissances. Il est évident que ces phénomènes physiques inquiétants ont pour origine la malveillance naturelle de la famille Yen, nos voisins du dessus. Je vous informe que les apparitions de tuyau sont désormais accompagnées de divers phénomènes de nature similaire (néfastes et nuisibles). Pour n'en citer que quelques-uns, permettez-moi d'évoquer les acouphènes suraigus, disparitions irrationnelles de denrées comestibles, perte de pièces de 20 et 50 centimes, déplacements systématiques d'objets du sol vers les étagères.

J'ose espérer que ces quelques exemples vous aideront à conscientiser la gravité de la situation.

Comme ma mère vous en a fait part, il s'agit bel et bien d'un phénomène d'envoûtement chinois. Après renseignement auprès du commissariat du 15e arrondissement…

— Pourquoi le 15e ? Pourquoi elle ne se rend pas plutôt dans celui de votre quartier ?

— Mais lis, Dolorès, lis ! Elle l'explique plus loin !

Dolorès reprend sa lecture à haute voix, la mine grave et concernée. Son litron de fond de teint se fissurerait presque, laissant apparaître les agrafes de son nouveau lifting.

... du 15e arrondissement... (pour des motifs d'ordre personnel, je tiens en haute estime les employés du commissariat de la rue de Vaugirard)...

— Ah oui, Pierre, tu avais raison, tout s'explique !

— Je viens de te le dire, mais lis, nom d'un chien !

... il s'agit effectivement du type d'envoûtement le plus efficace et de notoriété publique, probablement le plus difficile à dissiper. Aux dires du commissaire V., « contre l'envoûtement chinois, je regrette, mais il n'y a rien à faire ». Sylvie Tavares, actuellement gardienne du 13, boulevard Soult, pourra vous le confirmer, ainsi que la plupart des témoins que vous interrogerez à ce sujet, si toutefois vous voulez bien vous en donner la peine...

— « Si toutefois vous voulez bien vous en donner la peine » ? Oh là là ! Le ton monte !

— Encore un petit effort, Dolorès, tu arrives presque au bout.

... Ma mère s'alimente à peine et ne dort plus depuis maintenant quatre jours. En haut, les Chinois s'agitent. En bas, à notre étage, dans notre appartement, l'envoûtement continue de sévir. Il viendra à bout de ma mère si vous continuez à ignorer la situation. Je vous conjure d'agir, en tant que gardien de l'immeuble, et de bien vouloir prendre en considération mon dépôt de plainte. Contraindre la famille Yen à un changement de résidence m'apparaît comme la seule solution à mettre en pratique au plus tôt, dans la perspective de voir la santé de ma chère mère s'améliorer.

Dans l'attente de vos décisions et de vos actes,

Présentement,

Mimosa Diallo.

Lue par Dolorès, la prose de Mimosa Diallo prend une autre dimension.

En quarante-cinq ans de carrière comme parfumeuse sur les Champs-Élysées, elle a vu passer tout ce que la Terre peut compter comme types de calvaire féminin, que ça soit parmi les filles qu'elle dirigeait, en tant que première vendeuse, ou parmi la clientèle. Je compte donc sur elle pour m'aider à trouver comment me sortir de ce pétrin. Peut-être que, dans le fond, Dolorès se passionnera toujours plus pour le dernier modèle de sac Vuitton que pour la nature humaine, mais elle s'avère souvent d'excellent conseil.

— Alors ? T'en penses quoi ?

— J'en pense que, comme toutes les filles, Mimosa *aimerait* aimer sa mère.

— Qu'est-ce que tu sous-entends ?

— Je veux dire qu'elle fait du zèle parce que, en dehors du fait qu'elle croit probablement dur comme fer à son histoire d'envoûtement, elle sent surtout que sa mère décline. Et comme elle n'a sans doute pas que ça à faire de s'en occuper, elle reporte la faute sur toi tout en montrant par là qu'elle s'en occupe parfaitement, justement.

— Ce que vous pouvez être tordues, vous, les nanas… Moi par exemple, ma mère…

— Ce n'est pas le sujet, Pierre, il me semble… Quand ce n'est pas ta flic, c'est ta mère… tu es en recherche de figures féminines constructives, en ce moment ? C'est agaçant…

— Oui, enfin, origine psychologique ou pas, son envoûtement la met vraiment dans un sale état, la mère Diallo, et moi je flippe avec une lettre comme ça. Si je ne fais rien et qu'il… se passe quelque chose… tu vois ? On peut vraiment m'accuser, non ? De non-assistance à locataire en danger ou…

— Pierre. Calme-toi. Et arrête de secouer ton sachet de sucre, tu veux bien ? Ça me rend marteau, ça, les gens à qui j'ai la bonté de donner les secrets de mon Blitzrégime mais qui ne résistent pas à la vue d'un…

— Et moi, ce qui me rend dingue, c'est toutes ces histoires ! Tu me vois dire au nouveau président du syndic : « Parmi les problèmes à signaler, des apparitions magiques de tuyaux en plomb chez un de nos locataires »… ? Franchement !

— Moi je te conseille d'en parler, au contraire, c'est ce qui te protégera. Et puis va faire un tour chez ces fameux Yen, voir s'ils n'ont pas un aspirateur automatique qui produirait des vibrations bizarres, par exemple.

Je remercie ma vieille amie pour ses recommandations, décide de changer de sujet et de commander un deuxième déca avant d'avoir envie de bouffer ma tasse.

— Au fait, comment va Twiggy ?

— Tu veux dire depuis que son séjour chez toi l'a élevée au rang de mère ?

— Attends, je t'ai rendu service, non ? Sans moi, tu n'aurais pas pu aller passer ton week-end avec tes « amis du 16e » !

— C'est dommage, Dolorès, parce que j'étais dans de bonnes dispositions pour t'aider sur cette histoire de négo avec ta fille, mais là, franchement, je te trouve indélicate. D'ailleurs, tu devrais te méfier, ça creuse tes rides de saint-hubert.

— Je te demande pardon ?

— Ces deux rides bien profondes là, qui entaillent tes joues ! L'affaissement facial te guette. Renseigne-toi sur la morphologie canine et tu comprendras de quoi je parle.

Je dois admettre que je suis assez peu concentré sur le reste de la conversation. Tant mieux, Dolorès apprécie aussi les monologues.

— Tu m'écoutes, Pierre ? Avec des idées pareilles, il y a de quoi se faire une petite fortune ! Olympe est un génie !

— Non, Dolorès, Olympe est obnubilée par le fric et vénale au dernier degré, c'est tout à fait différent.

— Oui, eh bien, je ne vois pas le mal, si c'est le moteur de son génie créatif !

Dolorès qualifie de « génie créatif » la capacité de sa fille à reconditionner les échantillons gratuits de produits de beauté pour les revendre ensuite à des prix supposés avantageux. Autant dire que la gosse est née avec l'arnaque dans la peau. À dix ans, Olympe récupérait déjà les échantillons distribués dans les magazines féminins. Elle vidait leur contenu dans des flacons de shampoings d'hôtel (feu papa bossait comme majordome au Plaza Athénée) et revendait le tout à ses camarades de classe à l'approche de la fête des Mères. En parallèle de son métier (qui doit au bas mot lui faire gagner trois fois mon salaire), la petite déesse à sa maman continue de jouer, mais cette fois dans la cour des grands. Elle a mis en place un système parfaitement rodé de revente d'échantillons, investi dans une machine à blister et misé sur un repackaging zéro défaut. Sa mère trouve la clientèle qu'elle démarche directement sur son lieu de travail (repérant les accros à la Sisheido anti-rides, au sérum Régénération Intense LA MER en passant par du Sisley…) et les attire dans leur toile savamment tissée. Seulement voilà, Dolorès touche un pourcentage sur les ventes, pourcentage qu'elle commence à trouver dérisoire au vu des risques qu'elle prend… Mais Olympe ne l'entend pas de cette oreille.

Je suis parfois assailli d'images très nettes. Elles dessinent une sorte de décor autour de mon sujet d'étude. En ce moment même, la petite table ronde du café des Cascades où nous sommes installés disparaît pour laisser place à des étagères métalliques pleines de flacons neutres. Dolorès trône au milieu des étagères, les mains ouvertes vers le ciel comme une madone et… elle… renifle ?

— Bon, prends note de ce que je te dis maintenant, d'accord ? Tu es entourée de parfums qui n'ont pas de noms, pas d'étiquettes, tu les sens et tu dis « oui » ou « non », c'est toi qui décides s'ils peuvent aller sur les étagères ou s'ils doivent quitter la pièce. Voilà.

— Hum… intéressant.

— À mon avis, quelque chose de nouveau arrive dans ta vie, une nouvelle idée… un projet constructif, si tu préfères.

— Mon Dieu, on croirait entendre un DRH !

Et elle n'a pas tout à fait tort. Une heure trente d'entretien avec Jérôme du syndic a bien failli avoir ma peau. J'en suis sorti vivant, mais avec quelques séquelles linguistiques, visiblement…

12

Le héros a des flashs quand il touche des objets. C'est ce que m'explique dans une logorrhée sans fin Danny, que je soupçonne d'être impressionnée par l'anatomie de Thomas Adam plutôt que par l'intrigue de cet épisode de *Contact*. Twiggy est si facilement corruptible : confortablement installée sur les genoux de ma colocataire, elle m'adresse un regard distant lorsque je m'affale à leurs côtés, mon cocktail dépressif à base de radis noir et céleri sur un plateau.

— Quelle ingrate, cette chienne. Je parie que tu lui as donné à bouffer aussitôt rentrée, c'est pour ça qu'elle n'a d'yeux que pour toi ce soir.

— « L'amitié ni l'amour ne doivent recevoir que ce qu'ils peuvent rendre. »

— T'as trouvé ça dans une papillote ?

— Palais de Chaillot. 1959. *On ne badine pas avec l'amour*. C'est Camille qui dit ça.

Danny a été ouvreuse toute sa jeunesse, au théâtre puis au cinéma. Elle fourmille de références théâtrales, mais sa spécialité consiste surtout à les ressortir aux moments les moins opportuns.

— Tu t'imagines, Pierre, être comme lui ? Avoir des réponses en interrogeant des objets !

En entrant dans un lieu nouveau, je suis capable de percevoir si un tableau, une plante ou un fauteuil est chargé positivement ou négativement. Je suis parfois tenté de demander à la personne de me raconter les circonstances de son achat ou de lui conseiller de s'en débarrasser aussi sec. Mais je ne « vois » rien. Je sens, c'est tout. C'est une sensation trop vague pour que je puisse la définir, trop floue pour que je puisse m'appuyer dessus pour prédire quoi que ce soit. Et non, franchement, l'idée d'avoir un flash en effleurant mon micro-ondes est loin de me faire fantasmer.

— Bof. Le seul point positif, c'est que ça me reposerait des gens.

— Qu'est-ce que t'as ? Ça va pas ? Je parie que ça s'est mal passé avec le nouveau patron…

Danny a raison sur un point. Je suis au bord de la colique mentale. Un trop-plein général. Trop de gens qui font la gueule pour ces histoires de « dames », trop de messages cryptés de la Voix. J'ai encore croisé une Chinoise en quittant Dolorès. Elle s'éloignait de l'immeuble dans un sillon sucré presque écœurant. Elle a cherché à éviter mon regard, j'en jurerais. J'ai eu le temps d'apercevoir ses taches de rousseur. En y repensant, une Chinoise qui vire Fifi brin d'acier, ça me semble contre-nature. À moins que ça soit une exigence du locataire à la libido débridée, celui-là même que fustige Mme Dijoud. Entre envoûtement et putes asiates, l'empire du Milieu me cherche des noises.

La vibration typique d'un SMS sur mon perso met momentanément fin à mes ruminations. C'est Jenni.

Ces cons ont pris une Jane « plus fraîche » que moi

Ils ajoutaient « plus mince » et j'allais me jeter directement dans la Seine

Ceci dit en cette saison ça doit pas être désagréable !!!

Inutile de lui rappeler qu'elle ne sait pas nager… Je sens que son agent va en prendre pour son grade. Ça fait des lustres qu'elle la supplie de lui trouver un rôle dans une grosse production américaine, au lieu de ça, Jenni est cantonnée à son rôle de Fanny, la reine de la manucure, sur sa série M6.

— Au fait, la fliquette t'a laissé du courrier.

— Comment ça ? Mais j'ai déjà relevé le mien !

— Non mais elle t'a laissé une enveloppe.

— Tu l'as encore mise *sous* l'agenda, je suis sûr ! Tu me rends dingue, Danny, combien de fois je dois te répéter que...

Twiggy grogne légèrement. Elle déteste quand je hausse le ton. Finalement, ce chien œuvre pour notre cohabitation pacifique.

Je me relève en pestant et soulève l'agenda qui dissimule une enveloppe en kraft de taille moyenne. Mon prénom y est écrit au stylo violet pailleté. Infoutue d'utiliser un bic noir, la Marion-Lara !

Je sors de l'enveloppe deux photos d'identité et une autre photo, format paysage. Une femme, petite cinquantaine, carré strict, regard éteint. Un homme, fine moustache soignée, dans les cinquante-cinq ans je dirais, une coupe militaire. Une pièce vide, une chambre à coucher, une fenêtre ouverte. Un lit d'hôpital. Sur le lit, un corps plein de tubes. Celui de la femme.

Corinne et Didier.

Elle m'emmerde, la cagole.

— Danny, je vais au tabac, tu gardes un œil sur Twiggy, t'as qu'à la foutre dans le jardin à la fin de ta série.

— Je sais que tu ne fumes pas, Pierre. À tout à l'heure.

Je me prends une vague de chaleur dans la gueule, typique pré-orage, ambiance moite et lourde, l'air me colle à la peau. Il est quoi ? 21 h 30 à peine ? J'ai besoin de marcher. D'être un peu seul. Je me dirige à l'orée du bois de Vincennes. Je croise quelques coureurs masochistes, bien décidés à suer leur graisse en dépit de cette chaleur déconcertante pour un soir de juin.

« Je travaille très bien à partir de photos, même si je suis fatigué. »

Apparemment, ma flic m'a pris au pied de la lettre. J'ai donc en ma possession un cliché de la défenestrée et de son soi-disant agresseur de mari. La question est : comment Marion-Lara a-t-elle pu se les procurer ? A-t-elle le droit de faire ça, de me communiquer des pièces du dossier ? Ça me rend nerveux. J'ai la sensation qu'elle m'entraîne dans un truc contre mon gré, alors que j'ai exprimé très clairement mon refus de devenir son associé.

Je m'enfonce un peu plus profondément dans le Bois. C'est rare que je m'y promène seul, sans ma Twiggy, surtout à cette heure. Je devrais être sur mon pieu en train de lire les mémoires de Danielle Darrieux. Encore un ou deux joggeurs fous. Puis une zone grise. Pas de banc, les chemins de terre moins dessinés. J'entre dans le no mans' land du Bois. Au moins, ça me permet de penser tranquille, sans être distrait par quoi que ce soit dans le paysage. C'est vrai qu'il m'a stressé, ce Jérôme. En même temps, le nouveau patron du syndic entre dans la catégorie de ces gens à qui je n'ai pas besoin de tirer les cartes. Sa vie est toute tracée.

Il nous a réunis, mes collègues gardiens Manuela, André et moi, autour d'une table ronde, et nous a coachés pour « animer dans la bienveillance » la fête des voisins qui aura lieu mardi prochain. Celle de l'an dernier était un fiasco. Rita s'est lâchée sur le porto et, dans mon souvenir, c'est Marc le-voisin-parfait qui s'est chargé de la hisser jusqu'au troisième. Manuela a demandé si « fête des voisins » et « rencontres annuelles de la convivialité inter-étages » étaient synonymes. André a fait comme d'habitude, il a dodeliné de la tête d'un air impénétrable.

Pour les balades dans le Bois, je procède par boucles, surtout parce que j'ai la trouille de me perdre dans ce foutu ramassis d'arbres. En repassant par ce que j'appelle toujours « l'orée », parce que je ne vois pas comment qualifier autrement cette frontière entre début de la jungle urbaine et fin de la forêt, je le vois.

L'Espace.

Un réverbère éclaire sa couleur irisée.

Quelque chose m'attire irrépressiblement vers cette bagnole. Je m'approche. Personne à l'horizon. Les vitres sont voilées par des rideaux azur. Cédant à la curiosité, je fais le tour de la voiture en jetant tout de même des regards alentour. On pourrait me prendre pour un voyeur… Mais… *le singe !* Sur le devant de la voiture, accroché au rétroviseur central, un singe en peluche se balance au bout d'une ficelle argentée. Il est vêtu d'une sorte de minigilet… azur. Merde. Avec la bestiole assortie aux rideaux, aucun doute possible. Nous nous sommes déjà croisés dans un bois, lui et moi. Mais plus à l'ouest.

J'avais trente-cinq ans. Je m'étais dégoté un job dans ce club sélect du bois de Boulogne. Un aristo venait de se voir retirer son droit d'entrée. Pourquoi lui ? Le vigile avait fini par lâcher le morceau : « Il manquait plus que ça, des pédés qui s'enfilent dans les douches ! Il avait qu'à faire comme tout le monde la Chapelière, se taper la cloche à la camionnette, au lieu de faire ses trucs pas naturels sur du marbre italien ! »

Là-dessus, il avait désigné un Espace d'un index délateur.

« Tu vois le Kong qui pendouille ? Apparemment la Madame le met aux couleurs du jour, comme l'intérieur de sa salle de réception. Vu qu'elle reçoit des gens de la haute dans sa bagnole, autant que le décorum soit folklorique. La pute reste la même, mais les tentures varient. Si ça c'est pas de l'astuce ! »

Cette anecdote a plus de dix ans et elle me revient maintenant très clairement.

La camionnette. Le singe. Mme Chen. Toujours au poste. Comme moi : increvable.

Je regagne tranquillement mon boulevard, heureux d'avoir résolu au moins l'un des problèmes qui m'agitaient.

Deux silhouettes fondent vers moi au croisement Soult-Daumesnil. L'une svelte. L'autre, beaucoup moins.

— On t'a déjà dit de ne pas te laisser offrir une glace par un inconnu ?

— C'est pas un inconnu, monsieur le gardien, c'est une voisine.

— Gardien, c'est ma profession, pas mon nom, OK ?

— Je vais dire à mon père que vous me parlez mal.

— Et moi, Akira, je vais lui expliquer que tu dragues une vieille peau.

— C'est dégueulasse ! On mangeait juste un sundae !

J'aime traumatiser les enfants. Comme leur vue me procure peu de joie, je compense par une bonne dose de méchanceté à leur égard.

Marion-Lara a l'air navré. Mais manifestement, la joie de finir son sundae en marchant suffit à lui ôter toute envie de me faire des reproches. Ma fliquette a sorti une tenue casual pour accompagner le pois chiche jusqu'au McDo. On est plus proche du pyjama à fleurs que de tout type de vêtement identifiable.

Akira nous devance pour le tronçon de trajet qu'il nous reste jusqu'à l'immeuble.

— Il a tout pour plaire, votre nouveau protégé. Mal élevé, ingrat…

— Je le trouve adorable. Vous avez trouvé mes photos ?

— Oui. À ce sujet, Marion-Lara, il faut que je vous dise…

— Je vous laisse les étudier soigneusement, Pierre. Didier et Corinne ont besoin de vous. Et moi aussi. D'ailleurs, quelque chose me tracasse, une sorte d'égratignure au tableau du couple modèle… Quand est-ce que je passe chez vous ? Demain ? Après-demain ?

Elle préfère botter en touche plutôt que d'être accusée frontalement de vol. Je la comprends.

— Je suis sous l'eau, là, avec les rencontres annuelles de la convivialité inter-étages.

— C'est comme la fête des voisins ?

— Oui, mais en province, vous utilisez des termes datés. Nous, on progresse.

Akira disparaît dans l'immeuble sans un au revoir ou un merci. Sale vermine.

Marion-Lara me fait un clin d'œil on ne peut moins sensuel, avant de grimper les marches deux par deux.

Pourquoi ai-je quand même envie de jeter un œil à ses maudites photos ? Dois-je en vouloir à ma curiosité ? Ou est-ce qu'au fond de moi, je suis tenté de lui donner un coup de pouce, à la môme ?

— Marion-Lara ?

Je vois sa tête penchée par-dessus la rampe d'escalier.

— Vous montez ?

— Oui, mais vraiment deux minutes. Après, j'ai...

— ... Danny à sortir et Twiggy à nourrir, on sait. Ou alors le contraire.

Je vois des piles de DVD entassés sur le parquet du salon, et ce que je suppose être un canapé, sorte de double pouf gris clair recouvert de toutes sortes de coussins à message.

— Il y a eu une explosion nucléaire dans votre taudis ?

— J'ai proposé au petit Akira de venir voir un film hier soir. Un week-end tout seul sans son papa, c'est pas drôle.

Je comprends quelque chose à la façon dont elle dit « son papa ». Intonation légèrement trop appuyée.

— Comme dirait Danny : « Parfois, pour atteindre Dieu Tout-Puissant, il faut passer par ses saints. »

— Quoi ?

— Rien, mon enfant, rien.

Convaincue que je suis effectivement trop épuisé pour sortir quoi que ce soit de bon d'une analyse de photos, Marion-Lara se décide à m'en dire plus sur cette « égratignure » perçue dans le couple de cathos modèles formé par Corinne et Didier. Tout en feignant d'organiser les piles de DVD, à genoux dans son salon, elle raconte son histoire de façon assez désordonnée, histoire de me simplifier la tâche.

Apparemment, après sa déclaration tonitruante, Corinne est retombée dans un état léthargique que les médecins apparentent à un refuge post-traumatique. Mutisme, sanglots, regards fixes adressés au mur de la chambre d'hôpital ou au plafond. Maintenant qu'elle est réveillée, Didier continue de lui rendre des visites fréquentes mais, en raison des accusations de sa femme, il est interdit de séjour à ses côtés la nuit. La police le cuisine et sa version reste identique : il a vu sa femme se lever, s'approcher sans hésiter de la fenêtre, l'ouvrir et se jeter par-dessus bord. S'il s'agit bien d'une tentative de suicide, on peut lui reprocher de ne rien avoir tenté pour empêcher ce geste fatal. En même temps, Corinne pouvait se lever pour aérer leur chambre et lui pouvait être figé par la stupéfaction. Murée dans le silence, Corinne ne répond plus aux questions de la police. Il aura suffi d'un seul cri à son réveil, accompagné d'un doigt accusateur, pour que la vie de son mari bascule. Il n'y a aucune preuve qui permette de le coincer pour l'instant, mais il doit pouvoir se présenter au poste à toute heure du jour ou de la nuit. Au cas où.

— Mon chef pense que cet homme cache bien son jeu et il m'a demandé de me renseigner sur sa réputation.

— Il commence à vous faire confiance ?

— Non, c'est juste qu'il a commencé les séances d'hypnose pour arrêter de fumer et…

— Je ne vois pas le rapport.

— Il dit qu'il a peur de manquer de concentration à cause des séances et c'est pour ça qu'il m'a confié l'enquête de proximité.

J'ai une vision fugitive (plus je suis fatigué, moins elles se fixent, moins j'ai le temps de les étudier), celle d'un homme qui ricane tout en suçotant quelque chose… Pas le temps de comprendre. C'est peut-être une façon de me signifier que son chef essaye de lui tendre un piège, qu'il veut qu'elle se plante. Par contre, le biberon ou la chose qu'il porte à la bouche, je ne vois pas ce que ça peut être.

— Et vous avez commencé par interroger… Marion-Lara, vous pouvez au moins me regarder quand je parle ? Interrompre votre rangement pour m'écouter, c'est quand même le minimum !

— Quel psychorigide ! Pour répondre à votre début de question, j'ai entendu tous les élèves du cours de caté de Corinne et les différents religieux et laïques de la paroisse.

— Et de son côté à lui ?

— Son magasin d'optique a l'air de prospérer, il faut encore que je me penche sur les mécènes qu'il est chargé de démarcher au nom de l'église.

— D'accord. Bon, comme vous le savez, j'ai vu que c'était un suicide. Maintenant, je peux me planter.

— J'ai du mal à croire que votre truc puisse se planter…

— Vous le découvrirez bien assez tôt, j'en ai peur.

— C'est-à-dire ?

— Rien. Reprenons : il vous faut chercher les éléments qui auraient pu pousser la femme à un geste de désespoir. Généralement, mais je ne vais pas vous apprendre votre métier, ça rentre dans des catégories assez restreintes : fric, fion, famille.

— Ils n'ont pas l'air d'avoir de problème d'argent, sans pour autant vivre un grand train.

— « De vie ». On dit : « un grand train de vie ». Sinon, ça fait plouc.

— Vous êtes vraiment méprisant. Par le terme numéro deux, je suppose que vous voulez parler d'adultère ? Je me dis que les bonnes paroissiennes seraient les premières à me révéler des histoires croustillantes si le cas se présentait…

Ma flic ferait-elle montre d'une ironie acerbe ? Je savais que j'avais une mauvaise influence sur elle !

— Enfin, pour ce qui est de la famille… la leur est réduite, d'ailleurs, ils n'ont pas d'enfants.

— Et ça, ça ne fait pas jaser les bonnes chrétiennes ?

— Étonnement non.

— Alors, c'est qu'on doit savoir que c'est madame qui est stérile ou une raison de cette eau-là. À votre place, j'irais creuser de ce côté en priorité. Quant à moi, aussitôt frais, je jetterai un œil à vos photos volées. Ne me regardez pas avec ces yeux ronds, Marion-Lara, je ne suis pas content. Pas content du tout. Vous n'avez pas à vous mettre en danger de cette manière ! C'est une belle connerie que vous avez fait là ! Imaginez que vous soyez découverte, à sortir des photos du nid ? Adieu Paris, là je vous le dis tout de suite, c'est retour à l'envoyeur chez vos compatriotes du Sud !

Marion-Lara hausse les épaules et les sourcils à la fois, preuve que je sais parfaitement comment l'excéder. Pourvu qu'elle m'écoute.

— Dites, Pierre, demande-t-elle en se relevant du sol dans un mouvement absolument dépourvu d'élégance, vous trouvez que je suis jolie ?

— Où voulez-vous en venir ?

— Que j'ai du charme ?

— J'me tire, ça va au-delà de mes fonctions, je ne suis pas le miroir de Blanche-Neige. Au fait, il vous a dit le nom de son hypnotiseur, votre patron ?

— Je ne vois pas pourquoi il me confierait ça. Il a juste dit qu'il travaillait loin d'ici, je le sais parce que la distance le fait râler… une station qui a un nom d'âne ?

Parfois je me demande si elle n'en fait pas des tonnes, exprès.

— C'est vous le Boucicaut. Et m'est avis que vos neurones ont besoin de moins de sundae et de plus de repos.

Je ne connais qu'un seul homme capable de convaincre un poulet d'arrêter de fumer via l'hypnose. Francis Barond, dit Baron Franz.

Son chef allait effectivement arrêter de fumer. Mais, soigné par le Baron, je savais aussi qu'il allait développer quelques petites anomalies.

Et je plaignais d'avance Marion-Lara.

13

— « Je vais faire en sorte que tu regrettes d'avoir fait de moi ta femme. Je te ferai regretter le jour où… »

— À quoi tu joues, Danny ?

— Je joue Martha, bien sûr, tu sais bien, à la fin de *Qui a peur de Virginia Woolf…*

— Danny, c'est la fête des voisins, merde ! T'as pas du Jaoui-Bacri, plutôt ? T'as remarqué : il manque Marion-Lara. Et vu qu'Akira et son père sont là, ça m'étonne d'autant plus de ne pas la voir.

— Quoi, elle s'est entichée du gosse à ce point ? Qu'est-ce qu'il est vilain, pourtant !

— Sois discrète, tu veux ? Et je doute que ça soit le môme qui l'intéresse.

Nous devons avoir l'air de deux comploteurs, Danny et moi, debout à l'une des extrémités de la grande table du « buffet de la diversité ». Pour le moment, Jérôme a l'air satisfait de son projet constructif. Il a choisi une journée de canicule pour réunir les locataires. Ça a le mérite de rendre les plus revêches totalement amorphes. Danny a acheté une nappe, je regrette d'avoir eu l'idée de lui confier cette mission. Elle a évidemment choisi la seule nappe motif Disney, et maintenant la petite sirène et l'alitée au bois dormant me tirent des sourires angoissants. Au moins, ça me dissuadera de bouffer. Twiggy est surexcitée, les gosses de l'immeuble se pressent autour d'elle, c'est la star, elle a son quart d'heure de célébrité. Diallo-fille m'observe, je n'ai toujours pas réagi à son courrier et elle doit se demander pourquoi. J'ai prévu d'en parler au syndic, autant suivre le conseil de Dolorès sur ce coup-là. Diallo-mère fixe la cour d'un air absent, le visage émacié et les yeux cernés. Elle est plutôt pas mal d'ailleurs, cette cour, avec son périmètre de gazon bien entretenu et son petit mur tout propre. Je m'étais dit que les bites récemment dessinées par le cogné du bâtiment B feraient mauvais genre, un jour comme aujourd'hui, donc j'ai passé ça à la Javel. Tiens, j'aperçois Olivier, dit Duduche, le comique de service à qui j'ai dû expliquer que, moi vivant, on « n'égayerait » pas sa boîte aux lettres, même pour faire plaisir à ses gosses. Rita est sobre, ça c'est bien. Les gens discutent, certains osent même adresser la parole à des inconnus. Je tends l'oreille, les conversations commencent toujours par une remarque prosaïque : « On ne doit pas avoir les mêmes horaires dis donc, on se croise jamais ! C'est incroyable, en cinq ans nous n'avons encore jamais pris l'ascenseur ensemble... » Quel pourrait être, parmi tous ces locataires, notre addict au sexe tarifé ?

Un doigt pointé en plein milieu de la colonne vertébrale m'oblige à me retourner. J'ai toujours détesté qu'on toque sur mon dos comme si c'était une porte.

— Bonjour, Pierre. Akira m'a dit qu'une voisine avait pris soin de lui pendant mon absence ?

— Ouais. Marion-Lara. Une flic qui aime les gosses.

— Dommage qu'elle ne soit pas là, j'aurais adoré la remercier... j'ai un petit paquet pour elle.

— Je le prends, je le prends, je lui donnerai.

— Non, ne vous inquiétez pas, je peux tout à fait lui remettre en mains propres...

— J'insiste, Marc. Je suis le gardien, après tout, c'est mon job.

Danny, qui a observé la scène, se rapproche de moi, narquoise. Elle a dû me voir lui ôter le paquet des mains. J'aurais mordu s'il le fallait.

— « Quand on a joué si jeune au docteur, il est difficile de prétendre que c'est une surprise totale, ou une découverte soudaine et bouleversante du septième ciel »...

— Écoute, lâche-moi avec Liz Taylor, tu veux ? C'est juste que je n'ai pas envie qu'elle tombe entre ses pattes...

— Tu ferais mieux d'aller la chercher, qu'elle s'amuse un peu, à son âge !

Je ne vais pas vexer Danny en lui expliquant qu'il n'y a qu'elle pour penser qu'une jeune femme puisse s'amuser à la fête des voisins. Ceci dit, c'est vrai que ça m'étonne que la petite ne soit pas là, elle qui saisit la moindre occasion de me mettre le grappin dessus pour m'assaillir de questions pénibles... J'obtempère donc, le paquet de Monsieur Parfait à la main, laissant la théâtreuse gérer à ma place les éventuels débordements.

Arrivé au troisième, je suis saisi à la gorge par une odeur de vanille sucrée, artificielle, et j'ai un mauvais pressentiment.

Je sonne plusieurs fois. J'entends distinctement derrière la porte quelques murmures affolés. Puis des bruits de pas. Enfin, Marion-Lara m'ouvre.

Haussmann, et plus généralement les architectes bourgeois, avaient compris l'importance du couloir. Il permet de créer un sas de décompression avant d'arriver sur la scène du désastre. D'éviter quelques quiproquos ou confrontations gênantes. Monsieur a le temps de s'enfermer dans un placard. Imaginez les intrigues de Feydeau dans un appart sans couloir... Seulement voilà, au 2, boulevard Soult, le couloir, c'est du luxe : ça n'existe pas. Je débouche donc en plein drame, je me vautre dans l'intimité de Marion-Lara. Et ça ne m'enchante pas du tout.

— Pierre, il y a un problème !

— En effet. Vous avez trois prostituées dans votre appartement.

— Non, un vrai problème !

Je tends mécaniquement le cadeau de Marc. Il doit être signé parce qu'elle ne m'interroge pas sur sa provenance et se contente de sourire. J'ai l'impression d'être un robot aux ordres de ma flic. Elle me fait rentrer dans l'appartement, referme soigneusement la porte derrière moi. Je jette des regards médusés dans son salon. Regards que me rendent avec méfiance les trois femmes qui me font face, deux assises sur le canapé et l'une dans le fauteuil à coussin Marilyn. Je reconnais la Chinoise blonde, mais il y en a deux autres dont je n'ai encore jamais vu le minois. Celle qui a l'air distante correspond au signalement de Mme Dijoud – « Je me demande comment on peut prendre des airs de princesse quand on fait des trucs pas normaux pour vivre, vous voyez ce que je veux dire, monsieur Pierre ? ». La dernière a les cheveux retenus dans une serviette de bain. Avec son tailleur bleu marine, on croirait une hôtesse Air France paumée dans un sauna.

Marion-Lara me tire par le bras et m'entraîne dans sa chambre, comme si elle craignait que je lui fasse une scène. Aucun risque : j'arrive à peine à articuler deux mots. Je comprends enfin les allées et venues suspectes de ces dernières semaines. Et cette maudite odeur de vanille… C'est la première fois que je vois sa chambre. Mes yeux sont immédiatement choqués par la présence d'un tapis en fausse fourrure blanche au sol, d'un gigantesque pouf rose et d'une affiche d'Hélène Ségara.

— Alors comme ça, vous organisez une contre-soirée ?

— Pierre, je ne vais pas avoir le temps de plaisanter avec vous. On attend que Petit Lychee sorte et elles vont partir…

— *Petit Lychee ?* Vous vous foutez de ma gueule ?

— Moins fort, s'il vous plaît ! Il faut que je vous confie quelque chose…

— Qu'est-ce qu'elles font chez vous, exactement ?

— Eh bien, elles se douchent, Pierre ! Enfin ! Par cette chaleur, ne pas pouvoir se doucher, c'est inhumain !

— Mais elles crèchent où ? Enfin, elles ont bien une salle de bains dans…

— Non. Elles ont une chambre miteuse, rue Coriolis, et en ce moment il y a des problèmes avec l'arrivée d'eau, je le sais parce que…

— Bref, vous leur avez proposé de profiter de votre douche. Et dites-moi, sainte Marion-Lara, comment se fait-il qu'elles viennent quand vous n'êtes pas là ? Je dis ça puisque je les ai moi-même croisées à des horaires où vous gagniez encore de quoi vous payer des french-manucures.

— J'ai fait faire un double.

Cette fille est un monstre d'innocence. Ou de connerie, j'hésite toujours.

— Écoutez, Pierre, exceptionnellement je suis restée avec les filles, elles ne travaillent pas tout de suite et Nuit Câline…

— Comme la tisane ? Non attendez, la tisane ça doit être « Calme », ou « Tranquille » …

— … Nuit Câline avait besoin de se rafraîchir et les filles en ont profité pour la rejoindre, sauf qu'il manque…

Elle n'a pas le temps d'achever son laïus. Quelques coups discrets et la porte s'entrouvre : je reconnais la gamine à demi nue croisée dans le couloir de l'immeuble. Ça doit être Petit Lychee. Elle me jette un regard suspicieux – j'ignore si elle m'a reconnu – puis pose ses yeux sur Marion-Lara.

— Nous partons maintenant. Merci pour ton accueil.

— J'allais expliquer la situation à mon ami Pierre… J'aimerais pouvoir vous aider…

— C'est inutile, nous avons l'habitude, on va trouver une solution.

Elle referme la porte après un bref salut de la tête. Et Marion-Lara se laisse tomber sur le lit comme sous le coup d'une fatigue intense.

— Vous allez m'aider ? me demande-t-elle dans un soupir.

— À trouver un gel douche moins discriminant ?

— À comprendre ce qui se passe. Une des filles, Ginger, manque à l'appel depuis plusieurs jours. Aucune n'a réagi quand j'ai demandé où elle était. Ne me fixez pas comme ça, je ne fais rien de mal, que je sache.

— Marion-Lara, votre chef vous a demandé de calmer le jeu au sujet de l'installation des putes sur la place, et vous, vous ne trouvez rien de mieux que de les inviter *chez vous*, à des soirées mousse ? Ça rentre forcément dans la catégorie « faute professionnelle ».

— Je n'en ai parlé à personne au travail, bien sûr. Et mon collègue Adrien n'est au courant de rien.

— Votre binôme sur l'affaire ?

— Exactement. On était chargés de les interroger dans un premier temps, de voir s'il n'y avait rien d'irrégulier dans leur situation, pour reprendre les termes du boss. Adrien n'avait pas envie de le faire, la paperasse c'est pas son truc, il répète que c'est un homme de terrain. C'est seulement au bout de plusieurs semaines qu'il s'est réellement penché dessus. Bien sûr, il les a survolés, donc il n'a rien vu. Mais moi, j'ai tilté sur le profil de Ginger.

J'ai un flash. Je vois la Chinoise Fifi brin d'acier croisée récemment. Les taches de rousseur. Ginger. C'est elle. Je distingue son visage très distinctement maintenant. C'est aussi la beauté des visions. Vous pensez que votre cerveau n'a enregistré qu'une infime portion d'un visage, d'une silhouette. Mais le don fait tout le reste et complète le portrait. L'expression de cette femme est dure. Mais pas seulement. Je sens quelque chose de presque morbide dans ses yeux.

— Pierre ? Vous m'entendez ?

— Oui, oui. Qu'est-ce qu'il a, le profil de votre amie ?

— Son âge.

— Quoi, « son âge » ?

— Ginger soutient dur comme fer qu'elle a trente-sept ans. Mais physiquement, j'ai beau retourner la question dans tous les sens… ça ne me semble pas crédible. J'ai préféré m'en ouvrir directement aux filles. Sauf que leur réaction est étrange. Après avoir semblé paniquer, Nuit Câline reste muette. Les filles aussi. Mais je vois bien qu'elles sont nerveuses. C'est tout juste si elles mentionnent encore Ginger. Mais Brigitte…

— Brigitte ? Depuis tout à l'heure, vous me balancez des surnoms à coucher dehors, et là au lieu de « Dragon de jade » ou « Soie sanguine », vous lui donnez du « Brigitte » ?

— Vous êtes fatigant, Pierre. Brigitte, c'est un peu comme leur maman, vous voyez ? Elle m'a d'abord remerciée pour les… services que je leur rends, et puis elle m'a demandé d'oublier ça.

— Marion-Lara, pour le dire sans détour : vous êtes dans une merde noire.

— Justement, je vais avoir besoin de votre aide pour m'en sortir.

— Encore ? Écoutez, mon petit, en quelle langue dois-je vous répéter que…

— Brigitte me demande d'oublier, sauf que moi, je refuse…

— … D'admettre que « Ginger » fait plus décrépite que son âge ? Mais enfin elle est pute, pas animatrice au Club Med ! Je ne vois pas ce qu'il y a d'improbable, c'est un métier qui vous tue. Parfois, le tapin, c'est comme la mine.

— J'ai besoin d'être soutenue, Pierre. Ne parlez pas de ce que vous ne connaissez pas. Elle a pas l'âge de sa carte d'identité, je vous assure.

Apparemment, lorsqu'elle a averti son collègue et son boss de la non-adéquation entre Ginger et ses papiers, le premier lui a conseillé de se focaliser sur son boulot, et le second, rappelé que les Chinois ne font jamais vraiment leur âge. De quoi désespérer du métier pour une personne aussi entière et investie que ma flic. Je bats en retraite et la laisse à ses atermoiements. Je suis encore le concierge de cet immeuble et c'est mon rôle de superviser la sauterie du rez-de-chaussée. Qu'elle se débrouille avec son tapin.

Pourvu que Rita soit restée sobre.

14

— Brigitte *EST* Mme Chen !

Je me suis redressé sur mon lit comme sous le coup d'une piqûre perfide. Twiggy me fixe de son regard bleu.

— Tu délires, Pierre ?

Pendant quelques secondes, je crois que ma chienne est douée de parole. Mais, à la vue d'un pyjama d'homme à rayures débarquant mollement dans ma chambre, je m'aperçois que c'est seulement Danny.

Deux paires d'yeux furibards sont braqués sur moi et j'ai du mal à reprendre mon souffle.

— J'ai fait de sales rêves. Mais te regarder t'asseoir sur mon lit dans ta tenue de bagnard, c'est encore plus effrayant. Je crois que je vais me rendormir.

— T'es pénible, Pierre. De qui tu parlais ?

— Personne, j'ai juste vu des images en boucle, des dragons qui me tournaient autour, la gueule ouverte, et puis des étendues de champs dans de la flotte.

— Des rizières ?

— Comment t'as deviné ?

— Pierre, « dragon », « rizière », ça va ! Il est 4 heures du mat mais j'arrive encore à raisonner.

— Tiens tu… tu me filerais ma bouteille d'eau là, à tes pieds ? Voilà, merci.

Je me sens comme un gosse honteux d'avoir réveillé ses parents pour une sombre histoire de monstre sous le lit. Je lui dois des explications.

— Bon. Tu vois la camionnette ailes de libellules garée entre Soult et l'orée du bois ?

— La vache ! C'que t'es poétique toi, quand tu dors mal !

— Te fous pas de ma gueule. Cette caisse, c'est un Espace. Et figure-toi que c'est le même que celui de la porte Dauphine, tu sais, où je bossais fin 90 ? Le bois de Boulogne ! Alors, je viens de faire le lien, à cause du rêve : la Brigitte, une des putes que j'ai croisées chez ma flic, je me disais bien que sa tête me revenait. Eh bien, la Brigitte et Mme Chen sont…

— Une seule et même personne ? Je vois.

— Tu vois ? Tu vois, mais qu'est-ce que tu vois ?

— Eh, mollo, calme-toi ! C'est une façon de parler.

Quand j'ai l'esprit échauffé, surtout au beau milieu de la nuit, je suis gagné par une forme de paranoïa aiguë. J'ai l'impression d'être entouré de gens qui ont le don et me le cachent. Peut-être que Twiggy est extralucide et Danny… non, Danny, à bien y réfléchir, y'a pas trop de risques…

Je fais semblant de me rendormir, mais Twiggy n'est pas dupe. Je ressasse ces images en boucle. J'ai parfois du mal à distinguer entre simple rêve et visions « échouées », pour ainsi dire, dans ma tête. Des visions que je pourrais avoir en pleine journée ou pendant une séance de cartes, mais qui restent bloquées là-dedans, s'amalgament, deviennent de plus en plus confuses. Effectivement, des rizières. Des étendues sans fin. Une silhouette rousse, ou peut-être blonde ? Ça pourrait être Ginger, Brigitte. Ou les deux. Les dragons n'étaient pas particulièrement menaçants, on aurait pu les croire sortis d'un album de Tintin. Pourtant, je me suis réveillé en proie à la panique. Mauvais présage. La silhouette rousse ou blonde avance… Où ? Là, ça m'échappe. Pourvu que ça me revienne plus précisément pendant la journée.

Ma vie de concierge commence dans deux heures. Début des menus travaux à 7 heures, ouverture officielle de la loge à 8. Mais là, il est 6 heures et plutôt que de tourner en rond, je décide de me faire une promenade matinale avec la brindille. Twiggy a compris, cette chienne a toujours une longueur d'avance sur mes idées. Elle me précède, j'enfile un jogging, un vieux sweat à capuche, et je sors avec l'intention d'aller plutôt côté Bizot. La température est presque agréable, je me prends une claque de fraîcheur dont j'ai bien besoin pour me remettre les yeux en face des trous. Je croise des gosses qui dorment debout, avancent d'une démarche de canards mal dégrossis. Probable que les parents les traînent dans des centres d'animation à l'autre bout de Paris. C'est vrai qu'on est mercredi…

Deux tresses, allure juvénile, long manteau décalé pour cette saison. Juste devant ce resto vietnamien qui fait un porc aux champignons à tomber. Merde. C'est la jeune. Petit Kiwi. Elle a quand même pas tapiné jusqu'à 6 heures ? Où est-ce qu'elle va comme ça ?

Suis-la.

Suis-la.

Suis-la.

Encouragé par la Voix, j'attrape Twiggy dans mes bras, bénis mon choix de tenue, rabats ma capuche et emboîte le pas de ma cible.

Le concierge anonyme.

— Elle prend des leçons de conduite, votre petite protégée ?

— Je suis au boulot, Pierre, je comprends pas, je croyais que vous ne vouliez pas qu'on s'appelle quand je travaille ?

— Y'a urgence. J'ai suivi Petite Pomme.

Une flic normalement constituée commencerait par me demander ce qui m'a pris et me ferait la leçon. Mais Marion-Lara n'est pas normalement constituée.

— Elle est où ?

— Dans le 13e. J'ai dû prendre le métro. Et frauder. Je déteste ça. Mais j'avais rien sur moi, vous voyez, ni carte RATP, pas de quoi me payer un…

— Pierre, je suis flic, pas contrôleur ! Petit Lychee a rejoint Ginger en cachette, c'est ça ?

— Enfin, suivez un peu ! J'ai commencé la conversation par les mots « leçon de conduite », ça vous dit quelque chose ?

— Petit Lychee est moniteur de conduite ? Elle fait ce qu'elle peut pour financer ses études vous savez, et…

— Vous pourriez m'écouter jusqu'au bout ? En plus, je vais bientôt devoir raccrocher, y'a le serrurier qui va pas tarder…

— Pourquoi le serrurier ?

— Petite Poire est rentrée dans une auto-école de l'avenue de Choisy. Un nom à la con, « Ça roule » ou une expression du genre. J'ai pas pu coller le nez à la vitrine, j'avais peur qu'elle me reconnaisse. Elle en est ressortie avec un type, asiatique, très maigre, cheveux pleins de gel. Ils se sont enfermés dans une bagnole d'auto-école. Ils ont démarré, je les ai suivis du regard et ils se sont engouffrés dans une rue adjacente. Par acquit de conscience, j'ai trottiné jusqu'à ladite rue. Et là, surprise…

— Pourquoi « trottiné » ?

— J'aime pas balloter Twiggy quand je la porte, question de respect. Merde, le serrurier est là… Je raccroche, passez à la loge quand vous rentrerez.

*
* *

Avec Cris, on s'est à peine croisés depuis qu'elle a intégré la chambre de bonne, et il a fallu qu'elle choisisse ce soir pour me remercier. Elle est arrivée avec une énorme bougie à l'effigie de Jésus et une salade de fruits exotiques. D'ordinaire je serais conquis, sauf que ma flic est susceptible de débarquer d'une minute à l'autre et que je n'ai pas forcément envie d'organiser une rencontre au sommet entre ces deux cas. Le genre de situation que je déteste.

— Je te prépare une petite surprise, tu verras, Pierre, après mon départ les demandes vont affluer !

— C'est déjà le cas.

— T'as perdu ton ange protecteur, là... t'es tout tendu, t'attend quelqu'un ?

— Ma voisine, Marion-Lara.

— La fliquette ? Danny m'en a parlé. Je suis curieuse de la rencontrer.

Et voilà. Le guet-apens. Je vais avoir les deux sur les bras ce soir, Cris va déceler le niveau de connexion spirituelle de ma flic à qui je suis censé révéler les bizarreries de l'auto-école. On parlera ange gardien et bagnoles, rien d'affolant, quoi.

Marion-Lara se pointe au moment où nous entamons la salade de fruits, que je décide de partager avec son auteur, pour lui marquer ma gratitude.

— Mmmh, Pierre, elle a l'air bien bonne, votre salade de fruits.

— Marion-Lara, je vais être très clair. Vous, vous pouvez manger tout ce que vous voulez et vous resservir. Je ne dis pas que vous avez la silhouette d'Elle Macpherson, mais vous n'avez pas de problème de poids. D'accord ?

— Où voulez-vous en venir ?

— Avec ce saladier, j'ai de quoi tenir sur trois desserts gourmands et sains. Vous, dans cinq minutes, vous l'aurez engouffrée et oubliée. Donc non, pas de salade de fruits pour vous, ça serait du gaspillage. Vous vous préparerez des coquillettes au jambon quand vous serez rentrée chez vous, d'accord ?

Cris lui tend sa coupe. Et merde. Voilà que la solidarité féminine pousse son cri du cœur dans mon salon : les deux nanas échangent un sourire niais, j'en suis muet d'horreur.

— Bon. Marion-Lara, Cris. Cris, Marion-Lara. Vous pouvez parler devant Cris, elle garde les choses pour elle.

— Vous êtes médecin ?

— Non, médium, voyante, si vous préférez.

— Vous aussi ? Mais c'est dingue !

— Pierre t'a fait croire que c'était le dernier de son espèce ? Il fait le coup à chaque fois. Dis-moi, chérie, t'as pas une grand-mère avec un prénom en G ?

— Si, Germaine. Elle est morte.

— Elle veille sur toi de là-haut, Germaine, tu as de la chance.

Puis Cris se tourne vers moi, des étoiles dans les yeux, comme une illuminée prêchant la bonne parole :

— Qu'est-ce qu'elle est bien protégée, cette fille. Une belle âme !

Je suis obligée de voler la vedette à mamie Germaine en poursuivant mon histoire d'auto-école.

Je raconte que, dans la rue adjacente où s'est engagée la voiture, j'ai croisé de nouveau un véhicule étiqueté « Ça roule ». Petite Grappe et le moniteur étaient dedans, j'en suis certain. La voiture s'est immobilisée et s'est garée en marche arrière, le long d'un trottoir.

— Qu'est-ce qu'il y a d'extraordinaire à ça ? demande Cris. Quand tu prends des leçons de conduite, tu apprends les créneaux !

— Sauf que la bagnole est restée sur place au moins quinze minutes ! Et je dis quinze parce que, si ça se trouve, ils sont restés plus de temps, mais j'ai dû rentrer de toute urgence à Soult.

Depuis le pare-brise arrière, je pouvais seulement distinguer que les visages des occupants étaient tournés l'un vers l'autre et que le moniteur agitait vivement les bras. Une discussion houleuse, sans doute. D'après Cris, ça ne prouve rien, le mono peut bien s'énerver contre son élève s'il est trop lent, après tout ils sont là pour faire grimper le quota de réussite de leur école. Mais son hypothèse ne fonctionne pas : j'ai observé Petit Pruneau démarrer, avancer doucement puis se garer dans un mouvement fluide, sans une once d'hésitation.

Cette gamine sait conduire.

15

Marion-Lara se sent en confiance avec Cris, je le perçois très nettement. Mais elle semble retenir quelque chose. Alors, je fais ce que j'ai appris au tarot face aux mutiques de service qui veulent jouer aux devinettes. Je provoque pour relancer la machine.

— Dites-moi, Marion-Lara, vous en pensez quoi, au fond, de Petite Papaye ?

— C'est « Petit Lychee » !

— Petit Lychee, Petit Fruit, Petite Pute, et que la dernière ferme la porte ! On s'en trimballe !

— Vous exagérez, vraiment ! Parfois, Pierre, j'avoue que j'ai du mal à comprendre votre manque d'empathie. C'est de vivre à Paris qui vous rend si indifférent ?

Cris se tasse sur le canapé, Twiggy se barre en courant dans la chambre. Même la statue de sainte Sarah rêve de descendre de son étagère pour se faire la malle.

— Indifférent au sort de ces demoiselles que je connais à peine ? Je ne sais pas, moi, dites m'en plus, que j'évalue si ça vaut la peine que je me fatigue à essayer d'avoir des visions sur ces nanas, vous voyez ? Quant à vos préjugés géographiques, j'ai jamais entendu dire que les provinciaux étaient plus sensibles, c'est de la connerie.

— Je ne sais pas si vous comprenez, Pierre, que ces filles ont des trajectoires effarantes, de sacrées personnalités, des façons différentes de voir et pratiquer leur métier !

Et voilà, ma flic est lancée. Elle raconte que Brigitte l'a invitée plusieurs fois dans sa loge depuis qu'elles se connaissent. Bien sûr… « Loge », je le comprends au fur et à mesure de son récit, désignant en réalité l'Espace. Je brûle de lui demander si la peluche singe est toujours assortie à la déco intérieure.

Cris semble se passionner pour le récit de ma fliquette, véritable Shéhérazade de la loge, la giclée de maquillage en plus. Et comme si ça ne suffisait pas, ces derniers jours, Marion-Lara s'épile finement les sourcils et se les redessine au crayon. Ça cache quelque chose.

Il est 21 h 30 et je décide de servir des cafés pour tenir, car Marion-Lara ne se montre pas avare de détails. Brigitte lui a raconté « ses » filles. Comment elles se sont tournées vers elle à des moments difficiles de leur vie, comment elle leur a appris à se ménager, les a obligées à des dépistages réguliers, serait prête à tuer les types qui se comporteraient mal lors d'un rapport. Bref, le camion colorama se transforme quand Marion-Lara y est invitée : ce n'est plus la loge du désir mais la rencontre parfaite entre un confessionnal et un épisode de *C'est mon choix*. Je ne flaire rien de bon dans cette histoire.

Quant à Cris, elle se rapproche progressivement de moi sur le canapé. Je ne sais pas ce qui lui prend et je veille, inquiet, à ce qu'elle n'ait pas l'idée incongrue de se lover contre moi. Les destins de femme la rendent comme ça, Cris : à fleur de peau. Elle a besoin d'un rempart. Je préférerais que le rempart soit l'accoudoir plutôt que moi si c'est pour qu'elle enfonce ses ongles dans ma chair douillette.

Nous apprenons que Petit Lychee finance son inscription dans une école privée de business management à grand renfort de postures de Kâmasûtra, qu'elle est spécialisée dans « l'union du papillon » et qu'elle se sent plus respectée maintenant que quand elle était serveuse dans un bar à champagne bio, derrière la Madeleine. Que Nuit Câline fait croire à sa famille qu'elle travaille pour une grande enseigne de parfum sur les Champs-Élysées. Cosmétiques et fragrances sont sa passion, elle aurait le chic pour trouver la senteur idéale correspondant à chaque profil. D'ailleurs, la légende prétend que quand elle n'aime pas le parfum d'un client, elle le refuse purement et simplement. Elle a trouvé *Poison*, le parfum de Brigitte, son atout érotisme par excellence. À renifler l'odeur « fruits rouges de synthèse » qui émane de ma flic, je me dis que l'expertise Nuit Câline n'a pas encore fait mouche, en ce qui la concerne.

— Elle n'a pas remis les pieds en Chine depuis quinze ans, et Brigitte s'est rendu compte qu'elle envoyait presque la totalité de sa paye…

— … Au bercail, oui, Marion-Lara, je pige le principe. Mais il va me falloir un peu plus que des histoires de bagnoles, de sent-bon et d'esprit de sacrifice pour me convaincre. Continuez sur votre lancée : comment sont les autres filles ?

J'ai droit à une partie des errances de Fleur de Lotus. Manifestement, celle-ci a un profil un peu à part. Elle aime son métier, contrairement à Nuit Câline. Mais Fleur de Lotus regrette de ne pas pouvoir exercer sa profession « dans d'autres conditions ». Cris vient à ma rescousse face à ces expressions qui n'ont aucun sens :

— Qu'est-ce que tu entends par là, ma chérie ?

— Eh bien, disons qu'elle a connu toutes les échelles de la prostitution. Du plus grand luxe jusqu'à des endroits franchement glauques.

Je dois intervenir, parce qu'à force d'énumérer les hôtels et clubs privés chics dans lesquels Fleur de Lotus aurait servi d'escort, Marion-Lara oublie tout de même l'essentiel.

— Et votre disparue, alors ? Ginger ?

— Petit Lychee semble assez proche d'elle, parce que c'est grâce à Ginger qu'elle a rencontré Brigitte, elle lui est redevable, vous voyez ? D'avoir joué ce rôle d'intermédiaire, d'avoir soutenu, euh… sa candidature pour…

— Marion-Lara, pour une flic, je trouve que vous manquez d'esprit de synthèse. Votre boss va finir par vous confier la rubrique chats écrasés si ça continue.

Cris me foudroie du regard.

— On dit « chiens écrasés », Pierrot, et cesse de l'interrompre !

Personne ne comprend que le respect profond que j'ai pour Twiggy m'interdit de prononcer certaines expressions. Le vrai sensible, dans cette histoire, c'est moi.

Ginger est celle que Marion-Lara a le plus de mal à défendre. Quand elle l'évoque, elle n'a pas les trémolos dans la voix qui l'envahissent quand elle parle de Brigitte. La rouquine n'a pas l'air commode. Râleuse, vaguement aigrie, elle ne peut pas encadrer Nuit Câline, et seule Petit Lychee semble entrer dans ses bonnes grâces. C'est la plus ancienne collaboratrice de Brigitte, et elle est soi-disant respectée par les filles en dépit de ses fréquentes sautes d'humeur. Elle a toujours parlé de tourner la page du jour au lendemain, de refaire sa vie.

Là, c'en est trop pour moi.

— Dites donc, c'est bien pratique votre affaire ! Ginger ne fait pas son âge, elle a probablement de faux papiers, et comme par hasard c'est celle qui rêvait de s'évaporer dans la nature ? Ouvrez les yeux, Marion-Lara, Brigitte cherche à la protéger !

— Pierre, je ne sais pas ce que vous cherchez à insinuer, mais je pense que Brigitte…

— Vous me bassinez avec votre Brigitte, elle se prend pour qui ? Le mythe Bardot ou la patronne de l'Élysée ?

J'essuie un autre regard assassin de la part de Cris qui ne manque pas d'enfoncer dangereusement ses griffes dans ma cuisse.

— Faites le malin, Pierre, reprend ma flic, imperturbable. Effectivement, c'est la Macron asiatique.

Un quart d'heure plus tard, quand elle jette un œil à l'horloge « Chihuahua déguisé en Michael Jackson période *Thriller* », Marion-Lara se lève d'un bond, prétextant un vague rendez-vous. Elle claque bruyamment la porte, au grand déplaisir de Twiggy qui ne tolère pas le genre vibrionnant.

— Pierre, qu'est-ce qu'il y a ? On dirait que ça t'ennuie que la petite ait un rencard ?

— C'est parce que je me doute de l'identité du chevalier servant.

— Tu es jaloux ?

— Rien à voir. La seule chose que je te dirai, c'est : « Trop propre sur lui pour que ce soit vrai. »

J'encourage Cris à se concentrer plutôt sur les filles. Et sur cette ultime révélation qui nous a laissé tous les deux pantois. Impossible de savoir s'il fallait se moquer ou rester sérieux. Marion-Lara est pourtant restée de marbre en nous révélant que Mme Chen s'est réincarnée en Brigitte pendant la dernière campagne présidentielle. La future Première dame est devenue son modèle. Ma flic a saisi l'ampleur de l'obsession en rentrant pour la première fois dans l'Espace. Dans une niche aménagée dans un coin du véhicule, elle avait aperçu un portrait dans un petit cadre doré, entouré de bougies chauffe-plats et de pétales de fleurs séchées. Elle avait compris tout de suite. L'éternel petit trench, le carré mi-long blond, le fond de teint légèrement orangé et le crayon khôl bleu glacier… Mme Chen avait endossé une nouvelle identité en hommage à son icône. Sainte Brigitte Macron. Prête à tout pour lui ressembler, la mère maquerelle ne désespère pas de devenir un jour le clone de son idole. Coup de chance, le chirurgien de l'Élysée est un de ses fidèles clients. Le troc entre partie carrée et coup de bistouri doit aller bon train.

— Et alors, ça fonctionne ? Tu l'as vue, toi, elle ressemble vraiment à Mme Macron ?

— Elle en est encore au stade de pâle copie. En revanche, pour ce qui est de l'esprit et de l'art de la manipulation, son modèle, à côté d'elle, me paraît être une enfant de chœur.

— Comme tu es négatif, Pierre !

— Et toi, tu ferais mieux de remettre ton troisième œil en marche.

16

Encore vingt-trois minutes et la 11 aura terminé son cycle. À vue de nez, je dirais : couleur, 60 °C. Linge mixte. Du vêtement, du maison. Du grand n'importe quoi. La 12 doit de nouveau fuir, vu qu'elle reste là, bouche béante, sans personne pour lui donner à becter.

Les loges sont fournies avec l'électroménager (et la Rolls, c'est le frigo rouge laqué que Danny s'est bien sûr empressée de décorer avec ses magnets à la con). Le lavomatic est donc le lieu où je vais penser, pas faire mes lessives. Ça, plus le pourtour du bois de Vincennes, ça me suffit pour méditer ou me remettre des événements lourds.

Comme la découverte de ce matin.

J'ai pas de baraque à la campagne. Les oiseaux et le vert, ça m'emmerde. J'ai juste besoin de gazon pour que ma Twiggy pisse et gambade, mais en ce qui me concerne, le sol carrelé du lavomatic me convient mieux. Ça repose. Il fait chaud l'hiver et frais l'été. Pas besoin de consommer. Quand Danny me tape sur les nerfs, par exemple, c'est là que je viens m'isoler. Je suis les allées et venues des laveurs, parfois j'échange deux mots avec eux. Quelques étudiants fauchés qui rêvent du jour où ils auront le « sèche-linge inclus » à la maison. Des petites vieilles qui me demandent un coup de main pour faire fonctionner le distributeur d'assouplissant. Des profils solitaires, marginaux ou étonnamment bien sapés. J'y vais quand même à des moments de calme relatif. Observer les tambours me rassure. Dans un lavomatic, au moins, y'a des principes immuables. Des valeurs sûres. La phase rinçage 2 suivra toujours la phase rinçage 1. Rien à voir avec le bordel de nos vies quotidiennes.

Vexée, comme à chaque fois que j'ose mettre en doute ses capacités de discernement, Cris s'est barrée hier soir, me laissant en plan. J'avais prévu de lui rapporter son sac à la chambre de bonne le lendemain matin. Elle a le chic pour se trimballer partout avec deux voire trois sacs en plastique qu'elle bourre de je ne sais trop quoi et qui lui donnent l'air d'être sans cesse en quête d'un nouvel endroit où crécher. Cris prétend que, chaque fois que je dis une vacherie, c'est comme si j'ingérais une dose de poison. Que ça me ruine le corps et l'âme. Lui demander de faire huiler les rouages de son troisième œil, c'est l'insulte suprême, je devrais déjà être en train de me tordre de douleur sur le sol, genre rongeur qui vient d'absorber de la mort-aux-rats. Je m'étonne que cela ne soit pas encore le cas.

Encore un con. C'est pourtant marqué en gros, merde : NE PAS UTILISER DE LESSIVE EN POUDRE, RISQUE DE FAIRE DÉBORDER LA MACHINE. Les gens ne respectent plus rien.

Si je fais le compte, ce matin c'était ma première montée d'escalier complète depuis un mois. Il faut dire que, de fil en aiguille, Cris avait pris ses aises dans mes quartiers et que moi je m'étais relâché côté voyance. Je suis arrivé à l'étage des chambres de bonne et j'ai frappé. Rien. Pourtant, d'habitude, Cris arrive de bonne heure pour réparer les ondes de la pièce avant l'arrivée des premiers clients. J'avais ma deuxième clé, donc j'ai ouvert. Et là…

— Ah, tu es là mon Pierrot !

— Cris ? … On ne peut pas être tranquille dans ce quartier, même dans un lavomatic ?

— Je suis désolée, je suis arrivée en retard ce matin : j'ai à peine dormi tellement j'ai pensé à tout ce qui nous attendait !

— « Nous » ?

— Marion-Lara, toi et moi !

— Qui t'a dit que j'étais au lavomatic ?

— Twiggy.

— Soit. J'espère que tu viens m'expliquer pourquoi tu as joué à la décoratrice d'intérieur dans *ma* chambre de bonne ? J'ai découvert ça ce matin…

— Ah, je suis contente ! Pendant l'espace d'une seconde j'ai eu un doute… mais ouf ! J'étais tellement sûre que ça te plairait ! Tu sais, le bleu lagon c'est une couleur très équilibrée, ça rétablit les bonnes vibrations, et en plus, c'est feng shui. Le petit rideau, alors ça, c'est une belle histoire, j'ai ramené ce tissu d'Inde, il m'a été offert par un sage, je me suis dit que…

— Cris ?

— Ne t'en fais pas, Pierre, je sais que tu aimes les bougies, celles-ci, je te les laisse, je les fais importer de Lourdes…

— On parlera de Bernadette Soubirou une autre fois, tu veux ? Bon, et puis, qu'est-ce qui t'a empêchée de dormir, au juste ?

— Je me suis souvenue de quelque chose. Je crois bien que c'est important.

C'était peu après son accident. Cris recommençait à pouvoir se lever mais au moindre mouvement, la douleur que lui causait chacune de ses vertèbres était presque insoutenable. Kiné, ostéopathe, acupuncteur, rien n'y faisait. En désespoir de cause, un soir, elle est rentrée sans trop y croire dans le premier salon de massage qui se présentait. Faux bambous en pots, tableaux de cascades lumineuses aux murs et tapis brillants au sol : le temple du tape-à-l'œil dans un mouchoir de poche. La femme qui a proposé de la masser ce soir-là devait avoir dans les soixante ans. Elle portait une robe traditionnelle à col montant et des pantoufles en fourrure blanches. Elle a fait allonger Cris et a commencé à lui palper la colonne vertébrale. D'abord sans une parole. Puis, au bout de longues minutes à manipuler sa patiente, elle a commencé à lui raconter sa vie. Gong, connue sous le nom de Jeanine par l'état civil, avait toujours su qu'elle deviendrait masseuse. Très jeune, elle n'avait qu'un rêve : quitter Créteil pour monter son propre salon dans Paris centre. Elle était tombée sur ce local, une chance, la propriétaire précédente y tenait une onglerie. Ce soir-là, Jeanine-Gong a refusé que Cris paye sa prestation. Peut-être avait-elle compris quelque chose en parcourant sa colonne meurtrie.

— Ce massage était… un miracle. Je n'avais jamais cessé d'avoir mal depuis l'agression et je commençais à considérer cette douleur comme mon lot quotidien. Pour la première fois, je pouvais avancer un pas devant l'autre sans ressentir des lames de couteau enfoncées dans mes os. J'ai rappelé Jeannine-Gong et je lui ai offert une séance de voyance.

— Elle a accepté ?

— Oui. Elle voulait savoir des choses sur le nouveau petit copain de sa fille. Elle est venue avec des photos. Le gamin avait intérêt à réussir ses études et à se comporter correctement, crois-moi, autrement il risquait de voir débarquer sa belle-mère pour lui démonter le squelette. Mais la séance était sans arrêt… perturbée.

— Quel genre de perturbation ?

— Des images. Je voyais des hommes défiler. Toutes sortes d'hommes. Des vieux, des gros, des petits, des maigrichons et des géants. Des dizaines et des dizaines de visages différents.

— Sa fille se tapait tout ce beau monde ?

— Pierre, enfin ! La gosse devait avoir vingt ans à tout casser ! Elle l'avait eue sur le tard…

— Et alors ?

— Ce n'est pas tout. Je n'arrêtais pas d'entendre un prénom pendant la séance, un prénom en « L », j'avais beau me dire que c'était un ancêtre protecteur, un guide, je voyais bien que ce n'était pas ça. J'ai interrogé les cartes après son départ et j'en suis restée scotchée. La femme que j'avais face à moi avait une autre histoire, un autre prénom. Pour la première fois, les cartes m'ont révélé une fausse identité. J'ai eu le flash d'une pierre tombale. Avec le prénom Jeanine-Gong.

— Quel est le rapport avec notre affaire ?

— Le rapport, Pierre, c'est que l'histoire de Jeanine, c'est exactement la même que celle de Ginger, qui a disparu au moment où Marion-Lara mettait le doigt sur une irrégularité dans ses papiers ! Les filles ne sont pas celles qu'elles prétendent être, c'est évident ! Y'a du trafic d'identité là-dedans ! C'est TOI qui dois réviser ton troisième œil, mon grand !

Je m'apprête évidemment à contester, mais suis contrarié dans mes plans par un petit jeune à mèche, un écouteur blanc enfoncé dans l'oreille, l'autre qui pendouille lamentablement sur son sweat griffé.

— Vous auriez 1 euro ?

Cris sort une pièce de 2 de sa poche, et la lui tend en précisant qu'il pourra faire deux tours de sèche-linge.

— On se doute que c'est pas deux tours de manège !

— Pierre, ne fait pas payer ta mauvaise humeur au petit jeune !

— Ben merci, madame, j'vous laisse, avant que quelqu'un prenne le 39.

Encore un fétichiste. Ils sont partout. Les gens prétendent se foutre des personnes qui ont le don comme Cris et moi, mais font des fixations sur un 9 ou un 57. On est entourés d'une grosse masse de superstitieux qui s'ignorent…

— Pierre ? Pierre… Tout baigne ?

Je reste figé face au tambour de la 11, qui vient d'achever son cycle. Le linge tourne presque au ralenti, c'est hypnotique. Le rêve, l'autre nuit… je me souviens de la fin. La silhouette tantôt blonde tantôt rousse discutait avec… non, elle *expliquait quelque chose* à un couple. Un homme et une femme plus âgés. Un couple de paysans.

Déguisement.

Déguisement.

Déguisement.

Encore ? C'est déjà ce que m'a soufflé la Voix quand j'ai aperçu Brigitte pour la première fois dans le hall. Bien sûr : Mme Chen s'est métamorphosée en Première dame. Mais si la Voix persiste à se répéter, c'est que je n'ai pas encore tout découvert.

17

— Marion-Lara, mettez-la en veilleuse. Cris vient de rentrer dans l'auto-école.

— Qu'est-ce qu'elle fait ? Décrivez-moi la scène !

— Elle parle avec le type de l'accueil… il la regarde bizarrement… Enfin, en même temps il a une drôle de gueule, il louche un peu. Ah, voilà, il l'invite à s'asseoir.

— Et elle s'assoit ?

— Tout à fait, elle s'assoit. Non mais vous vous foutez de moi ? C'est *moi* qui décrit la scène ! Vous, vous vous contentez de rester assise dans la bagnole et vous la bouclez, c'est pas ce qui était prévu ?

« Opération Rouquine » : c'est Cris qui en a eu l'idée. Depuis sa première rencontre avec Marion-Lara, elle n'arrête pas d'avoir des visions de bagnole. Et elle est persuadée que l'auto-école est un des nœuds dans l'affaire Ginger.

Son plan, c'était de se faire passer pour une Brésilienne voulant reprendre des heures de conduite et obtenir son permis français. Physiquement, ça passe parfaitement. Mais dès qu'elle ouvre la bouche, c'est autre chose… Elle s'est pourtant entraînée pour imiter un accent crédible : misère totale. Il fallait s'y attendre, Danny a osé proposer que Cris se fasse passer pour une Chinoise. Avec sa poitrine opulente, son nez en trompette et ses yeux ronds comme des billes, c'est vrai qu'elle avait toutes ses chances. En définitive, la version Rio de Janeiro nous a quand même paru plus prudente.

Il est 7 h 30. « Ça roule » vient d'ouvrir. Marion-Lara est dans la voiture de Cris. Elle attend à la sortie de l'auto-école, prête à démarrer s'il se passe quoi que ce soit. Elle est censée enquêter sur Didier, mais pour une raison qui m'échappe elle trouve plus pertinent de nous protéger, Cris et moi. Qu'est-ce qui pourrait bien se passer, au fond ? Qu'elle prenne sa première leçon avec un moniteur pervers ? Qu'elle se fasse kidnapper par le prof d'auto-école ? Bon vent, Cris, punition divine pour avoir redécoré ma piaule sans mon consentement.

— Pierre ? Vous m'entendez ? Qu'est-ce qu'il se passe ?

Avec mon portable en guise de talkie-walkie, j'opère en agent sous couverture. J'incarne un habitant pacifique du 13e qui promène sa chienne et ramasse gentiment ses merdes. J'ai pensé à me mettre tout en noir, pas la même tenue que la dernière fois, on ne sait jamais. Et pour parfaire le tableau, pas de capuche, mais une casquette empruntée à Cris. La visière jaune fluo mise à part, c'est un modèle assez sobre.

— Il se passe, Marion-Lara, que… attendez, mais qu'est-ce qu'elle fout ? Elle a sorti son portable de son sac et… je pense qu'elle prend des photos. C'était prévu, ça ?

— Évidemment. On tâte le terrain. Des photos de quoi, du type ? Il se laisse faire ?

— Non non, de la pièce, je ne sais pas, elle s'est levée, elle jette des regards derrière elle, le type a disparu de mon champ de vision, il doit y avoir une arrière-boutique, elle en profite pour mitrailler l'endroit du sol au plafond !

— C'est super dangereux… Pierre ? Pierre, vous m'entendez ? Et s'il était allé chercher une arme pour la descendre ?

— On n'est pas dans *Chinatown*, Marion-Lara. On se calme.

Si je reste le nez collé à la vitre, je vais quand même finir par me faire repérer. Je doute qu'on passe autant de temps devant la devanture d'une auto-école que devant celle d'un H & M.

— Je suis très calme. Mais vous, faites attention. Il y a un moniteur qui s'approche de vous. Oh mon Dieu, oh mon Dieu ! Il est là dans 5, 4, 3, 2...

Je coupe l'appel et me retourne maladroitement. Effectivement, un type s'approche de moi. Il porte un T-shirt à l'emblème de l'auto-école, je reconnais le logo violet sur son torse maigrichon. Faut-il entamer la conversation ? Me pencher comme pour ramasser une crotte invisible ?

— Vous avez un chien chinois, vous le savez ?

— Euh... oui, pourquoi ?

— En ce cas, vous savez peut-être aussi que le pékinois était le chien des empereurs de Chine ? C'est presque un chien impérial. Dommage que le vôtre soit blanc, la couleur de la mort.

En temps normal, je lui suggérerais que c'est sûrement moi qui suis impérial. Mais là, je suis figé sur place.

— Bonne journée, monsieur, conclut-il.

Mon téléphone perso sonne. C'est ma flic, bien à l'abri dans sa caisse.

— Pierre ? Vous allez bien ? Qu'est-ce qu'il vous a dit ? Il était menaçant ?

— N... non, je ne crois pas, mais c'est peut-être une feinte !

J'en suis sûr maintenant : c'est le type qui était dans la voiture avec Petit Lychee. Et si, effectivement, il avait tenté de m'intimider ? En me parlant de Twiggy ? Il a quand même dit le mot « mort » dans une phrase !

— Ressaisissez-vous, Pierre, et sortez du périmètre pré-auto-école.

Encore sous le choc de la probable tentative d'intimidation du moniteur, j'obtempère, Marion-Lara toujours vissée à mon oreille.

— Vous pourriez vous extraire de votre mirador et vous rapprocher de la vitrine ?

— Je suis censée être l'agent fixe et vous l'agent mobile, Pierre. Nous avions distribué les rôles et…

— S'il arrive quoi que ce soit à Cris, la dernière image qu'elle aura de son cher ami Pierre, c'est moi en train de remettre en question son goût en matière de déco intérieure, et…

— D'accord, d'accord, mais la prochaine fois, je n'accepte pas d'amateurs dans mon équipe.

— Ôtez-moi d'un doute, vous êtes habillée en civil ?

— Évidemment que non, j'enchaîne après !

— Finalement, restez dans votre voiture.

— Vous ne voulez plus que je contrôle la situation ? Je pourrais entrer dans l'auto-école et…

— Surtout pas, non mais vous êtes malade !

Je m'aperçois que je hausse le ton malgré moi quand une quadragénaire boutonneuse se retourne pour me dévisager.

— Pierre, je teste le calme de mes équipes. Dans l'ensemble, je suis assez déçue. Zéro sang-froid sur le terrain en ce qui vous concerne !

Marion-Lara ne peut pas sortir de la voiture, on pigera pas ce qu'une flic en uniforme fabrique dans une voiture civile, garée en face de « Ça roule ». Moi, je suis grillé. Ou plutôt, *nous* sommes grillés, mon clébard impérial et moi. Il n'y a plus rien à faire.

Nous allons devoir abandonner Cris.

De retour à Soult, je me suis jeté à corps perdu dans des activités « détente et oubli » : le nettoyage des interrupteurs de l'entrée.

Je passe un coton-tige imbibé de vinaigre d'alcool sur les arêtes de l'interrupteur. Les gens s'ingénient à appuyer dessus, c'est du réservoir à miasmes, rien que d'y penser… Enfin, c'est un peu violent, à 10 h 30, le nettoyage au coton-tige. Rita passe en me saluant d'un air absent. Puis Diallo-fille, qui ne m'adresse plus la parole. Des cernes profonds creusent ses traits ; quand elle me frôle, j'ai la vision cauchemardesque de colonies de tuyaux qui peuplent un plafond. Entre compression de César et vers de terre en cuivre.

La Voix fait des siennes.

Coupable.

Coupable.

Coupable.

J'espère qu'elle ne parle pas de moi, normalement ce n'est pas dans ses habitudes de me juger…

Quand une personne est obsédée par une autre ou par un quelconque problème, je peux avoir des visions qui dérivent de son imagination ou de ses fantasmes davantage que de la réalité. Faudra quand même que je retourne vérifier l'avancée de l'envoûtement chinois. Un autre gus du bâtiment B émerge de sa tanière. Richard, du quatrième. Humour d'homosexuel : piquant, acide, noir, décomplexé. Une once de méchanceté qui pimente toute situation. Surtout quand il s'agit de sa voisine du dessus, « la pauvre Lénora ».

— Monsieur ?

— Oui, Richard ?

— Nous nous appelons par nos prénoms, maintenant ?

— Oui, mais il semblerait que notre relation manque de réciprocité.

— Vous pourriez jeter un œil à la foldingue du cinquième ?

— Qu'a donc fait Lénora pour vous déplaire ?

— Elle a cru bon d'investir dans un step et passe une heure par jour à sauter sur place comme une gamine jouant à la marelle.

— Et que voulez-vous que…

— Eh bien, je ne sais pas, moi, peut-être que c'est votre rôle, en tant que gardien, de lui dire les choses en face !

— Lesquelles, exactement ?

— Monsieur, cette femme est née avec un cul bas, elle mourra avec un cul bas. Ledit cul bas sera rongé par les vers ou réduit en cendres, peu m'importe. Mais il sera bel et bien présent jusqu'à sa mort. Alors soyez gentil de lui dire que c'est perdu d'avance.

Richard me quitte dans un étrange geste de la main, mélange de dédain et d'autorité.

Là-dessus, Cris appelle, enfin.

Elle est saine et sauve. Je respire.

— Et maintenant, dis-moi un peu ce que t'as foutu chez « Ça roule » tout ce temps, merde !

— Ne m'en parle pas, je suis encore sous le choc… mais dis-moi, je rêve ou vous étiez prêts à me lâcher tous les deux ?

— Pas du tout, Cris, Marion-Lara t'observait sans cesse…

— Depuis une voiture garée sur le trottoir d'en face ?

En fin de compte, les femmes ont parfois le sens de la spatialité. Ras le bol que tous les préjugés sur le « beau sexe » soient démentis, on n'est plus protégé par rien !

Quand Cris est sortie de l'auto-école, elle a retrouvé sa voiture, garée à un angle de rue stratégique pour s'extraire facilement en cas de danger. Encore un détail de « l'opération Rouquine » qu'on avait jugé inutile de me dévoiler, je suppose. Marion-Lara reçoit un des mécènes de l'ophtalmo-catho au poste dans l'après-midi, ça, j'étais au courant. Moi, j'avais prévu deux rendez-vous voyance sur la pause déjeuner et Cris enchaîne des visites à domicile.

On convient de se retrouver ce soir. Cris a des photos et des choses à raconter, mais elle n'a pas le temps de m'en dire plus pour le moment par téléphone. Marion-Lara propose d'aller chez elle, car elle se souvient que Danny garde son petit-fils à la loge ce soir. Cette précaution est louable, pourtant, pas sûr que nos affaires de flic soient plus traumatisantes pour le gosse qu'une heure avec sa grand-mère…

18

Marion-Lara nous ouvre, l'air épuisé, rien de bien compatible avec sa minijupe en jean, son débardeur orange 100 % polyamide et ses chaussures plates-formes. Ça sent le rendez-vous galant avorté : espérons que ça vienne d'elle.

Cris s'enthousiasme sur l'aménagement du salon et propose ses services de décoratrice d'intérieur pour la chambre à coucher. Pas besoin qu'on lui fasse visiter, elle s'approprie les lieux en toute autonomie. Marion-Lara sourit faiblement, elle me fait presque de la peine. On squatte sa mini-cuisine autour d'une bière (eau plate pour moi). Pas certain que l'alcool soit la meilleure des idées vu son état mais, comme dirait Danny, « Je ne suis pas sa nounou. » Avec ce qui lui reste d'énergie, ma flic nous tend un papier, une feuille A4 recouverte d'une écriture rondelette, étonnamment enfantine.

— Je devais sortir pour un verre avant de vous retrouver. Mais j'ai dû annuler. Voilà, l'une des filles est venue ici. Elle a craqué. J'ai tout enregistré sur mon dictaphone et j'ai commencé la retranscription. Désolée, c'est brut, il faut dire que c'était souvent assez confus.

« *Je suis Song Ge Yuan Lim.*

Pour mon travail, je ne l'ai jamais aimé. Mais ici une chose telle n'est plus possible. Parce que tu as essayé d'aider, tu dois comprendre. Tu es à la police mais j'ai confiance.

Des choses sont cachées, néanmoins je n'ai pas la connaissance de toutes ces choses. En premier lieu, si tu es comme nous une fille payée, lorsque tu finis vieille, il n'est pas dans ta possibilité de continuer. Sauf pour Brigitte. Elle travaille avec nous et avec les chefs. Nous, on est payées, ensuite si on est vieilles on ne veut plus travailler avec les hommes, alors il y a le massage. C'est prévu.

Brigitte connaît plusieurs endroits où ils vont nous prendre les filles. Quand je suis arrivée en France, j'ai eu une chance conséquente, car Mme Lim a eu un accident très incalculable. Après quoi, les moniteurs peuvent tout préparer. J'ai pu prendre le nom. Oui, Mme Lim a eu un accident tel, et cela était très convenable pour moi. Dès lors, ce n'est pas grave pour la morne, ils n'ont pas brûlé Mme Lim, c'est moi. Identiquement, si parfois quelqu'un passe, la morne peut annoncer l'information avec Brigitte. Et si cela est fonctionnel, la fille peut rentrer, et elle a son nom. »

— La « morne », ça serait évidemment « la morgue », et « passer » c'est probablement « trépasser ». Quant à Song Ge Yuan Lim, conclut Marion-Lara, vous la connaissez sous son nom de scène : Nuit Câline.

Auto-école, prostituées et maintenant salon de massage et morgue. On tient quelque chose d'énorme, je sens les ramifications du problème s'étendre et ne suis pas certain d'arriver à démêler les fils. En tout cas, pas tout seul… Pour commencer, pourquoi Nuit Câline a-t-elle craqué ? Pourquoi se livrer seulement maintenant à une flic qu'elle a côtoyée plusieurs semaines en sortant de la douche ?

L'hypothèse de Marion-Lara, c'est que la disparition de Ginger ne laisse rien présager de bon pour les papelards des autres filles. Si Ginger disparaît parce qu'une flic a flairé quelque chose de louche dans sa carte, ça signifie pour les autres qu'elles sont potentiellement vulnérables, pas à l'abri d'un contrôle plus poussé ni même d'une expulsion. Alors, sous l'effet de la peur, certaines flanchent.

— Cris, ça vient, ces photos ?

Cris sort son téléphone de son étui Mahatma Gandhi. Elle fait défiler les photos, sans intérêt pour la plupart : des murs, une table, les jambes du type de l'accueil, le tout démontrant une aptitude très personnelle pour le cadrage.

— Faites pas attention, c'est pas toujours centré !

Sans rire. Jambes du moniteur. Gros plan sur ses Adidas. Genoux du moniteur. Plafond. Meuble à tiroirs. Porte-documents en métal. Fauteuil de bureau recouvert de faux velours.

— Tu vas vraiment faire défiler l'intégrale du mobilier de « Ça roule » ?

Le mélange de reproche teinté de mépris que je lis sur le visage de Marion-Lara m'indique que oui et que je n'ai pas intérêt à interrompre Cris. Jusqu'à présent, je pensais que dans le domaine de l'horreur, rien ne pouvait atteindre le niveau des séances photos de fin de soirée, quand des amis sortent négligemment leur iPhone pour faire défiler cinquante clichés merdiques de leurs vacances ou de leurs chiards. Mais, maintenant qu'on me force à regarder une recension de meubles de bureau, je me dis que finalement, j'ai bien peu souffert ces dix dernières années.

— On fait quoi, là ? Je vais me péter les yeux avec vos conneries ! C'était ridicule cette histoire de photos, de toute façon...

Cris m'ignore superbement.

— Je te disais donc, Marion-Lara, que, comme je voyais que le type mordait comme il faut, j'ai eu envie de le faire sortir du bois.

— Mon Dieu, qu'est-ce que tu as fait, Cris ?

— Pierre, je suis certaine qu'elle a été très pro. N'est-ce pas, Cris ?

— Disons qu'il a bien accroché au coup de la Brésilienne, il m'a même parlé de vacances à Rio. Je me suis présentée, j'ai expliqué ma démarche, comme quoi je voulais reprendre des heures de conduite. Là-dessus le gars me fait comprendre qu'au Brésil, ils conduisent comme des sagouins, que du coup il vaudrait mieux compter gros pour les heures…

Elle s'arrête, sans doute convaincue qu'elle nous tient suspendus à ses lèvres.

— … Moi, forcément, j'me suis énervée. Qu'on parle comme ça du Brésil ! En plus, ce type avait un sale karma, je l'ai vu tout de suite quand je suis rentrée dans la pièce.

— Je ne vois pas le rapport. Mais tu m'inquiètes : on t'a demandé de te faire passer pour une Brésilienne, pas de nous chanter les délices de la feijoada !

— Quand je rentre dans la peau de quelqu'un, Pierre, je suis *totalement* investie. Je me suis sentie agressée par ses propos, tu comprends ? Du coup, j'ai décidé de pousser le bouchon encore plus loin.

Du grand Cris. Quand elle attaque, on est loin des anges et des présences éthérées. Elle a donc embrayé en disant qu'elle allait rester en France et se refaire une santé. Ou plutôt une réputation. Au Brésil, elle était recherchée, oh, rien de grave, quelques embrouilles au moment de la destitution de Dilma Rousseff…

— Mais qu'est-ce que tu racontes ?

— Tu m'as bien entendue. J'ai dit que j'étais une proche de Dilma, une très proche cousine même, spécialisée dans l'arrangement des comptes bancaires, s'il vous plaît. Que j'ai eu besoin de vacances en France. Et que j'aurais vivement souhaité qu'elles durent. Très, très longtemps. Tu vois ce que je veux dire ? Subtil, subtil !

— Tu es en train de m'expliquer que tu as déballé *subtilement* à un mono d'auto-école que tu trempais dans les magouilles de l'ex-présidente du Brésil ?

— Le mensonge, c'est comme les prothèses de seins, Pierre. Plus c'est gros, plus ça tient.

Marion-Lara intervient, maîtresse d'école sévère et injuste, pour nous séparer. Elle fait bien, j'ai une envie furieuse de tuer Cris. Ma flic a l'air tout à fait ravie de son procédé, ce qui me navre au plus haut point.

— Et alors, comment était-il ? Déstabilisé ?

— Non, non, un vrai pro. Il a pas moufté. Il m'a regardée droit dans les yeux et il m'a fait…

Je tolère le « il m'a fait » uniquement parce qu'il s'agit de Cris.

— … il m'a fait : « Peut-être qu'on vous proposerait des services plus appropriés dans le 8e. » Il m'a cité une rue, vous y croyez ?? J'ai vérifié, y'a une auto-école. Vous êtes du même avis que moi ? Moi, ce que je pense, c'est qu'en fonction des nationalités, y'a des auto-écoles différentes qui seraient prêtes à te… à t'aider, quoi ! Vous vous souvenez de ce que disait Nuit Câline dans l'enregistrement ? « Après quoi, les moniteurs peuvent tout préparer » ? Ça peut pas être des moniteurs du Club Med ! Nous y sommes !

— Donc, tu es en train de nous échafauder un scénario à partir d'auto-écoles qui fournissent des faux, c'est ça ?

— Oui. Et elles seraient étroitement liées à des morgues qui les informent des identités disponibles, en fonction des cadavres du jour. C'est du recyclage, pas de la création totale, vous me suivez ? Une personne décède. On fait disparaître le corps, l'auto-école prévient ses clients qu'il y a une identité disponible. Ça permet de faire venir des filles et de les garder en France, je suppose. Et puis, quand elles sont trop vieilles, hop, reconversion massages !

Élucubrations ? Fantasmes ? Si c'est vrai, c'est trop gros pour les Pieds Nickelés que nous sommes.

Mais je bloque sur l'une d'elles.

— C'est quoi, cette photo, Cris ? Un poster en forme de cœur ? Dans une auto-école ?

— Ah oui, je l'ai pris en photo, c'est très gai, on dirait un petit collage. Ça met une touche de couleur… Il était au dos de la porte qui ouvrait sur la pièce du fond. Bref, j'ai juste eu le temps de le choper quand le moniteur est allé chercher une feuille.

Nous nous penchons simultanément au-dessus du téléphone, manquant de peu la collision frontale, et Marion-Lara zoome sur la photo. Cris a raison, il s'agit bien d'un collage. Mais c'est surtout un souvenir : le genre de panneau que l'on accroche pour prouver qu'il n'y a pas besoin d'avoir inventé la poudre pour obtenir son permis. Nous avons devant nous les photos d'identité d'une centaine d'apprentis conducteurs qui ont réussi leur vie (en tout cas sur le plan routier). Que dis-je, conducteurs ? Uniquement des conductrices… et toutes des « dames », comme dirait Pascaline Dijoud.

19

Je préfère ne pas évoquer le cri qu'a poussé Marion-Lara quand, au bout de dix minutes de zoom consciencieux sur chacune des photos, elle est tombée sur le visage de Ginger. Coupe de cheveux radicalement différente, mais déjà les fausses taches de rousseur : c'était elle, sans aucun doute.

Tour à tour, nous observons, Cris et moi, le visage peu amène censé nous livrer ses secrets. Il est particulièrement difficile de travailler sur une photo d'aussi piètre qualité. Marion-Lara a relancé son dictaphone. Elle est debout, enregistreur en main, comme si elle tenait un micro pour une interview. Cris et moi sommes vissés sur des tabourets violets, prêts à unir nos forces. Cris se met à respirer bruyamment comme à chaque fois qu'elle réfléchit intensément à ce que dégage une photo. Elle doit faire peur à ses clients, on dirait qu'elle réprime une vieille quinte de toux ou une jouissance poussive. Moi, je fais dans la sobriété, mais n'empêche que je me concentre à fond : la Voix a intérêt à ne pas me laisser tomber sur ce coup-là. Elle murmure son « déguisement » comme un disque rayé.

— Je vois une aura éteinte. Estompée. Couleur marron, incertaine. Aucun espoir. Et toi, Pierre ?

— On peut dire que cette femme n'a pas connu l'innocence. Ou alors on s'est débrouillé pour la lui faire perdre très vite…

— L'Amour est inconnu pour elle. Seulement l'étreinte physique, évidemment monnayée. La dureté est maîtresse de sa vie…

— Elle s'est fait dépuceler jeune, je vois un rapport sexuel crade. Probablement un type de sa famille. On me parle d'un oncle. Le tout payé par son horrible géniteur.

— C'est quoi ce bordel, mais c'est horrible ?

— Marion-Lara, laissez-nous faire, s'il vous plaît. Et surveillez votre langage. C'est pourtant pas votre genre, de dire « bordel ».

— Je ne vois rien, aucune présence amie, aucun ancêtre protecteur. Pas une seule force pour la soutenir. C'est terrible…

— Idem. Je vois zéro vie sociale. Seulement son boulot. Je sens pas de lien qui la relierait à quiconque. C'est rare ça, je ne vois ni famille, ni… ni personne qui compte pour elle. Cris, t'as ton jeu sur toi ?

— Évidemment, quelle question ? Les cartes magiques, c'est comme ton passeport, tu sors pas sans.

J'ai une pensée pour la vieille enveloppe en kraft, rangée au-dessus du tableau électrique, qui contient mes cartes usées et cornées, héritées de mon père. Je ne vais tout de même pas me trimballer avec.

Sous les yeux médusés de Marion-Lara, nous nous déplaçons aux deux extrémités de la table afin de libérer de l'espace pour étaler notre jeu. Cris a déjà dégainé sa pochette pailletée. Elle est fidèle à l'oracle de Belline, comme moi. Pour le reste, nous sommes très différents dans nos méthodes, il n'y a qu'à voir la façon dont nous dressons le jeu face à nous. Je suis un maniaque des figures géométriques, des alignements parfaits. Cris préfère une étude circulaire, parfois elle balance même des cartes en l'air pour voir celles qui retombent face visible.

— Décroise les jambes, tu veux ? Je t'ai déjà dit que ça empêche les énergies de circuler !

Un bon vieux soupir, les yeux vers le ciel : ses superstitions à deux balles me gonflent.

— Je commence, Pierre, d'accord ? « Le Départ », oh mon Dieu ! Vas-y, remets-en une ! Une carte, vite, qu'on voie ce qui se passe ! Des contrées lointaines, familières, du vent dans les branches… On retourne à la maison, mais le pays n'accueille plus.

— On me parle d'un voyage récent, très lointain. Mais déjà terminé… Je ne sais pas comment je dois le prendre, ça… Elle a dû se barrer en Chine, est-ce qu'elle y est toujours ? Pas sûr…

— Carte de l'Eau. Le voyage et l'étranger. Dans la contrée lointaine, Ginger rend visite à une famille. Qui n'est pas la sienne.

— Oui, des visites, j'en vois, elle enchaîne. Elle fait quoi, du porte à porte ?

— Carte « Trafic ». Des êtres fragiles et purs, mais plus pour longtemps. Tires-en encore deux, s'il te plaît. Voilà. « La Naissance » et « Le Chat Noir ». Une jeunesse volée, c'est clair. Ou plusieurs ?

— Attends… C'est exactement comme dans mon rêve : carte « Campagne, santé », elle est dans la cambrousse et elle discute avec des couples… Je n'arrive pas à comprendre si c'est une scène future ou passée. « La Table » : on l'invite à dîner… elle négocie, voilà !

— Vous voyez quoi, comme plats ? Ça pourrait donner des indices ? Des nems, des rouleaux de printemps ? À votre avis, on est en France ou en Chine ?

— Chut ! Marion-Lara, ne nous déconcentrez pas ! Vous allez faire foirer la séance !

— Encore la carte « Trafic ». Pierrot, je vois clairement un pacte diabolique. Regarde : un échange contre une vie pure. C'est satanique, non ?

— T'emballe pas, Cris. Qu'est-ce qu'elle échange exactement, merde ? Je vois de l'argent. Argent qui rentre, qui sort… c'est contradictoire, ça. T'as ton Oracle lumière sur toi ?

— M'enfin, Pierre, je les ai tous !

Effectivement, Cris sort d'un de ses multiples sacs plastique une autre pochette noire, le logo Chanel bien visible. Seigneur, l'oracle se sentirait mal s'il savait le sort réservé à ses cartes.

— C'est quoi cette pyramide ? Attendez, Ginger est en Égypte ?!

— Non, ma puce, ça, c'est la carte du Travail. Et là, tu vois, Ying et Yang, c'est la carte de l'Homme… là tu as la carte Étranger, qui ressort encore, décidément !… Et la carte rouge : la Sexualité… Tu crois que c'est des clients ? Elle fait l'amour avec des couples, en Chine ? Pour un tarif de groupe ?

Marion-Lara se jette presque à terre pour récupérer la carte de la Sexualité. Elle m'a toujours intrigué. Une silhouette bleue, plutôt androgyne finalement, flottant au-dessus d'un corps blanc doté d'une paire de seins tout ronds. On croirait un dessin de Chagall.

— Concentre-toi, Cris, mais non, c'est pas possible, c'est pas le couple qui la paye, c'est elle qui donne de l'argent. La Voix me dit hanches, seins… cheveux… qualité de peau ? On dirait que Ginger palpe des corps, mais c'est la foire aux bestiaux !

— Je vous assure que je vois un pacte mensonger. Il y a des âmes perdues, qui voyagent, qui ne savent plus quoi faire. Ginger vole des âmes…

— Cris ? La Voix me murmure des trucs, elle déraille complètement, ça n'a pas de sens : Nian ? King ? Niaking ? Nu ? Quelque chose de nu ? Rai ? Un voyage en train à poil ?

Marion-Lara m'interrompt brutalement, frappant triomphalement la table de son dictaphone.

— « Niánqīng de nǚhái » ! Ça veut dire « jeune femme ».

— Attendez, Marion-Lara, vous avez un dico de chinois sous la main ou quoi ?

— Pierre, Cris. Je l'ai ! Ginger est rabatteuse !

20

Se barrer au Sénégal au moment où on a le plus besoin d'elle, tout ça pour tirer les cartes à des familles libanaises pétées de tunes. Du Cris tout craché. Évidemment, elle a noyé ça sous des excuses énergétiques. « Il faut que j'aille très loin d'ici pour nettoyer mes fluides, tu comprends ? » Je comprends surtout que je suis entouré de divas. Twiggy est la seule que j'élèverais au rang de star, parce qu'elle est une diva pour qui je compte vraiment. Moi, je nettoie au sens propre, je passe la serpillière en évitant de croiser le regard dédaigneux de ma chienne confortablement calée sur le canapé.

— Oui, je sais, ma Twiggy, tu trouverais ça plus normal que ce soit Danny qui se tape le ménage, hein ? Mais notre chère coloc est en ce moment aux abonnés absents…

Nous sommes sortis vidés de la séance d'hier, laissant Marion-Lara à ses ruminations. Fallait-il en parler à son boss ou attendre… mais quoi, au juste ? Se taire revenait à protéger Ginger et en attendant, à la laisser recruter de nouvelles jeunes femmes, à qui elle promettrait probablement monts et merveilles pour les faire venir en France avant de leur offrir un job de rêve dans le secteur du trottoir. Et si Petite Prune s'était rendue à l'auto-école sur les ordres de Ginger, pour préparer les papiers de futures recrues ?

Ça suffit. Mon rôle dans cette histoire s'arrête là. Marion-Lara va reprendre sa vie, et si elle veut sortir avec un informaticien qui pue la perfection, ça la regarde. C'est clair qu'il ne faut pas tout mélanger. Moi, je suis concierge, et en tant que tel j'ai un paquet d'emmerdes à régler. Et puis je ne vais pas délaisser plus longtemps ma clientèle. Mon agenda se remplit de nouveau à toute vitesse, bientôt je n'aurai plus une minute à moi. Je dois même tirer les cartes à Olympe, soi-disant un cadeau que lui offre sa mère. Une séance chez un voyant comme cadeau d'anniversaire ? La gosse se fait avoir… mettons que je ne lui prévoie que des ennuis ?

Je me laisse engloutir dans mes tâches ménagères, rangement, vaisselle du matin, encore Danny qui a oublié de laver son bol, je lui répète que ça laisse des traces de théine coriaces mais rien à faire. Une fois que ça sera terminé, je vais allumer mes deux bougies, « Noblesse du pin » au-dessus du frigo, et « Désir de vanille » sur le compteur électrique. Si Danny croit qu'elle va m'acheter si facilement avec ces machins aux appellations tartignolles… Elle fait souvent le mur en ce moment, mais moi je ne vais rien lâcher, encore une semaine à vivre au rythme de « Pierre, finalement, je suis prise ce soir, ça ne t'ennuie pas de sortir le chien », et elle va en prendre pour son grade.

Une sonnerie m'interrompt, doublée d'une vibration du pro. Deux SMS. Je décide d'aller ouvrir la porte tout en les consultant. Connais pas le premier numéro.

Vous êtes prévennu.

Encore un taré qui se trompe de destinataire. Merde ! Pourvu que ça ne soit pas Danny qui ait filé mon portable à un de ces fous furieux de la Société Générale.

Le deuxième, c'est un locataire du B. Je pense qu'il a toujours rêvé de sortir avec une bodybuildée et il vit avec un ersatz de Gabriela Sabatini, cette fille pourrait le tuer d'une pichenette.

Bjr, j'ai fait livrer le nouveau rameur à ma femme. Vous voulez bien réceptionner ça rentrera jamais dans la boîte. Cdt Merlin du 8e.

Je me demande ce qui m'agresse le plus ; son manque d'éducation ou sa grammaire. Sans compter que c'est ambitieux de préciser l'étage quand on s'appelle Merlin.

J'ouvre à un livreur de DHL. Je me laisse attendrir par cet heureux mélange de noir et orange sur son polo. Lui fixe mon seau d'un air désobligeant avant de me tendre une tablette et un stylet du bout des doigts. J'ai à peine le temps de l'interroger sur le colis qu'il s'est déjà barré, me laissant seul avec, peu de doute vu la hauteur du paquet, le rameur à la grosse Gabriela.

Encore un de ces accidents de la vie de gardien que Muriel Barbery a oublié de mentionner dans son ouvrage. Je commence à monter les marches, résigné, poussant et tirant en alternance, du mieux que je peux, la promesse de cuisses et fessiers toujours plus fermes. Je fais une pause au quatrième, je m'adosse à la porte de Marion-Lara, atterré au passage de constater que son étiquette n'est pas aux normes. C'est là que je la sens. Une odeur que je ne suis pas sûr de reconnaître. Celle d'un parfum, peut-être ? Pas celui de ma flic, c'est sûr. J'inspire d'abord doucement – j'imagine d'ici le scandale si un voisin me surprend en train de renifler la porte d'un de mes locataires – puis plus frénétiquement, je colle mon tarin à l'encadrement de la porte. Qu'est-ce que c'est, une odeur fantôme ? En tout cas, ça ne vient pas du bois… Ça me rentre dans la gorge, ça se colle à moi…

Dior.

J'adore.

Dior.

J'adore.

J'entends la Voix qui toussote, ça l'affole autant que moi. Je suis envahi d'images, elles se bousculent dans tous les sens, des formes désorganisées, des couleurs flottantes, c'est chaotique, ça ne ressemble pas à mes visions habituelles, qu'est-ce que c'est que ce truc, bordel ?

— Vous allez bien ?

C'est encore le livreur DHL. Il était en train de redescendre les étages mais s'arrête net devant la vision de moi reniflant l'air. J'essaye de rester digne. Il ne s'était pas barré, il était juste en tournée dans les étages ? Pourquoi ce sale flemmard n'a pas monté le rameur ? Peu importe, j'ai un témoin sous la main, et il faut que j'en aie le cœur net.

— Dites-moi, jeune homme, vous ne sentez pas un parfum capiteux ?

— Bah non, ça sent le renfermé, genre immeuble quoi.

Petit con. Il disparaît de nouveau de ma vue, heureusement pour lui.

Essence.

Madame.

Mademoiselle.

Mademoiselle Dior.

Je vois une femme blonde, plus toute jeune, qui se parfume… Et… Un fruit ? Non, un flacon violet noir… en forme de pomme…

Miss Dior. Miss Dior. Miss Dior.

Non.

Non.

Non !

La femme crie, elle n'arrête pas de crier. On est où, là ? Ça ressemble à une caravane… C'est confiné, ça sent… toujours ce parfum. Elle hurle, elle est très en colère. Contre qui ?

Sa main part, violente, rapide, elle gifle la joue d'une autre femme. Rousse.

La Voix tousse encore, crache, elle n'en peut plus.

Poison. Poison. Poison.

J'ai attendu quarante-huit ans pour avoir mon premier flash olfactif.

21

Plus vite je retrouverai Marion-Lara, plus vite je pourrai lui raconter ce que je viens de comprendre. La Voix me dit de me diriger vers l'Espace, puis plus rien. Elle reste sourde à mes appels.

Pas de trace de la bagnole à l'orée du Bois, où elle se trouve d'habitude. Je m'enfonce plus profondément entre les arbres.

Quelques filles sont plantées le long d'un chemin goudronné, hissées sur des talons vertigineux. Une Range Rover beige s'arrête, embarque l'une d'elles. J'ai le temps d'apercevoir un siège auto pour bambin à l'arrière.

Twiggy pique un sprint droit vers un banc, où est prostrée une silhouette, de dos. Je n'ai jamais vu sa colonne aussi voûtée, la pauvre gosse.

— Marion-Lara ? Éteignez tout de suite cette cigarette, vous allez me donner envie de m'y remettre !

— C'est le stress, Pierre, c'est ma faute… Mon attachement pour Brigitte a pris le dessus et…

— Vous n'êtes pas seule responsable… Cris et moi, on aurait dû comprendre que Ginger était aux ordres de Brigitte, pas le contraire…

Twiggy, une fois n'est pas coutume, lèche furieusement la main gauche de Marion-Lara. La petite est trop K.-O. pour être sensible à ce débordement d'affection.

Brigitte était à l'angle du collège Paul Valéry, simulant une conversation téléphonique, comme l'a compris un peu plus tard Marion-Lara quand la sonnerie a retenti. Ignorant ce détail, ma flic a entamé la conversation le plus naturellement possible. Les mômes restés à l'étude commençaient à sortir en meute du collège et le niveau sonore devenait insoutenable pour, dixit la blonde, « avoir ce genre de conversation ». Au moins, dans sa loge à quatre roues, elles seraient au calme... Brigitte a fait asseoir Marion-Lara bien en face de l'autel sainte Macron, façon confessionnal, et elle lui a posé pas mal de questions concernant Nuit Câline. Ma flic essayait de se rassurer, de se persuader que cet interrogatoire, c'était parce que Bribri était inquiète pour ses filles, une fois de plus. Mais très vite, Marion-Lara a compris que la mère maquerelle cherchait à savoir ce que sa soi-disant protégée avait bien pu lâcher aux flics.

Twiggy saute à terre et se trémousse dans tous les sens, ça, c'est quand elle sent qu'on est sur le point de résoudre quelque chose. Elle fait ça chaque fois qu'on se réconcilie avec Danny ou à la fin des épisodes de *Demain nous appartient*, quand la tension est à son comble.

Au bout d'un moment, quelqu'un a frappé à la porte de la loge, d'une poigne vigoureuse, le cadre doré de l'autel a bien failli y passer. Brigitte a répondu un « ouais » un peu las et une fille a fait une entrée fracassante. Combinaison intégrale en skaï rose bonbon, avec fermeture Éclair avant remontant du bas-ventre à la poitrine. Des talons fuchsia en haut desquels elle se sentait manifestement assez à l'aise pour courir sur place, comme ces mecs qui ont l'air bien tarte à courir en attendant que le feu repasse au vert pour prouver qu'ils ont le jogging dans le sang. Avec la canicule, inutile de préciser qu'elle ne faisait pas ça pour se réchauffer.

— Abrégez, j'ai compris que ce n'était pas une prof d'aérobic.

Malgré mon formidable trait d'esprit, je vois nettement une larmichette couler sur la joue droite de ma fille, et ça m'angoisse. Je n'ai pas de mouchoirs sur moi et entendre quelqu'un qui renifle en parlant, ça me crispe.

— Brigitte a demandé à la fille « d'y retourner ». Elle l'a dit sur un ton très calme, mais en insistant sur le fait qu'elle était déjà mécontente d'apprendre qu'elle avait menti sur son âge à Ginger, et que maintenant, elle allait devoir bosser pour rembourser son billet de retour fissa. Elle a ajouté que ça ne se serait pas passé comme ça avec elle. La fille a presque crié qu'elle n'avait pas envie d'y retourner, qu'il avait un gros ventre…

— Mais je comprends pas comment Brigitte a pu dire ça en français devant vous, elle sait que vous êtes flic, quand même ! C'est insensé…

— J'ai dû agir, Pierre, je ne pouvais pas rester comme ça sans rien faire. Alors j'ai arraché les clés de la voiture – à force, j'ai eu le temps de voir où elle les accroche, dans l'autel, juste à côté de la vraie Macron. Je suis sortie en embarquant la jeune et j'ai laissé Brigitte.

— Attendez, vous avez *quoi* ?

— J'ai enfermé Brigitte. C'est ce qui me semblait le mieux à faire. Et j'ai amené la petite au poste.

Elle se lève d'un bond et me tire par le bras. Twiggy, prête à toute balade improvisée, nous suit, enthousiaste. Marion-Lara me conduit dans un coin reculé du bois, un peu sinistre, à côté de jeux d'enfants délabrés, abandonnés à leur triste sort depuis un moment.

L'Espace est garé là. Par intermittence, on entend de vagues protestations et on dirait que la carcasse de la bagnole est prise de spasmes. J'aperçois nettement le petit singe se balancer au rétroviseur. Aujourd'hui, il a presque l'air effrayé.

22

Si on m'avait dit un jour qu'à plus de quarante ans je me retrouverais piégé dans ce genre d'endroit…

C'est une idée de Nuit Câline. Fleur de Lotus aurait sans doute préféré se faire mousser au bar du Meurice, mais ce n'était pas dans nos moyens. Ici, c'est le béton pailleté qui est ciré, pas le parquet. Le matériau le plus noble est probablement le plastique, et la couleur préférée des patrons doit se situer quelque part entre le orange pétant et le vert anis. Au mur, des photos de chanteuses dédicacées, je parie que celle de Beyoncé est une contrefaçon achetée sur eBay. Elton, toujours aussi grabataire, feu Prince, feu Johnny, feu George Michael brushingué… maintenant que j'y réfléchis, y'a presque que des macchabées au mur.

Fêter l'indépendance des filles, voilà le programme qu'on m'avait servi. Juste avant de venir, j'ai laissé un petit message vocal à une chère amie.

« Dolorès ? Tu sais, la séance pour ta fille ? Tu ne me dois rien. Enfin si, un petit service : par rapport à ton… idée de projet à développer ? Eh bien, tu devrais recevoir une certaine Song Ge Yuan Lim. Tu verras, elle est passionnée par les parfums et les cosmétiques, et quelque chose me dit que vous devriez vous entendre. Tu me dois bien ça. Allez, tu es un amour… bisous, bye bye. Rappelle-moi. »

Si tout se passe comme je l'imagine, Nuit Câline réalisera son rêve et n'aura plus à servir de bobards à sa famille restée au bled.

Au Newlaville, les filles ont choisi de réserver la salle Shakira plutôt que la grande salle avec estrade et écran géant. C'est plus ce que c'était. Quand j'étais jeune, ici on mangeait jap à volonté, en regardant les gens se taper la honte sur des musiques has-been. C'est devenu assez cheap. Et on mange chinois.

Je redoute déjà le moment où l'une d'entre elles va se lever et s'époumoner sur un des tubes probablement sélectionnés avec soin par un des musicologues qui gouvernent ce genre d'endroit. Pour le moment, on se contente de boire un verre. Je sais pas ce qui m'a pris de tenter le Tequila Pink sunrise, mais j'aurais dû me méfier de l'alliance jus d'avocat-vodka, l'unique avantage c'est que comme je ne bois pas d'habitude, je sens déjà la petite fièvre me gagner, typique de ce seuil juste avant l'ivresse, plutôt agréable.

Après avoir cueilli Bribri furax dans sa camionnette et l'avoir conduite au poste, Marion-Lara a pu éclaircir la situation. Il faut dire qu'après avoir mariné plusieurs heures, Brigitte était prête à se mettre à table. C'est bien elle qui a menacé de couper les vivres à Petit Lychee si celle-ci n'allait pas prospecter chez « Ça roule » pour tenter d'obtenir des papiers pour Skaï-rose. Le moniteur avait piqué une colère parce qu'il trouvait que la vieille blonde les sollicitait un peu trop ces derniers temps... Les filles sont définitivement sans nouvelles de Ginger, qui doit se terrer quelque part en Chine. Apparemment, c'est un pays suffisamment vaste pour qu'on puisse s'y planquer longtemps.

— C'est en ces lieux que Brigitte est devenir Brigitte.

Je souris à la phrase énigmatique de Nuit Câline, je ne lui en veux même pas d'interrompre le cours de mes réflexions. Sa sortie est un peu obscure pour moi mais j'apprécie cet effort de conversation. Un deuxième sourire de ma part laisse entendre que j'aimerais bien qu'elle explicite.

— Jadis, avec Mme Chen, nous fêtions nouvel an chinois ici, avec toutes ensembles, quand hâtivement tout le monde s'est levé. Nous sommes sorties de même. C'était notre président et sa femme bien-aimée qui faisaient la visite pour le nouvel an chinois !

— Et c'est de là que date la passion de Brigitte pour notre présidente ?

— Oui. Mme Chen a décidé dans l'immédiateté de devenir comme elle.

— Nous sommes donc sur un lieu de pèlerinage, si je comprends bien…

Marion-Lara a choisi sa plus belle robe à strass pour l'occasion, la matière brillante est parfaitement coordonnée à l'esprit du lieu, pour un peu on se croirait chez Maritie et Gilbert Carpentier. En pleine conversation avec Fleur de Lotus, elle semble curieusement à l'aise dans cette ambiance. Cela doit lui rappeler son enfance dans les campings de la région PACA. Je suis sûr qu'elle chante comme une vieille godasse. Ceci dit, elle a d'autres qualités.

Question boulot, l'enquête n'est pas tout à fait terminée. Brigitte prétend qu'elle n'aurait jamais fait venir une mineure pour l'envoyer au tapin. Ça serait la petite Skaï-rose, perfide, qui aurait dissimulé la vérité… L'hypothèse la plus probable, selon ma flic, est la suivante : Brigitte avait demandé à Ginger de la seconder pour le recrutement, et de lui envoyer une petite nouvelle tout en se faisant discrète.

Pour le moment, Brigitte cherchait surtout à se protéger. Elle répétait en boucle recevoir « des ordres d'en haut », se planquait derrière une instance suprême qui lui dictait ses moindres gestes.

Le flash olfactif m'avait fait comprendre que Brigitte était le cerveau du recrutement mais surtout, il m'avait ouvert les yeux sur l'esprit toxique de cette femme. Et autant dire que si la fausse blonde avait réussi à nous berner aussi longtemps, c'est pas des flics du 12e ou même les gardiens d'Alcatraz qui allaient mieux s'en dépêtrer.

Bien sûr, les filles allaient passer aussi sur le gril, les flics allaient cuisiner la bande à Brigitte pour en savoir plus sur le trafic. Le big boss et Adrien ont été forcés de s'incliner devant la persévérance de Marion-Lara, même si l'idée d'enfermer Brigitte dans sa propre caisse pendant plusieurs heures n'a pas été du goût de tout le monde. M'est avis que toute cette organisation mettrait du temps pour être comprise et démantelée, mais moins de temps encore pour se reconstituer.

En attendant, les filles avaient l'ordre de ne pas quitter le territoire et fêtaient avec nous la fin de l'ère Bribri.

Pendant que Nuit Câline et Fleur de Lotus négocient l'ordre de passage sur *Mais si tu n'existais pas* – j'essaye de ne pas trop y penser, du Joe Dassin sous-titré en mandarin, ça me fait presque trembler –, Marion-Lara, ou plutôt la matière 100 % synthétique de sa robe, se colle à moi.

— Je me suis renseignée sur le Strass…

— D'où votre tenue ?

— … le Syndicat du travail sexuel.

— Je vois déjà le tableau : c'est géré par une vieille bique revenue de l'enfer de la prostitution, prête à conseiller des oies blanches…

— Pas du tout. La présidente doit avoir trente ans à tout casser. Brillante étudiante en lettres *et* prostituée. J'ai écrit à la structure, les filles sont d'accord pour y prendre rendez-vous. Le principe, c'est de leur toucher deux mots sur leurs droits, au pluriel, j'insiste, et bien sûr leur expliquer, là je parle pour Petit Lychee et Fleur de Lotus, comment s'installer en tant qu'indépendantes.

— Les filles, les filles !

C'est Petit Lychee qui déboule, brandissant son iPhone sous le nez de ses collègues.

— T'es pas censée réviser ? demande ma flic.

— Je pouvais pas vous laisser passer une soirée sans ça : regardez, c'est du replay.

Quatre têtes plus la mienne se penchent au-dessus de l'écran. C'est un extrait du JT de ce midi. Quand la présentatrice passe l'antenne à son collègue planté sur un trottoir, je reconnais le coin un peu trop vite.

« Journaliste : Ah, ça, Audrey, étonnant, c'est le moins qu'on puisse dire. Je suis ici en direct du 12e arrondissement où on me rapporte une scène d'anthologie. Il s'en est fallu de peu pour que la journée de Bastian, trente-deux ans, change à jamais son destin. Ce cadre dans le milieu de la finance a failli devenir un héros de la République en mettant toute son énergie au service d'un seul projet : sauver la Première dame.

Témoin : Ben oui, je me suis dit : mais ils sont pas bien, ils embarquent Brigitte, euh, Mme Macron ! Avec les menottes et tout !

Journaliste : Et vous avez interpellé les policiers, dans la rue ?

Témoin : Oui, je voulais quand même savoir pourquoi ils emmenaient notre présidente, je veux dire notre femme de président.

Journaliste : Bien sûr. Et quelles ont été les réactions des agents ?

Témoin : Plutôt négatives. Ils ont dit que c'était pas ce que je croyais, que c'était une… enfin, une travailleuse du sexe qui se prenait pour Brigitte et que…

Journaliste : C'est incroyable. Un sosie, en somme ?

Témoin : De loin, oui. J'aurais juré que c'était elle ! »

Le journaliste tente de cacher son hilarité, les filles, beaucoup moins, trop heureuses d'être enfin libérées de leur souteneuse. Comme c'est fête ce soir, je laisse un peu de répit à Marion-Lara, mais elle sait bien qu'elle me doit encore quelques explications. Parce qu'entre son interprétation plus que lumineuse de mes visions ou ce qu'elle a surpris dans l'échange de Brigitte et Skaï-rose, je suis bien forcé de me poser la question :

Comment se fait-il que ma cagole parle chinois ?

Y'a une ambulance garée juste devant la porte de l'immeuble. De *mon* immeuble. Merde, à tous les coups le Keller nous a refait une allergie à un solvant. Ça fait longtemps qu'Akira ne joue plus à s'enfoncer des Playmobil dans le tarin, donc peu probable que ça soit ça. Peut-être Rita qui déconne de nouveau avec son diabète ?

Les brancardiers me demandent de me bouger le cul de l'entrée, en version polie. Je m'exécute mais en rappelant quand même qui je suis. Leur ton se radouci illico et ils m'indiquent le lieu de leur intervention. Le deuxième corps de bâtiment. Ils n'ont pas le temps de me dire l'étage. Derrière eux, les yeux rougis, les cheveux en bataille, un gilet en maille serrée autour des épaules, une silhouette avance au ralenti, comme si elle suivait un corbillard.

C'est Mimosa Diallo.

Elle ne m'adresse pas la parole. Seulement un regard haineux dans lequel je lis tout ce que je n'ai pas fait. Pour elle, pour sa mère, pour les tuyaux. Merde. Merde, merde et merde. Je regagne ma loge vitesse grand V. Je n'ai pas l'énergie d'affronter ses reproches et ma propre honte. La Voix a choisi ce moment-là pour se mettre en stand-by et ma flic est restée au karaoké avec ses protégées. Danny n'est même pas là. Twiggy ne lève pas une oreille à mon arrivée. Je suis seul de chez seul.

Je sens le portable vibrer dans la poche de mon jean. Peut-être que je ne suis pas abandonné à mon sort, finalement, et que je vais pouvoir me lancer dans un échange frénétique de textos avec le bienheureux qui m'écrit à cette heure.

Vous êtes prévennu.

23

Coupable.

Coupable.

Coupable.

J'ai passé une sale nuit. À écouter la Voix me traiter de coupable. D'habitude, elle ne porte jamais de jugements sur mes actes, sur ce que je pense. La conclusion, c'est que ça ne peut pas être la vraie Voix. Juste des cauchemars.

Il m'en a fallu, du temps, pour aller sonner chez les Yen. Je les ai évités soigneusement jusqu'à présent. Mimosa Diallo aurait dit : « Par manque de courage. » Qu'est-ce que j'aurais bien pu faire, au juste ? Me planter sur le palier en m'excusant de les déranger et enchaîner sur des questions oiseuses au sujet d'envoûtement façon Orient ? Ils m'auraient regardé comme un fou furieux.

Ce matin j'ai décroché mon téléphone pro, c'était un appel de Jérôme. Le syndic a forcément son mot à dire dans ce genre de situation ; simple fait divers à l'échelle de Paris, mais drame puissant à l'échelle de mon immeuble. Parce que, bien sûr, Diallo-fille a soutenu mordicus que les voisins Yen n'étaient pas innocents dans cette affaire. Est-ce qu'elle a osé employer le terme « d'envoûtement » avec Jérôme, qui m'a l'air du gars à peu près aussi à l'aise avec l'ésotérisme que la mère Le Pen avec du gombo ? Heureusement que, quelques semaines plus tôt, j'avais écouté Dolorès et averti le syndic qu'il se tramait un truc pas net côté bâtiment B !

À la demande de Jérôme, je dois vérifier que la fille de la victime n'a besoin de rien (il veut quoi, au juste, que je lui fasse la tambouille ?) et que les Yen, de leur côté, n'ont rien à se reprocher. À croire que, quand ce n'est pas Marion-Lara qui veut me mettre à l'enquête de proximité, mon manager en herbe prend le relais.

Maintenant que je suis installé dans le salon des Yen, je fais quoi ? L'appartement dénudé ne comporte, en guise de meubles, qu'une vilaine armoire de chez Conforama. J'ai été invité à m'asseoir sur une chaise pliante dotée de lattes en plastique. La lumière d'un néon, blanche bleutée, ferait passer aux aveux le plus grand des serial killers. Aux murs, aucune décoration si ce n'est un calendrier bambouté qui célèbre l'année du Chien tout en vantant les mérites d'un buffet à volonté place de la Nation.

Au moins le décor angoissant a-t-il le mérite de me rappeler cette cruelle vérité : je suis dans le bâtiment B, et je dois rester sur mes gardes.

Mme Yen, restée debout face à moi, me fixe d'un air incrédule, sa brique de jus de lychee coincée entre les doigts. Son mari engage les enfants à continuer de trier les perles par ordre de couleurs. Je vois effectivement leurs deux gamins accroupis autour d'une valise grande ouverte remplie de perles multicolores. Concentrés sur leur tâche, ils en oublient de me saluer. L'aîné, qui doit bien avoir quinze ou seize ans, dégage quelque chose d'étrange. C'est fugace, mais j'ai une impression de… parenté ?

Je n'arrive pas à articuler deux phrases qui se suivent. Je demande prudemment s'ils ont repéré un changement de comportement chez les Diallo à leur égard, ces deux derniers mois. Mme Yen s'évade vers la cuisine sans demander son reste. M. Yen me contemple pendant un temps qui me paraît interminable. Quand il ouvre enfin la bouche, sa seule réponse est :

— Horaires incompatibles.

Coupable.

Coupable.

Coupable.

Merde… À quoi joue la voix ?

Je passe aux achats récents de la famille, qui auraient pu occasionner des perturbations. À part une console pour l'aîné et un pistolet de laser game, rien à signaler.

La mère Yen, ressortie de sa cuisine, se plante de nouveau face à moi, à distance respectable de son mari. Raide, la tête légèrement de biais, comme si elle était soudain habitée par une entité venue d'ailleurs.

Flippant.

Et, bien évidemment, la Voix bosse pour radio silence.

On se quitte gênés, un peu confus, moi surtout, et je redescends l'escalier sans demander mon reste.

Au moment où je pénètre dans la loge, j'entends de nouveau la Voix. Plus franche, plus ferme.

COUPABLE.

Je ne lui réponds jamais à haute voix. Je suis pas cinglé non plus. Mais là, je dois me contenir pour ne pas lui hurler d'arrêter, le plus fort possible. Tout à coup, j'ai conscience que c'est à moi, et à moi seul, qu'elle s'adresse. *Que t'arrive-t-il ?* je lui demande, intérieurement. Pas de réponse.

Je sors faire quelques pas dans le jardinet de la cour. Les fleurs blanches de l'unique prunier ont laissé place à de petites billes vertes.

Où est encore passée Twiggy ? Ah oui, Danny doit être en train de la sortir. Elle doit l'avoir emmenée côté coulée verte, elle lui fait le grand circuit : de la statue araignée de la rue de Toul jusqu'aux arches de l'avenue Daumesnil.

Encore quelques mois et elles seront mûres, les prunes de Mme Kovacevic. La légende dit que cette ancienne concierge crachait comme toujours ses noyaux par terre, quand celui-ci a décidé de sortir du lot. Je pense à cette bonne femme chaque fois que je regarde cet arbre. D'ailleurs, le locataire qui m'en parlait avec des étoiles dans les yeux ne s'est pas montré depuis un bon moment. J'y pense de temps en temps, j'espère que je ne vais pas finir par le retrouver crevé dans son appart. Et pour cause, Émile Abramson souffre d'un mal étrange : je le vois rarement puisque quand il décide d'affronter le monde extérieur, c'est la nuit. Il sort faire sa ronde et ramasse tous les objets laissés dans la rue pour les ramener à la maison. Je le sais parce que je l'ai déjà chopé, au petit matin, rentrer en quatrième vitesse avant d'être désintégré par les premiers rayons du soleil. Chez lui, c'est la rencontre entre une boutique Emmaüs et la chambre d'un gosse de cinq piges. Les chaussures esseulées, peluches miteuses, piles de journaux et premiers programmes TV des années 50-60, caisses à vin usées et lampes sans ampoules font son bonheur, mais il ne résiste pas non plus aux encombrants. Une fois, je l'ai vu traîner un vieux meuble de cuisine sans tiroirs toute la rue Claude-Decaen. J'ai l'impression que la Voix s'est laissé attendrir par ce bonhomme. La première fois que je l'ai rencontré, je venais me présenter en tant que nouveau gardien, Elle m'a simplement sorti des trucs sans queue ni tête à propos d'une enfance isolée et d'aïeuls juifs emportés par la Shoah.

Coupable.

Coupable.

Coupable.

Elle va bientôt arrêter son cirque, oui ?

— Mais ça va pas bien ?

— Non non, attendez, Marion-Lara, je ne m'adressais pas à vous…

— J'ai cru comprendre, et c'est bien ça qui m'inquiète. Vous êtes sous pression. Je passe juste vous…

— Vous êtes entrée par où ? La grande grille ? À côté des poubelles ? Danny a encore oublié de…

— Pierre ? Je passais vous dire que Mme Diallo va bien, elle accepte de manger.

— C'est pas forcément signe de bonne santé mentale.

— Je sais que votre humour cache un puissant désarroi.

— Et moi je sais que vous m'emmerdez puissamment… vous avez eu des nouvelles par quel canal ?

— Euh, eh bien, par le papa d'Akira. Il est passé la voir, l'hôpital était sur son trajet pour un rendez-vous, et puis Mme Diallo a gardé le petit plusieurs mois quand sa femme l'a quitté. Bref, il tient beaucoup à elle et…

Le petit bout de lard ?

— Ça va, ça va, j'ai compris. Donc, elle va bien. Elle parle encore des tuyaux en plomb ?

— En tout cas, elle n'a rien dit à Marc à ce sujet.

Marc de mes deux…

— Vous savez qu'il est 21 heures, Pierre ?

— Ouais, et alors ?

— Je m'étonne de ne pas vous voir avec Twiggy, c'est tout.

— Maintenant que vous le dites, Danny est partie la promener, mais vers 18 heures. En même temps, c'est pas une randonneuse dans l'âme, elle a plutôt la démarche traînante d'une petite vieille sur un marché. Ou alors elle se sera arrêtée sur un banc pour mater le cul des joggeurs.

— Je suis sûre que ce n'est pas le genre de Danny.

J'aimerais contredire ma flic. En même temps, lui ôter complètement son côté sainte-nitouche risquerait de se retourner contre moi, un de ces quatre.

Coupable.

Coupable.

Coupable.

Je dois faire une tête bizarre. Parce que Marion-Lara me demande ce qui ne va pas et au bout de sa sixième fausse hypothèse, j'ai pitié d'elle et je lui crache le morceau à propos de la Voix. Elle me suggère de rendre une petite visite à Bethsabée Diallo le lendemain. D'après ma flic, quand la Voix verra que j'affronte mon sentiment de culpabilité, elle arrêtera de me bassiner.

— Y'a quelque chose qui vous ferait plaisir, Pierre ? Je veux dire, un truc que je pourrais faire pour vous remonter le moral ? Au fait, on a toujours zéro piste pour la défenestrée. J'ai interrogé les mécènes les plus généreux, ceux qui ont donné pour la rénovation des vitraux, l'installation du chauffage dans la nef. Rien. Notre Didier reste un citoyen au-dessus de tout soupçon.

— Et elle ? Un passif avec le Xanax ?

— Pas du tout : un moral et une santé de fer.

— Et les enfants ? Vous disiez qu'elle n'en avait pas et que pourtant personne ne jasait dans la paroisse, c'est parce qu'elle est stérile ?

— Non, Adrien a vu le médecin de famille, manifestement tout fonctionne chez les deux.

— Hum. Bon. De toute façon, vous allez bien finir par comprendre qu'elle a voulu y passer, je vous le répète depuis le début. Je ne sais pas par quel bout vous allez la prendre, cette enquête, mais…

— Justement, je me disais que vous pourriez peut-être…

— J'ai assez donné, Marion-Lara. Y'en a marre de votre harcèlement à deux balles. Vous demandiez ce qui me ferait plaisir ? Honnêtement : que vous deveniez autonome, merde.

Je ne sais pas comment cette petite s'est débrouillée, en si peu de temps, pour se faire une place dans le club très prisé des gens que j'évite de blesser.

— Quoique. Maintenant que vous le dites, y'a une question que j'ai très envie de vous poser…

J'ai peut-être des préjugés, mais sincèrement : prenez une nana qui vous chante les louanges de la région PACA comme si c'était un poète maudit. Qui pense qu'on peut encore se faire un balayage blond en 2018, et être pris au sérieux. Qui utilise du crayon contour des lèvres le week-end et regrette qu'il n'y ait pas plus de Parisiens en bermuda l'été.

Comment vous voulez que je gobe qu'elle est bilingue cantonais ?

— Mandarin, Pierre, moi c'est le mandarin.

— Vous avez une grand-mère chinoise, c'est ça ? Un ancêtre, y'a forcément un ancêtre dans le coup.

— Non, encore une fois, je vous le répète : j'ai dû m'y mettre parce que j'ai travaillé pendant dix ans au Club Med.

— C'est vos chefs qui vous ont obligée à prendre des cours ? Pour conquérir la clientèle chinoise ? Non, attendez, je sais : c'était un congé formation et vous vous êtes trompée de case. Vous, vous vouliez prendre la sculpture sur sourcils, c'est ça ?

— J'ai commencé en apprentissage à Antibes dans un Club Med sport et puis ils m'ont mutée à Guilin, en Chine. C'était mon premier CDI et je m'y suis mise. J'étais très motivée.

— Oui, pour apprendre le chinois, je suppose que c'est le terme.

— Vous savez, c'était facile, la moitié du personnel était chinois et puis…

Crac-Crac. Boum.

Crac-Crac. Boum.

Crac-Crac. Boum.

— … Pierre ? Ça va ? C'est encore la Voix qui vous poursuit avec ses histoires de culpabilité ?

— Laissez tomber. J'ai pigé. Si vous êtes sur le point de me raconter que vous viviez une passion torride avec l'un des membres du staff, et que c'est par amour pour lui que vous avez tout misé sur la langue du commerce, par pitié, épargnez-moi ça, d'accord ?

Je m'inquiète à propos de la santé mentale des deux femmes qui m'entourent : d'abord ma flic, capable d'apprendre une langue aussi costaud que le mandarin juste pour les beaux yeux d'un mec. Ensuite ma chère et divine Voix. Sauf que quand je m'inquiète pour la Voix, par extension, je m'inquiète aussi pour moi.

24

J'ai passé la nuit à ruminer. J'hésite à être inquiet ou furieux. Pour le moment, la fatigue l'emporte. Bercé au son de la Voix, j'ai fait tellement d'allées et venues entre mon pieu et le judas que j'ai dû parcourir la longueur de trois stades olympiques.

Danny et Twiggy ne sont pas rentrées.

Hier, Marion-Lara a attendu le plus possible avec moi. Sous les huées de la Voix, mais ça, heureusement, elle ne pouvait pas l'entendre. J'ai eu droit à des sorties infâmes, rapport à son amant chinois, rien que d'y penser…

Crac-Crac, Crac-Crac, Crac-Crac.

Sans compter que j'ai eu des visions du Marc dans les bras d'autres nanas. Marion-Lara a lâché le sempiternel « en déplacement professionnel » pour qualifier l'absence de Monsieur Parfait. De toute façon, comment peut-on attendre d'une relation qui démarre sur un rendez-vous avorté qu'elle se transforme ensuite en conte de fées ? D'ailleurs, je suis pas là pour m'immiscer dans la vie personnelle de Marion-Lara. Faut que je reste à ma place. Ma place, c'est concierge. Et contrairement à ce qu'on pourrait croire, le rôle du concierge n'est pas d'être intrusif mais de vous faire comprendre qu'il sait qui vous êtes.

Invité à dîner ce soir chez Sophie, je suis passé chez le coiffeur. Le poil long à la Kurt Cobain commençait à me courir. Et puis ça fait longtemps que je ne suis pas sorti dîner en ville, autant y aller la nuque dégagée. Ma vie mondaine se passe plus entre les étages qu'à la table des amis. Soso habite l'immeuble de Sylvie Tavares au numéro 13, j'ai qu'à traverser, aucune excuse. Elle est en plein dans les retouches d'une collection Balmain en ce moment, lui faire l'affront de décommander, c'est risquer de me prendre des jets d'aiguilles dans la cuisse, façon vaudou.

Je redescends l'avenue du Général-Dodds tout frais tondu. J'ai prévu de passer embrasser Steph qui a enchaîné cinq Paris-Dubaï en une semaine. Avant ça, je fonce à l'hôpital Armand-Trousseau où Diallo-mère se remet. Il est temps d'affronter cette affaire. Après tout, qu'est-ce que je me reproche ? De ne pas avoir accordé suffisamment d'attention à ces histoires d'envoûtements ? De ne pas voir les tuyaux en plomb et aucun Casper à l'horizon sur l'écran de mon portable ? Si les tuyaux sont bien réels dans la tête de Bethsabée, pour mon iPhone ils demeurent bel et bien invisibles.

Seul.

Seul.

Seul.

Si la Voix pouvait s'incarner sous mes yeux, en ce moment, elle passerait un mauvais quart d'heure.

Demain, j'ai une séance avec Jenni, j'espère qu'elle se montrera un peu moins chiante. J'ai besoin de la Voix pour compléter ce que disent les cartes et mes visions. Si c'est pour me bassiner avec des observations bassement terre à terre, je m'en passe. Oui, je suis seul, où est le problème ? D'accord, je suis un peu inquiet, mais Danny n'a pas pu disparaître de la surface de cette planète, sinon j'aurais trouvé un moyen de déclencher ça plus tôt. Et Twiggy ? Elle ne peut pas me laisser en plan…

Elles habitent avec moi. Leur maison, c'est la loge. Elles vont revenir.

Je manque me casser la gueule sur un vieux numéro de *20 minutes*, sans doute abandonné sur le pavé par un amoureux de l'actualité. Plus j'approche de l'hosto, plus j'ai cette sensation que mes pas s'ancrent dans le sol, comme si mes semelles adhéraient au béton.

J'y suis. Avenue du Docteur-Arnold-Netter.

Bizarrement, la proximité des hôpitaux ne me déclenche aucune vision d'horreur. Je suppose que mon esprit a encore quelques barrages, nécessaires pour ne pas être noyé sous les visions de personnes agonisantes ou de cadavres en putréfaction.

Arrivé à l'accueil où j'attends qu'on m'indique gentiment où se trouve la chambre de Diallo-mère, on me demande de décliner mon identité. La femme consulte un papier et me lance un regard peu amène. Apparemment, je suis sur la liste des indésirables.

Coupable.

La Voix accentue encore mon malaise. Elle veut me faire comprendre que quand Diallo avait besoin de moi, je l'ai négligée. Maintenant, elle ne veut plus voir ma gueule.

Je n'ai d'autre choix que de tirer ma révérence.

Sur le chemin du retour, je vois que Sophie essaye de me joindre. Je ne vais rien lui dire. Il est trop tôt pour m'inquiéter. Tout va bien, puisque Danny est avec Twiggy. Tout va bien.

— Pierre ?

— Oui, ma Soso.

— J'allais prendre un kouglof chez Van Eecloo avant de partir à l'atelier, tu sais, ceux qui coûtent une blinde ? Tu devineras jamais qui j'ai récupéré au passage...

25

C'est ma toute première fois dans un commissariat. Pas une frasque de jeunesse, aucun impair, juste trois vols de carambars qui ont laissé mon casier judiciaire intact. Pas une occasion de témoigner officiellement, et pourtant j'en ai vu des horreurs, des gens qui rêvent de poignarder leur belle-mère, d'étrangler leur rival ou de bastonner femme et enfant, mais ce sont des fantasmes révélés par les cartes, et la majeure partie d'entre eux en resteront à ce stade. Quelques crimes sur papier, enfermés dans un jeu de tarot, un secret entre la Voix, le client, le jeu et moi.

Cela fait dix minutes que j'essaye de raconter les choses dans l'ordre, puisqu'il paraît que ça a son importance. Je suis quelqu'un d'organisé, de méthodique, mais je dois avouer que ce bureau sinistre, éclairé par une unique fenêtre aux verres sales, et la présence de Laurel et Hardy me font perdre mes moyens.

Le colosse qui me fait face, un emballage plastique chiffonné à la main (je viens de comprendre qu'il s'agit d'une Pom'pote vidée et dûment écrabouillée), est le commissaire Chaville. J'ai tout de suite reconnu, à son ton peu amène et à ses nombreux tics, le boss de Marion-Lara. L'hypnotiseur Baron Franz lui a fait gagner des haussements de sourcils compulsifs, des pulsations de narines et… je ne trouve pas encore à quoi comparer le mouvement contre-nature de son auriculaire massant frénétiquement sa tempe gauche en formant des triangles.

Le commissaire Chaville pose les questions. Son acolyte, que je n'étais pas sûr de deviner comme étant Adrien avant que le Chef aboie son prénom, tapote sur un ordinateur. Je l'ai dans l'angle gauche de mon champ de vision. Il pourrait correspondre à ce qu'on qualifie de « beau gosse ». Gueule un peu carré, nez fin, air juvénile et sourire Colgate. Il se contente de prendre des notes. Je sais bien que ce n'est pas un interrogatoire à la Columbo, mais l'ambiance du bureau est tellement proche de l'idée que je me fais d'une cellule de prison que j'ai envie de me tirer dare-dare, en abandonnant Danny à son sale destin.

Parce que c'est bien pour elle que je suis là. De toute façon, cette femme fait toujours en sorte de ramener la couverture à elle. Quitte à disparaître pour que je m'inquiète, s'il le faut. Qu'est-ce qu'elle cherche, au juste, que je me rappelle brutalement qu'elle m'est indispensable pour vivre heureux ? Ça va barder à son retour... parce qu'elle va revenir, nécessairement.

— Monsieur, on n'est pas là pour vous mordre, on est là pour vous aider. Mais si vous ne faites pas d'efforts pour tout raconter dans l'ordre, ça ne va pas nous faciliter la tâche. Vous dites que quand vous avez reçu l'appel de votre amie, vous sortiez de l'hôpital après avoir voulu rendre visite à votre voisine. Sauf qu'on ne vous a pas laissé rentrer dans sa chambre. Vous avez des antécédents avec cette madame ?

La mine satisfaite (le commissaire doit être fier de sa formulation finale), et sans me quitter des yeux, Sergent Garcia balance la Pom'pote derrière mon épaule gauche. J'entends un « poc » et me retourne vivement. L'emballage est tombé pile dans une corbeille à papier. J'interprète ça comme un geste d'intimidation.

— Seulement si vous considérez qu'habiter dans mon immeuble crée un antécédent...

— « *Mon* immeuble » ? Commissaire, cet homme a pourtant affirmé qu'il était gardien ? intervient finement Adrien.

— Écoutez, monsieur, va pas falloir finasser avec nous, parce qu'encore une fois, on est là pour vous aider à retrouver votre femme.

— Pardonnez-moi, commissaire, ce n'est pas ma femme, c'est ma coloc…

— C'est ce qu'ils disent tous ! Appelez-la comme vous voulez, l'important, on est tous d'accord là-dessus, c'est qu'on la retrouve, et vite. Je dis ça, parce que je vois bien que vous êtes persuadé que c'est une disparition. Mais je vais avoir besoin de détails.

L'atmosphère du bureau se fige littéralement. Le visage d'Adrien a disparu derrière l'écran de son ordinateur, mais je vois sa main se crisper sur la souris. Le commissaire est immobile, debout, les deux paumes écrasées sur sa table dans une posture qui se veut sans doute ferme et autoritaire. Même le petit ventilo suspendu en guise de plafonnier semble avoir baissé d'un ton.

J'ignore si mon silence, à ce stade, peut être interprété comme un signe de culpabilité.

— Reprenons. D'abord, j'aimerais bien comprendre pourquoi *vous*, spécifiquement, on vous a pas laissé voir cette dame à l'hôpital. Laissez-moi vous dire qu'Adrien va s'occuper de ça. Pour commencer, il faut comprendre les éléments de contexte, et ça, c'est un contexte, comme je dis toujours, qui sent à plein nez la complexité.

— Non, mais je pense que Mme Diallo, puisque nous avons eu un petit différend dans l'immeuble, a dû préciser (enfin, elle ou sa fille) que je n'étais pas parmi les gens qu'elle aurait plaisir à voir dès son réveil.

— Coma ?

— Non, évanouissements à répétition. Elle va mieux, elle se remet. Elle mange.

— Dans un hôpital, ce n'est pas forcément bon signe.

— Adrien, gardez vos commentaires gastronomiques pour vous, s'il vous plaît, on avance, là, on est en plein dedans. Bon, mettons, en tant que gardien vous ne vous arrêtez pas aux petits problèmes de voisinage et vous décidez de passer outre, d'y aller quand même. Vous considérez que c'est votre devoir. Et vous vous faites refouler. Il y a beaucoup de rejet dans votre vie en ce moment, non ?

Comme à chaque fois que je ne comprends pas une question, je m'économise la réponse. De toute façon, les gens qui font profession de poser des questions adorent les reformuler, y'a qu'à voir les entretiens d'embauche, et j'en ai passé quelques-uns, de casting de concierge, entre autres…

— Votre Mme Diallo qui refuse votre entrée dans sa chambre, votre femme qui met les voiles avec le chien…

— Ma colocataire. J'insiste.

Le commissaire m'adresse un drôle de sourire, presque attendri. Un peu flippant à mon goût. Il se tourne vers son collègue et lui adresse un signe de tête indéchiffrable pour moi, mais manifestement compréhensible pour Adrien, qui se lève d'un bond et quitte le bureau en refermant délicatement la porte.

Le commissaire suit Adrien du regard, reste quelques secondes supplémentaires à fixer la porte, puis avance à pas de loup vers moi. Je me sens me raidir malgré moi sur la chaise, j'essaye d'enfoncer mon dos au maximum dans le dossier, de ne faire qu'un avec la chaise : sans succès.

— Monsieur. J'ai fait sortir mon collègue parce que je vois bien depuis le début que vous êtes un pudique. Quand vous avez fait le signalement pour cette Danny, tout de suite, il y a un élément qui m'a frappé. Votre différence d'âge. Maintenant, il faut arrêter de vous tuer à la tâche en voulant dissimuler la vérité. On est au siècle de la modernité. Laissez-moi vous dire que notre président a ouvert une brèche. Je vous le dis maintenant et ensuite, je vais faire rentrer mon collègue et on va reprendre le compte rendu comme si de rien n'était, d'accord ? Alors : il ne faut pas avoir honte, monsieur. On peut très bien avoir envie de retrouver sa femme, même si elle a l'âge de sa mère.

Danny partie.

Pierre tout seul, tout seul, tout seul.

Il ne manquait plus qu'une petite intervention perfide de la Voix pour achever de me déprimer.

26

Encouragé par les deux flics, je reprends mon récit au moment où j'arrive chez Sophie. Adrien pianote furieusement sur son clavier et le commissaire écoute en se frottant la tempe de l'auriculaire, geste que je trouve décidément très inquiétant.

Après m'être fait dégager de l'hosto, et sous le choc de l'appel de Sophie, je chope un bus pour le trajet qui me reste entre Rothschild et la porte Dorée. Arrivé au 13, je croise la gardienne, ma pote Sylvie Tavares, qui semble déjà au courant de tout. Elle observe ma nouvelle coupe de cheveux avec circonspection. C'est la première à me dire qu'il faut que j'arrête de déconner, que vu l'état du chien, faut que je file avertir les flics, avant qu'il arrive malheur à Danny.

Sa déclaration me donne l'élan nécessaire pour monter les marches quatre à quatre. Heureusement, Soso habite au premier. Elle ouvre comme à un complice de meurtre, la porte entrebâillée, glissant sa tête pour vérifier que c'est bien moi.

À la vue de Twiggy réfugiée sur son lit, toute tremblotante, j'ai un haut-le-cœur. Elle me rappelle les chihuahuas de Paris Hilton, qui ont l'air d'être en permanence sous l'emprise du froid ou de la peur.

Sophie raconte. La Van Eecloo a repéré que le dénommé Romi le Rom-Rom, un SDF barbu qui vit avec guitare et clébard sur la portion de l'avenue Daumesnil conduisant jusqu'à la porte Dorée, avait ce matin-là un compagnon supplémentaire. Un peu trop blanc pour échapper à la sagacité de la boulangère la plus tolérante du quartier.

« Bien blanc comme ça, un pur, ça fait du bien de voir autre chose que ces bâtards qui pullulent aujourd'hui. Y'a plus que des croisements, mais là à voir la blancheur, j'ai tout de suite senti que c'était pas un chien pour des gens comme ça. »

Comme l'a confié Van Eecloo à Sophie, elle a rapidement suspecté Romi le Rom-Rom d'avoir volé la propriété d'autrui (« c'est bien connu, sinon ces gens du voyage ne pourraient pas avoir de chien »), et la lui a reprise de force (probablement en demandant à son benêt de fils, qui travaille dans le garage voisin, de venir opposer la résistance de sa grande carcasse à toute tentative de rébellion de la part de Romi le Rom-Rom).

Une fois à la boulangerie, Van Eecloo a compris que c'était mon clébard à moi. Outre le fait qu'un pékinois albinos ne passe pas inaperçu, il était difficile de confondre le harnais parme de ma Twiggy avec un autre. C'est un cadeau de Jenni, qui pensait sincèrement que Roupette aurait besoin d'accessoires pour envisager ma brindille sous un autre angle.

Twiggy a tout refusé : kouglofs, chaussons aux pommes, éclairs pistache. Rien n'y a fait. Elle est restée terrée dans un angle de la boutique, le poil secoué de tressaillements. Jusqu'à ce que Sophie, simplement venue chercher son goûter, débarque par hasard et la ramène chez elle.

Ma chienne s'est d'abord installée sous le lit, avant d'accepter, à force que Sophie lui parle d'une voix douce, de remonter d'un étage.

En me voyant, sa réaction n'a pas été de bondir du matelas pour fêter mon arrivée ; elle a levé un menton timide dans ma direction, avant de se recoucher, toujours tremblotante. Je me suis approché pour la caresser et je l'ai *vue* me mordre. Enfin, j'ai senti qu'elle était susceptible de m'attaquer si je la touchais. C'était trop tôt.

— Monsieur le gardien, je veux bien, moi, vos histoires de chien traumatisé, je comprends. Mais dans votre affaire, qui a été témoin de la disparition de Danny, hein ? Je vous le dis, votre femme, elle a très bien pu la planter là et changer de vie, ça arrive plus souvent qu'on ne veut bien le croire.

Sans le vouloir, Sergent Garcia a éclairé ma lanterne. Bien sûr qu'il y a un témoin.

Twiggy.

Chaville me raccompagne jusqu'à la porte du confessionnal. Dans le couloir qui mène à l'entrée du commissariat, je manque d'être renversé par une sandwicherie ambulante.

— Marion-Lara, pourquoi vous vous trimballez avec plus de bouffe que pour nourrir une horde de scouts ?

Ma question est purement rhétorique. Chargée de sacs en papier d'où dépassent des victuailles, des canettes, une main tenant en équilibre un carton de gobelets de cafés, essoufflée, le teint rouge : il est clair que Marion-Lara se fait bizuter façon livraison du déj à domicile. Elle ne m'avait rien dit. Et à voir la vitesse à laquelle son sourire a disparu, elle sait que je sais. Et que ça ne me plaît pas du tout.

— C'est rien, Pierre, aucune importance… Oh mon Dieu, il faut absolument que je vous dise…

— Qu'il va vous falloir vous imposer dans ce monde de brutes ?

— Non ! Que le mari de la défenestrée, notre Didier : il cachait bien quelque chose !

— Pardon ? Attendez que je vous aide avec ça… Enfin, le type de l'accueil nous regarde bizarrement, allez livrer vos sbires, on en reparlera plus tard.

— Vous ne comprenez pas. Ce que j'ai surpris change tout, réplique ma flic, cette fois en chuchotant. Je viens de croiser Didier… en train d'embrasser M. Harousse, l'un des mécènes que j'ai interrogés ! C'était furtif, discret, mais j'ai tout vu ! C'est pas de la bise de camarade ça, c'est du complice, de l'intime !

Je ressors brutalement du commissariat, assailli par des visions sordides. Celles d'une femme qui découvre la vérité sur son mari et décide de mettre fin à ses jours. L'anti-Julianne Moore dans *Loin du Paradis*. Elle se rate mais ne peut assumer, religion oblige, d'avoir voulu se tuer. Accuser son mari est la plus belle des vengeances qui s'offre alors à elle. Lui faire porter le chapeau, à celui qui s'est contenté de lui faire porter des cornes, qui plus est par des relations que le Seigneur réprouve. Dire qu'aux récits de ma flic, je m'étais attendri de constater que pour sauver la fusée de briques, les gens étaient prêts à mettre de côté le clivage religieux. Mais si M. Harousse était généreux, ce n'était pas par amour de l'architecture, mais par amour tout court. Il était probablement fou de cet ophtalmo qui, lui, avait choisi une vie de façade.

Prévenus. Prévenus. Prévenus.

Coupable. Coupable. Coupable.

Pas le temps de m'interroger sur cette impression bizarre que la Voix est… différente, car je sens une main se refermer sur mon avant-bras. La môme m'a poursuivi jusqu'en dehors du commissariat, probablement après s'être fait tirer les oreilles pour avoir confondu parisien et jambon-emmental.

— Pourquoi vous ne leur avez pas parlé des SMS de menace que vous recevez ?

— Comment vous savez ça, vous ?

— Adrien avait imprimé la plainte, le boss n'aime pas lire sur écran.

Elle ment. Je la vois en train de rentrer un mot de passe. Elle doit connaître celui de son collègue. Cette petite dépasse les bornes…

— Je vois pas pourquoi j'en aurais parlé. Ça vient sûrement des Diallo, vous le savez aussi bien que moi.

— Vous avez essayé d'appeler le numéro qui vous a envoyé ces SMS ?

— Écoutez, j'ai un chien traumatisé sur les bras, Danny s'est fait la malle ou bien il lui est arrivé quelque chose… je retourne à la baraque, je vais réfléchir à ce qui m'arrive, j'ai besoin d'être un peu seul.

— Et Twigg ? Elle est où ?

Première fois que ma flic emploie un diminutif pour désigner ma chienne. En temps normal, ça devrait me faire sourire, mais là je n'en ai pas la force. Twiggy est chez Steph, elle gère les angoisses de Prépuce depuis des années et quelque chose m'a poussé à la lui déposer. J'ai rapidement expliqué la situation et elle a accepté de prendre ma petiote, en m'assurant qu'elle trouverait un moyen de calmer ses tremblements.

Et les miens, de tremblements ? Qui va s'en occuper ? Certainement pas Jenni, qui est censée passer dans moins d'une heure pour une consultation express.

Tout seul Pierre.

Tout seul Pierre.

Tout seul Pierre.

— Pierre ? Pierre, vous m'entendez ? Vous voulez que j'appelle le docteur ? Vous allez pouvoir rentrer chez vous tout seul ?

Je fais ce que je peux pour rassurer ma flic. Je vais regagner mon immeuble sans me retourner. Je sais qu'elle m'observe. Mais je dois marcher la tête haute ; aucun signe, démarche hésitante ou nuque basse ne doit trahir ce que je ressens.

Je ne peux pas lui dire. Je ne peux pas lui raconter ce que je viens juste de comprendre.

La Voix.

Je ne la reconnais plus.

27

— Ça va pas ? Je vois bien que ça ne va pas… Pierre-Chou, please, dis-moi ce qui ne va pas. Tu sais bien que c'est super mauvais pour moi d'être entourée d'ondes négatives. Tu te souviens pas la dernière fois ? Quand cette pétasse a décroché le César du meilleur espoir féminin ? En même temps, s'ils choisissent de refiler la statuette à des actrices ménopausées, honnêtement c'est leur problème. Mais moi, ça m'a foutue à plat tout ça. Quand y'a quelque chose de mauvais ou d'injuste qui se produit sur cette terre, je le ressens au plus profond de mon…

Mon. Mon. Mon. Moi. Moi. Moi.

La Voix a jusqu'ici toujours été un peu perchée. Elle me rappelle celle de personnages de cartoons, Woody Woodpecker, peut-être. Mais là, on dirait que le pic-vert a fumé trois paquets de Gitanes.

— Bon, tu coupes, s'il te plaît, Jenni ?

— Oh ! ça va ! Sois pas plein d'agressivité comme ça. En plus, t'es pas bon quand t'es mauvais.

— Ça me semble évident. Tiens, remets une carte là. Encore une. Voilà.

— Allez, Pierre, fais pas ta méchante concierge ! Faut juste reconnaître que tes prédictions sont moins fiables quand tu es de mauvaise humeur, quoi ! J'ai pris sur mon temps pour venir te voir moi, et pourtant je suis hyper hyper busy en ce moment… Donc ça va pas être possible si tu te trompes.

Erreur. Erreur. Erreur.

— Une dernière carte. Pose-la sur la pile de droite. Retourne-la. OK. T'as le rôle.

— Tu… tu plaisantes ? T'es sûr hein ? T'es sûr à 100 % ?

— Aucun doute. En même temps, je croyais que tu voulais plus jouer de…

— Roupette a besoin d'une cure thermale. Je le sens, y'a son poil qui file un mauvais coton. Ces derniers temps, ils sont rêches, mais rêches ! Et qui dit spa pour Rourou, dit rôle-Tampax.

Selon la théorie de Jenni, toutes les actrices sont obligées d'accepter, à un moment de leur carrière, des « rôles-Tampax ». C'est toujours du long-métrage télé. Le rôle-Tampax vous permet mine de rien d'absorber pas mal de fric. Et il a le bon goût de passer inaperçu : d'ici cinq mois, tout le monde aura oublié que Jenni incarnait Mélanie, rousse faussement naïve et vraiment tueuse de grands-pères, dans la saga de Noël sur France 2.

— Pierre. J'suis pas voyante, mais je vais te dire une chose : tu vas mal. Tu vas très mal, je le sens dans mon cœur, je le sens dans tout mon corps…

Elle est presque touchante quand elle s'intéresse à moi, pauvre mortel à ses yeux de divine actrice.

— … Donc si tu pouvais te dépêcher d'aller mieux… Parce que la semaine prochaine j'ai plusieurs castings et il va falloir que tu m'aides à prendre les bonnes décisions.

Décisions.

Erreur.

Faute.

Pierre ?

Coupable. Coupable. Coupable.

28

Cris connaît un gars qui a une Voix dans le 18ᵉ. On l'appelle Monsieur Bijoux, parce qu'il aurait été joaillier dans une ancienne vie. Cris va vérifier mais elle ne l'a jamais entendu parler d'un changement de timbre de sa Voix.

Un jour, il y a des années, j'ai demandé à la Voix qui elle était.

J'ai posé la question dans ma tête, je me suis concentré pour lui adresser la parole, qu'elle sache que c'était bien à elle que je m'adressais, pas à moi-même. Elle n'a jamais répondu. La Voix est plutôt féminine. Sans âge, très pincée, qui relève du gag plus que de l'intervention divine. J'ai pensé que ça pouvait être mon arrière-grand-mère paternelle. Je ne l'ai pas connue mais j'ai entendu dire qu'elle aussi était en conversation intime avec les anges. Malgré l'absence de réponse, j'en suis resté là, avec l'idée que la Voix était un membre de la famille, le reste d'un esprit bienveillant qui aurait élu domicile, pour une durée indéterminée, dans ma tête.

Quand j'ai croisé Marion-Lara, tout à l'heure, au commissariat, la Voix avait vrillé. Elle était sur le fil ces derniers temps, à me poursuivre, à me malmener. Elle pouvait avoir un passage à vide. De là à changer aussi soudainement et radicalement… Car la petite présence qui me répète en boucle « déchet », « déchet », « déchet », est devenue basse, grave. Je n'arrive même pas à savoir si elle est toujours féminine. Elle chuchote, elle murmure.

Et elle refuse de s'arrêter.

Quand Steph ouvre la porte, elle joue encore à me balancer des insanités. J'essaye de l'ignorer, de la reléguer dans un coin de ma tête comme un acouphène indésirable.

Steph m'a toujours impressionné, parce qu'elle est aux antipodes de ce qu'on pourrait appeler le cliché de l'hôtesse de l'air. Très rock'n'roll, j'ai toujours pensé qu'elle aurait pu assumer une double vie sans peine : jouant le rôle d'hôtesse de l'air le jour et se transformant en chanteuse grunge la nuit. Hyper maquillée, comme elle l'est aujourd'hui, et avec ses longues tresses coiffées vers l'arrière, on pourrait la prendre pour la fille cachée de Lenny Kravitz. La Voix a toujours été intriguée par Steph. Cette femme dégage une aura mystérieuse et inqualifiable, que même ma compagne de tête a du mal à identifier. Enfin, pour le moment, elle ne se concentre pas sur le profil de ma voisine mais sur la recherche de saloperies à proférer à mon égard. Elle se déchaîne. Il faut que je l'oublie.

Nul.

Nullité.

Danny. Danny. Danny.

— C'est simple : deux gouttes d'huile essentielle d'orange douce et une pointe de macérât de tilleul. Twiggy s'est endormie comme un ange avec ma potion. Quand Prépuce avait ses premières chaleurs…

— Prépuce est une… ?

— Évidemment. Bon. Qu'est-ce qui se passe, Pierre ? Tu me déposes ta fille en catastrophe, tu me demandes de l'apaiser, mission accomplie. Maintenant, j'aimerais en savoir plus.

Je raconte l'histoire à Steph et me rends compte que je suis à peu près aussi bordélique que lors de ma déposition. Je parle de Diallo-mère-fille, de Sophie et de la boulangère, de Romi le

Rom-Rom, des deux flics, de ma flic… tout ça se mélange dans mon discours et dans ma tête, cadencé par les insultes de la Voix.

Steph me dévisage, l'air grave.

— Laisse-moi te dire une chose : vu l'état dans lequel on a récupéré Twiggy, Danny n'a pas décidé de te laisser tomber comme du vieux linge. Elle a été victime de quelque chose, ou de quelqu'un. C'est évident.

La Voix s'arrête brutalement. Elle aussi est stupéfaite.

C'est toujours un choc quand quelqu'un d'extérieur vous oblige à sortir de cet état de déni confortable dans lequel vous vous êtes soigneusement installé. De mon point de vue, « Danny a disparu », étrangement, ne voulait en aucun cas signifier : « Il est arrivé quelque chose à Danny. » Parce que je refusais d'affronter cette possibilité. Jusque-là.

— Je vais te donner une préparation maison pour ce soir. Valériane et camomille, avec un doigt de cognac. Radical.

— Pour Twiggy ?

— Pour vous deux.

Steph ne connaît rien de mes activités de voyant. Mais une chose est certaine : après la gifle que je viens de recevoir, je sais aussi que je ne suis pas près de prendre sa potion assommante. Je dois absolument en savoir plus.

Il est 18 heures. J'ai encore une chance de cueillir Cris à l'atterrissage. Il ne me reste plus qu'à courir pour attraper un RER B.

Danny disparue. Danny Disparue. Danny Disparue.

Tout seul, Pierre.

— Je sors d'une semaine de massages et palper-rouler, j'ai les énergies regonflées à bloc, donc si c'est encore pour me gâcher la vie avec des histoires d'enquêtes, fais demi-tour, Pierre !

Pourquoi tu portes Twiggy dans un cabas ? La vache ! Elle a l'air complètement amorphe ?!

J'aurais espéré un peu plus de tolérance de sa part, sachant que je l'attendais derrière la ligne d'arrivée avec à la main un panneau DIVINE CRIS.

Elle s'est fait faire des extensions capillaires et affiche une mine de candidate de téléréalité : bronzée à outrance et presque fatigante avec son sourire permanent. Elle va vite le perdre quand elle saura ce qui m'arrive et ce que j'attends d'elle.

— Tirer les cartes à un chien ? Pourquoi pas. J'ai déjà un plan avec l'assistant de feu Karl pour une séance avec Choupette, et je compte me faire payer en tenue Chanel. Désormais, c'est le Sacré de Birmanie qui a droit de vie ou de mort sur toutes les collections.

— Écoute, je te propose un tarot un peu moins *people*. Danny a sans doute des emmerdes et le seul témoin est probablement notre Twiggy. Je suis allé faire une déposition au commissariat mais les types me prennent pas au sérieux : ils pensent que je me suis fait larguer. Et moi, j'ai pas de recul, j'y vois que dalle.

— Implication émotionnelle trop forte, c'est normal. Je m'en suis toujours voulu de ne pas avoir vu venir le cancer du poumon de tata, mais qu'est-ce que tu veux, on voit déjà toute la merde qui infecte les autres, on n'a pas forcément envie de se la coltiner chez ceux qu'on aime.

— On peut venir chez toi ?

— Pas besoin de faire ces yeux de chien battu, Pierre. Tu viens, évidemment. Tiens, prends mes bagages, je porte Twiggy. Cette petite n'a pas besoin d'absorber tes angoisses en plus des siennes.

Je me concentre pour dire à la Voix, restée silencieuse pendant tout le trajet jusqu'à l'aéroport, que j'ai besoin d'aide, vue qu'elle disparaît à sa guise et ne reparaît que pour m'insulter ou me balancer des conneries. Sans succès.

En arrivant dans le T3 de Cris, à Villejuif, j'ai un flash : une odeur de cire à bois et de poussière. Rien à voir avec l'ameublement de Cris qui préfère métal, verre, lampes multicolores et suspensions kitch. Un son des années 1990 résonne faiblement, du fond de l'appartement. Thibault, le cadet des fils de Cris, est dans sa phase rap *old school*. L'aîné rentre bien plus tard, les soirs d'été il est serveur à une terrasse du 11ᵉ.

Cris fonce embrasser bruyamment son fiston, jette ses affaires en vrac dans sa chambre et nous prépare du café. Signe qu'une longue séance de travail s'annonce.

— T'es plus au régime ? me demande-t-elle prudemment, un paquet d'Oreo à la main.

Foutu en l'air, le régime, trop de préoccupations en cascade en ce moment pour me priver de quoi que ce soit.

Cris fouille longuement dans une caisse en métal ouvragée. Ses trois jeux de cartes fétiches sont déjà déposés sur sa table basse transparente, mais elle semble résolue à trouver un autre accessoire.

Toujours cette odeur de bois et de poussière. Je ne vois pas sa source dans la pièce, et cela me perturbe.

— Ah, enfin ! Te voilà !

Elle adresse cette déclaration triomphante à une sorte de collier, ou plutôt à une chaînette en argent reliée à une bille translucide, légèrement verdâtre.

— Mon vieux pendule !

29

Bien sûr, je m'y suis habitué. À entendre les gens nous taxer de charlatans, d'exploiteurs du genre humain. À entendre prononcer, d'un ton condescendant, le fameux « Après tout, ça peut pas faire de mal, s'ils y croient. » Nous sommes vus, au mieux, comme de pâles copies de mauvais psy. Au pire, comme des cinglés. Des tarés qui croyons à peine à ce que nous disons. Je me rappelle encore avoir ri devant ce film où Emmanuelle Béart se fait pigeonner par deux soi-disant médiums. En même temps, cette comédie en disait long sur notre image. En piteux état.

Je déteste qu'on nous prenne pour des cons. Mais c'est vrai qu'à voir Cris à cet instant, paupières à demi closes, tête penchée au-dessus d'une feuille désespérément blanche, le bras droit armé d'un stylo Bic, le gauche appuyé sur la tête de Twiggy (encore trop sonnée par le remède de Steph pour protester), il y a de quoi s'inquiéter pour l'avenir de la profession.

Cris pratique l'écriture automatique. Comme quoi, les machins surréalistes peuvent aussi s'avérer nécessaires en cas d'urgence. Certains du milieu emploient cette technique pour sonder les esprits les plus réfractaires. C'est le cas de Cris. Sauf qu'avec un chien, je ne me sens pas tout à fait tranquille.

— T'es sûre de ce que tu fais ? Parce que je peux aussi lui tirer les cartes, je me rappelle encore de ce psychopathe qui voulait que je lui confirme l'homosexualité de son chat grâce au tarot…

— Chut ! Pierre, sois gentil, tais-toi un peu. Je vais rentrer en communication spirituelle. Il faut que Twiggy me donne sa confiance. La seule chose que tu peux faire pour te rendre utile, c'est réfléchir. Aux ennemis potentiels de Danny. À la dernière fois qu'elle a disparu.

— Mais enfin…

— Chut !!

Danny n'a en fait jamais disparu auparavant. Cela va bientôt faire quinze ans qu'on crèche ensemble, depuis son divorce. À l'époque, elle était dans une merde noire. Le mari refaisait sa vie avec une forte poitrine et, dans la perspective d'acheter une baraque dans le Sud, voulait vendre l'appart. Danny n'avait pas le beurre pour racheter sa part. L'argent qu'elle allait tirer de la vente serait dilapidé en moins de deux en restau, cadeaux et tutti quanti. Il lui fallait un logement, même provisoire. Après tout, pourquoi pas ma petite loge ? Je lui avais tout de même tiré les cartes avant. Sous prétexte de lui remonter le moral, mais je voulais surtout m'assurer qu'elle retrouverait un futur. J'avais cru qu'elle ferait une rencontre amoureuse avec un mec sympa, qui lui permettrait de rebondir. Pour finir, le mec sympa, c'était moi.

Et au final, j'étais content de partager ma loge avec Twiggy *et* Danny. Mes deux métiers me confrontaient au pire du genre humain. J'étais souvent irritable, nerveux, sensible. Danny en subissait souvent les conséquences et malgré ça, elle me tolérait. Tout le monde n'a pas son endurance.

— N'aie pas peur. Tu n'es pas seule. Je suis à côté de toi.

Je reporte mon attention sur ma foldingue d'acolyte. Cris est extatique. Ses yeux sont grands ouverts, ils fixent le milieu de la page. D'une main, elle écrit frénétiquement sur la feuille. De l'autre, elle malaxe doucement les oreilles de Twiggy, qui s'est remise à trembloter.

J'assiste, inquiet et impuissant, à ce spectacle incongru. Une bonne dizaine de minutes s'écoulent avant que Cris se mette à parler d'une voix sépulcrale.

— Twiggy, tu es avec Danny. Tu te souviens. Tu es avec Danny en promenade, vous êtes dans la rue. C'est bien, ma belle, c'est bien. Tu es avec Danny et… d'accord. D'accord. Je suis avec toi. Bientôt Danny ne sera plus là, Danny va partir. On va voir ça ensemble, je suis avec toi, allez ma belle, accroche-toi.

Ma chienne tourne sa petite tête inquiète vers moi.

— Papa n'est pas là, non non, tu es seule avec Danny, en promenade. Et maintenant, Danny va disparaître et toi, tu vas te retrouver toute seule. Dis-nous ce qui se passe. Allez Twiggy, allez.

Twiggy pousse des gémissements faibles et inquiets, je ne sais pas quoi faire. Cris est très calme à présent, seul son bras droit s'agite encore et encore sur la page gribouillée de traces noires et de mots illisibles pour moi à cette distance.

C'est fini. Cris semble sortir d'une séance de ces foutus massages palpé-roulé, fraîche et reposée. Twiggy s'endort presque aussitôt.

Tarée copine.

Danny partie.

Pierre seul. Pierre seul. Pierre seul.

La Voix me souffle dans les oreilles, rouillée, hachée. J'en lâche la feuille.

Je n'ai pas besoin de me justifier auprès de Cris. Elle a compris. Elle m'incite à m'asseoir à ses côtés, me tirant par la manche. J'obéis mécaniquement, effrayé à l'idée d'entendre à nouveau ce timbre agonisant, cauchemardesque. Cris approche son visage au plus près du mien. Je n'ai pas le temps de m'angoisser de cette proximité. Elle murmure presque contre ma tempe, d'un ton ferme, autoritaire, le même qu'elle emploie avec son fils quand il rentre de soirée bourré :

— Maintenant, laisse-nous quelques instants tranquilles, tu veux ?

Elle s'écarte à nouveau, ramasse la feuille et la brandit devant mes yeux.

— Tu lis quelque chose ?

Perdu au milieu d'agglomérats indéchiffrables, je distingue bien quelque chose. Plusieurs choses, même. Trois mots, écrits de travers, en lettres bâtons.

PEUR.

CAISSE.

... FRITE ?

Alors que j'essaye avec peine de relier entre eux ces trois mots, tout droit sortis des méandres de l'esprit de ma brindille, Cris, elle, passe déjà à l'étape suivante. Elle hurle à son fils (il écoute son rap au casque, l'obligeant à s'époumoner) de bien vouloir nous ramener son plan de Paris. Son bel ado, métis à tignasse, sort de sa piaule, démarche traînante, et lâche sur la table un vieux plan usé, ceux qu'on trouve encore à l'accueil de certains hôtels.

Le tableau bizarroïde que nous devons former (un chien ramollo, un concierge abattu et une voyante inspirée) n'a pas l'air de l'affoler plus que ça.

— Il est où ton boulevard, Pierre ?

— Caché quelque part à cet endroit de la carte, sous la publicité pour un japonais à volonté.

— OK. Le pendule partira de l'endroit où tu habites. Il est arrivé quelque chose de grave, et de brutal. Je pense à un rapt.

Qu'on enlève une gamine comme Myrtille, toute peste qu'elle soit, je veux bien. Mais qui serait suffisamment masochiste pour kidnapper ma Danny ?

— Tu as quelque chose sur toi qui nous relie à Danny ? Une photo ? Un objet, n'importe quoi ?

— Me trimballer avec une photo de la Danny, tu rêves ?

— Cherche, Pierre, le pendule a besoin de matière pour commencer à travailler. On doit l'aider.

— J'ai rien, Cris. Rien ici en tout cas. Tu veux que je retourne à la loge ?

— Surtout pas !! L'écriture automatique m'a mise dans un état d'éveil, il faut que j'en profite ! C'est un jour de triple clair, je le sens… et là, je suis chaude…

Clairvoyance. Clairsentiance. Clairaudiance. Les trois dons de Cris. Souvent, elle n'en a qu'un seul qui fonctionne à la fois, mais dans les cas extrêmes, tous ses hyper-sens se mettent en action…

Soudain, elle se fige. Elle hurle à nouveau et la tête de son fils, casque autour du cou, dépasse de l'entrebâillement de la porte de sa chambre.

— Ouais 'man ?

— T'as toujours ton cours sur le théâtre à la fac ?

— Bah ouais.

— Apporte-nous ta pièce d'amour, là, s'il te plaît.

Je suis ce manège mère-fils sans comprendre. Re-démarche traînante du gamin. Il dépose à côté du plan un petit bouquin que Cris me désigne d'un hochement de menton :

— Tu l'ouvres au hasard, tu tiens les pages bien écartées et tu lis. Moi, je vais mettre le pendule au-dessus, qu'il se charge de ses énergies…

Je n'en mène pas plus large que le fiston ; j'obtempère.

— « Oh ! c'est une consolation, sans doute, te savoir là, mais je t'ai assez vu. Je vais te mettre dehors, voilà ce que je vais faire »… Mais comment tu veux que j'arrive à déchiffrer si tu fous le pendule sur la page ?!

— Le pendule doit s'imprégner du livre ! Plus fort, Pierre ! Continue !

— « Enfin quelle joie, te savoir là, au moins ça, fidèle au poste, et peut-être réveillé, et peut-être à l'affût, par moments, quel beau jour encore… »

— Stop ! Arrête-toi. C'est parfait, c'est vraiment parfait… Tu entends ? Ce que tu as lu ? D'abord « mettre dehors », puis « fidèle au poste » ? C'est un signe : je te dis que c'est un signe… on est sur la bonne voie, le livre peut nous aider.

Cris retire le pendule des pages et le repositionne au-dessus du plan, bien à plat sur le sol de son salon.

Je regarde enfin la couverture : *Oh les beaux jours*. Samuel Beckett. J'ouvre la page de garde. « Si tu ne me rends pas à ma proprio, je ferais en sorte que tu finisses découpé en morceaux et mangé par ta propre mère ». Danny… une de ses pièces préférées… elle a dû prêter le livre au gamin.

— Pierre, regarde, le pendule !!!

La main de Cris est parfaitement immobile. La chaîne du pendule, elle, se met doucement à osciller, décrivant des cercles parfaits au-dessus du plan de Paris. Les cercles s'élargissent, encore et encore, jusqu'à dessiner un mouvement qui dépasse la carte.

— Je ne comprends pas… qu'est-ce que ça veut dire ?

Cris me regarde, consternée :

— Pierre… le pendule… il n'arrive pas à la trouver.

Trois mots à la con et un pendule impuissant. Qu'est-ce qui m'a pris de faire confiance à Cris ? Je rentre boulevard Soult, déçu et irrité. La seule chose qu'elle a fait de bien, c'est de rabattre le caquet de la Voix. Ça doit faire trois heures qu'elle se tient à carreau et je revis. D'après Cris, le matériel issu de cette séance me sera utile, je dois « juste » y réfléchir. Pas moyen de « juste » réfléchir seul. Pas aujourd'hui. Twiggy blottie contre mon torse, je monte au troisième sans passer par la case loge et aperçois une silhouette remonter d'un étage.

C'est le dos de Marc. Il sort probablement d'une… entrevue avec Marion-Lara. Je lui réglerai son compte, à celui-ci. Il n'a pas intérêt de jouer trop à l'homme fragile et abandonné avec ma flic.

Elle m'ouvre. Encore fringuée n'importe comment. Coiffée comme un as de pique. Pourquoi les nanas se mettent à la frange ? Y'a pas de coiffure qui leur donne l'air plus bête… Bizarre, ses yeux sont brillants, comme si elle était sur le point de pleurer.

— Oh mon Dieu, Twigg ! Elle a l'air toute patraque ? Rentrez vite. Je préfère qu'on ne nous entende pas discuter sur le seuil, Mme Dijoud rôde dans les parages : elle s'occupe de mes affaires de cœur. Et là, je suis à deux doigts qu'elle m'arrête pour polygamie.

— C'est *vous* la flic, je vous rappelle.

Ma flic me fait asseoir, m'apporte un verre de Coca qui n'est même pas zéro. J'essaye de raconter la séance. La mention du pendule la met dans tous ces états.

— Mais c'est passionnant, ça ! On pourrait l'utiliser dans des cas de disparitions à la police ? Ou pour des vols, vous croyez ?

— Marion-Lara, si vous pouviez cesser deux secondes de ne penser qu'à vous et à votre boulot. Je vous parle de moi, là, je touche le fond ! Je me tape l'autre dingue et ses délires surréalistes pour quoi ? Niet, nada, zéro !

Toujours ces yeux rougis…

— Pierre, calmez-vous. Je commence à le comprendre depuis que je vous fréquente ; on croit qu'on ne tient rien alors qu'on a tout. C'est l'inverse du fonctionnement des enquêtes de police !

Elle note scrupuleusement ce que je lui raconte de ces quelques heures passées avec Cris, avant de se concentrer davantage sur ma chienne que sur moi.

— Vous pourriez peut-être lui enlever ce harnais maintenant, non ? Qu'elle respire un peu. C'est joli ce parme, mais tout de même...

Le harnais n'a jamais empêché un chien de respirer. Mais c'est vrai que ni Mme Van Eecloo, ni Sophie, ni Cris, ni Steph, ni moi n'avons pensé à le lui retirer. Je défais les petits scratchs avec précaution.

— Pierre, regardez ! C'est quoi, ce truc ?

Marion-Lara saisit avant qu'il n'atteigne le sol un petit carton plié. C'est un ticket de métro. Et il porte une inscription :

« Vous êtes prévennu. »

— Vous avez encore la lettre de Mimosa Diallo ? J'ai besoin de la relire. Maintenant.

Les événements traumatiques ont au moins le mérite de me rendre docile avec la gent féminine. Je descends puis remonte, missive à la main. Je reste seulement quelques minutes dans la loge mais j'ai le temps de la trouver sinistre, vide.

Marion-Lara attrape la lettre et l'étudie, passant alternativement du ticket de métro à la menace de Diallo.

— Vous cherchez à comparer l'écriture ?

— Mais non, la personne qui a écrit sur le ticket n'est pas bête à ce point, vous voyez bien que c'est écrit en majuscules et d'un trait tout tremblant, probablement de la main gauche pour ne pas trahir quoi que ce soit. Non, je cherche à vérifier que...

Oui, c'est ça… Pierre, tenez, relisez-la vous aussi et dites-moi s'il n'y a pas quelque chose qui vous frappe.

— …

— Je suis d'accord pour faire des heures sup mais j'ai besoin d'un minimum de réactivité de votre part !

— Le ton est menaçant, entre les lignes on lit une grande agressivité…

— Je ne vous demande pas de lire ENTRE les lignes mais LES lignes ! Enfin, vous ne voyez pas que Mimosa écrit parfaitement bien ? Regardez son orthographe ! Du 20 sur 20 !

— Où voulez-vous en venir ?

— Vous avez reçu deux textos et maintenant un ticket de métro comprenant exactement le même message. Trois mots. Et une faute.

Je la fixe, dubitatif.

— Pierre, « prévenu », ça s'écrit avec un seul *n*, vous êtes d'accord ? Une faute pareille, ça n'est pas le genre de Mimosa Diallo.

Je n'y aurais jamais songé…

— Et si elle faisait ça tout simplement pour qu'on ne pense pas à elle, justement ? Une faute d'orthographe, et hop, elle devient la locataire au-dessus de tout soupçon !

— Quand est-ce que Mimosa Diallo, qui passe ses journées entre le bloc où elle travaille et la chambre d'hôpital de sa mère, aurait pu glisser un mot doux dans le harnais de votre chienne ? Sincèrement ?

Ma flic a l'air révoltée par ma lenteur de raisonnement. Elle me jette un regard peu amène de ses yeux toujours cerclés de rouge. Rouge de quoi ? Fureur ? Elle m'inquiète, décidément…

— Pierre. Il faut que vous fassiez analyser le ticket et qu'on trouve à qui appartient le numéro à l'origine de vos SMS de menace : ça ne peut plus continuer comme ça. Je vais vous aider, mais j'ai besoin que vous avanciez aussi, de votre côté. Vous ne pouvez pas vous servir de votre tarot ? Et la Voix ? Elle vous dit quoi ?

— Le tarot ne m'est d'aucune utilité quand je suis intimement concerné. Quant à la Voix, pour le moment elle ferme sa gueule, mais je parie qu'elle va bientôt revenir me harceler. En tout cas, je ne peux pas compter sur elle dans cette affaire.

— Bon. Allez vous coucher. Même à vous, la nuit porte conseil. Demain, je me lance sur ces histoires de ticket et de numéro. Vous, vous devez penser Twiggy.

— Vous voulez dire… penser *à* Twiggy ?

— Mais non, Pierre, « penser Twiggy », je veux dire, vous mettre à la place de votre chienne, à sa hauteur ; autrement, comment voulez-vous comprendre ce que veulent vraiment dire les trois mots trouvés par Cris ? Enfin, vous voyez, se mettre à la place d'un être vulnérable et fragile et, et… innocent, et…

Je savais bien que quelque chose n'allait pas.

Marion-Lara s'écroule littéralement sur moi, en larmes. Pour la première fois, je remarque qu'elle doit bien mesurer dix centimètres de plus que moi. J'essaye de lui entourer les épaules, ma tentative est probablement maladroite, mais je fais ce que je peux.

Je ne prends jamais personne dans mes bras.

30

Impossible de trouver le sommeil. Insomnie pure et dure. La Voix est tellement silencieuse que c'en est angoissant. J'ai comme l'impression qu'elle me prépare un mauvais coup... ou alors, le manque de sommeil me rend paranoïaque. Les draps me collent aux jambes, j'ai le front moite. Je me débarrasse de l'oreiller en veillant à ne pas réveiller ma Twiggy qui, elle, s'est endormie comme une sainte. Je m'évente comme je peux avec un *Gala* périmé de Danny. Tout me ramène à elle, bien sûr. J'ai même trouvé le bouchon du vinaigre de framboise sur le sol de la cuisine. J'ai pesté contre elle – elle oublie toujours de refermer la bouteille –, mais avec tendresse.

Disparition violente. Il lui est arrivé quelque chose. Sinon Twiggy ne serait pas dans cet état. Soso, Cris et Sylvie Tavares sont unanimes : je dois m'inquiéter.

Marion-Lara, pour une fois, m'a semblé étrangement détachée du cas Danny. Mais c'est seulement parce qu'elle a été confrontée à une affaire beaucoup plus troublante aujourd'hui.Entre les sanglots, j'ai pu saisir des bribes de l'histoire ; une gamine de onze ans, une infirmière scolaire, un beau-père ambigu... Une enfant bouleversante, effacée derrière l'infirmière qui avait fini par lui tirer les vers du nez. J'ai eu brièvement l'apparition d'une gosse particulièrement jolie. Deux petites couettes sages retombant sur ses épaules. Yeux secs, inexpressifs. Le contraire de Marion-Lara. Je ne savais pas quoi faire de toutes ses larmes, elle a compris mon embarras et, après une brève étreinte, a préféré me renvoyer chez moi.

Ruse.

Tiens, la Voix se réveille. Son timbre est redevenu parfaitement normal. Sa diction aussi.

Vitres. Vitres. Vitres.

Je ne sais pas comment interpréter cette intervention. Au bout d'une demi-heure à végéter au pieu, je décide de me lever. En allant me servir un verre de flotte, je shoote dans un truc en plastique bien lourd, qui manque de me faire trébucher.

Un seau. À l'intérieur, une raclette en métal, un chiffon antistatique et un produit d'un bleu suspect.

Danny… bien sûr : le jour de sa disparition, elle avait prévu de faire les vitres de la loge, peut-être la tâche ménagère qui me répugne le plus.

« Ruse ». « Vitres ». Si je comprends bien, la Voix me propose un moyen de retourner voir Diallo-mère… incognito. Et de pouvoir enfin lui dire que je suis désolé de ne pas avoir pris son histoire d'envoûtement chinois plus au sérieux. Est-ce que Marion-Lara avait raison ? Est-ce que la Voix redevient normale et accepte de m'aider parce qu'elle sent que je m'inquiète pour ma locataire envoûtée ? Je n'ai qu'un moyen de le vérifier : obéir à ses consignes.

Il me manque un élément pour compléter la panoplie, et je sais où le trouver : dans l'immeuble d'en face.

La jeune permanentée de l'accueil de l'hôpital Trousseau me jette un regard suspicieux. Et pour cause, elle n'a jamais dû voir de vitrier en blouse de chimiste XXL.

— Et on vous a demandé de venir faire les vitres ? À 6 heures ?

— C'est juste avant le lever des premiers rayons, mademoiselle. Après, c'est foutu. Ça m'oblige à le faire en plusieurs fois. Là, je viens pour les chambres D, couloir gauche en sortant de l'ascenseur.

Elle ne répond rien. Se contente de se hausser légèrement de derrière son comptoir pour vérifier que je porte bien un seau à bout de bras, pas un paquet de dynamite. Ses boucles s'agitent sur sa tête comme les tentacules d'un calamar qui rêve de prendre son indépendance.

— Ce qui est embêtant, c'est que je suis toute seule, et d'habitude on est toujours deux à l'accueil. Normalement je ne suis pas habilitée à vous faire monter seul, mais ma collègue arrive, elle… euh… elle est juste partie faire une course en vitesse. Et puis la procédure, c'est que vous devez donner votre carte d'identité…

— 6 heures, c'est un peu tôt pour faire des courses, non ? Mais bon, ne m'en parlez pas, je connais la musique : moi aussi je travaille en binôme et je peux vous dire que le nombre de fois où ma collègue doit soi-disant s'absenter en vitesse, je ne les compte plus : je vais bientôt réclamer son salaire en plus du mien.

Bingo. Elle sourit.

Je déteste faire ça, mais j'ai eu ce que j'appelle « une vision mesquine et utile ». Une femme plus âgée qu'elle qui passe des heures devant des portants à vêtements… elle profite que sa collègue n'ose rien dire pour accumuler les pauses shopping ou arriver en retard sans complexe. À moi d'en faire bon usage…

Je croise mon reflet dans l'ascenseur. Cernes jusqu'aux joues, seau en plastique jaune, Crocs à fleurs de Danny ressorties du placard, mais surtout blouse de chimiste du fils de Sylvie Tavares… Bonjour l'accoutrement. On dirait un psychopathe sorti de son labo pour nettoyer le sang et les intestins de sa victime à coups de raclette. Je comprends qu'elle ait hésité à me laisser grimper…

La chambre de Diallo est située deux portes après ce que je suppose être une salle commune. J'entends les gargarismes d'une bouilloire, quelques discussions chuchotées et je sens un arôme de café se dégager de la pièce. Je passe le plus discrètement possible et me plaque contre le mur pour suivre la conversation. Personne ne m'a repéré.

— C'est quoi, ça ? « DD » ?

— « Double Déni » : c'est de mon cru. Tu penses : la mère est tellement attaquée côté ciboulot, genre dégénérescence sénile précoce, que la fille veut rien entendre. Elle fait comme si c'était pas maman qui débloquait mais l'entourage. Sommet de la mauvaise foi et du déni classique !

— OK pour la fille, mais pour la mère ?

— Ben, la mère, t'as beau lui montrer objectivement que ce qu'elle voit n'existe pas, elle continue, elle fait la fixette. Déni de réalité, quoi !

— Heureusement que t'es infirmier et pas psychiatre.

— Te fous pas de ma gueule, c'est justement la psychiatre qui a sorti ça hier, moi j'ai juste proposé « DD » et je crois qu'elle a kiffé l'expression, honnêtement. Au fait, t'as su pour la D54 ? La vieille exhibitionniste qui…

J'avance rapidement, mes Crocs couinent un peu mais les deux mecs sont tellement concentrés sur leurs ragots d'étage que ça devrait aller. Je jette un œil dans la chambre de Bethsabée.

Elle fixe le plafond d'un air béat, paupières mi-closes, probablement au seuil d'un rêve. Ses bras sont parfaitement étendus le long de son corps, sa respiration régulière, un peu bruyante peut-être.

Je m'approche de quelques pas. Vulnérable, abandonnée au sommeil. Peut-être que dans ses rêves, ma locataire ne me déteste plus ?

Encore quelques centimètres. Je suis au bord du lit. Si elle se réveille, elle se mettra probablement à hurler. Mais je reste là, fasciné, à regarder ce corps en apparence si serein, rongé intérieurement par, je le sais maintenant, une forme de folie.

À l'avenir, au nom de Mme Diallo, je ne ressentirai plus une once de culpabilité, de regret. Seulement de la tristesse.

Je laisse ma main se poser le plus délicatement possible sur celle de Bethsabée.

Je vois une petite fille jouer à la corde à sauter dans des escaliers. Sa fille ? Elle-même enfant ?

Soudain, la corde se transforme. J'ai une autre vision. La corde grandit, grossit, l'enfant continue de jouer, la corde épaissit, durcit, elle est tellement large maintenant qu'elle s'enroule autour de la gamine, s'apprête à l'engloutir. La corde est lisse, brillante, cuivrée.

La corde ?

Plutôt un tuyau. Un énorme tuyau.

31

Envie de bouffer. La seule chose qui me console vraiment dans ces cas-là. Je dois avoir une drôle d'allure, les gens me fixent d'un air navré ; je retire tout en marchant la blouse prêtée par Sylvie. Je n'ai pas pensé à prendre des chaussures de rechange et je dois me taper les couinements des mules en plastique tout le trajet du retour. La Voix avait raison de me pousser à retourner à l'hosto. L'esprit de Diallo-mère n'est plus tout à fait parmi nous, et ça fait un bout de temps. Je suis secoué, mais je sais maintenant que je n'aurais rien pu faire pour la soulager.

Qu'est-ce que Marion-Lara m'a demandé, déjà ? De réfléchir aux trois mots trouvés par Cris ; Peur, Caisse, Frite, de « penser Twiggy ». L'estomac vide, ça ne sera pas possible. Envie d'un truc gras, lourd, mauvais, inadapté au temps et à cette heure de la matinée. Quand ce n'est pas la Voix qui m'assaille, il faut que ce soit la migraine… je me damnerais pour une entrecôte-aspirine. Sauf qu'aucune brasserie ne va accepter de me servir une « à point » à 7 h 30 du mat. Les seuls à être ouverts, c'est Planet Tacos, les stakhanovistes de la junk food. Je vais me contenter de ça, rentrer m'occuper des petits bobos de mes locataires et réfléchir, ensuite je referai tout le boulevard Soult s'il le faut, j'interrogerai un à un tous les habitants du 12.

Je lis la carte sans la lire. Mon cerveau fait à peine le distinguo entre les différents menus. La seule chose que je veux, au fond, c'est le supplément frites.

Frites.

Bien sûr.

Les mecs de Planet Tacos, les seuls de la rue à balancer des frites à ma Twiggy comme si c'étaient des biscuits pour chien !

— Bonjour, monsieur, on a pas commencé, hein ? Faut revenir plus tard !

— Vous avez vu mon chien blanc, il y a deux jours ?

— Hum… Tu attends ici, d'accord ?

L'homme au moins aussi cerné que moi gueule en direction de l'arrière-cuisine :

— Houcine ? T'as vu le chien qui ressemble à un singe blanc quand pour la dernière fois ?

Houcine sort de cuisine, les mains déjà gantées de plastique, cheveux grisonnants retenus par un filet.

— Bonjour, monsieur. On l'aime bien ton chien. C'est vrai qu'il ressemble à un singe. Oui, c'est ça, avant-hier, l'était pas avec toi, l'était avec ta femme.

Je n'ai pas la force de contester.

— Tout avait l'air normal ?

— Oui oui, la promenade de la routine quoi. T'as perdu ton chien ?

— Les deux. Mon chien, ma femme.

Je rebrousse chemin en direction de mon immeuble. J'ai mon premier indice : Danny a choisi le chemin classique, la promenade préférée de Twiggy.

Pour le mot « peur », y'a pas à chercher. Je ne vois pas ce que ma Twigg a pu ressentir d'autre si on a fait du mal à Danny sous ses petits yeux. Mais « caisse » ? C'est quoi, la « caisse », pour ma chienne ?

Coup de fil quand j'arrive dans le hall. Marion-Lara. Qu'est-ce qui m'a pris de lui filer mon numéro perso ? Je me précipite dans la loge, referme la porte d'entrée à clé. N'allume aucune lumière, que personne ne soit tenté de venir me déranger.

— Pierre, je suis devant un bureau de la RATP. Je vais essayer de savoir précisément dans quelle machine a été composté le ticket qu'on a retrouvé sur Twigg.

— De mon côté, je pensais aux frites, et…

— Vous êtes sûr que c'est le moment de penser à votre estomac ? J'ai des infos sur l'expéditeur des textos de menace, vous avez de quoi noter ?

Je sors le bloc à post-it vert pomme de Danny. On a un code couleur ; normalement, celui-ci sert aux listes de courses urgentes. Ironie du sort.

— Je tombe systématiquement sur un répondeur. Apparemment, cette personne tient un stand de meubles vintage aux puces de Saint-Ouen. Un certain Victor.

L'odeur de bois chez Cris. C'était donc ça.

— Bon, vous m'excuserez, Pierre, mais je pense que je vais avoir une semaine bien remplie. Faites fonctionner vos super-pouvoirs. Les puces, ça sera sans moi.

J'ai une vision dérangeante tout à coup : un préservatif au fond d'une poubelle de salle de bains. Une de ces poubelles en plastoc, avec petit abattant pudique. Une main pâle.

La Voix, de nouveau.

Pauvre petite. Pauvre petite. Pauvre petite.

J'ai à peine raccroché avec Marion-Lara que mon portable vibre deux fois.

Jenni :

J'ai une grande nouvelle à t'annoncer mon Pierre-Chou. Réjouis-toi !

Et ma flic :

Composté à porte de Clignancourt.

Les puces. Tout nous y ramène.

Quant à Jenni, elle m'avait juste laissé le temps d'oublier que mon bonheur dépendait de sa réussite.

32

Je m'allonge sur le parquet de ma chambre, histoire de parler à ma brindille. Le dessous du pieu est sombre, mais je distingue ses deux yeux bleus et brillants dans le noir.

J'essaye de la rassurer tant bien que mal, affalé sur le sol :

— On va le retrouver, ce Victor. On va le retrouver, l'attacher et le faire parler, hein, Twiggy ?

Odeur de sucre et de chaud. Presque écœurante. Un circuit automobile ?... Les bagnoles foncent, de gauche, à droite, de gauche, à droite, non, elles serpentent, ou... un mouvement de balancier, très rapide. De plus en plus rapide. Émanations de caramel brûlé, de pommes d'amour.

Une fête foraine ?

Si même mes visions se mettent à déconner, je suis foutu.

— Ça va pas de m'appeler à 21 heures ?

— Pierre-Chou. De nous deux, celui qui va mal, honnêtement, c'est toi.

— J'ai pas de temps à perdre avec une star de la télé, demain c'est lever 5 heures.

— Tu briques à 5 heures du mat maintenant ?

— Non, Jenni. Je vais aux puces de Saint-Ouen faire le boulot que la flicaille ne fait pas : retrouver ma coloc.

— Danny a enfin pris le large ? Honnêtement, c'est ce qui pouvait vous arriver de mieux.

— Tu vas pas t'y mettre, toi aussi…

Je résume brièvement la situation à Jenni, qui n'en a strictement rien à battre.

— Pierre, tu te rappelles cette dame, la toiletteuse de luxe, qui m'avait dit qu'elle me prévoyait un grand avenir, le jour où je lui ai confié mon Roupette pour la première fois ? Qu'elle me voyait jouer une héroïne vraiment mythique et rebelle, tu te rappelles ?

Je me souviens surtout d'une vendeuse habile qui devait avoir flairé la poule aux œufs d'or dans cette comédienne narcissique et accro aux compliments.

— … Eh bien, elle est comme toi, Pierre, elle a le don.

— Et alors quoi, ça y est, t'as basculé du bon côté de la ligne kharmique ?

— Oui, Pierre, depuis quelques jours ; je serais pas étonnée que ça coïncide avec la fugue de Danny, d'ailleurs. Le monde est un grand tout, mon chou. Mais je t'avais prévenu, les gens comme toi, comme moi, surtout moi d'ailleurs, qui avons travaillé, qui n'avons pas mis n'importe qui dans notre lit, ni accepté n'importe quoi, nous allons être récompensés. On a bien travaillé, mon Pierrot, tu sais. Eh bien voilà, le résultat, c'est ça.

Je résume. Non seulement ma comédienne de service interprète la disparition de Danny comme une bénédiction kharmique, mais en plus elle m'en fait des tonnes, façon bande-annonce de film commercial.

— Je sais, Pierre-Chou, je sais. La patience, c'est dur. Tu meurs d'envie de savoir, tu as envie que je fasse ton bonheur ? Eh bien voilà : ta Jenni adorée va jouer…

Je vois passer des flingues et des voitures à la pelle.

— … dans le prochain *Starsky & Hutch* à la française. Marie Gillain fait la brune, moi la blonde. Tu te rends compte ? TF1,

20 h 45. Fini la manucure pédicure ! Deux fois par semaine, je m'invite à la table de tous les Français. Je viens de signer, mon Pierre… à ce propos… ta copine flic, elle est toujours là ?

— … Ça frappe à la porte, Jenni, je te laisse, OK ? Bisous.

Délation. Délation. Délation.

La Voix semble s'être déjà fait une idée sur l'identité de notre visiteuse du soir. J'ai remarqué qu'à partir de 20 heures, les gens sont persuadés qu'ils vont moins m'emmerder s'ils frappent au lieu de sonner. Comme si tout se jouait sur ce détail.

Je regarde par le judas. C'est bien elle : la commère supérieure.

Pascaline Dijoud a les poings sur les hanches, histoire de montrer que son indignation atteint des sommets. Sa bouche en cul de poule accentue son côté excédé.

— Monsieur Pierre, trop, c'est trop. Après les dames, maintenant les chiens. Ce n'est plus un immeuble, monsieur Pierre, c'est une annexe du Zoo de Vincennes !

Je passe sur l'assimilation des prostituées aux animaux, je connais trop bien ce genre de discours et il serait vain de la raisonner à cette heure-ci. J'aimerais lui répondre qu'elle doit se tromper, que personne n'a de chien à part moi dans l'immeuble (qui compte en revanche son lot de hamsters, gerbilles, tortues, chats et inséparables), mais je n'ai pas l'intention de l'inclure aussi loin dans mon intimité. Je me contente de l'imiter, posant moi aussi mes poings sur les hanches en attendant qu'elle déballe son paquet.

— D'abord, j'ai entendu gémir, depuis 19 heures, ça gémit, ça gratte, ça aboie. Or mon mari est en plein *Capitaine Marleau* et il a du mal à suivre. En tout cas, c'est pas à notre étage, c'est plus haut. Et je vais vous dire, parce que je sais aujourd'hui, avec la téléréalité et tout ça, les réseaux sociaux, que les gens sont capables du pire. Du pire, vous m'entendez !

Je la laisse patiemment s'échauffer, elle arrive au stade où elle va me sortir une révélation avant de regagner très vite ses pénates : le plus important est qu'elle puisse expulser tout ça.

— Je me demande si le sinistre individu qui faisait venir les dames ne serait pas... Eh bien... passé à autre chose, vous voyez ce que je veux dire ?

— Madame Dijoud. Je savais que la moralité de cet immeuble était tombée bien bas, mais là, vous m'inquiétez beaucoup. Je vais en référer à mon supérieur hiérarchique du syndic, lui doit savoir s'il y a un règlement intérieur contre la zoo...

— Mais non, je ne parle pas de ces... de ces pratiques infâmes, je parle de combats de chien ! J'ai vu un *Confessions intimes* sur le sujet, la femme était désespérée parce que son mari en organisait pour arrondir ses fins de mois. Et c'est comme notre homme : il doit avoir accumulé les dettes, avec ses fréquentations, et du coup, pour les solder, il se lance dans une activité lucrative. Et illégale.

C'est ce qui m'impressionne le plus avec Pascaline. Les rouages de son cerveau sont parfaitement huilés quand il s'agit de médire ou de fantasmer le mal chez les autres. Une vraie usine à scénarios, dans le fond.

Je m'empare d'un stylo et d'un bloc de post-it sur lequel je feins de prendre en note la plainte de ma locataire.

— Tout ce que je peux vous dire, madame Dijoud, c'est qu'il y a du relâchement dans cet immeuble, et que ça ne va pas se passer comme ça.

Pascaline, convaincue et même émue par mon investissement, retourne presque en frétillant de joie au deuxième étage.

J'ai trop donné pour ce soir : Jenni puis Pascaline, deux plaies intergalactiques... j'ai soudain le sentiment de plier sous le poids de quelque chose qui s'appelle le blues, la tristesse infinie. La solitude, peut-être. Danny devrait être là, à mes côtés, vautrée sur le canapé en train de me faire des commentaires inutiles sur l'avancée de l'enquête du capitaine Marleau, se bidonnant à chaque sortie d'humour noir de Corinne Masiero. Elle ne loupe jamais un épisode.

Et ta vision ?

C'est-à-dire ? La fête foraine ? Mais enfin, la Voix ne peut pas… elle n'a jamais… c'est impossible qu'elle…

— Pierre ?

De quoi devenir dingue : après la Voix qui me sort une phrase complète, sans prévenir, elle qui, jusque-là, s'est presque toujours exprimée par monomots, j'entends une autre voix, qui chuchote mon prénom derrière la porte. Je dois être au bout de mes forces.

— Pierre vous m'entendez ? Ouvrez-moi, ouvrez-moi vite ! C'est moi, c'est Marion-Lara !

J'ouvre la porte, et une masse de poils brun, noir et crème me bouscule pour se frayer un chemin jusqu'à ma chambre. Qu'est-ce qu'a encore foutu ma flic ?

— Enfin, Marion-Lara, vous voulez que Twiggy se fasse bouffer ? Vous êtes complètement inconsciente !

— Mais non, apparemment JP est super tendre avec les autres chiens, regardez comme ils sont mignons : ils font déjà connaissance !

Elle n'a pas tort. Twiggy est en train de coller sa truffe contre celle du berger belge, manifestement au comble de l'enthousiasme.

— Pourquoi vous lui avez foutu cette muselière ? Attendez, c'est *vous* les bruits dont se plaint Mme Dijoud ?!

— Ne m'en parlez pas, j'ai pourtant essayé d'être discrète, je l'ai ramené pendant ma pause, j'avais pas le choix, et je pensais vous le donner demain matin sauf que là Marc m'invite pour la nuit, c'est un peu improvisé, vu qu'Akira est chez son cousin… Bref, je ne peux pas décemment laisser le chien passer sa première nuit chez moi tout seul.

— Oui, par contre, vous pouvez décemment le laisser chez moi, ça, ça ne vous pose aucun problème ? Non mais vous vous rendez compte qu'il est presque 22 heures ?

— Oui, bon, en même temps, nous sommes vendredi, le vendredi les gens se couchent rarement à 22 heures.

Je sens que la provinciale de service se la joue maintenant parisienne fêtarde. Vision assez détestable de Marc-le-parfait en train d'arranger des fleurs sur la table. Il doit lui préparer un dîner romantique. Comme si c'était romantique de bouffer aussi tard. Elle doit être morte de faim, la gosse.

— Bon, Pierre, je vois que vous n'êtes pas loquace ce soir, et moi je suis attendue, alors…

— Pas si vite, ma petite. Vous voulez bien m'expliquer ce qui se passe ?

— J'ai rencontré un type de l'unité cynophile, et je crois qu'il avait envie de me rendre service, donc il m'a laissé son chien.

J'ai la vision fugitive d'un jeune gars, la vingtaine passée, traits enfantins, fixant Marion-Lara avec des yeux remplis d'amour, bouche entrouverte. C'est mal de profiter qu'un innocent en pince pour vous pour lui demander service… ma flic devrait pourtant le savoir.

— Allez, je vous laisse ! Je me doute que vous allez vous lever aux aurores demain pour Saint-Ouen Market.

Elle le dit d'un air auto-satisfait, façon de me montrer : « Je sais que le voyant, c'est vous, mais la flic, c'est encore moi. »

Marion-Lara s'apprête à m'abandonner, me tournant les talons. C'est seulement maintenant que je perçois que, plutôt que la joie censée l'animer à l'approche d'une soirée en tête à tête avec son Jules, elle semble préoccupée et épuisée.

Encore cette histoire d'ado abusée. On dirait vraiment que ça la hante. Comme la première fois, la même vision me passe, précise et focalisée sur une main, très pâle, presque comme une main de poupée, qui plonge dans une poubelle en plastique.

— Oh ! j'oubliais deux détails, Pierre, chuchote-t-elle en attendant l'ascenseur. Gardez la muselière, c'est pour éviter qu'il aboie toute la nuit. Apparemment, il a peur du noir. Et euh… autre chose qui devrait vous intéresser : Jean-Patrick a du flair. Beaucoup de flair.

33

5 h 30 du mat et déjà en chemin vers les puces. Pas le choix et pas le temps de m'angoisser tellement j'ai la gueule dans le coltar. Twiggy a dormi blottie contre son nouveau pote, sous le pieu. Le matelas se soulevait légèrement sous mon dos, à intervalles réguliers, probablement quand JP, au bas mot dix fois le volume de ma brindille, changeait de position. Ce n'est pas ça qui m'a empêché de dormir, mais plutôt la vision répétée de cette main de poupée, et le petit jeu de la Voix qui découvre maintenant le plaisir de formuler des phrases complètes. Elle a passé une heure à les enchaîner, de 3 à 4 heures, quand j'étais déjà en phase insomniaque avancée. Certaines sont sans ambiguïté, d'autres assez obscures :

Sans Moi on ne retrouve pas Danny.

Et ta vision ?

Moi c'est Moi.

Elle me paume. Et pourtant je la trouve fascinante, je la vois de plus en plus comme un être qui se cherche et voudrait devenir plus qu'une simple Voix. Je ne crois pas qu'elle lise dans mes pensées, ou alors, si elle le fait, elle ne sort aucune phrase qui la trahisse.

Elle la boucle sur toute la ligne 4. JP s'allonge à mes pieds, résigné. À sa vue, un jeune pétochard au jean savamment déchiré, à la barbe naissante, décampe de sa place, préférant la compagnie d'une femme au visage encore boursouflé par le sommeil. C'est l'heure des fêtards de l'extrême et des femmes de ménage, même si la plupart, croisées dans les couloirs de Strasbourg-Saint-Denis, vont plutôt redescendre direction porte d'Orléans, trimer dans les bureaux et les restos de Saint-Germain-des-Prés.

J'ai pas mis les pieds aux puces depuis des années et on dirait que le décor m'a attendu bien sagement. JP me précède, galopant presque jusqu'à la lumière du jour, tirant sur sa laisse. À gauche, fringues et bars à chicha qui vous promettent des parfums inédits, plus naturels que jamais. Ça sent déjà des effluves d'herbes en tout genre, fruits de synthèse et caramel brûlé. Vendeurs à la sauvette de CD et DVD gravés, pochettes mal imprimées, prix foudroyants. Sans cesse sur le qui-vive malgré la désinvolture apparente avec laquelle ils achalandent leurs bâches bleues ou grises. On quitte le Maghreb et l'Afrique centrale pour pénétrer dans le domaine des antiquaires. Plus blanc que blanc. Sauf dans la pratique. J'avance à pas feutrés sur la moquette. Personne ne fait attention à la présence d'un petit mec et de son clébard. Je suis peut-être un visiteur de l'aube, pété de tunes, du genre qui cache bien son jeu, à la recherche de la lampe à 100 000. J'ai eu parmi ma clientèle des femmes qui travaillaient aux puces ou sortaient avec des antiquaires du coin. J'en ai vu passer, des cambriolages organisés, avec marchandise planquée et ressortie comme une fleur quinze ans plus tard, revendue à prix d'or.

Je reconnais une femme au chic dézingué, robe à fleurs qui doit empester *Jicky*. Monique, la papesse du vintage. On raconte que des réalisateurs américains viennent se fournir chez elle pour des films d'époque. Je m'approche d'elle, tandis qu'elle installe sur cintre une robe en dentelle noire et col montant qui irait comme un gant à notre Alice Sapritch dans *La Folie des grandeurs*.

— Excusez-moi, vous connaîtriez un certain Victor ?

— Mobilier ou maroquinerie ? Parce que y'en a un sur Serpette et un sur Paul-Bert. Dans la vie, faut être précis.

— Spécialisé dans les meubles en bois.

— Vous avez qu'à tenter l'allée après les caisses à chapeaux. Vous tournez quelque part à gauche, ensuite vous prenez la deuxième sur votre droite, ou peut-être la troisième. Vous passez deux stands, diagonale sur la gauche et encore une fois à droite et vous y êtes au bout de quoi, six stands ? Ou peut-être sept. Va savoir.

À mon regard probablement confus, elle répond dans un haussement d'épaules qu'elle n'est pas là pour guider les touristes.

Je me dirige grosso modo dans la direction que son bras m'indiquait. JP n'a pas l'air à son aise. Je lui ai enlevé sa muselière, foutre un masque en fer ou en plastoc à un chien n'a jamais été dans ma religion. Il grogne parfois faiblement, se colle à moi au passage de certains stands. Au fond, peut-être que les voyants sont plus proches de la race canine que des divinités de l'Antiquité. On sent, on pressent, on flaire…

« Flair » : quel con ! C'est quand même ça qui aurait dû être mon premier réflexe !

Ce matin, j'ai quand même eu le sursaut d'intelligence de déterrer une des caisses en plastique qui abrite le monceau d'affaires de Danny sous le canapé du salon. Trop écœuré de puiser dans son intimité sans sa permission, j'ai extrait, les yeux fermés, la première sape qui me tombait sous la main. Manque de bol. Aucune personne saine d'esprit n'est censée porter de sousting conique à notre époque. Le genre de modèle que JP, pas le clebs, le créateur, ne renierait pas.

Dans le film idéal, le policier fait renifler le soutien-gorge à Jean-Patrick, qui cavale directement direction la cave désaffectée où Danny est à demi crevée de faim. Je sors de mon sac plastique « Pharmacie de la porte Dorée » l'accessoire supposé le mettre sur la piste, non sans avoir vérifié au préalable que personne ne nous regarde. J'en sors juste une bretelle que je place sous le museau de JP, récalcitrant.

— Allez, sens-moi ça, JP. Fais pas ton pudique.

Bon, j'y vais carrément, la bretelle n'a pas l'air de lui suffire, je sors entièrement l'engin. Comme JP fait la tronche, tournant la gueule pour éviter l'accessoire grotesque que je serre dans la main, j'opte pour une ruse ; je lâche négligemment les dessous de Danny par terre. Bingo. Il se jette dessus et renifle, touche du bout de la truffe les étranges cônes rembourrés. Abject. Je m'accroupis pour le ramasser au plus vite et…

— Il a volé un truc, votre chien ?

Grand type. La quarantaine. Tout petit nez rond. Cheveux gris cendré qu'il rabat vers l'arrière de la main, dans un geste assez ridicule, très pub Petrol Hahn. Son demi-sourire dissimule à peine son énervement.

— Vous l'avez dressé à voler, c'est ça ? Parce que je vous préviens tout de suite, les fétichistes dans votre genre, on en a un peu marre ces derniers temps.

Ça sent les ennuis.

Remarque extrêmement pertinente de la Voix.

Fuir en courant.

Non. Très mauvaise idée.

JP m'attire soudain violemment dans la direction opposée au stand de ce bonhomme. Stand sur lequel je repère de toutes petites chaises en bois attachées par deux… Victor. L'antiquaire. C'est forcément lui. Il me fixe avec ce même sourire figé et faux, plutôt flippant.

— Vous voyez ? Votre chien vous suggère de fuir vers la sortie. Et je vous conseille de le suivre avant que j'appelle la police. La semaine dernière, ma collègue s'est déjà fait embarquer deux porte-jarretelles, un *bullet-bra* qui valait une petite fortune, années 50, parfait état de conservation…

Une femme aux allures d'araignée, longues cannes à la place des jambes et tailleur noir à la Morticia Addams, sort de l'espace voisin et interrompt le souriant-furieux en lui posant une main apaisante sur l'avant-bras. Une main qui n'a rien de confraternel. Je les vois défiler : des années de ruptures et de réconciliations. Une alternance épuisante de scènes violentes ou tendres. Ils sont dans une phase amants passionnels en ce moment.

— Victor, calme-toi !

— Mais je l'ai vu sortir un de tes coniques de son sac en plastique ! Il ose même pas les voler lui-même, comme un homme, c'est son chien qui s'en charge !

J'aimerais leur prouver que tout ça n'est qu'un malheureux quiproquo mais je suis soudain déséquilibré par un sursaut de JP. L'espace de quelques secondes, je sens la laisse me glisser entre les doigts et…

Merde. Si je perds le chien, Marion-Lara me tue. Pas le choix. Je jette le soutif de Danny à la gueule du Victor et je me mets à courir, en essayant de ne pas perdre de vue les pattes arrière de JP, les allées et les stands défilent, art africain, mobilier Napoléon-je-sais-pas-combien, vaisselle, re-vaisselle, vite, vite… ne te laisse pas distancer, ne le laisse pas disparaître…

Tu n'es plus aussi jeune qu'avant.

Je ne me laisse pas perturber par les perfidies de la Voix, je continue, marbre, abat-jour, poignées de porte, JP renverse un plateau de bijoux, je sens les protestations monter, les gens s'agitent, hurlent des « Ça va pas non ?! », j'évite de justesse un service en porcelaine qui déborde dangereusement sur l'allée, je shoote dans une caisse en plastique pleine d'argenterie, ça fait des bruits de clochette au passage, quelques voix grognent, ça m'insulte de toutes parts, JP, ne pas perdre de vue JP… mais où va ce chien, bordel ?

Des armes ? Oh mon Dieu, des fusils, je me sens faiblir, ça va le faire, il faut que…

Un homme s'interpose entre la sortie du marché et moi.

Arrêtez-le !

J'obéis à la Voix, elle a raison, c'est la seule façon de faire diversion, je hurle :

— Arrêtez-le ! Arrêtez-le !

Le type regarde derrière lui sans comprendre, ça marche, il me prend pour l'un des poursuivants, pas pour le poursuivi, je suis dehors, je sors dans la rue des Rosiers… où est JP ? Où est le chien ? Merde. J'essaye de ralentir, toujours suspect un gars qui court dans la rue s'il n'a rien du joggeur du dimanche. Je dépasse le bistrot « Ma Cocotte », plusieurs pékins qui avalent un espresso en terrasse me dévisagent. Je dois être rouge et couvert de sueur.

Entre dans le marché de l'Entrepôt.

Au point où j'en suis, je n'ai aucun risque à suivre la Voix-GPS. Je franchis la porte en bois bleu du 80 de la rue des Rosiers. Je vérifie que personne ne me talonne avant d'y pénétrer. Prendre un air dégagé. Je suis un simple visiteur, je suis un simple visiteur… Le plus vaste des marchés de Clignancourt. Le temple des objets éléphants, depuis l'escalier massif en passant par les meubles à taille building. Si Jean-Patrick a décidé de me semer dans cet environnement digne de Gulliver au pays des géants…

Je me glisse entre plusieurs bibliothèques vides, structures imposantes qui pourraient certainement me tuer si elles s'effondraient, je navigue dans un bordel de pièces écrasantes. Je vois très peu de gens, je croise ici et là des personnes qui s'affairent, mètre mesureur à la main, café-gobelet dans l'autre, j'ai des visions de piles et d'emboîtements, comme des jeux de construction pour gamins : ces gars-là ne pensent qu'à la façon d'organiser leur bordel… parce que c'est du bordel qui rapporte.

Cherche les serpents.

Comment ça les serpents ? Au sens métaphorique ? Des personnes venimeuses, toxiques ?

Je tombe en arrêt dans un endroit plus sombre que les autres, absolument désert. À mes pieds, un amoncellement désordonné de barres de métal dont certaines portent des ornements aux extrémités, des tisons, des crochets, des morceaux de fer tordus. Et puis, cette… chose. Je relève progressivement la tête, du sol vers le plafond, pour découvrir cette forme menaçante : une grille de château en métal ouvragé, sinistre, monstrueuse tant dans les proportions que dans ce qu'elle représente : des corps nus, maigres, semblent vouloir échapper aux barreaux, les têtes sont chauves, les bouches se tordent dans des grimaces de douleur. On est chez Barbe-Bleue ou Dracula. Les jambes et les torses de ces martyrs sont enlacés par les ondulations de serpents.

J'entends de faibles gémissements sur ma droite, poussant dans les aigus : JP est à quelques mètres de moi. Face à un cube immense semblant avoir été abandonné là par erreur, en plein milieu de cet espace reculé du grand entrepôt. La porte, type porte de garage fermée par un rideau de fer, a l'air particulièrement solide, comme si elle avait été renforcée. JP se couche pile devant et se lance dans un manège étrange : il continue de gémir et ne cesse de relever la tête en direction de la porte puis de reposer le museau à terre, oreilles rabattues vers l'arrière.

Ce chien ne voulait pas s'échapper. Il voulait me guider. Danny est juste là. Derrière cette porte.

Je plaque mon oreille puis ma bouche contre le container :

— Danny, tu m'entends ? Danny ? Secoue-toi ! Je sais que tu es là. Réponds-moi : tu es attachée ? Tout va bien ?

Je m'attaque à la poignée en fer, je la secoue, d'abord faiblement puis avec insistance :

— Danny, réponds-moi, merde ! Danny ! Dis quelque chose !!

JP s'est relevé, il commence une ronde frénétique, entre reniflements et aboiements. Ça me rend nerveux.

— Danny, écoute, si tu es bâillonnée et attachée, essaye au moins de produire un son ou de faire tomber un truc, que je sache que tu m'entends !

Les serpents…

Je me retourne, je me précipite au pied de la grille aux serpents et m'empare d'une sorte d'immense tison en métal, je frappe contre la porte, encore et encore, sous les aboiements de plus en plus inquiets de JP qui ne comprend pas ce que je fais. Moi non plus, je ne comprends rien, je panique, c'est sûr, Danny est là… Faites que ce chien arrête d'aboyer…

— Je vais te sortir de là, ma Danny !

Je frappe, je frappe encore contre la porte.

Et puis je la sens. Une pointe dure et froide. Dans ma nuque. Pile au-dessus du col de mon T-shirt.

— On va lâcher son arme tout de suite, gentiment.

Mon tison tombe sur le sol dans un tintement sinistre.

— Maintenant, on va poser ses deux mains sur la tête et se retourner. Doucement, voilà.

Victor. Il pointe le bout effilé de son tison, je ne suis pas le seul à avoir eu l'idée d'en ramasser un, à quelques millimètres de ma pomme d'Adam.

— Vous êtes un grand malade, pas vrai ? Voleur de merdes, c'est pas de la lingerie que vous trouverez là-dedans, obsédé, c'est des pupitres de gosses, des fauteuils de cinéma en bois et des trucs tellement rares que tu saurais même pas dire ce que c'est.

Y'a un tel foutoir là-dedans que si on vous y laisse on pourrait bien oublier de vous y retrouver.

Au lieu de me protéger, JP se réfugie derrière moi, se recroquevillant comme si sa grosse masse pouvait vraiment passer inaperçue.

— Vous pouvez me menacer autant que vous voulez. Mais je *sais*. Vous avez capturé ma coloc, et vous la tenez prisonnière là-dedans !

Victor se fige. Tout en agrippant fermement son arme de fortune, il fouille de l'autre main dans sa poche de jean et en sort son portable.

— Carole ? Il en tient une couche, le pervers. Grouille-toi d'appeler la police. Il a l'air sacrément perché.

Un léger martèlement émanant du cube vient soudain interrompre le silence pesant, entre duel de western et veillée de Noël, qui nous oppose, le grand bouclé et moi. Un sourcil qui se soulève. La main qui tressaille. Le Victor est tout autant surpris que moi. Il y a bien quelque chose, ou quelqu'un, dans le container.

Toujours de sa main gauche, Victor retire un objet de sa poche de chemise et me le balance à la figure. Je me couvre le visage pour éviter le projectile.

Un petit Maître Yoda en plastique.

— Ramassez-le !

Toujours ce demi-sourire, même pour balancer des ordres sur un ton peu amène.

— Enlevez-lui la tête.

Interloqué, je décapite le Jedi qui abrite une petite clé. Celle qui ouvre la porte.

— Si vous faites un seul geste déplacé, vous ou le chien, je vous promets que je n'hésiterai pas à me servir de ce tison. Allez, ouvrez cette porte !

L'antiquaire recule de deux pas, ce qui n'est pas pour me rassurer. Je fais face à la porte, je respire un grand coup…

— Tiens… C'est toi, Pierre ? Je me demandais ce que c'était que ce raffut… Tu viens pour la rançon ?

34

Danny se tient face à moi, dans l'improbable tunique rouge pompier qu'elle portait déjà quatre jours auparavant, quand elle est sortie promener Twiggy pour toujours. Elle s'est relevé les cheveux comme quand elle fait le ménage et secoue vivement une sorte de chiffon miteux qu'on croirait découpé dans un vieux slip. Elle a tout de la personne affairée qu'on vient juste de déranger en plein boulot.

Ses yeux se posent alternativement sur un antiquaire, un concierge, un chien. Sans comprendre.

Je mets quelques secondes avant de retrouver l'usage de la parole.

— Enfin, mais… de quelle rançon tu parles ?

Vision d'une lettre rédigée à la main gauche, d'une écriture grossière, enfantine…

— Mais *qui* est cette femme ?! Et qu'est-ce que vous foutez dans MA réserve ? gueule Victor.

Les sourcils de Danny se soulèvent en une mimique offusquée.

— « Ma » réserve ? C'est Tony qui m'a embarquée ici. Et figurez-vous que je range SA réserve.

— Comment ça, Tony vous a embarquée ici ?

— C'est qui, ce Tony ? je demande.

— C'est un ami qui me file un coup de main pour toutes sortes de… et puis ça ne vous regarde pas, vous, bouclez-la !

Visions d'un homme qui porte, qui charge, qui charrie sans relâche de la marchandise à travers toute la ville. Un homme de main. Qui s'occupe du sale boulot, des tâches ingrates… clignotements de néons multicolores ? Barbe à papa ?

— Victor ! J'ai prévenu la police !

Voilà que Miss Lingerie débarque, histoire de rétablir l'ordre et la bonne humeur. Les doigts squelettiques qu'elle plante sur l'épaule de son amant n'ont pourtant pas le pouvoir de détendre l'atmosphère. Seul JP a l'air enchanté de cette réunion improvisée et en bave d'enthousiasme, haletant à mes côtés, plus du tout préoccupé par la tension ambiante.

— La police ? Pourquoi la police ?

Danny a soudain l'air de sortir d'une forme de torpeur, elle me dévisage avec horreur, comme si j'étais le responsable.

— Danny, tu disparais pendant quatre-vingt-seize heures, je te retrouve au fin fond des puces de Saint- Ouen, dans un local fermé à clé, et tu demandes pourquoi ?

Victor intervient pour rappeler que la police est plutôt là pour me régler mon compte à moi, voleur de soutifs et dangereux forceur de porte.

Pas la police, me souffle la Voix d'un ton suppliant.

— S'il vous plaît, madame, pas la police, reprend Danny, sur le même ton. Rappelez-les, dites-leur que c'est une erreur. Je vais tout vous expliquer, vous allez voir, mais pas la police. On peut pas faire ça à Tony, il ne le mérite pas. Et en plus, il a horreur des flics !

La bouche pleine de croque-madame, Danny raconte ses aventures avec délectation. Elle sent qu'elle a une audience. De trois personnes, certes, mais captivée. Le barman du « Ma Cocotte » sert même une tranche de bacon à JP. La minuscule terrasse est bondée, Danny en fait des tonnes, gestes de main théâtraux et volume à plein les ballons. Victor a l'air soucieux, Carole, consterné.

— Moi, je me sens embarquée à l'arrière d'un camion, pas de bâillon, pas de cordes, rien ! Nature. Dans les films, vous voyez, c'est toujours la victime qui s'angoisse le plus qui passe le plus mauvais quart d'heure. Alors moi je me dis : « Reste calme, Danny, t'as qu'à pas bouger, pas parler, on verra bien ce qui t'arrive, ma fille. » Ensuite il m'a enfermée dans une sorte de hangar rempli d'un bordel pas possible. Je sais pas trop combien de temps est passé, peut-être plusieurs heures, et alors là tiens-toi bien, il a ouvert la porte et il m'a fait : « C'est pourquoi que tu fais le ménage ? Ton mari il te fait faire ça ? Tu cires ses pompes aussi ? »

— Danny, on peut en venir au fait, s'il te plaît ? Madame et monsieur doivent retourner travailler.

Morticia Addams lève une main bienveillante. Cette façon de calmer son monde m'insupporte. Danny reprend son récit, ravie qu'on me force au silence.

— « Bah de qui tu parles ? Mon mari m'a quittée y'a plus de dix ans », je lui ai répondu. Et c'est vrai en plus, ça va faire onze ans dans trois mois.

Sourire complice totalement gratuit de Morticia. Haussement de sourcils du Victor.

— Et là il me fait : « Attends, ton gourou là, le voyant, c'est pas ton bonhomme ? »

Danny raconte ses quatre jours de quarantaine comme si elle chroniquait une comédie de boulevard.

— Moi, forcément, je comprends que y'a erreur sur la personne, alors je rectifie : « Pierre ? Mais pas du tout, c'est mon meilleur ami ! » Tu vois au passage que je suis pas ingrate, dit-elle en se tournant vers moi, un soupçon de jaune d'œuf à la commissure des lèvres, parce qu'en ce moment, pourtant, tu me cours sur le haricot. « Concierge hors pair, et voyant exceptionnel ! » j'ai même précisé. Tu vois, Pierre ? Je te fais ta pub.

Heureusement, Danny ne laisse personne en placer une, et j'échappe aux questions suspicieuses sur ma seconde activité. Pas de quoi me calmer pour autant : ce que je redoute depuis que j'ai commencé à manier les cartes m'arrive pour la première fois, à quarante piges passées. Quelqu'un a voulu me faire payer le prix fort pour mes prédictions.

— Vous savez ce qu'il m'a répondu ? Et c'est juste après que j'ai compris que c'était un sensible et aussi que je lui ai demandé son prénom. « Exceptionnel ? En attendant, il m'a bien flingué ma *life* ! » Il parle comme ça Tony, avec beaucoup d'anglais, c'est un passionné d'Amérique, avant il tenait le Rodeo Drive. Tout du long il portait une cagoule, mais la sensibilité, ça se reconnaît à la voix.

Fouille dans ton passé, Pierre.

Souviens-toi.

Dans ton passé, Pierre.

— Il était un peu surpris quand il est venu m'apporter à manger le premier soir et qu'il a vu que déjà j'avais bien entamé le grand rangement de la réserve. Mais tu me connais, Pierre, je suis une femme active… J'allais pas rester là sans rien faire, à attendre les bras croisés qu'il décide de mon sort. Parce qu'il semblait vraiment déçu que je sois pas ta femme, il faut dire… et puis j'ai pensé tant qu'à faire, quitte à être zigouillée, autant que ça soit dans un endroit bien rangé et dépoussiéré ! Je suis une femme qui se respecte ! Je trouvais ça dommage de pas mettre ces meubles en valeur, je regrette mais…

Victor profite du fait que Danny engouffre une dernière bouchée pour intervenir :

— Donc, je résume, Tony vous a kidnappée en pensant que vous étiez la femme de monsieur, parce qu'il voulait lui faire payer une rançon. Pourquoi à lui en particulier ? Vous avez déjà eu affaire à Tony, monsieur ?

— Ah, mais monsieur l'antiquaire, enchaîne Danny, sans me laisser le temps de répondre à la question tout à fait pertinente de Victor, je vous le dis tel quel : la rançon, à la base, c'était pas une idée de Tony.

35

Ça va faire huit bonnes minutes que le commissaire Chaville me tire des clins d'œil comme d'autres des coups de fusil. Ça mitraille. Complice, sûr de lui, il exulte littéralement.

— Qu'est-ce que je vous disais ? Elle est revenue, votre femme !

Il appuie sur ce mot, j'ai l'impression d'entendre précisément chacune des lettres qu'il prend un malin plaisir à détacher : F-E-M-M-E.

— N'est-ce pas, madame ! On s'éloigne, on respire un peu, on fait passer un message… et puis on revient gentiment à la maison.

— Commissaire, c'est exactement comme ça que je l'aurais dit ! miaule Danny.

Elle serait prête à tout pour flatter son orgueil de flic qui avait raison depuis le début : tout ce qu'elle veut, c'est éviter la case prison à son Tony.

Adrien réprime un pouffement goguenard, planqué derrière son ordinateur.

J'ai des visions de Marion-Lara en pleine discussion avec un jeune homme blond à la barbe clairsemée, pas ici… quelque part vers deux colonnes immenses : la place de la Nation, sans doute.

Danny quitte le bureau en premier, le commissaire Chaville demande à Adrien de la raccompagner jusqu'à la sortie, probablement pour me servir une leçon de morale personnalisée.

Effectivement, j'ai droit à un laïus sur *Pierre et le Loup*, où l'idée qu'alerter la police à tout-va, juste parce qu'on ne veut pas reconnaître que sa femme a pris la poudre d'escampette à cause de votre sale caractère, c'est mal.

J'avale ça sans broncher, je me fie à la Voix, qui m'a conseillé d'aller dans le sens choisi par Danny. Je ne dis pas un mot sur Tony. Ce que j'ai eu plus de mal à digérer, en revanche, c'est d'avoir appris, quelques heures auparavant, que ma coloc était à l'origine de l'idée de rançon.

Le premier réflexe de Tony, quand il a compris que Danny, n'étant pas ma femme, ne lui servirait à rien, a été de lui annoncer qu'il la refoutrait sur un trottoir dès le lendemain. Mais Danny n'avait pas envie de partir tout de suite. Le grand frisson la faisait tellement vibrer...

Tandis que nous arrivons au niveau de l'immeuble de Sylvie Tavares, je lui demande :

— Danny, qu'est-ce qui t'a pris de vouloir rester avec ce type ? Alors que manifestement il voulait me nuire ?

— Mais Pierre, je venais tout juste de commencer le réaménagement de l'espace, et puis voilà, j'avais pas très envie de te retrouver vu qu'en ce moment, entre les reproches parce que soi-disant je sors trop, et puis tes machins avec la police, tu m'excuseras mais...

— Un soupçon de jalousie peut-être ?

— Rien à voir. Bon, en tout cas, quand tu recevras la lettre, tu la prendras pas en compte, du coup. J'avais suggéré une somme raisonnable, tu noteras. Ça te mettait pas à sec, mais ça faisait un petit pactole à Tony. Et puis, de toute façon, avec tous les gens que tu connais, c'est tes relations qui auraient payé...

— T'es complètement siphonnée, ma pauvre.

— Oui, ben en attendant, estime-toi heureux que j'aie décidé de rentrer, parce que j'avais une proposition bien plus intéressante… Tony a trouvé que j'avais une voix ferme, du sang-froid et une tête bien faite. C'est tout ce dont il a besoin pour le Sky Sensation Max. Me regarde pas avec ces yeux-là, Pierre ! Ça doit être un des manèges les plus attendus de la Foire du Trône ! Un des plus chers d'Europe !

Et si, en fait, Danny se mettait à dérailler justement parce qu'elle était traumatisée par le kidnapping ?

— D'ailleurs je vais faire un saut rapide à la Foire, il doit déjà y être pour démonter des attractions et puis filer un coup de main à droite à gauche. S'il me trouve pas ce soir dans la réserve, il risque de s'inquiéter. Autant que j'aille lui dire ce qui s'est passé et puis que je le rassure au sujet de la police. Pendant ce temps, Pierre, t'as qu'à raconter aux gens que tout va bien, que je suis rentrée. Parce que je suppose que tu l'as un peu dit quand même, que j'avais disparu ?

Je fais défiler mentalement les gens à qui je vais devoir servir la version officielle du non-kidnapping de Danny : Soso, Sylvie et Jenni me pousseraient à porter plainte contre l'autre guignol et à me débarrasser rapidement de ma coloc. Je pense à la douleur que ça va être de raconter cet épisode peu glorieux à Marion-Lara quand elle passera reprendre JP, actuellement très préoccupé par l'analyse olfactive d'un emballage de jambon-beurre. Quant à Cris, inutile d'essayer de lui cacher la vérité : elle est capable d'interroger les cartes pour s'assurer que je ne mens pas.

Une rue à traverser et je serai à ma loge. Je regarde Danny s'éloigner doucement en direction du Bois.

— Danny, comment tu vas faire pour le retrouver, ton Tony ? Je croyais qu'il avait le visage cagoulé ?

— Des Tony, doit pas y en avoir 36, surtout baraqué comme lui. Cagoulé ou décagoulé, je le reconnaîtrais entre mille ! Et puis il avait un tatouage sur l'avant-bras. Un cœur ailé avec un prénom dedans. Ça doit être celui de sa petite sœur, tu penses pas ? T'as pas un flash ?

— Et il a rien dit de plus sur moi ? À aucun moment, il t'a dit pourquoi je lui aurais ruiné sa vie et pourquoi il a voulu s'en prendre à moi en te kidnappant ?

— Ben non. Mais ça pourrait être n'importe lequel de tes clients, tu sais très bien que t'annonces pas que des bonnes nouvelles ! Et on va dire que le tact, c'est pas vraiment ta qualité première. Alors si le gars en face est sensible, ça peut le faire travailler du ciboulot, tu vois c'que j'veux dire ?

Ce que dit Danny semble logique, mais une chose est sûre : je reste persuadé de ne jamais avoir rencontré ce Tony auparavant. Pourtant ce tatouage, je le vois dessiné si précisément devant mes yeux que c'en est troublant. On dirait moins une vision qu'un souvenir. Un souvenir qui ne m'appartiendrait pas totalement… En tout cas, se confier sur sa polyvalence professionnelle et dévoiler ses avant-bras : ou le type est un prix Nobel, ou il a bien compris que son charme cagoulé lui épargnerait beaucoup d'efforts.

Fouille dans ton passé, Pierre.

Souviens-toi.

Dans ton passé, Pierre.

Je t'ai bien entendue, la Voix. Bien sûr que je dois en apprendre plus sur ce type, faire le lien entre lui et mon passé. Mais j'ai bien assez à faire avec mon présent pour le moment : j'ai la vision de Marion-Lara vacillante, au bord des larmes. Ma flic va avoir besoin de moi.

*
* *

Nous avions commencé à discuter, Danny et moi, à son retour de la Foire : elle en posture horizontale sur *mon* pieu (exceptionnellement elle a le droit), moi depuis le salon, debout à passer en revue les textos des locataires délaissés.

— T'es sûre de vouloir fréquenter un type dans son genre ?

— On a tous droit à une seconde chance, Pierre. Et je te rappelle que t'es pas non plus la morale incarnée. Enfin, si ça peut te rassurer, il s'est bien calmé à ton égard.

— Donc tu en sais plus sur ses motivations et tu veux rien me dire ?

— … Elle est où, Twiggy ?

Subtile façon de changer de sujet.

— Chez Jenni. Elle a récupéré le double qui est chez Steph ce matin, elle partait en week-end à Carcassonne chez sa sœur. Je me disais ça ferait du bien à notre brindille, le grand air.

— Le grand air ? Sa sœur vend pas des chaussures orthopédiques ? Et depuis quand ton actrice rend des services ?

Sa voix devient mollassonne.

— Échanges de bons procédés. Tu restes ou tu m'accompagnes chez Marion-Lara ?

Danny n'avait pas eu l'occasion de répondre : elle dormait déjà comme une enfant, la bio du Prince Harry sur les genoux. Dans *mon* pieu, merde.

Je dépose un post-it sur la table de nuit qui jouxte mon lit :

« Je m'occupe des affaires courantes puis je passerai chez Marion-Lara pour rendre Jean-Patrick. Repose-toi. Steak de tofu dans le frigo. Rediff des enquêtes de Murdoch à 20 h 55. »

Je quitte la loge, un mauvais pressentiment me collant aux basques. J'inspecte d'abord la boîte aux lettres pour commencer ma tournée routinière. Petit billet délicat de Pascaline qui regrette mon absence aujourd'hui, alors qu'elle est passée deux fois (le « deux » est souligné en rouge) pour m'alerter sur l'urgence de décapiter le bouleau de la cour. Le pauvre vieux doit être responsable de son rhume des foins. Je sens venir une prochaine pétition pour abattre l'ensemble des arbres du bois de Vincennes.

Je sors les poubelles, saluant au passage l'un des petits jeunes du café du Bar Carole. La poubelle jaune est bien lourde, maintenant que j'y songe. Je soulève le couvercle avec précaution, habitué aux indélicatesses de plaisantins ou flemmards qui préfèrent la remplir avec des baskets usées, des restes avariés ou autres réjouissances... mais ce que j'y découvre est d'un genre inattendu : des monceaux de revues, *Mon Tricot*, *Femme de France*, *Recevoir magazine*. Vu les coupes de cheveux des modèles qui sourient toutes béatement sur les couvertures, ils doivent dater des années 1970. Je ne connais qu'une seule personne capable d'accumuler ce genre de trucs. Mais ce qui est beaucoup plus préoccupant, c'est que cette personne n'est pas supposée s'en séparer.

Émile Abramson.

Je rentre en songeant à cet accumulateur pathologique et constate que ma coloc dort toujours à poings fermés. Si son escapade ne l'a pas traumatisée, elle l'a au moins épuisée. Je sens que je vais tâter du canapé-lit et bouffer mon steak de tofu tout seul.

C'est au moment où je fouille dans le placard au-dessus de la Senseo, à la recherche d'un truc appétissant à donner à JP, genre biscuits préférés de Twigg en forme d'os et fourrés au poulet, qu'elle me tombe dessus : l'image précise du tatouage. Et, par-dessus, le souvenir d'un regard saisissant, profond et las. Je me rappelle ses cheveux décolorés, je me rappelle l'énergie éteinte, comprimée dans sa cage thoracique, dans des épaules rentrées en avant, dans un corps trop maigre.

C'est dans ton passé, Pierre.
Cherche dans ton passé.
La réponse est derrière toi.

Je me rappelle Sandy.

36

Il y a deux ans, j'ai franchi une ligne rouge. Pour la première fois, j'ai donné mon avis à une cliente. Tellement frêle que son iPhone semblait plus imposant qu'elle. La fatigue se lisait sur son visage, mais aussi dans sa voix, sa façon de s'asseoir.

Elle m'avait appelé une semaine auparavant, sur le conseil d'une copine, pour prendre rendez-vous, et déjà l'image d'une silhouette fil de fer qui tanguait m'était apparue : elle buvait. « C'est comme les gâteaux apéritifs, quand j'en prends un, c'est fini. » Elle n'avait pas cherché à masquer son problème d'addiction comme le font beaucoup des femmes que je vois, dans le déni. Quel âge avait-elle ? Vingt-cinq ? Vingt-six ? Pas plus de trente, c'est clair. Vivant chez ses parents. Un gosse. J'ai eu la vision d'un petit très sage, limite amorphe, comme si le môme avait compris d'instinct qu'il ne valait mieux pas en rajouter côté emmerdes.

On a commencé à tirer les cartes, elle faisait partie de ces clientes qui veulent enregistrer la séance pour se rassurer ; bien sûr, j'ai dit oui. Elle était focalisée sur des problèmes mineurs, une collègue un peu vache et sa mère qui la traitait comme si elle avait encore quinze ans. Je sentais une tristesse dans les cartes. La Voix répétait des termes déprimants en boucle ; « échec », « raté », « mauvais choix ». Une vie qui partait dans le mur, doucement.

À un moment donné, son portable a sonné. « Il faut que je réponde », m'a-t-elle dit en s'excusant, tête baissée. Comme souvent avec ces téléphones, j'ai entendu l'interlocuteur aussi bien que si c'était moi qu'il appelait.

— T'es où ?

La conversation a duré quelques secondes, elle s'exprimait d'un filet de voix rachitique puis a raccroché.

La Voix m'a soufflé : *L'homme. Échec. L'homme.*

Le type qui venait d'appeler était le ciment de sa vie de merde.

— C'est mon chéri, il préfère savoir où je suis. C'est qu'il est un peu traumatisé parce qu'il vient de passer trois ans en prison. J'étais seule, je me sentais perdue. J'avais besoin de compagnie, alors je suis sortie avec ses copains. Il a su. Ça le tracasse. Pourtant Enzo est bien de lui, je lui répète à longueur de temps.

Elle m'avait touché. Si une personne ne me touche pas profondément, je m'en rappelle pas. J'aimais bien la décontraction avec laquelle elle avouait avoir passé du bon temps dans les bras d'un autre pour satisfaire un besoin par ailleurs très compréhensible. J'étais triste de voir une fille aussi jeune ne poser aucune des sempiternelles questions sur la carrière, l'argent, le grand amour. Parce qu'au moins, ces questions-là prouvent que vous aspirez à vivre, à être heureux.

Son mec multipliait les petits boulots depuis sa sortie. Un truc dans le spectacle, un truc manuel ; elle n'était pas rentrée dans les détails. C'est braquer la caisse du Leader Price en bas de chez eux qui lui avait valu le détour en tôle. Vol non aggravé car pas de port d'armes. Une chance dans son malheur. Elle avait à cœur que tout s'arrange. Que son copain finisse par aimer ce fils avec lequel il se montrait distant. Qu'elle-même arrête de boire (seulement le soir, dans sa chambre, quand ses parents et le petit dormaient). Faire que « son chéri », comme elle disait, redevienne comme au début de leur relation.

— C'est pas un méchant mon chéri, vous savez. Et c'est un romantique, il a même un tatouage de cœur avec mon nom. Je trouve ça mignon.

« Tonton André », m'avait alors murmuré la Voix d'un ton goguenard. Explication de la jeune femme : c'était le bienfaiteur de son chéri, sorti en même temps que lui de prison et bien décidé à lui donner des conseils pour ne pas replonger.

Tu parles. Les cartes m'avaient sorti la totale : l'oncle Dédé allait lui donner un passe-droit direct pour un retour à la case prison. Un vilain jeu de l'oie dont la seule pièce blanche était ma cliente. Une combinaison m'indiquait encore autre chose : un adultère. La caissière du Leader Price qu'il avait braqué était en fait sa complice et toujours son amante. Le chéri était peut-être pas méchant, mais il allait se conduire comme un con avec la petite.

Est-ce que j'étais dans un mauvais jour ? Je me souviens d'une période difficile, une locataire qui me harcelait (elle a déménagé depuis) et m'appelait tous les jours pour des prétextes fallacieux, énervée de payer des charges élevées pour cause de présence de concierge, elle était bien décidée à m'user jusqu'à l'os. Ah oui, c'était aussi la période où Twiggy m'a fait peur, cette imbécile était passée sous une bagnole. Elle marchait de traviole et je me la trimballais partout avec moi, même pour les séances de voyance.

Est-ce que c'était le contexte, l'humeur du jour, en plus d'être lié à la personnalité de cette fille qui ont fait que ce jour-là, j'ai décidé d'agir contre tous mes principes de base ? Contre tous ces boucliers que j'ai mis du temps à mettre en place pour me protéger contre mon propre don et l'utiliser sans que cela me mine de l'intérieur ? Ce qui est certain, c'est que pour une fois, j'ai décidé d'y aller sans aucune retenue. Je me suis exprimé sans détour. Je lui ai dit ce qui l'attendait si elle restait avec cet homme. J'avais l'impression d'être comme le médecin qui craque et dit enfin à la patiente qu'elle est foutue. « Écoutez, vous méritez beaucoup mieux que ça. »

Je n'y suis pas allé de main morte.

Cette cliente s'appelait Sandy.

Il y a deux ans, j'ai franchi une ligne rouge.

Et son Tony a voulu me faire payer l'addition.

37

— Non seulement il est beau, mais en plus il est sympa et pro.

— Je suis sûr que son maître adorerait que vous disiez exactement la même chose de lui.

— Pierre, je n'aime pas vos allusions. Tout ce que je dis, c'est que Jean-Patrick a été formidable.

Je vois passer l'image d'un restaurant. Marion-Lara mange en face d'un homme qui n'est pas Marc. Je pige quelle a été la nature de leur deal. Le renifleur contre un dîner aux chandelles ? J'en connais un que ça va emmerder.

Marion-Lara et moi sommes assis à même le carrelage de ma cuisine, dos contre le mur jaune poussin perpendiculaire au grand frigo rouge, cernés par les gamelles en alu de Twiggy. La porte qui donne sur le jardin est ouverte et nous observons JP, au pied du prunier, en train de jouer avec son dernier biscuit. Un petit vent frais s'introduit dans la cuisine. J'entends des gueulantes aux intonations caractéristiques : ça doit regarder le foot fenêtres ouvertes dans les étages. L'atmosphère est paisible, à deux trois beuglantes de supporter près. Pourtant, je sens une sorte de malaise latent, sans doute parce que Marion-Lara et moi ne savons pas par où commencer. Alors je me dévoue :

— La Voix me dit « Nicole ». C'est qui, ça, Nicole ?

Marion-Lara raconte. Nicole. Proche de la retraite. Flic cérébrale et douée, du genre pointu. Pointue, manifestement, elle l'était moins dans un domaine : le choix de ses amants. Il est de notoriété publique qu'elle s'envoyait régulièrement le Chaville. Je comprends mieux que le big boss de Marion-Lara tienne pour acquis que Danny soit ma petite copine plutôt que ma mère. Lui-même préfère les femmes matures. Je vois passer des postures incongrues sur un bureau. Dans ces cas-là, j'essaye toujours de cligner les yeux très vite pour que ma vision passe. Peine perdue. Marseillaise elle aussi, Nicole s'est entichée de Marion-Lara, l'une des rares femmes de la brigade, et lui prête à peu près toutes les vertus existantes. C'est à elle que Chaville a confié le cas de la gamine abusée par son beau-père. Mais Nicole a demandé sa compatriote en renfort.

— Je sentais que c'était important pour moi de suivre ce cas, vous voyez ? D'apprendre. Le jour où j'ai vu débarquer cette jeune fille et l'infirmière scolaire, j'ai …

Inutile d'ajouter quoi que ce soit. Les tremblements dans sa voix trahissent tout ce qu'il faut comprendre sur son bouleversement intérieur.

Ma flic se ressaisit et essaye de me décrire l'affaire de façon très factuelle. Je sens bien que son détachement est feint, que le ton presque médical qu'elle adopte est tout sauf sincère, mais si ça peut m'épargner un torrent de larmes, j'avoue que ça me convient.

Comme la toute première fois où j'ai eu vent de cette affaire, j'ai l'apparition d'une gosse ravissante, toujours coiffée à l'identique, avec deux couettes. Ce qui me perturbe, c'est son regard. Peut-être qu'elle a trop souffert, qu'il ne lui reste plus une seule larme à verser.

Pauvre petite.

La Voix s'y remet, encore plus bouleversée que Marion-Lara par toute cette histoire.

Rebecca a quatorze ans. Cela va faire un peu plus de deux ans que sa mère, à quarante-cinq piges bien tassées, a quitté son mari pour un type de dix ans son cadet.

— C'est ironique, ajoute Marion-Lara, de voir à quel point dans ce sens-là, ça heurte tout le monde : personne n'est indifférent, vous voyez ? Maintenant, on va dire du jeune mari que c'est forcément un gigolo…

Maman-Rebecca gagne sa vie en donnant des ordres dans une agence de graphisme qui bosse pour des marques de luxe. Son mec est graphiste free-lance, entre autres pour l'agence en question. Papa-Rebecca est parti noyer son chagrin à Boston, accompagné de leur fils aîné, préférant faire sa crise de la vingtaine aux States. Peu de rapports entre les deux parents, désormais divorcés. Ça vit avec beaucoup mais se contente de peu. Des gens qui ont du fric mais une certaine simplicité aussi. Le fait de mettre leur petite dernière à Paul-Valéry au lieu d'une école privée à la con en témoigne.

Je vois un iPhone apparaître. Puis disparaître. Triste de se dire que je vis à l'époque où un médium peut avoir des visions de portable.

Marion-Lara poursuit sur l'ambiance familiale. Elle repousse du bout des doigts la gamelle d'eau de Twiggy. Le crissement que ça produit sur le carrelage m'insupporte, mais je ne dis rien, histoire de ne pas la braquer. Rebecca passe beaucoup de temps avec le mec de sa mère puisqu'il travaille à domicile. Depuis quelque temps, la mère note un agacement croissant de sa fille à l'égard de son beau-père et interprète ça comme des signes annonciateurs de la puberté. La prof principale, qui doit avoir un faible pour la jolie Rebecca et y est très attentive, finit par l'envoyer chez l'infirmière scolaire le matin où elle arrive en retard au collège, les yeux étrangement rouges et la mine défaite.

C'est une honte ! professe la Voix, outrée et moralisatrice.

— L'infirmière a raconté que Rebecca est restée muette pendant plus d'une demi-heure, elle respirait difficilement, elle fixait le mur, ne semblait même pas se rendre vraiment compte de sa présence.

Une honte !

Le débit de ma flic s'amenuise singulièrement quand elle passe à la phase deux du récit. Rebecca crache le morceau : comportement abusif du beau-père. Depuis, la famille se dézingue. Le père a pratiquement piloté lui-même l'avion qui lui a permis de revenir au plus vite sur Paname casser la gueule de l'ordure. Le frère aîné a lui aussi traversé l'Atlantique quand il a appris qu'on avait touché à un cheveu de sa sœur. Rebecca est suivie par un pédopsychiatre. Quant à la mère, elle n'arrive plus à prononcer le nom de son ex-amant. Le beau-père, lui, a été placé en garde à vue, relaxé puis repris avec la gueule salement amochée par le *pater*.

Je vois de nouveau la poubelle de salle de bains, le petit battant en plastique. Au fond, un préservatif usagé. Une petite main. Main de poupée ? Non, main d'enfant, de fée Clochette. La vision stagne devant mes yeux. Je ne vois plus le prunier, je ne vois plus Jean-Patrick, seulement cette main de gosse. Maintenant la main tient le préservatif dans la paume ouverte, resserre ses doigts autour, comme la reine-mère offrant le fruit défendu à sa jolie belle-fille. Soudain la main vieillit, la peau se fripe, les veines ressortent, taches violacées sur la peau, ongles longs, articulations gonflées tordues, mains biscornues : ce n'est plus Clochette. C'est Carabosse.

— Il n'y a pas eu de rapport, mais les prélèvements sur les vêtements qu'elle portait ce jour-là confirment que c'est bien le beau-père qui aurait…

— Épargnez-vous les phrases complètes, surtout. Donc, tous les éléments concordent pour désigner le beau-père comme coupable. Cette gosse vous bouleverse, je comprends. Mais je sens qu'il y a un truc qui vous tracasse.

Marion-Lara n'arrive pas à articuler deux mots qui se suivent. Nous restons en silence pendant quelques minutes, ça me semble durer un temps infini, ça m'angoisse. Enfin, elle reprend le fil de son récit.

— La petite… Elle a menti. Sur un détail. D'abord, j'ai cru que c'était moi qui m'étais trompée. Que j'avais mal recopié la déposition… Elle a raconté que quand son beau-père est… enfin, venu lui faire… elle était dans sa chambre, en train de regarder un film sur la tablette. J'ai demandé quel film, elle a répondu en cherchant un peu : « Orange quelque chose. » Je n'ai pas fouillé plus loin.

— Et donc ? Je vois pas où vous voulez en venir.

Elle porte la main, nerveuse, à son oreille. Tripote une petite boucle en forme de cupcake absolument ridicule. Faut pas que je la braque, attention, je marche sur des œufs.

— Eh bien… C'est juste que Nicole m'a demandé de l'accompagner une première fois chez le pédopsychiatre qui prend en charge la gamine. J'ai écouté la discussion, encore une fois moi je n'étais là qu'en figurante. Pas pour la ramener. Sauf que quelque chose m'a étonnée pendant la conversation. Nicole a reconstitué la scène avec l'aide du pédopsychiatre. Le type a insisté sur la vulnérabilité de Rebecca au moment de ce qu'elle interprète comme « une trahison du référent adulte ». Elle était tranquille dans sa chambre, en train de regarder un film, vous voyez ?

— Si on veut.

— Et là, le film qu'elle a cité au médecin, c'était *Tintin et les Oranges bleues*.

— Et alors ? Vous allez quand même pas m'expliquer que ce qui vous embête, c'est qu'elle ait oublié le titre complet du film la première fois ? C'est pas un peu psychorigide comme raisonnement, ça ? Elle était sous le choc, je suppose.

— Le trouble, je comprends. C'est le fait de pas dire « Tintin » qui m'a semblé curieux. Je veux dire, vous oubliez un titre précis, OK, mais vous pouvez simplement dire : j'étais en train de regarder un Tintin. Du coup, j'ai eu un doute. Et j'ai demandé que la tablette soit analysée. Nicole était un peu embêtée, parce qu'en fait, c'est la tablette de la mère. Rebecca a le droit de s'en servir pour aller sur Facebook et regarder des séries ou des films de temps en temps.

— Et comment vous vous êtes dépatouillée pour récupérer le truc ? Vous êtes un peu rigide quand même, j'en démords pas.

— Il a fallu trouver une excuse pour emprunter la tablette, je ne pouvais évidemment pas faire part de mes doutes à la mère. Donc, tout a été décortiqué. On a fait intervenir un informaticien raccordé à nos services, qui s'est chargé d'entrer dans le ventre de la bête. Dans l'intimité de la tablette, si vous préférez. Et il se trouve que Rebecca regardait bien un film au moment où les… événements se sont produits. Mais c'était pas exactement un Tintin…

Vision d'un triangle.

D'un œil en amande cerclé de mascara épais, redessiné au khôl noir.

Une main qui brandit un ? Quoi ? Une flèche ? Un pic à glace ?

— … C'était *Orange mécanique.*

Je suis assez surpris par la tournure d'esprit de ma flic. Je veux dire, c'est un peu logique : si la gosse s'est amusée, à quatorze ans, à se mater en douce un film ultra violent et perturbant, normal qu'elle ait cherché à transformer un Kubrick en Disney. Elle a fonctionné par association d'idées, « orange » est devenu « les oranges ». Ça a dû sortir spontanément.

— Tout le monde a réagi comme vous, Pierre. D'ailleurs, le pédopsychiatre voit même ce mensonge comme un signe d'intelligence et de maturité : Rebecca savait que sa mère n'aurait pas aimé apprendre que sa fille regarde un film comme *Orange mécanique,* et le résultat des courses, c'est qu'elle a camouflé ça sous une référence plus lisse, pratiquement inoffensive. Un bon vieux Professeur Tournesol et le tour était joué.

— Et « le tour était joué »… ? Mais de quoi vous parlez, merde ?

— Elle s'assurait le statut de « gamine innocente ».

— La preuve que non. Vous avez démasqué sa ruse avec une facilité déconcertante. Comme quoi, le mascara violet ne rend pas aveugle. Vous êtes impayable, quand même : cette affaire vous bouleverse, je le vois bien, mais j'ai l'impression que vous vous méfiez de vous-même, enfin, de votre propre sensibilité vis-à-vis de cette petite.

La pauvre !

La pauvre petite !

C'est une honte !

Le visage de Monsieur Parfait m'apparaît sur fond de volutes violettes… Je comprends mieux le choix de mascara : elle compte lui faire des œillades tartinées de sa couleur préférée. Elle va le rejoindre ce soir.

— Pierre, vous vous rappelez la disparition de Myrtille ? C'est tout juste si elle n'a pas orchestré son propre enlèvement !

Je plante Marion-Lara dans la cuisine le temps d'aller choper mon jeu, rangé à sa place habituelle, à côté de la box, dans le salon. J'ai l'impression d'entendre Danny parler. La porte coulissante de ma chambre est fermée. Aucun bruit de pas ou de signes d'agitation qui indiquent qu'elle soit réveillée… je dois me tromper. Bref, je récupère mes cartes.

J'aime bien l'idée que les ondes SFR côtoient celles d'un jeu de cartes vieux de plus de trente ans.

Je me méfie toujours quand un client veut en savoir plus sur quelqu'un de son entourage, un membre de sa famille. On se concentre sur cet individu, je dis son prénom à voix haute, le client coupe et dévoile des cartes qui donnent des informations sur la personne en question. Généralement, j'accepte quand le client se fait sincèrement du souci pour un proche, par exemple. Mais souvent, la Voix m'indique quand c'est de la curiosité malsaine, ou pire. Si ça doit aider ma flic à prendre une décision importante, je vais le faire. Quand je reviens dans la cuisine, le jeu à la main, je surprends un regard paniqué chez Marion-Lara :

— Mais qu'est-ce que vous faites, Pierre ? Vous allez pas me le faire ?

Très drôle, cette formule. Lui « faire » quoi ? Mal ? Dire que quelques bouts de papier cartonnés et des petits dessins symboliques peuvent faire aussi peur, déclencher parfois des accès de méfiance aussi brutaux…

— C'est vous qui allez tirer les cartes, Marion-Lara, mais pour Rebecca. Vous avez vu la fille plusieurs fois, vous bossez sur l'affaire qui la concerne ; elle vous habite, pour ainsi dire, donc les cartes vont pouvoir parler. Il faut vous concentrer sur elle, OK ?

Nous sommes accroupis, vu de l'extérieur on doit avoir l'air de gosses sortis d'une photo de Doisneau, en train de jouer aux billes dans la cour de récré. Au centre de notre attention, un petit tas de cartes, mélangées deux fois et disposées en une pile bien ordonnée.

— Vous m'en tirez cinq pour commencer. Vous disposez les trois premières face visible, en ligne, de haut en bas, vers vous.

Les deux dernières, à gauche puis à droite de la barre centrale verticale.

— En forme de croix, vous voulez dire ?

— C'est le principe.

Il profite d'elle.

Il est méchant.

Il est injuste.

La carte géographique de l'affaire Rebecca se dessine peu à peu sous nos yeux. Je commente à voix haute. Marion-Lara ne quitte pas cet air angoissé, tendu. La Famille, tout en haut de la croix, domine. Trahison à gauche. Vol ou Perte à droite. L'Homme tout en bas. Union au milieu de la figure. Hum… la perte, à la fois celle de la confiance et de la virginité. Ça me paraît assez clair. L'Union désigne le couple formé par la mère de Rebecca et son jeune amant, union familiale que vient perturber le type en trahissant la confiance de la mère, en lui volant l'innocence de sa jeune fille et sa confiance.

C'est une honte !

Si petite !

Si petite !

Je lui demande de tirer une carte complémentaire, toujours préférable dans les situations complexes. Mais je suis interrompu par la voix de Danny, probablement en train de rêver. Un « Vous en voulez encore ? » tonitruant.

Marion-Lara fait comme si de rien n'était et dépose une nouvelle carte, face cachée, sur l'Union. J'essaye, moi aussi, de rester de marbre, même si la gueulante de Danny pousserait n'importe quel individu saint d'esprit à déguerpir.

— Je la retourne, Pierre. C'est quoi, ça, « L'Accident » ?

— Hum… je ne suis pas sûr de comprendre. Quelque chose est venu rompre l'harmonie du couple, quelque chose de soudain, brutal. En même temps, si on combine l'idée d'accident à celle de trahison et de vol ou de perte, j'arrive plutôt à l'idée que quelque chose nous est caché, que tout n'est pas aussi limpide là-dedans.

« Vous en voulez encore ? »... Nous feignons tous les deux d'ignorer le nouveau hurlement de Danny. Si elle se met à parler dans son sommeil, autant mettre très vite un terme à notre colocation, je la renvoie dare-dare dans son container à Saint-Ouen.

— En gros, l'association des cartes nous avertit qu'on est peut-être en train de se faire avoir.

— Si je comprends bien, quand vous prenez la carte du milieu, l'Accident, elle vous décrit la situation telle qu'elle est actuellement. Mais si vous la combinez aux autres cartes de la croix, elle remet en question toute l'affaire. Donc vous êtes juste en train de me dire que vous êtes totalement perdu !

Il est coupable.

C'est lui.

Pourquoi la main de Rebecca, si c'est bien la sienne que j'ai aperçue dans ma vision, sortirait-elle un préservatif de la poubelle ? Est-ce qu'on veut me montrer quelque chose, un traumatisme ? La Voix, elle, me désigne clairement le beau-père comme fautif. Et entre ma vision et la Voix, à qui dois-je décider de faire confiance ? Mis à part le fait que maintenant la Voix ne s'exprime plus par monomots, j'ai pu compter sur elle ces derniers jours. Elle m'a sorti du pétrin de nombreuses fois et elle m'a toujours aidé à compléter la lecture des cartes et l'interprétation de mes visions. Je décompose la croix et mélange le tout.

Je partage rarement mes visions avec quelqu'un, j'ai l'impression de donner accès à mon intimité de façon trop crue. Généralement, quand je vois quelque chose, je résume la vision, je ne donne jamais tous les détails. Je fais une exception avec ma flic – une de plus –, en lui décrivant et précisant la scène de la poubelle, et en lui faisant part des indications de la Voix.

— Bon. On va se fier à elle. Si elle vous dit que c'est lui le coupable, qu'elle pense que Rebecca est innocente…

— On n'a pas fini, Marion-Lara, pourquoi vous fixez le plafond, là ?

— Je m'étire, j'ai mal à la nuque, je n'ai pas le droit ?

— Je vous sens dispersée, vous êtes ailleurs, ce n'est pas bon pour notre affaire. On fera du yoga plus tard, tirez-m'en quatre dernières, plutôt. Mettez-les à côté, genre quatuor, face cachée. Très bien.

Je les retourne l'une après l'autre. Femme. Homme. Trahison. Départ.

Je relève doucement la tête.

— Pierre, qu'est-ce qu'il y a ? Ça vous donne de nouvelles infos ? Allez, dites quelque chose !

Une info, ça, c'est sûr. Mais pas du genre que je peux dévoiler n'importe comment. Parce qu'elle ne concerne pas l'affaire Rebecca. Ça la concerne *elle*, Marion-Lara.

Je ne réponds rien. Seule la voix de Danny résonne jusque dans la cuisine : « VOUS EN VOULEZ ENCORE ? ON PASSE EN VITESSE SUPERSONIQUE ! ACCROCHEZ-VOUS ! »

Comme si les encouragements de Danny s'adressaient à moi, je prends mon élan. Et je balance tout.

— Vous savez, j'avais l'intention de vous servir un pieux mensonge. De vous laisser croire que le kidnapping n'en était pas un. Ou que le Tony dont je vous ai parlé avait fait erreur sur la personne. Mais j'ai changé mon fusil d'épaule. Je vais vous raconter la vérité. Écoutez l'histoire de Tony et Sandy, Marion-Lara. Écoutez-la bien.

— Et les quatre dernières cartes ?

— Je vous en parlerai juste après.

*
* *

Il y a deux ans, j'ai franchi une ligne rouge.

Et je m'apprête à refaire la même chose avec ma flic. Mais avant ça je veux être sûr qu'elle comprenne que parfois, la vie d'un voyant n'est pas si simple.

38

Je m'étais retrouvé complètement seul. Une fois de plus. Enfin, au détail près que Danny avait continué de brailler une bonne heure dans son sommeil (quand j'étais enfin rentré dans *ma* chambre pour interrompre son monologue, elle avait maugréé un « Je m'entraîne ! » obscur, avant de retomber dans un sommeil profond), mais ce n'est pas ce que j'appelle de la compagnie.

Marion-Lara m'avait laissé en plan, sidérée que j'ose lui dire quelque chose à propos de Marc. Avec elle, comme avec Sandy, j'avais décidé d'ouvrir ma gueule. Ce que j'avais vu dans les cartes, un adultère de Monsieur Parfait qui ne serait pas un simple écart de conduite mais un mode de vie qu'elle subirait, eh bien, je ne pouvais pas faire semblant de l'ignorer.

— De toute façon, ça reste des cartes ! avait-elle eu le temps de lâcher avant de quitter la loge en claquant la porte.

Ce matin, j'essayais de penser à autre chose qu'à ma flic, et contre toute attente Mme Dijoud me facilitait la tâche. Elle m'avait alerté sur le taux de remplissage étrangement rapide des poubelles ces derniers jours. Encore une fois, je me suis étonné de trouver dans la jaune une quantité monstrueuse de boîtes à chaussures vides. Des boîtes de toutes sortes, dont certaines avaient dû prendre la poussière pendant une dizaine d'années avant d'atterrir dans ma cour. Il allait vraiment falloir que je m'occupe du cas Émile sans tarder. Qu'est-ce qui lui prenait tout à coup, à balancer ses trésors ?

En rentrant de la cour, j'avais aperçu le dos de Diallo-fille, légèrement voûté, comme pliant sous le poids des nouvelles responsabilités qui lui incombaient ; vision fugace d'un lit à roulettes, silhouette stagnante, comme un cadavre, partout agité de soubresauts. Sa mère était revenue chez elles. Mimosa était désormais cernée par la maladie, la journée à son boulot mais aussi le soir, de retour à la maison. Un karma de soigneuse, j'en avais déjà vu par le passé.

De passage à la loge, j'ai trouvé un papier scotché sur la porte. Steph m'avait laissé un « J'te ramène des poupées russes ? Veille sur Prépuce, son moral est en berne en ce moment. »

Depuis hier soir, aucune réponse à mes tentatives de réconciliation. J'envoyais un calumet de la paix numérique, Marion-Lara le rejetait. Et puisqu'elle avait snobé mes trois textos, il était temps de me tourner vers des gens qui me faisaient un peu moins la gueule : mes locataires et, surtout, mes clientes.

Je n'y suis pas allé de main morte. J'ai fixé deux rendez-vous du jour pour le lendemain. Je devais un service à Dolorès depuis un petit bout de temps, il était temps d'honorer ma parole. Après celui-ci, j'avais calé un couple, normalement je refuse, je ne suis pas conseiller conjugal, merde, mais le type était tellement sympa au téléphone que je me suis laissé émouvoir. L'accent du Sud, peut-être. À la voix, j'ai senti que cette séance allait être coton, mais ça doit être mon côté tête brûlée : j'ai dit oui, 14 heures.

En grimpant les marches jusqu'à la chambre de bonne, je croise la famille Yen au complet. Tout le monde me salue d'un signe poli de la main avant de poursuivre son chemin, tête baissée. Tout le monde, sauf l'aîné des gamins qui a le temps de m'adresser un sourire. Rayonnant, différent. La dernière fois que je l'ai vu, c'était accroupi à côté d'une valise de perles de couleurs. Soudain, je me rappelle l'effet particulier que m'avait déjà fait ce gosse et je *sais* : bien sûr. Il a le don. Il doit en être à quelques manifestations éparses, difficile de recoller les morceaux dans ce cas. Sans doute qu'à l'adolescence, les choses se mettront en place, et ça sera alors à lui de décider s'il vaut mieux nier son don, le reléguer au fond du placard à balais de son cerveau, ou bien en faire quelque chose.

Je suis accueilli par une vague de bleu lagon, un peu moins dépressif que mon blanc-gris initial. On dirait que même le rideau indien accroché là par Cris essaye de me réconcilier avec la vie.

Olympe arrive à 12 h 55 précises, en business woman pointue qu'elle est. Elle me fait l'éloge de sa nouvelle assistante, que sa mère lui a présentée, d'une efficacité redoutable. Elle ignore que je connais Nuit Câline, sans doute plus investie que jamais dans la parfumerie de luxe, et je ne peux réprimer un sourire.

— On a beau dire, Pierre, ces Asiatiques, c'est quand même de l'émigration haut de gamme.

Je laisse passer les manifestations de racisme ordinaire. J'ai une vision étrange en tirant son jeu. Des flacons de parfums pleins mais sans étiquette. J'en vois passer des tonnes. Littéralement. Je me rappelle : j'ai eu quasi la même pour Dolorès !

— Dis-moi, Olympe, tu te lances dans la création de parfum ?

Léger mouvement de recul. Elle hésite à se confier ; j'ai beau être un vieil ami de sa mère, dans le milieu du recel, on ne fait confiance à personne.

Mais qu'est-ce qu'elle trafique ?

— Maman a rencontré quelqu'un d'intéressant, un nez, récemment licencié d'un grand labo suisse. Je l'ai engagé sur quelques missions de consulting, tu vois, rien de sérieux. Enfin, en attendant, recentrons-nous sur l'essentiel : tu vois des rentrées importantes ?

Je tire le gros lot, au sens propre, à Olympe. Des visions de plus en plus nombreuses m'aiguillent sur l'origine de tout ce pognon. La création de parfum n'en est pas du tout au stade de la piste : mère et fille se lancent dans la copie à grande échelle.

Je continue à parler chiffres avec Ruben et Sarah. À commencer par le nombre de chaises. Forcément, nous ne sommes jamais plus de deux dans la chambre de bonne, je suis obligé d'offrir mon siège à madame et je reste debout, raide comme un piquet. J'ai l'impression d'être un magicien qui fait des tours à la téloche. J'appuie mes deux mains à plat sur la table pour me donner une contenance, je commence à mélanger les cartes, une vision de bagnoles en file indienne, façon périphérique saturé. Il se présente comme guérisseur-magnétiseur, elle ajoute un détail à chaque phrase qui sort de sa bouche. Ils ont la petite soixantaine, lui doit bien mesurer un mètre quatre-vingt-dix, des jambes de faucheuse qu'il étend maladroitement sous la table. Elle s'éponge le cou avec un mouchoir qu'elle a sorti de son sac. Le changement d'univers est radical après la rigidité d'Olympe. Ici ça se répand, ça s'essore, ça renifle de gros chagrins et d'inquiétude. Et surtout, ça commente. Beaucoup et tout le temps.

— Je suis dans la partie, moi, monsieur, comme vous, mais là, pour notre fille, on se tourne vers vous, moi je peux bien apaiser les peines de cœur, mais pour l'entêtement, j'y peux rien !

— Oui, on a décidé de se tourner vers vous, monsieur, et c'est l'actrice, tu sais amour, c'est quoi son prénom déjà, la blonde ? Tu sais, elle a même fait la pub pour le SPA ?

— C'est *la* SPA, Sarah, *la* SPA. Oui, c'est elle qui nous a orientés vers vous.

Je suis tellement crevé en ce moment que j'ai perdu mes réflexes de base : leur demander de la part de qui ils venaient. Or des recrues de Jenni, ce n'est jamais de très bon augure.

— Donc vous êtes ici pour votre fille, si je comprends bien : elle a disparu, quelqu'un lui veut du mal, lui envoie des lettres de menace ?

Mimique interloquée des deux gus. Manifestement, je me plante totalement.

— C'est qu'elle a commencé à sortir en janvier.

— En février amour, en février, dis-lui.

— Oui, comme dit ma femme, elle a commencé à fréquenter en février cet homme, là...

— Mickaël, son prénom c'est Mickaël...

— Voilà, et d'habitude notre Tracy est très famille, très respectueuse, mais là depuis ce...

— Il est chauffeur-livreur.

— Oui, avant il conduisait le truc des jeunes là, le Hubert.

— Il faut dire avec l'accent, amour, le Uber.

— Enfin ce garçon... il est bizarre.

— Raconte-lui l'histoire de la salade, Ruben, raconte !

— Ah non, pas la salade...

— Monsieur, il parle tout le temps de voyages, je voyage à gauche, je voyage à droite, mais enfin il est chauffeur-livreur ! Comment il fait pour se payer tout ça ? Il a un double métier ou quoi ?

— ... Et puis elle, monsieur, depuis qu'elle voit ce garçon, on dirait qu'elle passe son temps à faire des bêtises.

— C'est vrai, c'est vrai, encore hier, tu te souviens amour, quand je lui dit : « Tracy, tu te rappelles que tu dois sortir Minouche ? » Et qu'elle me répond, sans me regarder dans les yeux : « Maman j'ai pas le temps, je sors. »

On dirait qu'ils parlent de leur gosse de huit ans, mais pour s'envoyer le livreur et d'après l'âge des géniteurs, elle doit au moins en avoir trente… J'arrive enfin à interrompre le duo infernal pour les obliger à couper et disposer les cartes en tas. D'habitude, quand je demande au client d'en retourner une, j'ai droit à une seconde de silence interloqué, marque de respect et d'admiration, parce que *je* suis celui qui fait parler les cartes. Sauf qu'Amour et Sarah semblent tout à fait incapables de la boucler ne serait-ce qu'une minute.

— Oulala… Oulala ma Tracy…

— Ruben, Ruben, qu'est-ce que tu vois ?

— Regarde, ma chérie, regarde un peu cette carte avec une femme toute nue ! Oulala, je peux pas y croire…

— Mais c'est horrible ! Il est diabolique ce garçon, hein, vous voyez ?

— Mais tais-toi, Sasa, il peut pas se concentrer le monsieur, avec toi qui parle tout le temps !

Monsieur devance ma pensée. D'ailleurs, une heure plus tard, quand je suis enfin libéré de Chapi-Chapo, je n'ai plus qu'une seule envie : me murer dans le silence.

39

Jour 2 après mes révélations, et ma flic me fait toujours la gueule.

En me levant, je tombe nez à nez avec une créature en train d'essorer la serpillière tout en déclamant des « Roulez jeunesse ! Vous en voulez encore ? » Il serait peut-être grand temps de demander frontalement à Danny si elle n'a pas des bouffées délirantes.

Pas le courage, les séances enchaînées m'ont épuisé. J'ouvre la fenêtre du salon pour m'aérer l'esprit et m'affale dans le canap. Je sens le sommeil me gagner peu à peu. De toute façon, depuis que je fréquente cette flic, tout fout le camp, du sommeil au régime alimentaire.

— Au fait, ton actrice a téléphoné, me balance Danny, la serpillière brandie au bout d'une main comme un trophée de chasse, sans égard pour mon début de tentative de sieste. T'avais laissé ton perso sur la table basse, il n'arrêtait pas de vrombir et au bout du huitième appel, j'ai fini par décrocher. Elle va passer nous rendre Twiggy. Moi, je sors, j'ai rendez-vous. J't'ai nettoyé le carrelage de la cuisine. Je m'absente quelques jours et on sent déjà le relâchement.

J'entends dans le « nous rendre » une nuance un peu agressive. Pourtant Danny n'aurait pas hésité une seule seconde à nous abandonner, moi et Twigg, pour les beaux yeux de son forain cagoulé. Je parie que c'est lui qu'elle va rejoindre. À mon avis, c'est typique du syndrome de Stockholm, simplement je n'ai jamais entendu dire que ça durait *après* le kidnapping. Je le plaindrais presque, ce gars. En attendant, je ne m'explique toujours pas comment il a pu faire le lien entre moi et…

Une main d'enfant. Une main de jeune fille. Des veines qui ressortent, des rides qui fripent la peau, des ongles longs, noirs, des doigts déformés…

Les mains disparaissent. Remplacées par un son persistant, continu, très doux. On dirait un air connu, un opéra… du piano. Une mélodie au piano…

C'est moi.

Réveillé brutalement par une langue ???

— Ma princesse ! Viens voir ton papa ! Papa a fait une sieste !

— Oh ! Pierre-Chou. Quand tu parles à Twiggy, je me dis qu'aucun homme ne m'a jamais parlé comme ça !

— Jenni ? Mais comment t'es rentrée ? C'est Danny qui t'as ouvert ? Je croyais qu'elle devait partir et… je me suis endormi longtemps, il est quelle heure ? Les poubelles !

— Pas de panique mon Pierre-Pierre. Tiens, redresse-toi doucement. Voilà, attends, je vais te chercher un petit verre d'eau citronnée. Au réveil c'est top, ça te karchérise tout le corps.

Je m'endors à côté d'une femme givrée, je me réveille à côté d'une actrice. Ai-je vraiment gagné au change ?

— C'est simple, j'ai récupéré les clés chez ta voisine là, l'hôtesse de l'air… D'ailleurs, c'est dommage ces tresses jusqu'aux coudes, avec un physique pareil j'irais carrément sur un look à la Grace Jones, j'enlèverais tous ces cheveux… Bref, je lui ai proposé de garder ton trousseau de clés, vu qu'il y avait de fortes chances qu'elle soit déjà en train de voler au-dessus de je ne sais quel océan au moment où j'allais revenir de Toulon. Tu trouves que j'ai un beau teint ?

Twiggy me colle littéralement, se blottit contre moi tout en gardant un œil attentif sur Jenni, qu'elle doit prendre pour une sorte de copine de vacances.

— Pierre… tu sens pas la vie ?

Généralement, quand Jenni traverse une période trouble, elle passe par une phase bouddhiste. Ça doit être une résurgence. Je note que d'habitude, aller chez sa sœur ne déclenche pas de crise de foi.

— Pierre-Chou ? Tu réponds pas ? Et la vie ? Tu la sens pas, la vie ?

— Non mais Jenni, enfin, de quoi tu parles ?

— Twiggy est enceinte !!

Encore ?! Ma diva se lance dans une explication détaillée, nombre de saillies par jour (elle a surpris des échanges intimes entre Roupette et Twigg et a préféré « laisser la nature faire son travail »), perte d'appétit, changement comportemental chez ma chienne.

— Jenni, en si peu de jours, tu peux déjà observer tout ça ? T'es pas partie un mois, quand même ?

— Non mais tout ça c'est du ressenti, du feeling. Crois-moi, Roupette va être papa. Oh mon Dieu, j'ai tellement hâte de voir ce qui va sortir !

— A priori, Jenni, nous aurons peu de surprises dans ce domaine.

Peu impressionnée par mes sarcasmes, Jenni fait comme chez elle, retourne inspecter la cuisine et le frigo, revient avec une compote allégée et un espresso.

— Je ne t'en propose pas, très mauvais le café dès le réveil. Laisse ton corps reprendre doucement ses esprits. Au fait, j'ai eu un SMS de Sarah, tu as été un sauveur pour eux !

— Merci du cadeau. Le principe de la recommandation, c'est pas de vous envoyer des colis piégés !

— Dis pas ça. Tu es trop méchant, ça te va très mal, crois-moi. Ruben et Sarah sont mes parents spirituels, Pierre-Chou. On a co-créé une relation de paix et d'amour. C'est beau, des parents qui s'inquiètent pour leur enfant.

— Tu parles de leur Tracy ou de toi, là ? Mais t'as rencontré un coach en spiritualité à Toulon ou quoi ? J'ai l'impression que t'as bouffé un manuel de développement personnel et que tu me le vomis à la gueule.

Le point commun entre mes amis, c'est qu'ils ne s'arrêtent pas à mes provocations ou à mes mouvements d'humeur. Je raconte à Jenni le kidnapping de Danny, elle trouve ça formidable et « très télé », comme elle dit. Encore un peu et elle prendrait des notes. Jenni parle à son tour, avec un enthousiasme sincère, de sa sœur, de ses neveux adorés, de son nouvel écran total bio et de la préparation de son prochain rôle. Une légère ombre passe sur son visage à cette mention.

Le rouge à lèvres. Le rouge à lèvres. Le rouge à lèvres.

— Pourquoi on me parle de cosmétique ?

Raide comme un piquet, livide au mot « cosmétique », Jenni a une moue désespérée :

— J'ai appris ça ce matin. Tu vois cette garce qui est passée directement de la case « pub pour le jambon sans couenne » à Miss Météo ? Mais si, enfin, je t'en ai déjà parlé !

Je vois passer des pages de magazines et des couleurs pétantes.

— Elle va jouer un médecin légiste dans la série, cette conne, un rôle sans importance, tu vois. Alors tu veux me dire pourquoi c'est elle qui décroche un contrat avec L'Oréal ??

Jenni s'agrippe les joues avec les mains, on n'est pas si loin des pleureuses antiques, bientôt elle va se mettre à chialer en s'arrachant des touffes de cheveux…

— Elle est où, Pierre, la balance kharmique, hein ? Elle est où ?!!

40

Jour 3 après mes révélations. Ma flic ne flanche pas. Encore un texto ignoré. J'avais pourtant fait dans le sobre. Un « Ça va ? » maigrichon, sans smiley ni ponctuation hystérique. Tant pis pour elle, j'ai deux métiers, un chien, une Danny et un immeuble. Après tout, pas le temps de supporter les troubles de l'humeur de mon Colombo en jupons.

Hier soir, Danny réchauffait de la ratatouille en me flinguant les oreilles avec ses vocalises. Quand je l'ai priée d'arrêter son cirque, ce génie de la provoc est monté d'un ton :

— Roulez jeunesse ! Des sensations fortes, vous en voulez encore ? C'est parti, c'est parti ! Danny la malice va vous en mettre plein les yeux ! On a la tremblote ? On a les chocottes ? Vous voulez tâter ce qu'elle a dans le ventre ?

Tony l'idole de Danny. Danny est folle. Danny est folle de Tony.

Danny qui allait probablement continuer à se barrer régulièrement (elle m'avait sorti, d'un air condescendant, que Tony lui confiait « des tâches importantes »), Soso occupée à ses créations vestimentaires, Cris enchaînant les cartes à domicile… Toutes les femmes de ma vie allaient donc me lâcher, les unes après les autres ?

Jenni était partie en prévenant qu'elle reviendrait bien assez tôt avec des photos de tous les comédiens de sa future série policière. J'acceptais de temps en temps de me livrer à ce genre de défrichage avec elle. Prévoir les jalousies et les inimitiés, savoir quel mec était faux jeton, hypocrite, dispo pour une partie de jambes en l'air. À qui se confier, de qui se méfier. Ce petit jeu me pompait chaque fois une énergie folle.

Au moment où elle avait quitté la loge, il m'avait semblé entendre un air de piano familier. Dans l'immeuble, le bruit qui se rapprochait le plus d'un instrument de musique était celui de l'aspirateur de Mme Keller. Les disputes régulières entre dame Dijoud et son époux avaient bien des airs d'opéra agrémenté de solos de trompette (les sorties tonitruantes de Pascaline). Mais le piano, personne n'en jouait.

Si c'était un son que j'étais le seul à entendre, soit je devenais dingue, soit on m'avertissait que quelque chose était sur le point d'arriver. Et, au vu des sons que j'entendais, ça s'annonçait plutôt lugubre.

Je passe ma journée à repenser à cet air. Je promène Twiggy, m'arrête pour un brin de causette avec Romi le Rom-Rom. De temps en temps je jette un œil à mes téléphones, avec l'espoir d'y trouver un signe. Rien. Je rentre, je nettoie la glace de l'ascenseur du bâtiment A, puis je passe méthodiquement un chiffon imprégné de Javel sur les boutons de l'ascenseur. De temps à autre j'appuie un peu trop fort et suis entraîné malgré moi dans une balade à travers l'immeuble. Quand l'ascenseur, suite à une énième mauvaise manip, ouvre ses portes sur le quatrième étage, je vois Monsieur Parfait sortir de chez Marion-Lara, fermer la porte à clé. Comme un trappeur en terrain conquis.

Le bruit de l'ascenseur qui s'ouvre le fait se retourner d'un coup.

— Oh ! Pierre, vous m'avez fait peur !

Je n'apprécie ni l'excès de familiarité dans la façon dont il prononce mon prénom ni le clin d'œil ridicule qu'il m'adresse avant de descendre nonchalamment l'escalier.

Sale type.

Plus la journée avance, plus je suis gagné par une sensation d'étouffement. Je guette la réapparition de la musique funèbre mais rien ne se produit. Je m'attaque à l'ascenseur du bâtiment B. Un visage se reflète brièvement dans le miroir que je nettoie, qui tapisse le fond de l'ascenseur. Une très jeune femme, la vingtaine passée, coupe garçonne. Ses traits ne me sont pas étrangers, pour autant je peux affirmer sans l'ombre d'un doute que je ne l'ai jamais vue auparavant. Elle me sourit, mais d'un sourire mélancolique, préoccupé. Je n'ai pas le temps de me retourner qu'elle a déjà disparu dans l'escalier.

Qui est-elle, qui connaît-elle dans l'immeuble, pourquoi cette mine inquiète ? Les questions éternelles, vieux réflexe de concierge, s'enchaînent à toute vitesse. Chaque immeuble est un territoire à protéger. Le hall est une frontière, j'en suis le gardien. Tout ce qui n'est pas connu de mes services et qui circule ici est étiqueté comme une perturbation potentielle.

Je suis interrompu dans mon travail par Richard. En quelques secondes, il a le temps de me glisser tout le mal qu'il pense de « la pauvre Lénora », à qui je n'ai toujours pas parlé du barouf de son step.

— Vous devez le faire, monsieur.

— Quoi donc, Richard ?

— Lui parler des nuisances sonores de son machin. À chaque grincement du parquet, j'ai l'impression d'entendre ses ahanements stupides et je l'imagine dégoulinante de sueur, ça m'horripile.

— C'est que vous avez beaucoup d'imagination.

— Tandis que vous, en bon gardien, vous en manquez cruellement.

L'agression comme pensée. La pique comme unique mode d'expression. Je laisse glisser… Le concierge est souvent beaucoup plus philosophe qu'il en a l'air.

C'est plus que de philosophie dont j'ai besoin à la vue de Danny agenouillée sur le parquet du salon, au-dessus d'un tas de feuilles gribouillées et rayées dans tous les sens.

— « Le super looping de la mort !! »… Non, trop explicite… « Vous en voulez encore ? », déjà dit… Et puis c'est rhétorique, comme question, on sait bien que la réponse est « Oui ! »

Elle relève la tête. Ça doit être ma gueule qui l'encourage à fournir une explication à son manège.

— J'ai écrit un texte moi-même, mais là je peaufine, pour le soumettre à Tony demain, c'est comme quand j'étais ouvreuse au théâtre, je connaissais toujours les textes par cœur. Rappelle-toi, quand Jacqueline Maillan m'avait prise comme souffleuse ! Et ben là, c'est pareil, j'aurai mes antisèches écrites dans ma caisse.

Le parquet disparaît, laissant place à des allées goudronnées. Les murs s'écroulent, remplacés par des attractions hautes comme l'immeuble. Ça pétille de rose, jaune et paillettes. Ça sent le caramel brûlé jusqu'à l'écœurement. La Foire du Trône, de nouveau.

— J'ai pas le temps de t'expliquer, Pierre, je dois avancer fissa. Mais sache que j'ai une grosse responsabilité sur les épaules. À côté de ça, quand j'étais répétitrice de Danielle Évenou, c'était de la blague. Tony trouve que j'ai du coffre et de la personnalité, il me veut avec lui l'an prochain pour la Foire. Il me voit bien caissière *et* animatrice. Tu vois le genre ? On est trois sur le coup, mais vu mon CV, c'est moi l'outsider !

Elle rebaisse aussitôt la tête sur ses feuilles. Twiggy est allongée à ses côtés, pas perturbée pour un sou par les nouvelles activités d'écrivain de ma coloc.

— Au fait, y'a ta flic qui est passée ce midi.

— Hein ? Tu lui as dit quoi ?

— Que t'étais occupé.

— Mais pourquoi t'as dit ça, merde ?!

Cette fois, elle se met sur les genoux, les poings sur les hanches, façon matrone.

— Dis donc, faudrait savoir. Tu m'as dit que tu faisais les ascenseurs, et t'aimes pas ça d'habitude, quand on te dérange pour un oui pour un non quand tu fais les ascenseurs ! Et puis de toute façon, c'est *moi* qu'elle voulait voir.

— Comment ça, *toi* ??

— Bah oui, elle m'a posé plein de questions sur Tony et aussi sur notre rencontre…

Il n'y a que Danny pour appeler « rencontre » le jour de son kidnapping.

— … Du coup j'ai répondu, mais attention hein, je reste sur mes gardes, une flic c'est une flic, sont indécrottables ces gens-là. Si tu vois ce que je veux dire. En tout cas, elle a dû entendre ce qu'elle voulait, parce qu'elle a filé comme ça, à toute vitesse. Moi si tu veux j'étais en plein dans l'écriture, donc j'avais pas trop de temps à lui consacrer, ça m'arrangeait bien… Et… Pierre, ça va ? Pierre ?

C'est moi.

Le visage de Danny se brouille. On crie mon nom plusieurs fois.

Et puis plus rien.

41

— Mais comment il pouvait savoir que Twiggy était la chienne de Pierre ?

— À cause de l'enregistrement ! Il y a un mois, alors que Tony avait enfin convaincu Sandy de lui laisser voir le petit, il a profité d'un moment d'inattention pour fouiller dans l'iPhone de sa conjointe. Il voulait savoir si elle avait rencontré quelqu'un. Sauf que c'est pas sur le numéro d'un Jules qu'il est tombé, mais sur un enregistrement !

— La petite avait enregistré la séance de voyance avec l'appli dictaphone ? Je vois pas le mal, y'a plein de clientes de Pierre qui le font.

— Mais je ne vous dis pas que c'est mal, Danny, je vous explique que c'est grâce à ça que votre mafioso a retrouvé la trace de Pierre !

— Il a quand même pas donné son adresse pendant la séance, que je sache, qu'est-ce qu'il a bien pu faire pour se trahir ? Et je vois toujours pas le rapport avec Twiggy.

— Péché d'orgueil, tout simplement. Apparemment, Twigg l'assistait pendant la séance, Sandy a laissé échapper un petit compliment sur la fourrure du chien, et là Pierre s'est lancé dans son éloge du pékinois albinos… « Et c'est tellement rare », « et je dois être le seul du 12e à en avoir », « et peut-être même de tout Paris ! »

— Tony a jamais voulu faire de mal aux bêtes. Il adore les animaux, il a même bossé dans un cirque !

— En tout cas, au maître, croyez-moi, il ne lui voulait pas du bien. Il s'est dit que le chien le conduirait à Pierre, il a été malin. Il a fait son enquête sur les élevages de pékinois albinos, de fil en aiguille, ça l'a mené où ? Chez Toutou…

— Toutoublanc ! Le toiletteur de Reuilly-Diderot ? Qu'est-ce qu'il est malin, mon Tony…

— Faut dire que les spécialistes en poils clairs et albinos ne courent pas les rues. Bref, du coup, en tombant sur le pékinois et son promeneur, il a imaginé que vous pourriez être la femme de Pierre, et il a jugé plus pertinent de se rabattre sur vous pour se venger. Les gens partent trop souvent du principe qu'un homme aime sa femme plus que son chien.

— Comment vous avez découvert tout ça ? Et puis dans le fond, je vois pas pourquoi vous vous intéressez à ce truc. C'est de l'histoire ancienne, je suis revenue, moi, j'suis en vie !

— Disons que Pierre a voulu faire des détours alambiqués pour me parler de ma situation personnelle. Comme j'ai eu droit à l'intégrale de la séance de Sandy, j'ai retenu qu'elle avait enregistré la séance, et je suis partie de là.

— Eh ben, chapeau ! Mais c'est mon Tony qui vous a confirmé pour l'enregistrement ? Qu'est-ce que vous lui avait fait ? Vous l'avez pas menacé, quand même… ?

— Oh ! à peine. Je voulais simplement m'assurer que j'avais raison sur la façon dont il avait remonté la piste jusqu'à Pierre ! Et puis qu'il lui foutrait la paix. Je lui ai juste fait comprendre qu'il aurait moins de chance avec les flics la prochaine fois.

Je reprends peu à peu connaissance sur fond de dispute voilée… J'aurais mieux fait de ne pas bouger d'un iota et de garder les paupières closes, vu la vitesse à laquelle on se jette sur moi, genre réveil d'*Hibernatus* ou DiCaprio finalement sauvé de la noyade. Danny, agenouillée au pied du canapé, me soutient la tête pendant que Marion-Lara m'oblige à ingurgiter un verre d'eau. Je n'ai plus la force de lutter, pas après ce que j'ai vu. C'est la première fois que j'ai ce genre de vision, mais je ne comprends quand même pas comment j'ai pu perdre le contrôle au point de m'évanouir.

— Tu m'as fait une de ces peurs, Pierre ! Je savais pas quoi faire, t'es tombé dans les vapes, j'ai paniqué, j'ai appelé la police !

— La police ?

— Enfin Marion-Lara, quoi ! Elle est venue tout de suite. Mais ça va, tu peux parler normalement ?

— Parler et penser, même : tiens, là je suis en train de préparer un plan d'évasion pour échapper à deux dingues qui me traitent déjà comme un grabataire !

Je n'en fais rire aucune, peut-être parce que je mâchonne mes mots, encore sous le choc. Marion-Lara, dont je perçois dans l'œil une lueur encore peu amène à mon égard, me demande de bien vouloir lui expliquer ce qui s'est passé. Elle égrène les hypothèses : surmenage, choc émotionnel suite au sauvetage de Danny, problèmes de santé… tout y passe. Sauf la vérité.

— Très bien. Vous voulez l'explication, la voilà. Je vous ai vue, Marion-Lara. Debout dans une pièce, un cadavre à vos pieds.

Ma flic ne tombe pas dans les vapes, ne se relève pas d'un bond, ne recule pas de plusieurs pas, ne pousse pas de cris déchirants.

Elle se contente de baisser la tête et de pousser un long soupir.

Je pense qu'elle sait exactement de quoi je parle.

42

Une voix familière au téléphone, il la reconnaît à son accent. Bien sûr : c'est la chanteuse, Véronique, celle qui habite la grande maison recouverte de vieille vigne, pas loin de l'arrêt du 87, sur l'avenue Michel-Bizot. Elle vient une fois par an se faire prescrire des somnifères, sans rendez-vous, comme une diva. Pour le reste, elle et Toutou – il ne peut se résoudre à l'appeler par son nom – sont des adeptes de la visite à domicile. La seule qui se déplace, c'est sa femme, Marie-Anne, une aristo peut-être, mais avec des manières simples et pas prétentieuses. Une directe, du genre qui plaît à Flachat, médecin connu (apprécié ou détesté, c'est selon) pour sa franchise. Marie-Anne est un peu trop gourmande sur les bords et légèrement je-m'en-foutiste côté santé. Mais personne n'est parfait.

C'est une voix bien connue, donc, qui prononce avec fermeté les mots suivants : « Vous devriez venir. Je pense que ma femme est déjà morte. »

Le médecin généraliste Flachat en a pourtant eu, des appels incongrus, au cours de sa carrière. Mais c'est vrai qu'un vendredi à 16 heures, il imaginait plutôt qu'après quelques petites insolations de mémés du quartier, sans gravité aucune, il pourrait rentrer chez lui et continuer de planifier son déménagement à Royan. Il a trouvé un super comparateur de prix pour les tarifs de transporteur sur Internet. Il a tellement hâte de quitter son petit cabinet au parquet usé, au quatrième étage de la place Édouard-Renard.

Visage tuméfié, langue gonflée, trachée obstruée : l'origine de la mort ne fait aucun mystère. Œdème de Quincke. Quelle fin brutale, stupide... Marie-Anne a passé l'arme à gauche toute seule. Et Flachat ressent au cœur ce genre de pincement qui se fait rare, finalement, depuis qu'il a passé le cap de la cinquantaine. Trop bête, et tellement triste.

— Madame Charton, vous rentriez seulement à la maison quand vous m'avez appelé, c'est bien ça ? Vous vous étiez absentée ?

— Oui, pour un cours de chant que je donne à domicile à une jeune femme du quartier, à raison d'une fois par semaine. Très cultivée au demeurant, impossible de deviner qu'elle a été Miss Météo si on ne vous le dit pas.

Il est toujours impressionné par la maîtrise de soi de cette femme. Ses cheveux roux coupés à la garçonne, son maintien : Jamie Lee Curtis croisée avec une tragédienne. L'exacte inverse de feu Marie-Anne, avec son côté bonhomme et bonne vivante.

— Mais vous saviez que votre femme faisait des œdèmes de Quincke. Vous ne bannissiez pas certains produits à risque de la maison ?

— Bien sûr que si, on faisait très attention depuis cette fameuse fois à Étretat, c'était en 98, j'en suis certaine, l'année de la mort d'Octavio Paz...

— Un footballeur ?

— Non, un poète mexicain. Bref, à part cet accident de fruits de mer, désormais exempts de son alimentation, nous avons toujours veillé à ne pas la laisser en présence de cacahuètes ou autres arachides. Mais Marie-Anne avait une tendance à se... jeter sur les babioles apéritives...

Bien sûr, Flachat se rappelle « cette tendance », Marie-Anne était venue plusieurs fois se faire conseiller des nutritionnistes et des régimes. Une femme charpentée, sans cesse tourmentée par son poids (ou peut-être par la pression de son entourage ?).

Le sourire soudain qui illumine le visage de Véronique Charton est probablement dû à une plongée dans un souvenir heureux, émouvant. Pensée pour sa compagne à l'appétit sans borne. Sauf que ce sourire inquiète le docteur qui a l'impression d'être pris au piège dans cette maison étouffante. Le mobilier est imposant, désuet, les luminaires tellement énormes qu'on dirait qu'ils sont sur le point de régurgiter des pampilles en verre sur le parquet. Il est comme toujours frappé par les papiers peints, différents sur chaque mur. Celui du salon où se trouve le corps est particulièrement mémorable : pourtant, ce sont seulement des insectes qui butinent des fleurs et des fruits, mais il a quelque chose d'envahissant.

Avec l'aide de Véronique, le Dr Flachat cherche la trace de l'aliment qui aurait pu provoquer l'allergie. Il ne leur faut pas beaucoup de temps avant de mettre la main dessus ; un sachet de chouchous, ces cacahuètes grillées et caramélisées, dans un petit sachet en plastique, ouvert sur le plan de travail de la cuisine.

— Oh non… Tihn… ! commente Véronique en levant des yeux pour la première fois humides de larmes vers le ciel.

Tihn repasse les mardis et nettoie les deux étages les jeudis. Originaire des Philippines, elle rapporte régulièrement des gourmandises… dont l'une fait la joie de Hakim – et même de Véronique, il faut bien l'avouer –, mais à laquelle normalement Marie-Anne a stricte interdiction de toucher.

— J'avais pourtant bien dit à Tihn de ne plus ramener ces cochonneries, mais ça rentre par une oreille… Mon Dieu, pauvre Marie-Anne, son régime était tellement radical, elle n'a pas dû pourvoir résister…

Le Dr Flachat rédige l'acte de décès.

Véronique répète en se lamentant :

— Comment vais-je l'annoncer à Hakim ?

Hakim, oui, il l'a également comme patient, c'est ce garçon qu'il surnomme assez méchamment « Toutou ». Il est venu l'ausculter pour des maux de dos dus à une mauvaise position sur son tabouret de piano. Et puis une fois, une seule, il y a quoi ? Six mois ? Flachat se rappelle s'être déplacé chez eux pour une autre femme de passage pour les fêtes de fin d'année, plus jeune que les maîtresses des lieux, avec des manières de fille de bonne famille.

Le Dr Flachat s'apprête à plier bagages, à débiter à Véronique les formules d'usage, sincères condoléances, qu'elle n'hésite pas à l'appeler en cas de besoin... mais c'est là, au moment où il s'y attend le moins, que la silhouette rigide craque : madame s'effondre en larmes, directement sur son épaule. Elle parvient à articuler ces quelques mots entre deux sanglots étouffés :

— « Elle est heureuse, il n'existe donc pas de malheur ! »

— ... Ouais ouais, ça va, on a compris, on connaît la chanson : « Son corps repose dans le tombeau des Capulets et son âme immortelle vit avec les anges »... gnagnagna.

— Vous connaissez, Danny ?

— J'ai été ouvreuse au théâtre, ma petite, faut te le dire en quelle langue ? *Roméo et Juliette*, tu crois que je l'ai vu joué combien de fois au cours de ma carrière ? Bon, pourquoi il t'a raconté tout ça, ton médecin ? Il est venu tranquille au poste pour parler de ses patients ? Y'a pas un truc qui s'appelle le secret professionnel ?

Ils sont trois... Trois trois qua... Ils sont tro... Ils s... qua...

Marion-Lara rougit légèrement, air d'enfant de chœur pris en train de tartiner son ostie de confiote.

— Non, c'est moi qui étais chez le médecin pour une intoxication alimentaire, par recoupement il a pensé à cette mort récente et puis, comme je suis flic…

(Intoxication ? Ah, voilà le Marc qui essaye déjà de l'empoisonner, ce sale type !)

— Et il a trouvé ça louche, ton toubib, le coup des chouchous ? Il y voit quelque chose à redire ? T'en penses quoi, Pierre, tu vois quelque chose ?

Elle est mor… est morte. La femme…

Apparemment la période post-évanouissement entre dans la catégorie de ces états qui m'empêchent d'avoir un accès net à mes visions (la grippe, la fatigue extrême, les émotions trop fortes…). Même la Voix, dans ces cas-là, a l'air d'une station radio grillée.

J'ai choisi de rester alité encore un peu. J'ai le sentiment que c'est la meilleure chose à faire, à la fois pour me ménager et pour canaliser Tic et Tac. À la moindre emmerde, je les vire de ma loge.

— J'en pense rien, Danny, à ce stade. Le type a reconnu la mort par œdème, il a fait son boulot. Point barre. Toi par contre, je sens que ça doit carburer dans ta petite tête.

Je sais parfaitement ce qu'il se passe dans la caboche de ma coloc ; elle a l'impression d'être sur le point de vivre quelque chose de potentiellement excitant. Je n'ai plus vu ses yeux pétiller comme ça depuis que TF1 a stoppé les diffusions de *Blacklist*. Danny adore les histoires de dissimulation, mascarade et enquête bâclée. C'est son truc. Marion-Lara se rengorge un peu (je remarque au passage un nouveau pendentif en forme de demi-cœur gigoter sur sa poitrine) et confie tout ce qu'elle sait sur le Dr Flachat et son pétage de plombs. Largué il y a moins d'un mois par sa femme après vingt-cinq ans de vie commune. La raison ? Un nouveau mec qui ne passe pas son temps à bosser, lui. Le docteur va se barrer sur la côte, retour à la case papa-maman avant de démarrer une nouvelle vie. Et, comme il l'a bien résumé à ma flic, « J'en ai plus rien à foutre, je dis tout ce que je pense. Cette histoire d'œdème, je vous le dis, c'est pas clair. Vous êtes de la police, non ? Eh bien, vous n'avez qu'à prendre ça comme le dernier vœu de votre généraliste : tenez-les à l'œil, ces gens-là. »

D'après le doc, l'ambiance de cette maison est tellement bizarre et glauque qu'on pouvait presque prévoir qu'un malheur s'y produirait un jour. Et puis, Marie-Anne était pleine aux as, mais depuis quelque temps, on chuchotait qu'elle s'était mise à dépenser des sommes colossales pour sa maîtresse. Ça se savait dans le quartier. Un des patients agent immobilier avait lâché à Flachat qu'elle l'employait pour « chercher un local à Paris ». Probablement pour passer du temps libre avec sa régulière ? Quant à l'homme à tout faire intervenant souvent pour des menus travaux dans « la maison à motifs » et lui aussi client du cabinet, il avait été témoin de plusieurs disputes (la Véronique était tombée sur des relevés de compte sans ambiguïté quant aux dépenses engagées pour « l'autre madame », héritière d'une famille qui faisait dans la pâtisserie ou la boulangerie, il ne savait plus trop). De quoi alimenter un « désir d'accident » ? Cette Marie-Anne de Casanove, Flachat l'avait toujours trouvée sympathique ; d'ailleurs, il ne comprenait pas très bien pourquoi. Il avait aussi toujours pensé qu'elle se ferait plumer par les pique-assiettes qui l'entouraient. Et Marion-Lara, face à un homme si plein d'honnêteté, d'attention et de soupçons, elle craquait.

— Oui, enfin, vous êtes gentille, mais depuis quand un médecin accorde-t-il du crédit à des rumeurs ? C'est pas professionnel, son truc ! Et puis c'est leur médecin, pas leur banquier ou leur conseiller conjugal, non ? Tiens, Danny, va me chercher un remontant, tu veux bien ? Doit y'avoir du Pimento dans le frigo.

Je profite de l'absence momentanée de Danny pour murmurer à l'attention de ma flic :

— Écoutez, ma petite, n'allez pas vous mettre des idées bizarres en tête. Je vois ce qu'il m'en coûte de bosser gratuitement pour vous. J'ai failli perdre ma coloc, après vous me faites la gueule, j'ai délaissé ma clientèle… Le mauvais sort s'acharne contre moi.

— Je n'ai rien à voir avec la disparition de Danny. Et arrêtez de vous comporter en victime, Pierre, par pitié. Je vous parle d'une situation irrégulière, et vous, vous vous défilez ?

— C'est quoi, votre délire ? Vous vous emmerdez dans votre travail, vous avez besoin de vous trouver des occupations ? Ou c'est le doc qui vous fait craquer ? J'le connais, le Flachat, c'est un beau garçon.

— Pierre ? J'te mets un trait de grenadine avec ? interrompt Danny, gueulant sans subtilité depuis la cuisine.

— Oui Danny ! C'est fête !

Dan… ger…

Danger ? Il faut que je me ressaisisse, sinon ma curiosité et ma gentillesse vont reprendre le dessus et je vais me laisser embarquer malgré moi dans cette histoire.

— Ne comptez pas sur moi, vous m'entendez ?

— Vous plaisantez ? Je commence à peine à rentrer dans le vif du sujet ! Pierre, enfin : vous me voyez, moi et un cadavre, dans une vision, et comme par hasard j'ai une affaire hyper louche avec un cadavre qui vient de me tomber dessus. C'est un signe ! Vous devez m'aider !

— Marion-Lara, dès que Danny sort de cette cuisine, je ne veux plus vous entendre parler de cette histoire. Et laissez Flachat partir à Royan avec ses idées farfelues. Merci de vous être précipitée à mon chevet, j'apprécie vraiment, mais maintenant, ça suffit. Je ne rentrerai pas dans votre petit jeu.

— De toute façon, vous faites le coup à chaque fois : vous changerez d'avis.

Danny apporte trois verres de boisson rose alignés comme des petits soldats sur un plateau. Marion-Lara se lève, courroucée. C'est pourtant moi qu'elle emmerde avec son insolence !

— C'est gentil, Danny, mais je suis plutôt bière. Je vais remonter, je pense que Pierre a besoin de se remettre de ses visions.

Elle claque la porte derrière elle, menaçant de faire tomber la carte postale « Papà Francesco » aimantée sur la porte.

43

C'est moi.

C'est moi.

C'est moi.

Ça ne vient pas de ma tête, ce n'est pas la Voix. C'est comme si ça venait… du dehors. 6 heures du matin. Je me lève en catimini. Je me sens mieux, quoique j'ai encore la tête légèrement engourdie et la sensation d'avoir du plomb à la place des mollets. Danny dort, son masque d'avion sur les yeux, un *Télé Z* ouvert sur le ventre. Twiggy, couchée à ses pieds, lève la tête puis se rendort. Est-ce que c'est moi ou est-ce qu'elle a effectivement un peu enflé ?

L'appartement est silencieux. J'entends seulement quelques merles, dont le chant s'infiltre probablement par la fenêtre des chiottes, toujours entrouverte.

C'est moi.

C'est moi.

C'est moi.

D'où vient cette Voix ? Je tends l'oreille et j'essaye de la suivre. Douce, androgyne, calme… presque neutre, en fait. Je n'arrive pas à dire si je la trouve agréable. J'inspecte encore ma chambre. La salle de bains, la cuisine. J'ouvre la porte qui donne sur le jardin, Twigg décolle de sa couche et entame son tour de garde matinal. Rien.

C'est moi.

C'est moi.

C'est moi.

Sainte Sarah doit se demander ce que je fous, à tourner comme un derviche dans l'appart. J'ouvre la porte d'entrée, le plus doucement possible car je ne suis pas sûr que Danny ait mis ses bouchons.

Rien par terre. Personne dans le hall ni dans le recoin à côté de l'ascenseur. Tiens ? Un sac en plastique suspendu à ma poignée de porte… Un guide des calanques ? Je l'ouvre et je laisse tomber sur le sol plusieurs feuilles pliées en deux. Pestant contre ma flic, je me penche pour les ramasser. Ça va, c'est encore bien propre.

C'est de l'impression grossière, genre vieille imprimante qui n'a jamais eu l'option couleur. À vue de nez, quatre articles pris sur Internet.

Presse régionale, *Le Dauphiné Libéré*. Une photo bouffe le quart de la page : une rousse à la coupe typique des années 1980 pose à côté d'un piano de manière tout sauf naturelle. Robe un peu tartignole, fourreau et épaulettes. Son nom : Véronique Charton.

Je passe à un papier de *Paris Match*. Photo de famille : des blondinets, trois générations au moins, souriant à pleines dents. Des miches de pain à la main ? « La dynastie Bourlane assure sa relève », titre l'article.

Un encadré sur le siège d'une usine de papier peint délocalisé en Roumanie… ça fait très magazine d'entreprise. Photo professionnelle, une femme assez forte, très grands yeux, serrant la main à un type. La légende m'indique qu'il s'agit de Marie-Anne de Casanove.

La dernière coupure de presse date d'il y a au moins dix ans. « La Cité des 4 000 met ses prodiges à l'honneur. » Un groupe d'adolescents, vingt ans à tout casser. Je parcours les quelques lignes : c'est une annonce pour un concert de musique classique gratuit qui permet à des gosses du quartier de se produire sur scène.

C'est moi.

C'est moi.

C'est moi.

Ça se rapproche. Cette Voix vient… du papier ?

Un visage attire soudain mon attention sur le dernier article : un garçon est un peu en retrait et pourtant, on ne voit que lui. Posant à côté d'un gamin qui brandit son violon comme un trophée. Traits fins. Cheveux sombres. Malgré la petite taille de la photo, je suis frappé par la profondeur de son regard.

C'est moi.

C'est moi.

C'est moi.

Je ne sais pas pourquoi, j'ai le réflexe de planquer le sac plastique sous mon oreiller. Et j'enfile ma blouse bleue.

Mon planning de la journée est chargé. Cave à inspecter, sol à nettoyer, poubelles à vider, visites, plaintes, menus services, un rendez-vous voyance sur la pause déjeuner, une réunion avec Jérôme du syndic à 17 h 30. Rien de très palpitant.

Les heures se traînent. J'ai du mal à me concentrer, j'oublie une tâche importante, je salue Mimosa Diallo en l'appelant par le prénom de sa mère, prête à peine attention au retour de cette jeune fille aperçue quand je nettoyais la glace de l'ascenseur du B. J'écoute Jérôme à moitié, réponds par des « oui » ou des « non » laconiques. Même avec Twiggy, je sens que je suis légèrement à côté de mes pompes.

Parce que depuis ce matin, je ne vois qu'une seule chose : le regard perçant du jeune homme de la photo.

*
* *

Brouhaha constant. Rumeur de la rue, vrombissement des bagnoles, klaxons furibards de ceux qui espéraient se garer sur l'avenue. Des mamies qui avancent comme dans la jungle, prêtes à distribuer les coups de canne au moindre obstacle. Des poussettes perfectionnées plus proche du modèle Range Rover que Mini. Des harangues qui jouent sur toutes les fibres, humour, goût pour l'épargne et les bonnes affaires, passion pour la nouveauté. Des touristes photographiant les picodons comme si c'étaient des diamants 46 carats. Je me fraye un chemin jusqu'au fleuriste le plus sudiste du marché Daumesnil, téléphone rivé à l'oreille.

Comme d'habitude, on envoie le vieux gardien au casse-pipe, un samedi matin, jour de marché. Marion-Lara s'attendait peut-être à mon revirement. Ce qu'elle ignore, c'est l'origine de ma nouvelle motivation.

— Elle a remonté l'avenue Daumesnil. Elle a acheté des fruits chez le primeur bio qui coûte une blinde. Là, elle est au stand frometons, ai-je dit quelques instants plus tôt à ma flic par téléphone.

— Parfait. Vous avez pensé à acheter quelque chose ? Pour ne pas éveiller les soupçons ? Bon, quand elle en aura fini avec ses fromages, vous la croiserez en sens inverse, vu le monde, vous la frôlerez et ça sera à vous de jouer, m'a-t-elle répondu, toujours à la ramener…

Cible : Véronique Charton. Profil : cinquante-cinq ans, professeur de chant lyrique. Fausse rousse. La Mylène Farmer de l'opéra de quatre sous. Elle a disparu de la surface du web et plus encore de celle en bois bien entretenu des salles où, soi-disant, elle se produisait dans sa prime jeunesse. Elle raconte à qui veut l'entendre que c'est en assistant à l'un de ses « dons » (c'est par ce mot pompeux qu'elle désigne les moments où elle chante) que Marie-Anne de Casanove a compris qu'elles étaient faites l'une pour l'autre.

Marion-Lara était retournée voir Flachat, et elle avait essayé de le faire se remémorer chaque détail de sa visite. Le toubib avait eu l'œil et repéré deux indices précieux lorsque Véronique avait ouvert son sac à main pour le régler par chèque : un papier de la taille d'une carte postale utilisé comme marque-page dans son agenda. On y lisait : MARCEL ADJOUKONOU VOYANCE. Et, dépassant de son caban grand ouvert, un minuscule bouquet de lavande, enveloppé dans du kraft.

Bien sûr, je connaissais Marcel. L'un des rares spécialistes vaudou du 12e. Son fils distribuait souvent ses affichettes aux heures de pointe, à la sortie du métro Daumesnil. Je l'ai appelé illico.

Véronique Charton lui avait téléphoné au printemps dernier. Mais sa demande avait été surprenante : elle voulait savoir si Marcel pratiquait la voyance téléphonique.

— Tu penses bien, je lui ai dit que le vaudou sans la voir, c'était pas possible. Je ne suis pas comme toi, Pierre, par téléphone rien ne me vient.

— Et comment elle a réagi ?

— Elle m'a dit qu'elle avait déjà entendu parler de moi et que c'était dommage, parce qu'elle ne se déplaçait pas.

— Tu lui as conseillé quelqu'un ?

— Je l'ai rabattue sur un pote du 18e, je sais qu'il a besoin d'argent en ce moment.

— Je le connais ?

— Non, mais appelle-le de ma part, il te renseignera si t'es recommandé. Surtout, tu lui dis pas que tu viens pour un truc lié à la police, il les déteste.

Ma flic pensait me solliciter comme d'habitude uniquement pour déceler des détails sur les photos. Mais j'allais pouvoir m'investir au-delà de ses espérances. Benjamin Moco, le voyant par téléphone, m'avait confirmé que la Véro était complètement accro à ses services. Il avait ouvert un abonnement : en payant un tarif mensuel, vous pouviez lui passer un nombre de coups de fil illimité. Si personne ne décroche, prière de laisser un texto avec votre prénom, Benjamin Moco vous rappelle dans l'heure. Un tel système serait venu à bout de mes nerfs trop facilement. Surtout avec des clientes comme Jenni.

Moco savait parfaitement qui j'étais au moment de mon appel, Marcel l'avait prévenu. Le bémol, c'est qu'il a eu peur que je cherche à empiéter sur ses plates-bandes : je l'ai senti se raidir et il n'a pas voulu répondre à mes questions sur le genre de thèmes qui travaillaient notre fausse rousse. Faut dire que, comme tous les secteurs, la voyance aussi devient concurrentielle.

Nous avions donc deux éléments clés en notre possession : la nature de l'addiction de Véronique Charton et, surtout, le lieu où elle passait probablement une partie de son week-end. Car je ne connaissais qu'un fleuriste capable de vendre de la lavande dans du kraft : *Provence Mystère*, sur le grand marché de Daumesnil.

— Excusez-moi, vous… vous êtes musicienne ? Chanteuse, peut-être ?

— Pardon monsieur, c'est à moi que vous vous adressez ?

Instinctivement, elle presse son caban contre sa poitrine. J'aurais dû penser à me raser. Elle salue le fromager d'en face façon reine d'Angleterre avant de revenir à mon cas, un demi-sourire aux lèvres. Sur ses gardes.

— Oui, je… excusez-moi, c'est un peu indiscret, mais j'entends de la harpe et des vocalises en passant à côté de vous. On croirait de la musique jouée par les anges !

— Comme c'est amusant ! Je suis chanteuse, oui, et j'ai joué de la harpe il y a très longtemps, mais… nous nous connaissons peut-être ? Vous êtes déjà venu m'écouter ?

Cette fois, le sourire s'ouvre : la flatterie l'a détendue. Je savais que le coup de la harpe ferait mouche.

— Non non, je… j'habite le quartier, je cherchais un petit bouquet de lavande pour une amie…

— Ma fleur préférée ! Tellement galvaudée alors qu'elle est sublime ! Mais… cette musique que vous entendez, elle est mentale ? Vous êtes poète ?

— Voyant, mais ce n'est peut-être pas si éloigné.

Elle part d'un rire discret, poli. Mondain. Elle peine à dissimuler son intérêt pour ma personne et surtout pour mon métier. Nous sommes presque jetés sur les étals de fraises par une mamie du 12e qui s'amuse à traîner son caddie en zigzag. Véronique Charton pousse un soupir las, accentuant encore la fatigue qu'accusent déjà ses traits, puis me regarde à nouveau, toujours avec ce même sourire un peu maigre sur le visage. Cette femme est ravagée par la douleur, j'en jurerais.

— Vous savez, monsieur…

— Oh ! « Pierre » ira très bien.

— Comme j'aime ce genre de rencontres ! C'est beau, ce que vous avez dit : « jouée par les anges ». Justement, les anges ont tendance à m'oublier un peu ces derniers temps… Vous êtes un voyant mélomane ? Si c'est le cas, j'organise un récital certains dimanches, pourquoi ne viendriez-vous pas ? Ça sera très charmant de vous avoir avec nous, j'ai besoin de me changer les idées. 17 heures. La belle maison XVIIIe de l'avenue Bizot. Il n'y a qu'une sonnette, vous ne pouvez pas vous tromper. Je compte sur vous…

Elle disparaît vers la paella géante, sans se retourner. J'envoie un texto à ma flic :

La victoire en chantant.

Elle comprendra.

44

— La maîtresse officielle de Casanove est donc la fille unique d'une grande famille du pain, « à la tête d'un empire en farine et mie croustillante », je cite. Laure Bourlane a dix ans de moins que feu Marie-Anne. C'est triste : apparemment, ses parents comptaient sur elle pour reprendre l'entreprise familiale, mais elle a préféré bosser dans…

— Laissez-moi deviner, le papier peint ?

Marion-Lara, assise en tailleur sur le sol, Birkenstock à paillettes posées à ses côtés, me lit avec enthousiasme toutes ses notes, résultat de ce qu'elle a collecté sur l'héritière, en n'oubliant pas de commenter de manière très personnelle chacune de ses trouvailles. Tout ça est bien sûr censé me faire venir des visions de la première utilité.

Elle nous a commandé des sushis. Je remarque qu'elle ne quitte plus son ridicule pendentif « moitié de cœur brisé ». Les fiançailles sont proches, on dirait.

— Vous savez, Marc m'apprend plein de choses en ce moment…

— J'estime que vous pouvez m'épargner ce genre de détails, Marion-Lara. Sincèrement.

— Mais non, des choses utiles, de l'informatique ! Il m'apprend à explorer un ordinateur qui n'est pas le mien.

— Dans mon langage, ça s'appelle du piratage. Vous êtes certaine que c'est judicieux de porter des anneaux d'orteils ?

Marion-Lara ignore ma perfidie et reprend son exposé de la situation.

— Donc, vous avez vu juste, Pierre : Bourlane est devenue directrice artistique pour une marque de papier peint. C'est bien celle de Casanove, mais apparemment, ce n'est plus d'actualité, depuis… à peine un mois.

— Tiens, tiens… c'est du frais. Il faudrait savoir dans quel cadre elle est partie, car si elle a été remerciée par Marie-Anne, ça lui faisait un motif solide pour la détester. J'ai des visions de papiers déchirés… Ça doit être Laure qui pique une colère.

— Ouais, et apparemment, ajoute Marion-Lara en m'offrant une vue imprenable sur le bout de saumon qu'elle s'est engouffré, Véronique a dit à Flachat que ces derniers temps, Marie-Anne était harcelée par sa maîtresse, plein d'appels sur son portable les semaines où elle était là. Elle pense que Laure lui mettait la pression pour divorcer. C'est ainsi qu'elle justifie que sa femme se soit jetée sur des conneries à la cacahuète dont elle savait pourtant qu'elles pouvaient être mortelles.

— Ça justifie surtout que la Marie-Anne ait pu virer sa maîtresse. Se nourrir exclusivement de jus de fruits et se farcir une amante pot-de-colle par-dessus le marché… y'a de quoi avoir besoin d'une petite douceur. Pour moi, ça se tient.

— Quoi qu'il en soit, on a potentiellement une maîtresse qui pourrait en vouloir à son amante parce que non seulement celle-ci ne quitte pas sa femme pour ses beaux yeux mais qu'en plus, elle la congédie. Sauf que cette explication est quand même bien pratique pour Véronique. Le coup de la maîtresse qui pousse sa femme au suicide, ça lui évite d'être soupçonnée d'avoir un rôle dans la disparition de Marie-Anne…

Des pieds inertes. Je reste concentré. Je sais bien que c'est de nouveau la vision du cadavre, mais je ne peux pas me permettre de jouer aux évanouissants tous les quatre matins.

— Par ailleurs, Laure ne peut pas non plus avoir forcé Marie-Anne à avaler les cacahuètes. J'ai vérifié, elle était à un gala mondain, un truc de fana d'équitation, à Maisons-Laffitte, ce jour-là. Dommage, c'était la coupable idéale.

— Vous me faites peur quand vous dites que vous avez « vérifié ». Marion-Lara, vous êtes bien consciente que nous bossons actuellement sur une enquête qui n'en est pas une ? Uniquement parce que vous pensez que le doc a eu du pif ?

Elle botte à nouveau en touche, se ressert en maki thon avocat, manque de renverser la sauce sucrée sur le sol et me lance un regard torve. Oui, je le vois nettement maintenant, Marion-Lara pensait que résoudre plusieurs dossiers l'aiderait à monter dans la hiérarchie, alors qu'Adrien et Chaville la traitent toujours comme une apprentie stagiaire. L'effet bénéfique de l'affaire chinoise n'aura pas duré longtemps.

Nous passons au descriptif de Véronique Charton, chanteuse ratée, oubliée, pas encore assez décrépite pour renoncer totalement à ses rêves de gloire.

Roméo, sois mon… Juliette. Juliette. C'est Juliette !

La Voix a retrouvé sa fluidité mais elle doit maintenant associer cette femme à la pièce de Shakespeare.

Le chapitre Hakim est beaucoup plus complexe. Ma flic a trouvé peu de chose sur le coloc de Véro et Marie-Anne. Après quelques autres articles sur son enfance et adolescence de pianiste prodige, plus rien. Il disparaît des journaux, n'est plus la coqueluche de la Cité des 4 000. D'après Flachat, il habite avec les deux femmes depuis environ dix ans. Impossible de comprendre la nature de leurs relations. « Ils se vouvoient tous dans cette baraque, on se croirait à Versailles », a précisé le docteur, excédé par ces manières pompeuses à la Merteuil-Valmont.

Je me concentre sur Hakim. Je m'empare à nouveau de l'article, que Marion-Lara a évidemment eu le temps d'auréoler de soja.

Je fixe le visage de ce jeune homme, j'essaye d'y mettre toute mon énergie.

Mais je ne vois absolument rien d'autre que son regard. Envoûtant.

45

Lierre et vigne vierge se disputent les pierres rouges de la maison. Une fissure sur la façade principale dessine une sorte de griffe du diable et les fenêtres sont étroites. Une gargouille à l'extrémité de la gouttière achève de donner à cette baraque un côté château de la Belle et la Bête : une créature entre lion et ours, une flûte à la main. D'ailleurs, depuis que j'ai franchi le portail, la Voix, qui me répétait des titres de contes de fées que la maison devait lui évoquer, s'est tue d'un seul coup.

17 heures tapantes. Quand la porte s'ouvre, je regrette de ne pas avoir mis de costume.

— Oh ! Paul ! s'exclame la diva rousse, en robe longue noire et broche dorée, tout droit sorties de la garde-robe de Bernadette Chirac.

— C'est Pierre.

— Mais oui, bien sûr : Pierre. Comme Pierre Henry, le grand compositeur. Eh bien, entrez ! Nous ne sommes plus habitués aux invités qui arrivent à l'heure, vous savez, cela fait longtemps que nous n'accueillons plus de provinciaux… !

Ma mission est d'être introduit dans son petit cercle, il est donc trop tôt pour me défendre contre son snobisme. Elle veut du Versailles ? Je vais lui en servir. Je sors le petit paquet que Dolorès m'a fait livrer en urgence par Nuit Câline ce matin.

— *Encens et Lavande*, de ce cher Serge Lutens ! minaude la Véro. Quel créateur d'exception ! On raconte qu'il aime vivre dans l'obscurité… un peu comme nous. Mais entrez donc ! Je vous préviens tout de suite, le récital est annulé, mais Hakim nous jouera un petit Chostakovitch, pour le plaisir.

M'est avis qu'il n'y a jamais eu de récital au programme. Ce qu'elle veut, c'est que je lui tire les cartes et tester mes aptitudes. J'ai pris mon oracle de Belline avec moi. Et, au fond de ma poche, un talisman, précieux dans ce genre d'atmosphère : un galet plat ramené du Brésil qui permet aux mauvaises ondes de ne pas pénétrer mon corps ; elles glisseront sur la surface de ce petit caillou. Je vais devoir briller si je veux accéder à ce que je vise : un poste privilégié, façon Élisabeth Tessier et Mitterrand. Le tireur de cartes officiel, le voyant attitré de madame.

— Je vous conduis au petit salon. Ne faites pas attention au désordre, notre femme de ménage a été congédiée la semaine dernière. Je dois en retrouver une de confiance, de nos jours, c'est une gageure…

Je me fige soudain dans le couloir, accueilli par un portrait à l'huile, grandeur nature : Marie-Anne en costume d'homme, la main posée sur une mappemonde, avec un Jack Russel à nœud pap à ses côtés. Un concentré de ridicule.

— L'âme de votre femme a quitté notre monde il y a peu, n'est-ce pas ?

Véronique me regarde avec intensité :

— Oui. Un stupide accident.

Elle me précède jusqu'à l'immense salon dit « salon de musique ». Le long couloir sombre est recrépi de tableaux, sans doute les ancêtres de Marie-Anne. Dans l'ensemble des gueules un peu apathiques. La pièce est en rotonde, probablement parce que la maison doit avoir une sorte de tour que je n'ai pas vue du côté par lequel je suis rentré. Une vaste cheminée, des tapis persans et des canapés en velours rouge apportent une touche vieillotte à la pièce. J'oubliais l'immense miroir au pied duquel se trouve le piano qui doit servir pour les récitals. Seul un ordinateur, du genre qui coûte un bras, rappelle au pékin que je suis qu'il n'a pas atterri par erreur au XVIIIe siècle.

— Hakim, venez saluer Pierre, que je vous présente !

Je ne l'avais pas vu : à quelques pas du piano, presque collé au mur, le jeune homme de l'article, dix ans plus tard. Tout de noir vêtu, en deuil lui aussi. Son regard n'a pas perdu de sa puissance ni ses traits de leur finesse. Aucune expression déchiffrable dans son sourire lorsqu'il me tend une main délicate, une main de pianiste. Pure convention ? Accueil sincère ? Sourire étincelant…

C'est… moi… C'est… moi…

— Nous traversons une période difficile. C'est bien que vous soyez parmi nous. Marie-Anne aimait rencontrer de nouvelles personnes. Débouchons un petit Ruinart, Véronique, qu'en pensez-vous ?

Il n'est pas très grand, peut-être un mètre soixante-douze au max. Quelque chose d'un danseur classique dans la façon dont il se déplace, avec grâce et précaution, comme s'il avait peur que ses pieds brisent la surface d'un lac gelé.

Il propose d'ouvrir du champagne comme moi un sachet de Tang, tout en posant furtivement sa main sur mon avant-bras. Je suis certain que Mylène Farmer/Véro s'est figée un instant, n'a pas perdu une miette de ce geste. Hakim disparaît pour revenir, virevoltant, avec plateau, coupes et bouteille, et des chouquettes dans un petit plat en argent.

Un aboiement enthousiaste me fait sursauter. Tapi dans un coin de la pièce, je reconnais le Jack du portrait, probablement celui de Marie-Anne.

— Montaigu adore les chouquettes, précise Hakim d'un ton détaché.

Alors que nous nous installons dans les fauteuils en cuir (moi en essayant de garder une certaine contenance malgré la mollesse des coussins, le pianiste et la chanteuse avec une paresse alanguie et affectée), je tente une approche par la race canine.

— J'ai l'habitude des chiens et je sais reconnaître l'attitude de celui qui a perdu son maître. Si je ne m'abuse, Montaigu pose à côté de…

— Notre regrettée Marie-Anne, complète la diva.

— Oui, sur le portrait dans l'entrée, mais j'ai l'impression qu'il est heureux avec vous, n'est-ce pas ? Ou alors, vous l'avez mis sous Prozac.

J'ai conscience d'être allé un brin trop loin. Mais quelque chose dans leur attitude me pousse à les provoquer. Le silence est brisé par un rire puissant : celui de Hakim.

— Ah, Pierre ! Vous avez de l'esprit ! N'est-ce pas, Véronique, qu'il a de l'esprit ? Allez, je me mets en jambe, un peu de musique…

Il se lève d'un bond, l'espace d'un instant je lui trouve un air juvénile. Il se jette sur le piano, et feuillette frénétiquement des partitions. Véronique se penche par-dessus la petite table en verre, comme si sa phrase ne s'adressait qu'à moi.

— Vous avez touché au cœur, Pierre. Montaigu est un cadeau offert à mon épouse, mais comme Marie-Anne ne nous faisait l'honneur de sa présence qu'une semaine par mois, il s'est lié d'amitié avec Hakim. Et nous avons jugé préférable de le garder avec nous. Pour toujours.

Aigreur contre feu sa femme, reproche ? Je n'ai pas le temps de profiter de cette brèche, la musique envahit la pièce. Hakim joue, un sourire perpétuel aux lèvres, une mélodie dont, sans rien connaître, je dirais qu'elle est plutôt mélancolique. Est-ce la musique qui m'emporte ? Ou son interprète ?

La diva rousse se lève, comme électrifiée par la musique, et s'avance en direction du piano. J'observe ce petit manège entre eux, j'ai l'impression d'avoir gagné mon ticket pour un spectacle hyper prisé. Véro s'adosse au piano puis, au grand désespoir de Montaigu, resté à proximité du plateau à chouquettes, entame un chant en latin. Le chien rentre sa truffe entre ses pattes avant, il en oublie son envie de dessert. J'essaye pour ma part de faire bonne figure malgré mon envie de partir en courant. Je dois tenir. Allez, du nerf, Pierre, ce n'est que du latin.

Après plusieurs minutes de supplice, la diva applaudit (à la fois la performance de Hakim et la sienne) et je suis bien forcé de m'y mettre aussi. Elle s'empare du pauvre Montaigu, l'embrasse, le serre contre son cœur et m'adresse un triomphant :

— Vous voyez, Pierre, dans la vie, il faut faire ce que l'on aime !

Hakim quitte la pièce sans une explication ni un regard, ses partitions à la main, Montaigu sur ses talons. Je suis fait comme un rat, seul avec Véronique. Le salon a beau être immense, ça m'oppresse d'être entouré de ces murs recouverts de motifs sombres. D'une minute à l'autre, la pasionaria pourrait appuyer sur un bouton secret et les murs se mettre à rétrécir jusqu'à m'écraser comme un vulgaire cafard.

Elle s'allonge sur une méridienne noire et dorée assez spectaculaire. Je ne sais pas trop quoi faire de mon corps.

— Installez-vous où bon vous semblera, Pierre, le chant a tendance à puiser dans mes forces vitales les plus profondes… Mais je me régénère très vite.

— Vu l'intensité que vous y mettez, je ne suis pas trop surpris. Je me disais, Véronique, en guise de remerciement pour ce merveilleux petit concert, accepteriez-vous un cadeau un peu… personnalisé ?

Nous avons migré vers la cuisine. Bois gris sombre, papier peint représentant des daturas. L'ambiance est vieillotte, l'immense évier en pierre donne un côté ferme auvergnate mais, comme dans le salon, je relève deux détails détonants de modernité : un extracteur de jus de compétition – un machin barbare tout en inox, vaguement menaçant, qui doit faire la taille de deux Twiggy et brille plus que la poignée de porte de ma loge – ainsi qu'un frigo rose bonbon, peu à sa place dans ce décor.

— Je n'accorde pas non plus une importance démesurée à la voyance, mais j'ai du respect pour votre profession, Pierre. Ah… Je me sens bien dans la cuisine, c'est l'âme d'une maison, voyez-vous. C'est là que tout se passe.

Tant que ça ne l'engage pas à pousser de nouveau la chansonnette…

Je lui sors le grand jeu. Je lisse mes cartes une par une, je mélange avec dextérité, je lève régulièrement les yeux au ciel comme si le plafond allait me donner une inspiration divine. Je lui demande de couper sur le même ton que « Madame est servie ».

La seule fois où j'ai tiré ce que j'appelle « un double jeu » remonte à quelques années après le divorce de Danny. Je voulais savoir si la nouvelle compagne de son ex, Greta, était sincère dans son approche amicale avec ma coloc. J'avais répondu aux questions que me posait Greta et, en même temps, je consultais la Voix intérieurement pour répondre à mes propres interrogations. Ça demandait un paquet de concentration et me mettait dans une situation inconfortable. Je n'avais jamais eu à recommencer. Jusqu'à cet instant précis. Manifestement, la Voix avait décidé de prendre un jour off. La seule solution que j'avais était de pousser Véronique Charton à se dévoiler en posant des questions aux moments appropriés et toujours en rebondissant sur ses cartes, bien sûr. Le moindre écart risquait de me trahir.

Maria Callas tend une main désinvolte pour tirer. Cartes visibles : Trahison, Maladie et Ruine. Typique. Je prends un temps fou pour aligner parfaitement les petits rectangles. Je la sens qui trépigne un peu. J'ai face à moi une addict, une vraie, même si elle fait tout pour me laisser penser qu'elle n'y croit qu'à moitié.

— Bien sûr : le noir, la chute brutale et la nécessité de trouver un nouvel équilibre… Pas besoin d'être devin pour comprendre qu'il s'agit de la perte de l'être aimé. Cette personne, votre femme, elle était un pilier de cette maison. Elle était la…

Je ne peux pas dire que c'est la mère nourricière, même si c'est ce que me disent les cartes. En gros, les sous de la maisonnée, c'est elle.

— … gardienne de la stabilité émotionnelle du foyer. Il y a un homme qui vous veut du bien… un admirateur.

Qui lui veut du bien *et* du mal ? Je pige pas.

Véro se redresse, quitte sa position léthargique. Sa main plonge à la vitesse d'un serpent sur un mulot dans le plat à chouquettes. Elle en croque les grains de sucre avec une minutie parfaitement irritante. Mais je ne suis pas dupe. Je sais bien qu'elle est nettement moins détachée maintenant : elle veut mieux voir le jeu.

— Je dois en tirer d'autres ?

Je lui indique comment disposer trois nouvelles cartes, elle obéit religieusement. Pourvu qu'elle ne mette pas de sucre sur mon oracle, un jeu collant serait totalement flingué.

Je sens de la colère et de la rancœur vis-à-vis de la morte, mais aussi quelque chose qui ne ressemble pas franchement à de l'amour mais quand même à de l'affection. Le nœud, c'est ce mec qui l'admire, je le sens. Pourquoi ça a l'air tellement important ?

— Je vois un fils ?

— Marie-Anne et moi n'avions pas d'enfants.

— Je sais, je sais, pourtant je vois vraiment un lien très fort, c'est plus que sentimental, c'est… tangible, comme si… comme s'il y avait de la paperasse derrière.

Elle marque une pause. C'est le mot « paperasse », peut-être ? Pas assez châtié ? Faut que je me surveille. Elle me fixe sans répondre avant de lâcher :

— Vous êtes très fort.

J'ai touché un point sensible. Elle n'a clairement pas envie de m'en dire plus. Je lui demande de révéler trois autres cartes. Héritage : tête de mort et parchemin. Famille : oiseaux et ses petits. Union : cœurs enflammés dans une urne.

— Vous donnez une chance à quelqu'un que vous avez repéré il y a déjà longtemps. Vous sentez le talent et vous l'amenez à se révéler à lui-même. Il vit dans une tour. Milieu modeste. Pauvre, même. Je vois un piano. Un musicien en herbe.

Elle part d'un éclat de rire cristallin, comme si j'avais vraiment dit quelque chose de très drôle.

— Oh ! mais vous parlez de Hakim ! Vous savez, il ne doit sa situation qu'à lui-même. Mais il est déjà 18 h 30 passées ? Il va falloir lui rappeler de sortir Montaigu…

Voilà une façon peu subtile de me foutre à la porte. La diva se lève, attrape son sac à main et en sort un billet de 50. Faut que je marque un grand coup une dernière fois avant de la quitter si je veux m'assurer une place au chaud dans son cœur. Montaigu… Montaigu… mais oui, Montaigu ! Bien sûr, Flachat, Danny, Montaigu !

— Je vois une histoire d'amour, immense, profonde, plus que ça : un véritable mythe ! Un couple que rien n'a pu séparer… à part peut-être… du poison ?

46

— Son grand retour sur scène, tu dis, après trente ans d'absence ? *Trente* ? Qui pourrait encore vouloir d'elle après tout ce temps ? Moi si je pars deux semaines en Thaïlande j'existe déjà plus, alors…

— On voit que c'est l'actrice qui parle, pas la fliquette.

— Je ne peux pas incarner mon rôle à la perfection tant que tu ne m'auras pas présenté ta copine de la police. Pourquoi tu le fais pas, tu veux ralentir ma carrière ?

— Pour le moment, elle est absorbée par des tâches chiantes au boulot et des leçons de piratage avec son gadjo.

Jenni me fixe d'un air entendu, mélangeant vivement son Virgin Mojito à la paille. Ma chienne est enceinte, Jenni arrête l'alcool : je ne cherche plus la logique. À cette heure du dimanche soir, le Dalou est plein à craquer, les serveurs ont l'air las et on entend quelques verres se casser par accident. Le ciel est à l'orage et l'humeur maussade de ce grand bar s'en ressent. Roupette et Twiggy font la sieste à nos pieds, genre vieux couple épuisé par sa journée. Demain, Jenni a quelques prises qui débutent dans le 19e et, bien sûr, un besoin urgent de me mitrailler de questions à propos de la nouvelle maquilleuse engagée sur le plateau. Quand j'ai calmé ses inquiétudes, j'ai lâché que j'avais passé une partie de l'aprem avec une cliente un peu étrange. Si j'en rajoute, elle est capable de vouloir nous assister Marion-Lara et moi, histoire de travailler ses aptitudes de flic pour son feuilleton.

— … Mais toi, tu connais l'opéra *Roméo et Juliette*, alors ?

— Je suis concierge, pas con et inculte. Y'a même un ballet. Ça t'épate tant que ça que je le sache ?

— Te vexe pas mon Pierre-Chou… mais avoue, tu parles que de toi alors que j'avais un truc grave à t'annoncer ! Figure-toi que…

Le seul truc grave, c'est que j'ai quitté la maison sans revoir une dernière fois le pianiste. La Voix a retrouvé sa langue quand j'ai quitté le château de la Bête : d'ailleurs, elle me répète que Jenni est en route vers le succès. Je ne vais pas le lui dire trop tôt, histoire de ne pas la rendre encore plus égocentrique.

— … Des varices sur les cordes vocales, tu te rends compte ? Qu'est-ce que je vais devenir ?! C'est grave, Pierre, très grave. On va m'opérer. Et si ça se trouve, ma voix va changer à tout jamais !

— C'est ça, tu te réveilleras sur le billard avec la voix d'Alice Sapritch et tes producteurs feront avec.

— Dis pas ça Pierre, ma voix c'est aussi ma personnalité, imagine que tu perdes la tienne ? Ou qu'elle change !

Elle ne croit pas si bien dire…

Je rentre à pied sous une pluie battante, ma brindille emmitouflée dans mon sweat. Ça sent le goudron chaud et mouillé. Je descends le boulevard de Picpus puis la rue du même nom. Je passe devant le Spiderman en grillage qui se prend la saucée, à deux pas du Box stockage. J'ai déjà vu cette sculpture qui paraît un peu irréelle. Suspendue à une fenêtre, façon Père Noël le jour de la grande distribution, on dirait qu'elle résiste avec peine à la violence de la pluie.

Elle est comme moi : en mauvaise posture.

47

Secoué en pleine nuit par la vision de ce cadavre. Impossible de voir son visage que j'imagine atrocement tuméfié, les yeux bouffés par les paupières gonflées, pourtant je sais qu'il s'agit de Marie-Anne. Pas de Marion-Lara à côté de la morte cette fois, seulement ce corps inerte, dans un espace totalement vide. Je peine à me rendormir. Je glisse mes mains sous l'oreiller, je sens quelque chose, du papier. J'avais oublié de planquer l'enveloppe autre part.

C'est moi.

C'est moi.

C'est moi.

Je relis chacun des articles en me concentrant sur les photos. Je vois de l'amour passionnel chez Laure Bourlane, quelque chose d'excessif. Je vois une aigreur, une rancœur, un sentiment profond d'injustice sur le visage de Véronique Charton. Et puis, en plongeant dans les yeux hypnotiques de Hakim, je me sens happé par quelque chose. Irrésistiblement.

Au son criard du réveil, j'ai des palpitations que je tente de calmer avec un café allongé au Canderel. L'ironie, c'est que je suis quasi sûr que je pourrais repasser au vrai sucre sans me faire de mouron ; le stress engendré par ces histoires de flic est beaucoup plus efficace que le Blitzrégime sadique de Dolorès.

Inutile de me malmener après un démarrage pareil : je commence par une activité inoffensive, le nettoyage du tableau en liège. Probablement posé là avant ma naissance, piqueté par des années de punaises enfoncées puis arrachées, il est une mémoire des événements de l'immeuble, depuis les sempiternels mots d'excuses pré-soirée, en passant par les collectes de vêtements, les coups de gueule de Pascaline ou les rappels GRDF.

Quand Rita passe, la Voix murmure des noms de liqueur et je me doute qu'elle a passé une soirée picole et solitaire. On se jette un regard plein de compassion mutuelle : tous les deux, nous avons passé une très sale nuit. Rita bosse comme correctrice à *L'Officiel des spectacles* depuis des années. Elle me le dépose chaque mercredi dans la boîte aux lettres, vestige de l'époque où je me faisais une toile par semaine au Max Linder ou au ciné Beaubourg.

— Dites-moi, Rita, s'il y a un *Roméo et Juliette* en préparation quelque part, dans le fin fond du 20e ou dans le coin le plus branché de la capitale, vous me préviendrez ?

— Ah non, monsieur Pierre, pardon, mais cette année, c'est *Roi Lear* par-ci, *Roi Lear* par-là. Un peu de *Coriolan,* un peu d'*Hamlet* si on cherche bien, c'est tout…

— Vous êtes sûre ?

— Certaine. Mais moi je vous le dis, c'est bien dommage, parce que c'est des paroles magnifiques : « Ah ! Je veux vivre / Dans ce rêve qui m'enivre ; / Ce jour encore, / Douce flamme, / Je te garde dans mon âme / Comme un trésor ! / Cette ivresse / De jeunesse / Ne dure, hélas ! qu'un jour ! »

Rita s'éloigne en marmonnant sans doute la suite du chant. Je pense qu'elle n'a pas noté mon arrêt sur image. Encore un peu et elle me déclamait tout le rôle dans le hall d'entrée à seulement 7 h 15 du mat. Il reste des pans de mystère chez chacun des habitants de cet immeuble, j'en ai la preuve au quotidien.

*
* *

J'espérais que le port de mules en plastique doré façon Erin Brokovich aurait le mérite de la ralentir. Mais pas du tout. À ce rythme, on en sera à dix tours complets du lac Daumesnil avant même d'avoir trouvé une seule bonne idée. Et puis bouffer un thon-crudités en marchant, je pige pas le concept.

— Vous mangez de moins en moins avec vos collègues, non ? Pourquoi vous faites pas comme tous les flics, vous vous ramenez un Tupperware et vous mangez de façon conviviale avec vos petits camarades ?

— Je suis en civil, vous avez remarqué ? J'ai posé trois jours pour réfléchir. Et puis Nicole est pas là en ce moment, c'est plus dur pour moi question ambiance. Je ne suis pas comme vous, Pierre, je ne me fais pas des amis chaque fois que j'ouvre la bouche.

Tu la blesses, Pierre.

Le duo. La policière et le voyant.

J'ai reçu un texto juste avant le débarquement de Marion-Lara. Un hameçonnage en bonne et due forme. Véro me demandait à quelle heure je pouvais passer le lendemain, en prévision d'un rendez-vous qu'elle aurait en fin de semaine. Une attitude de diva consistant à faire à peine semblant de me laisser le choix. J'avais besoin de céder à ses caprices, de lui montrer que je lui étais déjà acquis.

De son côté, Marion-Lara avait cherché du nouveau sur la maîtresse. Et ce qu'on découvrait nous laissait un peu dubitatifs. Laure avait visité des locaux pour Marie-Anne alors que celle-ci venait de la virer. Le bail était signé et la dernière visite datait de moins d'une semaine avant la mort de la victime… au moment de la remise des clés. D'après ma flic, ça pouvait être une idée de génie pour s'innocenter…

— Ouais, enfin, vous rêvez ma pauvre, s'innocenter de quoi ? D'abord, niveau raisonnement, vous êtes à la ramasse : quoi ? Je rends des services à ma maîtresse donc je ne la tue pas ? Si vous savez le nombre de nanas qui rachètent de la mousse à raser pour leur mari avant de les égorger au rasoir Bic ! Et je vous rappelle pour la énième fois que personne n'enquête, à part deux pékins comme nous à qui on n'a strictement rien demandé !

— Je considère que nous sommes missionnés par le Dr Flachat. C'est exactement comme s'il nous l'avait demandé. Il trouve cette mort suspecte et il aimait bien Marie-Anne, on peut faire ça pour lui.

Comment c'est possible d'avoir une digestion correcte avec l'autre flic qui me sort des absurdités ? Cette fâcheuse habitude de s'arranger avec la réalité…

— Bon, votre minette qui bosse comme directrice artistique dans les papiers peints et qui en parallèle cherche un local pour une pâtisserie, c'est quoi son but ? Elle voulait renouer avec sa famille ?

— Au vu des interviews sur sa mère, qui tient encore les rênes de l'entreprise familiale, ça semblait mal engagé. C'est frappant de constater que leur fille aînée n'est jamais mentionnée. Alors qu'elle parle vraiment des trois autres bambins à chaque fois, surtout de celui qui travaille pour TF1 !

On dépasse un groupe de touristes à chaussettes, bâtons de marche et sacs de randonnée. La traversée du bois de Vincennes gérée comme celle du Grand Canyon.

— Mais qu'est-ce qui explique que la grande fille soit passée sous silence ?

— D'abord, vous avez lu l'article ? Ça datait de la fin de ses études, Laure en tant qu'aînée était censée suivre l'exemple maternel. Apparemment, elle avait déjà une solide formation en pâtisserie. Sauf que y'a eu un obstacle de taille que les parents ont mal géré. Et elle a bifurqué. Abandonnant ses rêves de frangipane et crème au beurre.

Je vois une silhouette prostrée face à deux adultes aux visages fermés, deux murs. Encore une qui a dû morfler lors du *coming out*. Enfin, tout cela s'est terminé dans le papier peint.

— Je comprends toujours pas comment vous avez su pour la pâtisserie ?

L'espace d'une seconde, je me dis qu'à force de me fréquenter, elle commence à choper des visions.

— Vous vous souvenez que Flachat disait que son patient, l'agent immobilier, cherchait un local pour de Casanove ? Il a bien dit « un local », pas « appart ».

— J'essaye de suivre… on peut ralentir un peu, là, où même s'arrêter sur le banc ? Regardez, c'est mignon, y'a des cygnes.

— On ne s'arrête pas, Pierre, on reste en mouvement.

Je change radicalement de technique. Je me fige sur place et m'installe tranquillement sur mon banc. Marion-Lara continue de fixer l'horizon et avance, elle se parle probablement toute seule pendant quelques secondes avant de s'apercevoir que son concierge s'est mis sur la touche. Elle ne capitule qu'à demi et, au lieu de poser son cul sur ce foutu banc, préfère se planter droite comme un I devant moi. Ça a le mérite de me faire de l'ombre.

Elle déblatère son truc. Lors de sa petite excursion à l'agence, elle a voulu que le type lui fasse un état des lieux des baux commerciaux dispo dans le 12 en ce moment. Elle a joué la carte coïncidence, pas forcément la plus subtile mais souvent efficace. Elle cherchait un local pour ouvrir une boutique de tissus d'ameublement et papiers peints. Aucune réaction de l'agent, alors qu'elle espérait bien sûr un : « Comme c'est amusant, il se trouve qu'il y a quelque temps… »

C'est dans les vieux moules qu'on fait les meilleurs…

Les meilleurs…

— « Gâteaux » ?

— Quoi, « Gâteaux » ?

— La Voix me dit que vous étiez sur une fausse piste, et que c'est une histoire de « gâteau » qui vous a remise dans le droit chemin.

Et en effet, si les allusions de Marion-Lara n'ont pas eu l'effet escompté, le paquet de petits-fours Van Eecloo qu'elle se trimballait, en revanche, a déclenché une petite remarque bien sentie qui n'a pas échappé à la sagacité de ma flic.

D'après Mister Surfaces Atypiques, le bonheur ne durerait pas au pays du kouglof, car bientôt, ils auraient à redouter la concurrence d'une pâtisserie innovante.

— Je me suis montrée particulièrement curieuse et il a fini par me révéler quelques indices sur l'acheteuse. Bon, ça pouvait correspondre à notre couple, mais j'avais un doute et il n'allait pas me révéler leur nom. Donc là-dessus, j'ai appelé Cris pour qu'on se voie…

Cette traîtresse ne me donnait pas une rognure de nouvelles mais avait gentiment reçu et aiguillé ma flic ?

— Avec les cartes, elle a bien décrit Marie-Anne et Laure. Et puis elle a ajouté un truc en conclusion, enfin pas un truc exploitable. Elle m'a dit qu'il fallait chercher du côté « des baptisés et des naissances »…

— Elles projetaient d'avoir un gosse ? Vous pouvez vous décaler un peu plus vers la droite, comme ça ? Sinon je perds tout le bénéfice de l'ombre. Merci…

— Tout ce que je comprends, c'est que Laure a encore une raison d'être fâchée contre Marie-Anne : elle se fait virer, et après, elle s'occupe de lui trouver un local pour le lancement d'une pâtisserie ? À ce stade, c'est du masochisme !

— Qu'est-ce qui vous dit que ce n'est pas Laure qui était censée tenir la boutique ?

— On parle d'une femme que le milieu boulangerie pâtisserie a rejetée, Pierre…

Passion, c'est une passion.

C'est l'amour fou, c'est la passion.

Aimer à la folie folie folie folie.

La Voix m'indiquait une passion, forcément celle qui unissait Laure et Marie-Anne. Et on sait de quoi la passion est capable. D'à peu près tout.

Pourtant, si ma flic restait persuadée que Laure Bourlane n'était pas un enfant de chœur, quelque chose me disait que le foyer de la merde se trouvait bien tout près d'ici, dans une baraque flippante et recouverte de lierre.

48

« Faut se concentrer sur les motifs », m'avait dit Marion-Lara avant que je parte pour la fosse aux ours. Justement, j'étais cerné, avec tous ces papiers dont pas un n'avait le bon goût d'être uni et reposant pour les yeux. J'avais la tête pleine d'abeilles, de fruits et de fleurettes depuis mon arrivée. J'attendais patiemment que Véronique revienne avec un thé et probablement ses maudites chouquettes. Zéro Jack Russel en deuil à l'horizon : Hakim devait s'être barré.

Enfin, les « motifs », pour ma flic, ça voulait dire capter ce qui pouvait être à l'origine d'une envie de meurtre. Pour elle, à ce stade de l'enquête, on ne devait écarter aucune piste.

Pendant que j'allais me farcir une séance avec la diva, Marion-Lara, elle, partie habillée comme pour une journée plage, allait déguster, au sens propre. J'avais eu une vision du Grand Palais recouvert de crème Chantilly. Danny, entre deux peaufinages de discours et choix de fond sonore, m'avait lâché un « Taste of Paris » avec un accent anglais outrancier : le Grand Palais organisait un rassemblement de grands chefs, avec une demi-journée uniquement dédiée aux chefs-pâtissiers. Au menu, dégustations et rencontres avec des pro qui goûtaient et critiquaient vos recettes. Laure Bourlane serait de la partie, j'étais sûr que ma vision venait de là. La repérer serait un tour de force, vu le monde attendu, et c'était ma flic qui s'en chargerait. Qu'est-ce qu'elle espérait ? Qu'elle porterait des traces de culpabilité sur le front ?

La Voix avait recommencé son manège. Durant tout le trajet qui séparait mon immeuble de la maison aux motifs, elle m'avait bombardé de questions. Cela faisait longtemps qu'elle ne les avait pas tournées de manière aussi directe. Étrangement, ses phrases complètes s'étaient amenuisées, jusqu'à n'être plus qu'un grand silence au moment où j'avais sonné.

Tu fais quoi, Pierre ? Où tu vas ?

Tu es sûr ?

L'homme, le jeune homme.

Prince des Mille et Une Nuits.

Tu es sûr ?

Pour... quoi... quoi...

Un petit ton de mouche du coche affaiblie, un grésillement de match de foot sur Canal. Cette baraque lui faisait peur. Une fois de plus, je serai donc seul avec des images, celles des cartes et celles dans ma tête.

— J'espère que le thé fumé ne nuit pas aux visions, Pierre ! C'était le préféré de Purcell ; visiblement, ça l'a inspiré...

— Comment avez-vous connu Hakim ?

Elle me foudroie du regard, et retire l'assiette pleine de viennoiseries qu'elle me tendait. Ma question est trop abrupte. Je me rattrape avec du caressage dans le sens du poil.

— Vous avez dû être un modèle fort pour lui...

— C'est quelque chose que vous dit votre... comment faut-il l'appeler ? Votre don ?

— J'ai des visions de vous chantant et de lui les yeux écarquillés, donc oui, mon don m'aiguille.

Sourire gêné, probablement hypocrite aussi. Elle prend place à mes côtés sur le canapé et pose une main aux ongles vernis d'un rose layette sur mon genou.

— Oh ! Pierre… si vous saviez. Quand je pense à l'environnement dans lequel ce petit évoluait, j'en suis toute tremblante. Élevé par une tante travaillant jour et nuit comme chauffeur de taxi, à peine capable de distinguer un piano d'une contrebasse. Il était doué, vous savez ; il avait le talent de ceux qui voient demain avant aujourd'hui.

— Un ambitieux ?

— Je parlerai davantage de foi en la musique, c'est plus juste et moins vulgaire.

Elle se relève comme piquée par une des abeilles qui bourdonnent pourtant uniquement sur le papier peint.

— Hakim est venu me trouver pour me demander des cours de chant. Il pensait que comprendre sa voix l'aiderait à mieux se confronter à son instrument. Intelligence précoce. J'avais donné un cours de remplacement… Vous vous doutez que la Cité des 3 000, ou 12 000, ou peu importe leur nombre d'ailleurs, ce n'est pas tout à fait mon élément… Même si on y croise des pépites… La preuve.

— Il vous avait donc… repérée ?

Elle éclate d'un petit rire qui sonne plus comme un hoquet.

— Ah Pierre, comme vous êtes amusant ! C'est *moi* qui repère le talent. Lui s'est contenté d'être attiré par ce qu'il pensait probablement être une image de la réussite, telle qu'il la projetait pour lui-même.

Je manque de m'étouffer avec un mini pain aux raisins. Un modèle de réussite ? La nana qui disparaît de la circulation pendant trente ans ?

J'ai la vision d'un squelette se regardant dans le miroir. Son reflet est une très jeune femme. L'illusion. Cette femme en est remplie.

Quand j'en suis à ma troisième viennoiserie, je déduis à son pied qui martèle le sol qu'elle s'impatiente.

— Vous avez trouvé des photos pour la séance ? Ça m'aiderait pour comprendre votre entourage…

— Je ne suis pas favorable à la photographie en général. C'est un art mineur.

C'est ça, mets-moi des bâtons dans les roues…

Nous commençons la séance sans photo. Je retrouve encore une fois le motif du « fils ».

— Que s'est-il passé il y a vingt-quatre ans ? Vous m'avez dit que vous n'aviez pas eu d'enfant… peut-être une fausse couche, un avortement ?

Éclats de rire…

— Rien ne vous échappe, cher Pierre. Bien sûr, le garagiste ! Marie-Anne et moi avions le projet de faire un enfant avec cet homme, un fou de mécanique, digne d'un ingénieur ! Dans cette maison, nous n'aimons que les gens passionnés.

Les cartes suggèrent que la passion a été remplacée par beaucoup d'aigreur et de déni. Une maison en bord de mer, sans prétention, une gamine qui chante à s'en décoller les cordes vocales dans sa piaule. Le jeu me confirme un ego surdimensionné et me révèle… un mari ?

— Vous avez été mariée, avant Marie-Anne je veux dire ?

C'est étonnant cette ambivalence chez les gens qui croient à la voyance tout en s'en méfiant. La façon dont elle se redresse et tord légèrement le cou est un mélange de courroux et de satisfaction mâtinée de surprise. Elle lève soudain la tête vers le plafond, prend une inspiration profonde et dramatique :

— Jean-Marie… Très cher Jean-Marie…

Ses yeux basculent de nouveau sur moi, façon œil de lynx.

— La première fois que j'ai accepté une invitation à dîner de Marie-Anne, mon époux m'avait déclaré : « Si tu vas chez cette femme, tu ne chanteras plus jamais. » Il était mon imprésario.

Silhouette à la Nosferatu, cheveux gris peignés en arrière et gominés comme pour couvrir une tonsure déjà bien avancée, odeur de naphtaline et de... lavande ? Le premier mari.

— Je me demande ce qu'il dirait s'il apprenait que, d'ici quelques mois, je vais me produire à Vienne dans une salle privée. Juliette... je suis déjà Juliette, je ne suis qu'elle.

Après les voyants, la deuxième espèce qui produit le plus de prémonitions, c'est celle des maris en colère, c'est bien connu...

L'Homme sur l'Amitié et la Perte sur la Trahison ? Les cartes me parlent encore de l'homme qui inspire à la fois le bien et du mal ? Quel bordel... et en plus je n'ai plus de flash... je suis seul avec mon jeu de cartes.

— Je vois un homme très aisé qui aime le spectacle... il a des passions, une passion pour l'opéra notamment. Plus que ça, en fait... une obsession, je dirais. On me dit « beauté des hommes » et... des bougies ?

— Ah oui, le baron Andreas souhaite que la première ait lieu le soir de son anniversaire. Pour ce qui est de la beauté, ce n'est pas non plus ce que j'appellerais un jeune premier, il est assez quelconque physiquement, sans être ordinaire non plus... J'ai beaucoup hésité avant de dire oui, vous savez. Le rôle est d'une exigence sans nom et cet homme l'est encore plus. Quand on a un goût pareil, on veut le meilleur et uniquement le meilleur !

Tu parles... Nouvelles cartes. Jalousie. Violence ? Encore la jalousie. Fantasmes. À laquelle des deux premières cartes s'applique celle-ci ? Fantasme de réussite ou de violence ?

— Ça sera difficile à monter ? Peut-être un problème de budget ?

Elle tourne la tête et ignore totalement ma dernière phrase.

Triple sonnerie. Aboiements enthousiastes. Véronique se lève avec nonchalance et se dirige d'un pas traînant vers la porte d'entrée. Quelques secondes plus tard, une main effleure mon épaule, l'ôte aussitôt comme sous le coup d'une petite tape. Contact furtif mais qui n'a rien de hasardeux, j'en jurerai. Je ne l'ai pas entendu venir et le canapé fait dos à la porte. Hakim…

— Oh ! quelle joie de vous voir ! Vous faites une partie de belote, je suppose ? me lance-t-il, levé de sourcil ironique, me subtilisant au passage le petit gâteau dont je venais de m'emparer pour le lancer par terre en direction du chien.

— Hakim, vous n'avez pas vu ma pochette orange, vous savez, celle en soie sauvage ?

Véronique tournoie dans le salon, ouvre chaque tiroir d'un genre d'écritoire auquel je n'avais pas prêté attention jusque-là.

Une exclamation de soulagement nous indique qu'elle a retrouvé sa précieuse pochette. Hakim me fixe intensément en finissant de croquer un deuxième biscuit. Ses yeux se posent ensuite avec amusement sur les cartes.

— Puisque Véronique sort la correspondance, je suppose que je serai un admirateur de trop… Je vous laisse à vos… petits jeux. Véronique ? Vous n'avez pas oublié que c'est ce samedi qu'arrive le baron Andreas ?

S'en suit un échange ampoulé entre les deux comparses : dix minutes pour conclure que le Baron devra becter quelque chose chez eux samedi soir, et si possible en bonne compagnie. Hakim nous quitte en sifflotant une mélodie sinistre, Montaigu sur les talons. Je connais cet air…

Véronique, cette fois en face de moi, assise comme une danseuse en retraite sur un tapis d'Orient, sort avec délicatesse une liasse de lettres de sa pochette orange.

La pochette se démultiplie sous mes yeux, le salon en est rempli… c'est signe que cet objet prend une place démesurée dans sa vie, son contenu est pratiquement ce qu'elle a de plus précieux au monde. Elle dépose les lettres à côté des cartes en une petite pile. Je comprends que je suis invité à les lire. Certaines sont datées des années 1980, d'autres sont beaucoup plus récentes. Une main d'homme avec une bague à large monture, un saphir bleu. Les écritures sont différentes mais les lettres défilent et je ne vois qu'une seule et même main.

— Je n'ose pas trop employer le terme, mais vous savez Philippe, euh, Pierre, pardon… j'ai mes fans. C'est bouleversant d'apprendre que votre chant passe les frontières. Celles du cœur, mais aussi les frontières géographiques, les montagnes… Le baron Andreas est viennois. Des musiciens hors pair, ces Autrichiens… D'ailleurs, peut-être l'avez-vous compris ? Je suis d'origine germanique. C'est si beau, les lettres, comme c'est dommage ces correspondances par ordinateur…

Mes yeux tombent sur des signatures, des superlatifs. La lettre qui surplombe la pile date d'il y a à peine quinze jours. Je la sens fébrile tandis qu'elle m'observe palper sa paperasse.

— Ces documents sont beaucoup plus personnels que des photographies, vous êtes au cœur de mon intimité…

Je demande à Véronique de couper. Elle forme des petits tas, jette des œillades admiratives à la pile de lettres, comme si elle regardait un trésor.

Les cartes me révèlent le dessous des lettres, les secrets de ces morceaux de papier crème ou blanc, de ces écritures en italique ou pattes de mouche. Les informations, les mots- clés, les sentiments : tout jaillit en même temps.

Et j'ai peur de trop bien comprendre ce que le tarot me balance à la gueule.

49

Je sors sur la Claude-Decaen. Pas le temps de taper la discute avec Charlotte (célèbre trans du quartier), que j'aperçois en terrasse du Diplomate, son Q.G., car la Voix recommence déjà à me baratiner.

J'aime pas la maison.

J'aime pas y aller.

N'y va pas Pierre.

N'y va plus.

Je traverse ces deux traînées de gazon que le tram n'écrase jamais. Je me fonds dans une nuée de gamines rigolardes en route vers le Bois, canette dans une main et pour certaines, petit ami du moment dans l'autre. J'ai les sens aux aguets après une séance comme celle dont je sors, et je ne peux pas m'empêcher de les ressentir, leurs soucis, leurs contrariétés, leurs angoisses. Le cliché de la jeunesse insouciante s'est fait la malle il y a un bail.

On se quitte au niveau de la colonne Meurice, je dois passer à la pharmacie de la porte Dorée prendre des cachetons. Pas question de rester toute la nuit avec ces maux de tête et le cerveau en bonbonne. Je repense aux cartes et à cette main qui effleure mon épaule. J'arrive à m'extraire de la pharmacie après dix bonnes minutes d'attente : encore un type qui pense que Mme Tran rêve d'entendre parler de son trafic intestinal dans les moindres détails.

C'est… moi…

C'est moi…

C'est moi…

Au pied de la colonne, un petit Jack Russel blanc qui lève la patte. Foulard sombre autour du cou… mais c'est Montaigu ! D'instinct, je recule dans le renfoncement qui abrite la pharmacie. Hakim ne m'a pas vu.

Il tourne lentement autour de la colonne, l'inspectant de haut en bas. Il s'arrête. Je ne vois plus que son dos. Il reste là, figé. Qu'est-ce qu'il lui trouve à cette colonne ? Le manège s'arrête, il récupère la laisse d'un geste vif et poursuit sa promenade en direction de la porte de Charenton.

Je veux savoir ce qui a pu retenir son attention parmi le paquet d'affiches. Un humoriste luxembourgeois (à ce stade, c'est sans doute déjà une plaisanterie) qui pose avec un billet de banque à son effigie. Pas mal d'affiches de burlesque, cabaret et cirque. Le premier one woman show entièrement vegan. Et puis le visage d'un jeune type, la trentaine, sur fond sombre. Affiche épurée, sourire discret.

Salle Gaveau. *Fantaisie* de Liszt. Par Khalid Mazouzi.

C'est la première fois que je passe le seuil. D'habitude je suis cantonné au pas de la porte. Je lui donne son paquet et elle referme la porte le plus vite possible. Comme si j'allais mordre. Suis souvent accueilli comme ça, comme une aiguille brûlante.

Pourtant ce soir, Rita doit avoir pigé que j'ai vraiment besoin de son savoir. Elle me fait rentrer dans le séjour. J'ai beau tafer depuis un bail, je me fais toujours avoir par les gens. Les croiser, régler leurs petits bobos d'immeuble, échanger quelques mots, souvent des banalités au fond, tout ça ne me laisse pas assez d'indices pour présager de ce truc effarant : la déco d'intérieur.

Chez Rita, grande carte du Brésil punaisée directos sur le mur. Tapis en coco qui recouvre l'intégralité du parquet. Caisses en plastique teinté aux couleurs vives entreposées dans un coin de la pièce, en une pyramide un peu bancale. Je serais pas étonné qu'elles contiennent l'intégralité de sa collec *Délice des sens*. Sur une caisse à vin renversée qui sert de table d'appoint, la photo d'un très beau garçon dont l'air bravache me rappelle Hakim.

Attention Pierre.

Ne pas changer.

Méfiance.

J'ai envie de le revoir. On ne peut pas se méfier de tout.

Prune et eau-de-vie. Liqueur de fruits. Prune et eau-de-vie.

Tout l'appartement se met à tanguer. Je sais bien que Rita a des problèmes d'alcool, simplement je n'ai jamais eu de visions qui m'indiquent leur origine.

Je la complimente sur les miniatures de bagnoles alignées sur une étagère murale qui fait office de garage. Je vois passer un truc chez Rita, un sourire de gosse, c'est fugace mais c'est bien là. Ça produit un déclic. Et puis je la chope, la vision. Le mec en photo, c'est son fils. Les voitures, son jeu fétiche. Elle a dû les collectionner pour poursuivre la conversation avec lui, parce qu'une chose est sûre : quand je vois apparaître un visage avec des yeux vides de pupilles, tout blancs, c'est que l'âme s'en est allée.

Rita a vu mes yeux se poser sur la photo et le silence alourdit l'atmosphère de la pièce. Elle le brise en allant chercher à boire. Elle revient avec deux godets pleins à ras bord.

— Vous aimez la prune, j'espère ?

— J'ai arrêté les fruits y'a un moment, Rita.

Elle ignore ma sortie et me raconte qu'elle a interrogé une collègue pour *Roméo et Juliette*. La fille en question a une passion pour ce qu'elle appelle « les fous du spectacle » ; ces excentriques qui se font construire des scènes privées ou voyagent en jet pour se rendre à la première de tel ou tel opéra. Eh bien y'a effectivement un grand malade qui a sa salle personnelle en banlieue de Vienne (Vienne en Autriche, précise Rita) et qui va faire ressusciter le couple maudit durant plusieurs soirs, d'ici un mois. Malgré ce que m'avaient raconté Véronique et les cartes, je commençais à douter de l'existence de cet être si… rare. Mais apparemment, il existe en chair et en os. On sait peu de chose sur lui, dixit la copine amateur de spectacles alternatifs, simplement qu'il serait héritier d'une famille de diamantaires anversois, et aurait le bras long. En bref, le futur Tarantino de l'opéra. Ou l'homme idéal pour remettre au goût du jour une chanteuse has been.

— Merci Rita pour cette petite enquête.

— Je suis pas de la police, moi, monsieur Pierre.

— Tant que ça ne m'empêche pas de vous remercier… Au fait, ça vous dit quelque chose, Khalid Mazouzi ?

— … Mazouzi ? Monsieur Pierre, vous avez pas oublié où je travaille, sinon vous seriez pas là. C'est un jeune prodige. On le voit depuis un moment au piano mais dans des petites salles, là c'est son premier Gaveau et le gamin le mérite, après des débuts comme ça ! Comme dirait le chef : il joue pas, il peint.

— Rita, qu'est-ce que vous appelez « des débuts comme ça » ?

— Ben quand même, le petit il était à la Cité des 4 000 ! Quand on vient de là-bas, on est pas d'un milieu privilégié qui vous pousse et tout ça, c'est pas facile comme pour beaucoup d'autres si vous voyez ce que je veux dire.

Prodige, Cité des 4 000… la tranche d'âge pourrait coller aussi. Ça ferait beaucoup de coïncidences.

Je sens que Rita trépigne à l'idée de s'enfermer avec elle-même.

Au moment de partir, la Voix me répète quelque chose. C'est insistant, c'est presque un ordre. Pourtant je ne dois pas normalement, non, ce n'est pas mon rôle de faire ça. Mais la Voix insiste.

— Rita… euh… il ne vous en a jamais voulu. Ce jour-là, je veux dire… de ne pas lui avoir acheté la petite Bugatti. Cessez avec cette culpabilité.

Rita laisse tomber son godet, encore à demi plein, sur le sol en coco. Ça forme une petite tache sombre. Impossible de déchiffrer son expression. Je referme la porte derrière moi de la façon la plus délicate possible. Avant d'être alpagué par une voix qui l'est beaucoup moins.

— J'ai fait… tous les étages… ça fait une demi-heure que…

— Marion-Lara, je supporte pas les gens qui me parlent avant d'avoir repris leur souffle. J'ai l'impression de parler à une bouilloire, merde ! Bon, on le fait où le debrief ? Chez moi y'a une Twiggy et une animatrice échappée de la Foire du Trône. Et chez vous, à voir votre gueule, y'a Marc. Mais il s'en occupe quand, de son Akira ?

— Il est chez sa grand-mère, elle l'aime beaucoup.

— « Il est chez sa grand-mère, elle l'aime beaucoup », mon Dieu, Marion-Lara, ce que vous pouvez m'agacer ! Allez, on va se caler dans un endroit qui à cette heure sera calme.

Ma flic a fait mine de s'offusquer qu'on doive sauter une petite barrière pour accéder à l'ex promenade plantée. Y'a une entrée facile boulevard de Picpus, à côté de la maison des petites sœurs des pauvres. Tous les ados savent qu'en une enjambée on peut se retrouver peinard sur la coulée René Dumont, et squatter un banc ou un petit coin de verdure. Y'a pas plus calme que les lieux après fermeture. Et si j'aime pas spécialement la nature, j'aime bien le calme. Le banc auquel je pensais est déjà pris d'assaut par un groupe de fumeurs, plus loin un ambitieux décortique un *Marvel* devant sa nana, genre critique des *Cahiers du cinéma*. La Voix m'informe que la nana en question aurait préféré un resto à Bercy Village plutôt qu'un banc dans le coin le plus mort du 12e. Marion-Lara repère enfin l'endroit idéal, sans aucune oreille indiscrète. Je la sens assez fébrile.

— Pierre, vous aviez raison, pour le Grand Palais. J'ai vu Laure Bourlane ! J'ai eu du bol, une femme l'a reconnue et lui a demandé si elle se décidait enfin à reprendre le flambeau… Elle l'a remise en place, ça m'a l'air d'être une femme de caractère. En même temps, elle avait de ces yeux… ça se repère, quand vous pleurez des litres de larmes depuis plusieurs jours.

— Vous vous égarez, Marion-Lara…

— Pas du tout, ce que j'ai vu, c'est une femme ravagée par la tristesse, Pierre ! Bon, ce qui m'a aidée, c'est qu'elle avait fait une teinture bleutée. J'ai pu la suivre assez facilement. Et vous devinerez jamais ce qu'elle a sorti d'un genre de mini glacière sur le stand *speed consulting* ?

— C'est quoi, le *speed consulting* ?

— Vous imaginez quatre tables rondes, voisines les unes des autres. Y'a un professionnel de la pâtisserie par table. Vous faites la queue, vous passez cinq minutes devant chacun, vous changez de table et hop, vous faites les quatre, y'a un minuteur, comme pour les œufs. Vous montrez votre projet et la personne le commente.

Je me penche pour ramasser une petite pâquerette et l'effeuiller gentiment, ça passe le temps, d'arracher les pétales les uns après les autres comme ça, ça me détend…

— … Et là le monsieur lui conseille de carrément déposer un brevet pour protéger la forme de son gâteau parce qu'il dit que c'est assez exceptionnel !

— Mais qu'est-ce qu'elle a de plus que les autres, cette forme ?

— Inspirée directement de la poitrine de son amante ! Donc si je résume : nous avons une femme, qui vient de se faire virer par sa patronne et accessoirement maîtresse. La maîtresse meurt et là, l'ex-maîtresse alias Laure Bourlane s'apprête à déposer un brevet pour protéger une pâtisserie qui s'appelle… le Marie-Anne et qui représente les nichons de feu sa maîtresse !

— Le monde est devenu fou…

La façon dont elle me dévisage me pousse à lâcher la petite pâquerette. Elle me trouve rêveur ? Pas suffisamment investi ? Pourtant j'ai *très* envie d'y retourner moi, dans cette maison…

— Pierre ? Vous êtes avec moi ? La vision de Cris… « baptême », « naissance »… nous avons pensé à un enfant alors qu'il s'agissait de donner un nom à un gâteau !

C'est la naissance de l'amour.

Aimer à la folie…

Bien sûr, la Voix parle de Laure. Tempérament fougueux, grande passionnée. Cette pâtisserie aux atouts féminins, c'est l'hommage que rend une amoureuse à la femme de sa vie, pas une criminelle à sa victime. Il est temps de nous résoudre à écarter Laure de la liste des coupables…

Nous sommes salués par un jeune gars emmitouflé dans un vêtement étrange. Je comprends qu'il se trimballe avec une couette sur le dos. Il avance raide comme Toutankhamon et demande une cigarette, Marion-Lara lui tend son paquet avant d'en allumer une pour chacun. Le type s'éloigne de nous dans un nuage de fumée, une main agrippant fermement la couette au niveau de sa poitrine, l'autre tenant la Lucky Strike. La Voix me dit qu'il habite ici, que la coulée verte est sa maison… Son flot de paroles s'interrompt dès que je me mets à cracher mes poumons, assailli par la fumée ; Marion-Lara me tapote dans le dos, la mine concernée.

— Ça va, ça va… Vous feriez mieux d'arrêter de me fumer à la gueule au lieu de me défoncer le dos.

Elle continue pourtant de tirer sur sa clope, fébrile.

— Allez, Pierre, et vous ? Du nouveau avec les cartes ? On tient quelque chose ?

Le garagiste passionné, le baron mélomane, la découvreuse de talents, je lui dis tout… ou presque. Je n'ose pas lui annoncer que la Voix se la boucle dès que je pénètre dans cette baraque. Je lui avoue que j'avais de sérieux doutes sur l'existence réelle du baron, et même sur celle de l'opéra de *Roméo et Juliette*, avant que Rita me confirme que c'était pas de l'intox. Une chanteuse puant la naphtaline, soudain ressortie de la cave par un excentrique plein aux as… qui, comble du comble, lui demande de jouer les jeunes premières, à cinquante piges passées… y'avait de quoi trouver ça louche. Et puis arrive le chapitre des lettres.

— Donc, une main d'homme, un saphir, je veux bien, mais je ne vois pas où vous voulez en venir ?

— C'est ce que j'essaye de vous expliquer : la vision veut nous prévenir que les premières lettres, qui datent de 2010, ainsi que celles d'aujourd'hui ont été rédigées par la même personne… mais avec une écriture maquillée de multiples façons !

— Pourquoi quelqu'un ferait-il une chose pareille ?

— J'imagine que ça pourrait être pour réconforter une chanteuse qui a besoin d'être admirée pour exister.

— Donc pour vous, un emprunt d'identité est un acte bienveillant et altruiste ?

— Je ne dis pas ça, mais…

— Je ne suis pas médium, mais je vois bien que vous avez votre petite idée derrière la tête… vous savez qui est le corbeau ?

— Mais enfin Marion-Lara, ce n'est pas du chantage, ce sont des lettres d'admirateurs. Et oui, je pense que Hakim peut avoir ce genre de délicatesse.

— De *délicatesse* ? Pierre, je ne vous reconnais plus. Si votre Hakim était l'expéditeur de ces fausses lettres de fan, on pourrait en déduire que c'est un sacré manipulateur !

Manipulateur de quoi ? Qu'aurait-il à gagner dans cette histoire ? Ma flic ne sait pas quoi répondre mais trouve déjà suffisamment tordu d'alimenter des illusions chez un profil fragile… « Fragile », elle n'a que ce mot à la bouche, depuis que Flachat lui a assuré que Véronique Charton était instable. Et capable d'en jouer à outrance pour obtenir ce qu'elle voulait de la part de son épouse…

— Donc vous avez revu le docteur sans m'en avertir, et pourquoi ça ?

— Arrêtez de vous la jouer exclu, c'est fatigant ! Il m'a téléphoné, il était en plein dans ses cartons et un souvenir lui est revenu, il a pensé que ça pouvait nous intéresser.

Je ne peux pas m'empêcher de sourire à ce « nous », mais je suis persuadé que ma flic ne le voit pas, vu la façon dont elle mitraille son histoire. Un jour où de Casanove venait solliciter l'aide de son généraliste avant d'entamer un énième régime, Flachat avait décroché pendant la consultation pour prendre l'appel de son fiston. C'était il y a déjà deux ans, puisque le gamin révisait son bachot et faisait particulièrement chier son père à l'époque. En raccrochant, il avait lancé un « Faites des gosses, qu'ils disaient ! », sur lequel Marie-Anne avait rebondi. Elle avait hésité à adopter, c'était plus pour faire plaisir à sa femme. Le seul avantage était que le jeune homme avait dépassé le stade de la crise d'ado, mais elle ne pouvait se résoudre à passer à l'acte…

Sur le trajet du retour, je pense au destin qu'aurait pu connaître Hakim avec un nom à particule et de l'argent à ne plus savoir qu'en faire. Je m'amuse à me répéter son prénom mentalement… Hakim, Hakim, Hakim…

Nous avons attendu que le réverbère éclaire notre petit banc d'un halo presque phosphorescent pour quitter la coulée verte.

Je n'aurais jamais été autant assis que depuis que je suis dans la police, enfin, par procuration. Nous avons remonté l'allée de gravier dans la nuit, sommes repassés successivement devant l'homme-couette, le couple cinéphile et les fumeurs, le tout sans presque échanger un mot. Croiser des chiens en laisse, à cette heure tardive, me fait culpabiliser. Pourvu que Danny se soit bien occupée de la brindille. Marion-Lara a hâte de retrouver son informaticien, je le vois à son allure pressée. Moi j'aimerais bifurquer plus tôt dans la rue, remonter jusqu'à l'arrêt du 87 et…

— Chut !!!

— Vous êtes malade ou quoi ? On est dans le hall de mon immeuble, pas dans une église !

— Y'a un bruit bizarre, taisez-vous, je vous dis qu'il se passe quelque chose…

Effectivement, un potin d'enfer, des trucs qui s'entrechoquent, qu'on déplace, qui tombent. Ça vient de la cave… Il est quoi ? Minuit passé, et c'est un soir de pleine lune… ça pourrait être un cogné qui fait une crise. Je me glisse furtivement vers la porte qui donne sur les caves, juste derrière l'ascenseur, talonné par ma flic. Elle sort un truc de sa poche.

— Mais qu'est-ce que vous foutez avec votre trousseau de clés ?

— C'est une clé hyper pointue, avec ça on peut largement crever un œil à l'ennemi !

Le couloir qui mène dans les caves est allumé. Nous descendons l'escalier en béton à pas de Fantômette, Marion-Lara devant, clé brandie vers l'inconnu… je retiens presque ma respiration, mais j'ai l'impression que mon cœur va me trahir. J'ai toujours pensé que certains locataires étaient un peu psychopathes sur les bords, et que fait un psychopathe quand on l'interrompt en pleine crise ? Mon Dieu, je préfère ne pas trop y penser…

Noir total… la lumière bleuâtre d'un portable éclaire un chemin dans le noir…

— Je crois que l'interrupteur est près de l'escalier ! hurle une voix inconnue, une voix de femme.

Ma flic éclaire les caves. Nous sommes trois. Une gamine en salopette avec du scotch de déménagement dans une main, son smartphone dans l'autre, ma flic agrippée à ses clés et moi à ma flic.

— C'est vous qui avez crié comme ça, monsieur ?

Marion-Lara me jette un regard navré. Perfide, cette gosse, mais il se peut effectivement que mes cordes vocales aient dépassé ma volonté… Mais… Je reconnais cette petite ! C'est celle que j'ai aperçue dans le miroir de l'ascenseur, bâtiment B ! Je dois reprendre le rôle qui est le mien, j'ai des responsabilités à assumer :

— Qu'est-ce que vous trafiquez en pleine nuit dans mes caves, mademoiselle ? Je crois qu'il va falloir vous expliquer !

50

Émile Abramson. Émile Abramson. Émile Abramson. Que se passe-t-il pour Émile Abramson ? J'interroge mon jeu à voix haute. Je coupe et dépose les cartes comme je le peux, entre un verre de jus d'orange et les quelques biscottes laissées par Danny qui a un appétit d'ado en pleine croissance depuis qu'elle fréquente son Tony. Je veux en avoir le cœur net. Les cartes parlent d'une collection, d'une maladie, dans la tête et dans l'espace. Oui, c'est clairement ce qu'a expliqué la petite. Un excès, débordement. L'Ange. L'arrivée d'un ange dans sa vie, longtemps tenu dans l'ombre. Le retour à la lumière. Entre deux bouchées de tartines beurrées, confiture à la rose ramenée par Steph de sa dernière escale tunisienne, je me rattrape sur l'existence du collectionneur nocturne.

La gosse des caves surprise en plein tri et ménage hier soir n'était autre que sa petite-fille, Amélina. Après des études à Bordeaux, la voilà à la Sorbonne. Serveuse le soir au Gudule, à Picpus. Sa mère a attendu le seuil critique de la soixantaine pour lui apprendre que son propre père était encore en vie. Amélina Kovacevic avait un grand-père à rencontrer, une cave à explorer et un paquet de révélations à encaisser.

Émile n'a jamais reconnu sa fille, née de son amour adultère pour la gardienne légendaire de l'immeuble. Mme Kovacevic a divorcé, élevé l'enfant de son mari officiel et celui d'Émile ensemble. Elle a révélé la vérité à sa fille en guise de cadeau de la majorité. Celle-ci n'a jamais voulu reprendre contact avec papounet, là où la génération d'après, en la personne d'Amélina, tenait à rencontrer le grand-père survivant. Elle a découvert un petit homme se terrant au milieu d'objets ramassés sur le trottoir. Elle s'est renseignée à la bibliothèque de psycho pour savoir à quoi rimait cette manie d'entassement et cette façon inquiétante de réduire son chez-soi à un couloir de plus en plus difficilement accessible. Bientôt Émile ne pourrait plus dormir – son lit se retrouverait enseveli – ni se nourrir car ses plaques de cuisson disparaîtraient elles aussi sous un monticule d'objets.

Syndrome de Diogène.

Après plusieurs tentatives, la gosse a compris qu'il était impossible de raisonner son tout nouveau grand-père. Elle préfère profiter de ses sorties nocturnes pour vider l'appartement et débarrasser la cave, ni vu ni connu.

Heureusement, le syndrome ne s'accompagne pas d'une manie de la liste, Émile oublie chaque objet sitôt qu'il l'a fait entrer dans son étrange tombeau, et les enlèvements d'Amélina passent, pour le moment, inaperçus.

Je termine mon petit déj sur des cartes rassurantes : l'ange est probablement la petite-fille bienfaitrice qui va réussir à calmer le mal de papy. Reste à comprendre comment la lubie initiale est devenue une maladie salement envahissante. La mort récente de Mme Kovacevic ne doit pas y être pour rien… il a dû l'apprendre, nourrir des regrets, bref, se punir en quelque sorte.

Marion-Lara m'a supplié du regard quand elle a dit à l'étudiante qu'on l'aiderait à vider la cave et même à débarrasser une partie de l'appart du vieux si elle acceptait. Je rêve ! Comme ce « on » est arrangeant, merde ! Enfin… j'ai des choses à faire en ce moment. Des gens à qui penser. Mais j'ai accepté parce que la petite a un truc dans le visage qui m'inspire. Et puis parce que je suis un concierge sympa et responsable, faut pas charrier.

Une dernière Cracotte bio dite « Pain des fleurs », je prends des forces : j'ai deux rendez-vous sur ma pause déj. Je ne pouvais pas dire non à Amber (à prononcer à l'américaine sous peine de la vexer) et Jean-Mi. Les deux viennent une fois par an, à la même période, c'est-à-dire avant les grandes vacances. Amber a trente-quatre piges et veut savoir si elle va enfin tomber sur le bon, Jean-Mi en a quarante et veut, au fond, savoir exactement la même chose mais me le demande de façon détournée. Je comprends leur question. C'est peut-être la seule qui compte, après tout. On est sur terre pour aimer et être aimé, le reste n'est qu'artifice.

Est-ce que Hakim osera demander mon numéro ? Est-ce qu'il le demandera à Véronique sous un quelconque prétexte ? Je garde mon perso à côté de moi en faisant la vaisselle. Je m'attends à recevoir d'un moment à l'autre un texto de lui… peut-être un « C'est moi. » Comme cette voix que j'entends désormais chaque nuit. Son appel… son appel qui n'en finit pas de ne pas arriver.

Twiggy, nerveuse, s'agite à mes côtés, je lui balance quelques gouttes d'eau joueuses pour la calmer. Nerveuse… ou jalouse ? Les chiens sentent tout. Presque comme moi.

51

J'ai rassuré ma flic quand je l'ai croisée ce matin, moi rentrant du Simply Market, elle fonçant au boulot. Bien sûr que je suis motivé. Je vais tout faire pour révéler la vérité au grand jour : la lumière, la justice, etc. Bien sûr que je veux savoir si ma vision du cadavre de Marie-Anne, combinée aux paroles funestes de Flachat, ne sont pas les indices d'une mort suspecte.

J'ai d'ailleurs fini par cracher le morceau à mon actrice préférée. Faut dire que cette andouille a quand même le don pour m'asticoter. Surtout quand elle repère que je m'intéresse moins à elle, auquel cas elle veut absolument savoir ce qui m'obsède, histoire de m'aider à m'en débarrasser pour se recentrer sur l'essentiel. De son côté, elle ne s'est pas privée pour bitcher sur une comédienne qu'elle déteste, la future médecin légiste de la série. J'ai encore la conversation téléphonique qui me résonne à l'oreille :

— Pierre-Chou, tu te rappelles cette salope ? Quand on tournait le Dr Quinn à la française ?

— Oui, Jenni, je me souviens de cette histoire : quand tu jouais une couturière muette et qu'elle…

— … avait carrément demandé à la maquilleuse de m'enlaidir ?! Non mais tu te rends compte Pierre-Pierre, cette bassesse ?

— Terrible, Jenni… je n'ai pas de mots.

— Eh bien, elle aura son compte, je l'ai pas loupée. Je connais l'habilleuse du film et je peux te dire que même une version galeuse de Miss Marple aura plus de sex-appeal que cette connasse.

Jenni était à fond sur ses histoires de tournage, sa série à futur succès avait commencé. Elle parlait tellement que j'ai décidé de répondre « Oui oui » et « Quelle horreur ! » par intermittence, tout en cherchant des traces de Hakim sur Internet. Jenni a fini par raccrocher pour un coaching de préparation à une scène « très très émotionnelle ». À ce stade, j'avais déjà visionné quatre fois de suite l'unique vidéo que j'avais trouvée sur Youtube. Hakim se produisait dans une salle des fêtes au fin fond de l'Oise, je crois. Pour une fois, la Voix a ouvert grand sa gueule :

Pas de carrière. Pas de carrière. Pas de carrière.

Véronique le dit doué. « Un prodige », titre l'article que je planque toujours sous mon oreiller. Alors pourquoi lui ne perce pas ? Ça tient à quoi, ce genre de truc ?

S'il me laissait l'approcher, s'il me consacrait du temps, je pourrais peut-être comprendre. Bien sûr, je dois d'abord me focaliser sur Véronique. Mais ce n'est pas de ma faute si les cartes me révèlent des choses sur les ambitions de carrière de cette nana mais très peu sur son couple. J'ai besoin qu'elle accepte de se livrer totalement, sans méfiance. Va falloir y aller au forceps pour lui faire révéler ses petits secrets. Au forceps… Ou au château-margaux.

Difficile de faire plus déterminé que moi : je viens d'accepter l'invitation de Véronique pour un « apéritif dinatoire, à partir de 18 heures ».

Le pinard commence à faire son effet. Pas forcément sur Hakim qui a seulement le regard un peu fixe, mais la Véro enchaîne les soupirs démonstratifs. Même Montaigu a l'air amorphe alors qu'il n'a pas eu droit au rouge. Comme je ne bois pas, les deux gus se sont partagé ma boutanche après un apéro au muscat. Le type de Nicolas m'a regardé avec une sale gueule quand je lui ai demandé le vin le plus fort de sa cahute. Les gens bien ne choisissent pas sur ce critère. Mais comme je dis toujours, il y a deux moyens d'accéder aux âmes par la ruse : l'hypnose et l'alcool.

— Comme c'est gentil, Pierre, de passer nous voir avec autant d'assiduité…

— Véronique, j'ai conscience du privilège qui est le mien (toujours adoucir l'hypocrisie par un soupçon d'humour) … tout le monde n'a pas la chance de dîner avec Juliette Capulet !

— Pierre, je vous ressers un soft ? intervient Hakim.

Il s'est conduit pendant tout le dîner comme un majordome de *Sunset Boulevard*. Veillant à ce que Véro soit bien assise, ne manque de rien. Multipliant les allers-retours entre la cuisine et la salle à manger. Une fois, dans la soirée, il a posé sa main sur mon épaule, me demandant d'un air grave si tout allait bien. Le roi du brassage de l'air mais je lui pardonne volontiers.

Je commence à comprendre l'architecture de la baraque. Au rez-de-chaussée, les appartements de Hakim (j'adore l'idée qu'on utilise un terme aussi pompeux pour désigner une piaule et des chiottes) et le salon de musique, celui où j'ai eu la chance de partager mon quatre-heures avec Montaigu. À l'étage, la cuisine et la salle à manger dans laquelle nous dînons actuellement. J'ai vue sur une chambre dont la porte est entrebâillée. J'aperçois le début d'un lit, et sur ce lit, un ordinateur qui…

Je m'agrippe à ma petite cuillère, secoué par une vision brutale.

Trombes d'eau. De la flotte partout. Je suis dans l'eau, vagues, courants, impossible de reprendre mon souffle. Je m'élève au-dessus de l'eau, de la mer, la mer agitée, violente. De la roche. Je m'élève encore : roche, roche à perte de vue. Des falaises ?

Falaise creusée, comme une arche, un pont dans la roche ? Une aiguille, dirons-nous…

— Vous n'aimez pas la panna cotta peut-être ? J'adooooore la panna cotta !

— Véronique, laissez Pierre savourer son dessert tranquillement.

La diva a l'œil un peu tombant, l'ivresse est bien là.

— J'adoooore les desserts. Les desserts et la musique sont mes passions. Privée de desserts, je pourrais mourir !

J'essaye de ne rien laisser paraître, de me calmer, j'ai l'impression d'avoir échappé à la noyade de justesse tant la vision était englobante.

— C'est comme la musique, les desserts, c'est la même douceur. Et… Et si je ne chante pas, je crois que j'en mourrai aussi. Hakim, Hakim, allez chercher la petite vodka de Laure… Pauvre Laure… Comme nous, envahie par le chagrin…

Hakim s'exécute, je commence à comprendre pourquoi Flachat le surnomme Toutou.

Véronique poursuit son monologue.

— C'est moi Juliette. Je suis Juliette. C'est le rôle de ma vie…

Le menton rentré, les yeux rivés sur son reste de pannamachin, un sourire un peu mélancolique sur le visage. Je ne suis plus trop sûr qu'à cet instant elle ait conscience de ma présence, ou plutôt, je suis sûr qu'elle s'en fout.

— Cela devrait vous aider à dormir cette nuit, murmure Hakim d'une voix sifflante.

Je ne l'avais pas entendu revenir de la cuisine, toujours ce pas discret, cette obéissance silencieuse… résignée ? Il lui dépose un verre d'eau et une gélule. Vision d'un pieu défait. OK, au moins, je connais la nature du médoc. Pas sûr que ça fasse bon ménage avec la vodka à l'herbe de bison.

— Pas une goutte, Pierre ? demande Hakim avec un sourire indéchiffrable.

La vie déjà m'a donné suffisamment de visions pour que je n'aille pas m'en créer d'artificielles… mais je me contente de secouer la tête en guise de réponse.

Véro est au bord du sommeil. Mais avant d'aller dormir, elle va se livrer. Après tout, c'est pour ça que je suis ici.

Maladie. Pyramide. L'arrivée du baron samedi, elle a peur de ne pas être à la hauteur.

Cloître. Méchanceté et inconstance. Elle rêve de sa compagne ensevelie sous une pluie de cacahuètes. À son réveil, elle est persuadée de sentir l'arachide.

Vol-Perte. Argent. Femme. Elle a hérité mais il doit y avoir un petit pourboire laissé à la maîtresse.

Argent. Succès. Appui. Entretenue par une autre. Par Marie-Anne. Beaucoup de dépenses. Elle ne paye pas un kopek.

L'Homme. Nativité. Encore ?

Les cartes tournent en boucle et je prends le risque d'utiliser une info de ma flic.

— Vous et votre femme, vous avez voulu adopter Hakim ?

— Ahaha ! Ces cartes… Mais ces cartes… quelle merveille…

Surtout ne pas la brusquer. Le médicament doit commencer à la détendre, elle dodeline un peu de la tête. Faudrait pas non plus qu'elle s'effondre sur la table… Où est passé Hakim ?

— Nous n'étions pas encore mariées à l'époque. Elle a dit non. Non, non, non. Elle savait s'opposer à moi. Hakim avait raison. Se marier, c'est nécessaire, c'est primordial, vous savez. Pauvre Marie-Anne… elle s'est fait manger le pain sur la tête par sa boulangère. Elle la harcelait. Je le sais, je le sais… elle était sans arrêt sur son ordinateur ou sur son portable à soupirer… Elles se vantaient d'entretenir une… correspondance. Enfin. Quelle importance. Surtout maintenant…

Ses propos sont encore un peu confus. Si seulement la Voix pouvait venir à ma rescousse, normalement elle m'aide toujours à lire les cartes, elle complète, elle corrige. Pourquoi elle me laisse faire le boulot tout seul, comme un con ?

— Véronique, j'ai besoin que vous vous concentriez, les cartes se nourrissent de vos pensées, de vos souvenirs. Vous ne voulez pas vous... enfin, vous redresser un peu sur votre chaise ?

Trop tard. Elle s'est assoupie. Prémice d'un ronflement digne de la Castafiore.

Je n'ai pas le temps de me pencher par-dessus la table pour lui donner une petite tarte aimable, la secouer un peu, quoi. Le prodige est déjà là.

Il va s'occuper d'elle. La coucher, la bercer, lui lire une histoire, peut-être.

Je tente une provocation ultime.

— Vous me donnez envie de me mettre à la musique, Véronique et vous. On m'invite à la salle Gaveau la semaine prochaine... Khalid Mazouzi, vous connaissez ?

Il se raidit. Quelque chose passe. Fugace, léger. Frisson incontrôlable de la commissure des lèvres.

— Nous avons débuté ensemble. Disons que son étoile a dû briller un peu plus que la mienne.

Je vois une femme aux cheveux roux enveloppée de poudre dorée. Deux garçons l'entourent, lui tiennent la main. À sa gauche, je reconnais le visage de l'affiche, c'est Khalid plus jeune. À sa droite, Hakim, très similaire à sa photo sur l'article de presse. Les trois personnages deviennent des sortes de visages en pointillés, des taches impressionnistes. La femme rousse se dissipe. Puis Hakim disparaît à son tour. Seul le visage de Khalid demeure, triomphant. Khalid a probablement été courtisé par Véronique, qui devait être sensible à son talent. Sauf que lui a fait le bon choix. Fuir cette femme.

Hakim me raccompagne au rez-de-chaussée, jusque dans l'entrée, suivi à la trace par Montaigu. D'habitude je vois les âmes des chiens, mais pour celui-ci, c'est le vide abyssal. Mon hôte ouvre la porte dans un geste théâtral pour me laisser passer. Me regarde une dernière fois droit dans les yeux.

— Intéressant, toutes ces cartes…

52

Cris teste un atelier éphémère rue de Rottembourg. Atelier de quoi ? Elle dit par texto que je peux la rejoindre. Je vois parfaitement où ça se situe, à deux pas de la boutique Emmaüs. Je peux y être en moins de dix minutes. Ça me fait chier de l'admettre, mais ce Hakim diminue mes forces et j'ai besoin, une fois de plus, de son aide.

Marion-Lara, elle, se lance dans des recherches plus approfondies sur le baron. D'ailleurs, sur le trajet vers la rue de Rottembourg, la Voix m'annonce des choses sur son compte.

Nicole. Nicole. Nicole.

Marion-Lara est reconnue. Marion-Lara travaille.

J'aimerais qu'elle me parle de Hakim mais elle ne me fait pas ce plaisir, même quand je me concentre pour l'interroger. Elle m'a refait le coup du « Pas de carrière. » Et puis ses « N'y va pas, Pierre. » C'est tout.

J'arrive à l'atelier éphémère. Odeur d'huiles essentielles et d'encens un peu cheap. Merde, dans quoi je suis tombé ?

Quand je demande Cris, on m'amène derrière un paravent japonais et le spectacle qui s'offre à moi est proche de l'apocalypse. Sur une table de massage, une femme en mauvaise posture : couchée sur le ventre, les fesses seulement recouvertes d'une ignoble culotte beige. Elle pousse des gémissements plaintifs dont je repère assez vite l'origine : une autre nana, grande gigue blonde, lui pétrit les cuisses avec la douceur de Mme Keller écrasant un cancrelas.

Je n'ai pas le temps de protester : une autre grande gigue m'installe quasi de force sur une petite chaise avec vue sur Cris, et commence à me masser vigoureusement les épaules. J'ai l'impression que c'est le seul moyen de se fondre dans le décor : accepter d'être maltraité.

— Y'a que ça de vrai, Pierre ! Une heure de palper-rouler ; tu souffres tellement que même ta cellulite n'ose pas rester ! J'ai aussi fait les épaules tout à l'heure, divin.

Ça ne me rassure pas : après les épaules, l'étape obligée c'est le pétrissage de cuisses ? Hors de question ! Je vais droit au but, pas de temps à perdre avec des histoires de bon plan vergetures. Ça me met juste mal à l'aise de parler devant l'autre masseuse, mais Cris m'assure que la petite est suédoise : elle capte pas un mot de la conversation. Sinon on est toujours tenté de demander à la masseuse d'y aller moins franco. Là c'est pas possible. Un trait de génie avec une pointe de sadisme.

Je déballe à Cris, déjà mise au parfum par ma flic, les tenants et les aboutissants de « l'affaire Marie-Anne » avec l'espoir qu'elle entrevoie au passage une belle histoire entre moi et le petit prince des 4 000.

Entre deux grimaces, elle me jette des regards suspicieux.

— T'as pas un truc, là ? Je sens ton aura un peu faiblarde... Ouille... merde... ça brûle...

J'ignore ses questions intrusives et raconte mon dîner de la veille en détail, des visions aux cartes (j'aimerais rester digne et droit tout en jactant, mais mon bourreau suédois m'en empêche.)

— T'aperçois l'ordinateur sur un lit et t'as une vision d'Étretat ? Bah, c'est son mot de passe !

— Comment tu sais que c'est Étretat ?

— Oh ! Pierre, quand même ! Un peu de culture, quoi ! Tes falaises creuses, là, c'est l'aiguille d'Étretat, non ?

Un code d'accès ? Possible. Véronique avait parlé d'un accident à Étretat, première manifestation de l'œdème de Quincke chez sa compagne. Utiliser un nom qui rappelle des souvenirs aussi douloureux comme mot de passe d'ordi, c'est un peu tordu…

— Bon, sinon, la vision de la poudre dorée, j'ai déjà eu. Une cliente qui entretenait sa mère *et* ses deux sœurs. Elle avait bien réussi et tout le monde pompait son fric.

— En l'occurrence, visiblement c'est pas la Véro qui a le pognon, c'est feu sa nana.

— Oui, mais ça se tient : pour elle, ce qui compte, c'est les apparences.

Quand je passe au chapitre tarot, Cris pousse un « ouhhh » démonstratif.

— Pincement de la culotte de cheval ?

— Non, Pierre ! C'est que je me dis : oulala, il en a du bol le petit, lui qui a pas connu sa mère, d'en trouver une autre qui veuille bien de lui !

— Justement, Cris, tu t'imagines à quel point ça a dû être douloureux ? Hakim s'attendait à ce que Véro convainque Marie-Anne de l'adopter, mais la Casanove n'a rien voulu savoir.

— Non, non. Je te dis qu'on l'*a* adopté, moi, ce gamin. Il *a* une nouvelle mère. J'ai une vision, là, c'est pour ça que les cartes reviennent à la charge. Fais-leur confiance, je te l'ai toujours dit, Pierre, tu n'écoutes pas assez ton jeu. Par contre, méfie-toi de ce trio : c'est ma clairvoyance qui parle.

Sa clairvoyance est peut-être bavarde, mais Cris, elle, parle de moins en moins et proteste de plus en plus. Ça doit être une étape cruciale du massage. Du regard, je fais le tour du minuscule espace que délimite le paravent avant d'abandonner ma médium.

Les deux masseuses me saluent d'un signe de tête peu aimable, elles doivent me voir comme un déserteur.

Il y a autre chose que j'ai hésité à confier à Cris… est-ce que j'aurais dû ?

Le cadavre que je vois revenir en rêve la nuit.

Ce n'est plus le même.

53

Quand la Véro a téléphoné à 21 heures, pour me convier au grand dîner en compagnie du baron et de « quelques amis chers à son cœur », j'ai tout de suite annoncé que je ne viendrais pas seul mais accompagné de mon assistante, Marion-Psyché. Bien sûr, Marion-Lara m'avait reproché l'absence de promotion (« collaboratrice » sonnait soi-disant plus respectueux qu'« assistante »). Quant au nom de scène, j'y étais allé à l'instinct. J'avais réparé la connerie en appelant immédiatement Jenni. Après tout, il s'agissait pour ma flic d'un rôle de composition.

Jenni était furax. Ou du moins, elle faisait comme si, mais je la soupçonnais d'être flattée par mon appel au secours. Marion-Lara était censée la renseigner pour son nouveau rôle de flic, et voilà que j'inversais la donne en lui demandant de la coacher !

— Tu ramènes toujours la couverture à toi, Pierre !

— « Ma fliquette », comme tu dis, est à peu près aussi bonne en dissimulation que toi pour garder un mec. C'est un cas d'extrême urgence !

*
* *

Jenni est en plein tournage de nuit, à Maisons-Alfort. Elle m'a donné une adresse, je dois traverser l'école véto pour y accéder. J'embarque Twiggy, enceinte jusqu'au cou, ça lui fera plaisir de voir le papa, et puis ma flic, secouée comme jamais par le retour de l'affaire Rebecca.

Le très jeune beau-père est en plein démêlés avec la justice. La mère de Rebecca est du genre à ne pas rester seule longtemps, elle s'est donc retrouvé un mec, même profil, beau gosse, jeune et graphiste (probablement une sorte de tropisme). Elle doit trouver une consolation à cette histoire sordide dans les bras de ce type. La gamine est suivie par un pédopsychiatre. Mais le drame s'acharne, sur cette gosse, sur cette famille. Cette semaine, lors de la séance hebdomadaire, la collégienne a craqué, tout lâché au pédopsychiatre, n'ayant pas osé parler à sa mère. Le nouveau petit ami était rentré une nuit dans sa chambre et avait commencé à… la pauvre Marion-Lara n'arrivait même pas à finir ses phrases. Pas de pénétration mais comme la première fois des traces, cette fois sur une peluche et non des vêtements. Il n'était pas trop tard pour les analyser. Le psy avait sonné le branle-bas de combat.

« Est-ce qu'il y a des familles contre lesquelles le sort s'acharne ? » C'était la question qu'avait posée Nicole ce matin à ma flic, cigarette électronique au bec.

Chaleur écrasante : l'orage est dans l'air mais n'arrive pas, même sous terre l'atmosphère est plus lourde. Twiggy ne moufte pas de Porte-Dorée à notre station, la 8 se traîne, comme d'habitude. Marion-Lara achève son récit sur la question de Nicole. Silence pesant entre nous. J'étais persuadé que la réponse était « oui », mais ma flic n'en était pas encore arrivée à ce stade et je ne pouvais pas l'influencer. Je flairais un truc : cette affaire allait avoir un impact sur sa carrière, mais j'ignorais encore lequel.

Une part de moi s'investissait dans l'enquête de ma flic, l'autre se contentait de lui occuper les mains, pour se concentrer sur le seul sujet qui vaille : Hakim.

— Pierre ? C'est la prochaine !

Marion-Lara descend de la rame en se cassant la gueule sur ses désormais inséparables mules dorées, Twiggy tente de traîner ses rondeurs avec prestance. Je ne sais pas s'ils vont accepter de laisser rentrer notre trio sur le tournage.

Musée Fragonard ? On est pourtant bien au bon endroit… Dans la montée d'escalier qui conduit à l'entrée principale, on croise un paquet de monde, ça sent le monteur et le chef op. On demande Jennifer à la première bonne femme qui court moins vite que les autres. Cernes jusqu'aux dents (je la vois entourée de jumeaux agités), cheveux en bataille comme au saut du lit :

— Elle vous attend ? C'est bientôt sa pause, elle est encore au fond avec les écorchés, faut traverser les trois salles !

Trop de bêtes mortes.

Trop de morts.

Ça sent la mort.

La Voix n'a pas tort. Pas difficile d'imaginer une scène de crime dans ce lieu flippant, au milieu des calculs rénaux d'éléphants, veau à deux têtes empaillé, squelette de cheval et autres cauchemars en formol. Marion-Lara a pris ma brindille dans ses bras et lui cache les yeux comme devant une scène érotique au cinoche :

— Ça doit pas être bon pour elle, de voir tous ces cadavres ! La pauvre, c'est le seul animal vivant de cette pièce !

Pas sûr, vu l'aboiement enthousiaste qui nous fait sursauter tous les deux, arrivés à la salle numéro 3 : Roupette !

La porte qui débouche sur la salle des écorchés s'ouvre dans un grand fracas, c'est Jenni qui s'apprête à engueuler son chien, qu'elle se vante d'avoir éduqué façon *Petites Filles modèles*.

Derrière elle, un type caméra au poing fait des essais, un barbu en tongs-short-bob s'adresse avec le plus grand sérieux à un autre type étendu sur le dos, probablement une victime.

— Oh ! Roupette ! Même aveugle, il reconnaîtrait l'amour de sa vie ! se radoucit aussitôt Jenni en apercevant Twigg.

Jenni nous conduit dans sa loge improvisée, un étage au-dessus du musée. C'est une sorte de réserve pour bêtes empaillées estropiées. Des corps boiteux ou sans tête, une odeur de paille et de renfermé… des os qui sortent de caisses en bois, comme un pique-nique pour cannibales. Je vois que Jenni ne s'est pas laissé abattre : petite coiffeuse, miroir en pied décoré de photos et guirlandes lumineuses ; cette foldingue aménagerait un « coin glamour » en pleine guerre des tranchées.

Jenni ignore superbement Marion-Lara mais je sais que ça ne durera pas (derrière chaque inconnu se cache un nouvel admirateur potentiel). Sans nous avoir avertis, elle commence à se déshabiller derrière un genre de squelette raide comme la justice mais qui semble recouvert d'organes séchés. Je remarque dans un frisson que son visage et son corps sont partiellement peints en rouge et j'ai la vision d'un homme pinceau à la main, palette au pouce, en train de colorer le coco comme s'il s'agissait d'une toile de maître.

À peine dissimulée par le pauvre homme, un peu gringalet faut dire, elle troque sa tenue de flic contre un pyjama en soie noire sous les yeux sidérés de ma flic, sans doute peu habituée à cette absence totale de pudeur. Jenni balance négligemment pantalon et chemise de poulet en l'air, et les vêtements atterrissent sur le dos d'un renard empaillé, auquel il manque une oreille.

— Tu as vu, Pierre-Chou ? Ce drôle de mort, apparemment c'est un écorché de Fragonard, ils doivent le rénover pour le musée. Ce sale bonhomme s'amusait à trouver une recette de conservation des cadavres… il aurait mieux fait de plancher sur un antirides efficace.

Marion-Lara rit ostensiblement à la plaisanterie de Jenni… elle marque un point.

— Et toi, tu t'en sers de paravent ? Un homme mort depuis des lustres ?

— Écoute, Pierre, son âme a encore le droit de se rincer l'œil, et puis il est plus inoffensif que beaucoup de réalisateurs, et presque moins laid.

Jenni ressort de derrière le macchabée et boucle la ceinture de son peignoir avec férocité :

— Vous vous rendez compte ? On me fait attendre, tout ça parce que cette connasse de médecin légiste a un « imprévu » ! C'est qui le premier rôle, ici ? En tout cas, ils ont choisi un décor à sa mesure, le musée des Horreurs…

Nerveuse, elle s'approche de sa coiffeuse, attrape un éventail rouge dans la main gauche, son smartphone dans la droite, et tripote le bestiau en s'éventant avec application, probablement pour s'assurer que son nombre de followers-groupies n'a pas diminué d'un iota. Le résultat doit l'enchanter puisqu'elle jette un œil nettement moins sévère sur ma flic.

— Bon. Tu es de quel signe, ma chérie ? demande-t-elle dans un geste théâtral, refermant d'un claquement de main son éventail. Vierge, non ? C'est pas terrible, mais bon, on va faire avec. La meilleure formation reste la pratique. Je vais t'aider à trouver, au plus profond de ton p'tit cœur, ton personnage. Tu ressens déjà son énergie ? C'est normal, il est là, tout près.

*
* *

Elle me devait au moins ça pour avoir reçu gratos Sarah et Ruben, ses soi-disant « géniteurs spirituels ». Marion-Lara joue le jeu du coaching à fond : Jenni lui fait travailler des postures, attitudes inspirées, poses métaphysiques. Des conneries, quoi. Mais de l'épate-bourgeois et c'est exactement ce qu'il nous faut. Seuls les gens qui connaissent ou respectent vraiment la voyance n'ont pas besoin du décorum. Pour notre cible de samedi, en revanche, il est indispensable. Véro voulait faire baver ses invités en leur montrant qu'elle avait son M. Irma attitré ? Madame allait être servie.

De mon côté, laissant Roupette et Twiggy à leurs affaires, j'étudie mon jeu pour voir comment transmettre quelques fondamentaux à Marion-Lara. Je n'ai jamais fait ça. Maintenant que j'y pense, personne ne m'a jamais appris le tarot. Le jour où j'ai hérité du Belline de mon père, il était déjà cané depuis des lustres. J'ai trimballé les cartes avec moi pendant des semaines, des mois. À la moindre occasion, je les sortais, je les touchais, j'essayais de les écouter. La symbolique est venue toute seule, pas eu besoin de mode d'emploi. Alors l'expliquer à un faux disciple me paraît complexe.

Vol-Perte. Pensée-Amitié, Maladie, Étoile de l'homme. Des dessins naïfs ou angoissants, des termes vagues, flous, qui ne veulent rien dire si on ne les combine pas les uns avec les autres. Y'a du boulot si la petite veut vraiment se faire passer pour une assistante.

Jenni a une idée de génie qu'elle exprime en continuant de s'éventer, genre copine de Scarlett O'Hara en soirée :

— Pierre-Chou, t'as qu'à faire comme les pianistes avec leur tourneuse de page ! Tu seras avec du beau monde, c'est ça ? Des personnes habituées à être servies ou qui rêvent de l'être ? Elles désignent les cartes, ton assistante les retourne, c'est simple. Et puis Marion-Lara pourrait s'occuper des entretiens préparatoires ?

— D'où est-ce que tu sors ça ?

— Enfin, Pierre ! Et la créativité ?! Comme tu ne pourras pas tirer les cartes à tous les invités à la fois, Marion-Lara les auditionnera pour recueillir ce qui les tracasse, les thématiques fondamentales qu'ils souhaitent aborder…

— Je vais te décevoir : cul-fric-amour, ou éventuellement amour-cul-fric.

— Tu noircis ton aura, Pierre-Chou, apaise-toi ! Ça m'angoisse, toutes ces ondes négatives !

On toque à la porte. Le type de tout à l'heure glisse un bout de sa barbe. Je remarque qu'il porte des lunettes de soleil, l'accessoire indispensable…

— Mélanie ? On y retourne ? Les poches de sang viennent d'arriver ! La couleur est top.

Disparition soudaine du mec casquette-tongs-short.

— Pourquoi il t'appelle « Mélanie » ?

— J'habite déjà le rôle, Pierre, je l'habite et Mélanie m'habite. Nous nous habitons. D'ailleurs, je te conseille d'appeler ton assistante « Marion-Psyché » dès maintenant, qu'elle s'habitue. Sublime, d'ailleurs, comme nom de scène… *bye bye* les chéris ! On ne fait pas attendre une caméra qui a faim.

Jenni attrape sa tenue de flic sur le renard Van Gogh, glisse son éventail dans sa gueule et se retourne une dernière fois en regardant Marion-Lara :

— Tu vas être sublime, ma chérie ! On se retrouve aux Césars ! Bisous bisous !

Paraît que c'est à leur sortie de scène qu'on reconnaît les vraies stars.

54

Je n'ai pas d'autre choix que de faire confiance à Marc. Après tout, c'est lui qui est censé l'avoir formée en piratage informatique. Une flic qui jacte chinois, a des rudiments de tarot et vous farfouille dans les ordis comme d'autres dans les sacs à main : autant dire qu'elle allait avoir du mal à actualiser son CV. Ce soir, on verra si les enseignements de Marc, Jenni et moi ont porté leurs fruits.

Après notre séance de coaching avec Jenni, j'ai passé la nuit avec la Voix.

Ça faisait longtemps qu'elle ne s'était pas adressée à moi plusieurs heures de suite. Parfois, elle me sermonnait comme un gosse ou allait jusqu'à imiter Cris.

Pierre, tu n'écoutes pas assez les cartes.

Pierre, n'y va pas, cette maison est méchante méchante méchante.

Son petit refrain a fini par me bercer et je me suis endormi, sur les coups de 4 heures. J'ai encore rêvé d'un cadavre (silhouette moins massive, toujours un corps de femme je pense) et cette fois, toujours dans mon rêve, j'ai clairement vu Hakim, au piano, entouré de quatre êtres empaillés :

Marie-Anne.

Véronique.

Laure.

Et moi.

Hakim joue continuellement, je ne sais pas quel morceau, je n'entends plus aucun son, aucune musique, pourtant je sais qu'il joue et nous observons la scène, immobiles, rigides, figés, suivant seulement des yeux le trajet de ses mains sur le clavier.

Au matin, je suis réveillé par des bruits de cascade ; Danny doit être en train de se noyer sous la douche. J'écoute ma collection de messages vocaux, en berne depuis plusieurs jours. Sur le pro, voix plaintive de Pascaline Dijoud offusquée par le comportement de « la locataire qui laisse traîner ses sacs poubelles devant sa porte. On est pas à Marseille, ici ! » Je ne cherche pas à comprendre pourquoi la Pascaline se tape deux étages pour faire sa ronde. Sur le perso, Dolorès m'annonce qu'elle a dégotté la poule aux œufs d'or : une tarée qui se prend des bains au *Diorella*. Elle oublie juste de préciser que le parfum est issu de leur nouveau trafic. Inspection du courrier laissé par Danny à côté du vide-poche : Sarah et Ruben m'invitent au mariage de leur fifille chérie, Tracy et son chauffeur-livreur. J'ai des visions de la mère voulant m'inclure dans sa famille, essayant de me caser avec une lointaine cousine célib. Je sens que cette fois c'est moi qui vais demander à Marion-Lara de venir à ma rescousse. À moins que d'ici là… que d'ici là… Bref. Il n'a laissé aucun message.

Danny sort de la salle de bains avec une tête d'alien, même Twiggy se planque le museau entre les pattes :

— « Vous ne savez pas ce que c'est qu'une femme qui se venge ! »

— Qu'est-ce que tu racontes, encore ? Vire-moi ce masque à l'argile si tu veux gagner en crédibilité !

— *Les Dames du bois de Boulogne*, Bresson, 45. Du pur génie.

— Je vois pas le rapport …

— Toi aussi tu ferais bien de faire un masque à l'argile si tu sors ce soir, ça te fera une peau de pêche à la Maria Casarès.

— De quoi je me mêle ?

— Me prends pas pour un têtard de la veille, Pierre, tu crois que je t'entends pas la nuit, quand t'appelles ce Hakim dans ton sommeil ? Hein, Twiggy, t'en dis quoi ma grande, *Le Concierge amoureux*, ça fait un bon titre pour un vaudeville ?

Quelle plaie, cette bonne femme…

— Merci d'être venu, Pierre. En ce moment, Véronique a besoin de se sentir soutenue. Vous n'imaginez pas les pressions qu'elle a dû subir, les mois qui ont précédé le départ de Marie-Anne. Laure… vous savez qui elle est, n'est-ce pas ?

Je hoche simplement la tête, surpris pas une entrée en matière aussi franche.

— Je n'ai jamais vraiment compris cette femme. Cette façon qu'elle avait de harceler Marie-Anne…

Hakim jette un regard appuyé en direction de Marion-Lara, restée en retrait dans l'entrée pour faire connaissance avec le Jack de la maison.

— Par moments, j'ai cru que Véronique frôlait la crise de nerfs. Mais j'étais là. Je serai toujours là pour elle. Et puis, la médecine moderne fait des miracles.

Autrement dit, la Véro doit avoir de quoi tuer tout un régiment avec des cachetons.

— Je vois que vous faites connaissance avec Montaigu, mademoiselle ?

— C'est un drôle de nom…

— *Roméo et Juliette*… le Graal pour Véronique. Pierre ne vous a pas révélé qu'elle se préparait à incarner la plus belle héroïne shakespearienne à l'opéra ?

J'ai malheureusement laissé à ma flic un peu trop de marge de manœuvre. Quand je suis venu la chercher, une demi-heure plus tôt, pour lui donner les dernières recommandations pour la soirée chez Véronique, je l'ai trouvée en plein délire Mme Irma. Ses bouclettes décolorées enrubannées dans un turban, un jupon serpillière, des babouches dorées et une blouse à manches bouffantes. Le tout agrémenté de colliers à breloques en veux-tu en voilà et d'un petit sac de cuir en bandoulière façon berger des Cévennes. À quoi jouait-elle ? Quand elle m'a ouvert la porte, son prénom directement suivi d'une injure m'ont échappé. Marion-Lara avait répliqué par un très posé :

— Appellez-moi Marion-Psyché.

Je ne pensais pas qu'elle rentrerait à ce point dans le rôle, la faute à Jenni qui l'avait encouragée à « épouser son personnage intérieur ». J'ai été obligé de lui demander de se changer et de fouiller avec elle dans ses placards pour dénicher la tenue la plus classe et la plus sobre possible. Gros boulot.

Autant dire que j'ai encore franchi un cap dans son intimité. Franchement, je m'en serais passé. Surtout quand j'ai aperçu la petite pile de caleçons (repassés) du Marc, rangés façon je marque mon territoire, juste à côté d'une pile branlante de débardeurs à paillettes.

Heureusement, elle ne s'est pas trop vexée. Si on ne voulait pas passer pour des branques, mieux valait se la jouer « voyants de la haute », tailleur-pantalon pour les deux, tonalité croque-mort. Les agents de l'avenir.

Fouiller dans l'ordinateur de Marie-Anne, récupérer un max de docs. C'était notre priorité. Fallait juste croiser les doigts pour que la soirée se passe bien dans la salle à manger du premier, parce que si c'était dans le salon de musique au rez-de-chauss', on était cuits : Marion-Psyché aurait du mal à trouver une excuse pour grimper à l'étage des Amazones.

On se traîne péniblement jusqu'à la maison à motifs, sous cet air moite et collant. Le ciel ne pète toujours pas, alors que la ville entière semble n'attendre que ça.

Marion-Lara répète ses noms de carte à voix haute avec le mot-clé qu'elle y a associé.

Étoile de l'homme, Passion : domaine sentimental.

Campagne-Santé : honneur, acquisition heureuse.

Famille + Nativité : naissance à venir ou changement professionnel.

La Voix est presque aussi chiante. Elle me glisse des :

Attention, Pierre, la confidence.

Sois méfiant, Pierre, la gentillesse.

Attention, Pierre, la confidence.

Elle fait sans doute référence à l'attitude de Hakim qui m'accueille comme si j'étais son meilleur ami psy. Mais je n'ai aucune envie de m'attarder sur la Voix, surtout vu la façon dont elle se barre sans scrupule dès que je pénètre dans cette maison.

Hakim nous conduit directement au salon de musique et nous annonce comme pour un bal de la Cour.

Pour un peu, on se croirait chez Visconti.

55

Des mains. Des mains grouillantes, indénombrables. Sur des billets de banque et de la bouffe. Comme des mille-pattes, des mains carnivores, voraces.

Même sans cette vision, j'aurais rapidement deviné que les gens qui guettent notre entrée, vissés dans leurs fauteuils, méridiennes ou canap, appartiennent au genre pique-assiettes.

Hakim est dans notre dos. La main sur mon épaule, il nous souffle les noms des hôtes chaque fois que nous nous approchons de l'un d'eux. Serrages de pince ou hochements de tête réservés. Il prononce leurs noms comme s'il parlait d'un colis fragile. Alors que ce que je vois n'a rien de reluisant.

— Flora dirige un atelier d'écriture à l'abbaye de Senlis en partenariat avec les petits élèves de l'école Saint-Vincent.

Vision sans équivoque. Flora et le dirlo ne s'envoient pas que des partitions.

— Caroline est thérapeute musicale à ses heures perdues…

Et elle fout quoi le reste du temps ?

— Anastasie est mécène, elle a beaucoup fait pour l'Opéra de Monte-Carlo et divers artistes.

Merde. Elle doit avoir le fantasme du médium. Moins connu que celui du plombier mais plus persistant.

— Wolfgang est peintre expressionniste, mais il n'aime pas parler de son travail, n'est-ce pas, Wolfgang ? Charlotte, tu…

tu travailles dans les assurances, c'est ça ? Pardon, contrôleur de gestion.

La Charlotte, épouse ou copine, manifestement récente, mal accueillie et probablement considérée comme sans intérêt ou vulgos.

— Et notre tant attendu baron Andreas von Grünerstrasse !

La carte maîtresse de ce jeu de dupes. Regard étrange, normal : un œil brun, un œil vert. Du vairon à la David Bowie. Je m'attendais à un baron vieux et ventripotent, barbu et talqué. Au lieu de ça, le type qui nous salue avec courtoisie est un quadragénaire fringant, le seul de cette assemblée à être en jean, T-shirt et baskets. Je vois passer quelque chose dans ses yeux. Je n'en suis pas sûr, mais ça ressemble à... du désir. Sauf que ce n'est pas moi qu'il regarde : peut-être Mlle Irma ?

Je ne comprends pas pourquoi ma flic ne se débarrasse pas de son ridicule sac en bandoulière, vestige de son costume de diseuse de bonne aventure... j'hésite à lui glisser une remarque bien sentie, ce machin ruine sa crédibilité, mais je n'en ai pas le temps, on me tire par le coude : c'est la Véro qui n'aimerait pas que ses invités lui piquent la vedette.

— Alors, Pierre ? Votre assistante est adorable. Ce blond campagne, ça vous change de la sophistication parisienne ! Mais prenez donc un petit quelque chose à grignoter...

Chaque bouchée est passée au millimètre, j'ai l'impression d'être entouré de scanners au moment où je me baisse pour tâter du toast. Je vois passer des ours en cage. Pas de doute, à leurs yeux nous sommes des bêtes de foire. Pas un ne se relève, les plateaux de feuilletés et verrines circulent d'un fauteuil à l'autre.

J'avais pas noté la table du milieu et les plateaux disposés à même le sol. Garnis de vaisselle et de plats. Merde, on se la joue banquet romain. J'ose pas penser à ma digestion si je mange latéralement. Marion-Lara s'adapte parfaitement à l'environnement. Elle s'installe à côté du baron et entame une discussion dont je ne capte rien, puisque je suis alpagué par Anastasie. Je ne sais pas si elle fait beaucoup pour l'Opéra de Monaco, mais elle fait très peu pour mon confort, elle parle comme si j'étais à des kilomètres d'elle, j'attribue d'abord ça à une surdité précoce mais en fait elle veut simplement que toute l'assemblée profite de l'intelligence de ses propos. Elle me demande mon avis sur un type dont j'ignore jusqu'au nom, apparemment le premier rôle masculin de *Pelléas et Mélisande*. Je rebondis sur de la flatterie mêlée de propos intéressés, tout en déposant une main délicate sur son avant-bras :

— Vous avez l'âme aussi riche que j'ai la culture pauvre, madame. Surtout dans le domaine musical… à part *Roméo et Juliette*, je suis inculte.

— « Une âme riche » ? Comme c'est beau ! Notre Juliette maison a eu de la chance, on peut le dire…

Il n'y a qu'à une occasion que mes clientes baissent la voix comme la miss le fait : quand elles sont sur le point de me sortir une vacherie sur une rivale.

— Sans cette défection de dernière minute, elle n'aurait pas eu le rôle. Mais bon, mieux vaut être un second choix plutôt que rien.

Sur ce, elle engouffre un feuilleté en me regardant avec ce qu'elle doit considérer comme un regard « gourmand-envoûtant ».

Pas le temps de me laisser dévorer, Hakim m'attire vers le piano pour m'aider à retrouver plus vite une partition parmi les trente qu'il a sélectionnées pour la soirée. Piano-voyance, un nouveau concept. Un œil vers Marion-Psyché ; la petite continue de s'amadouer le baron, qui rit à gorge déployée. Oui, c'est certain, il doit être sous son charme.

Je me concentre sur son visage, espérant faire éclore une vision, mais rien, que dalle. On dirait que la proximité de Hakim joue sur moi l'effet d'un filtre. Chaque fois que nous nous passons les partitions (impossible de retrouver ses *Variations Goldberg* de merde), j'ai l'impression qu'il attend que je le regarde. Qu'il me… cherche.

Véronique se lève brusquement, serviette en papier noir dans la main gauche, coupe de champagne dans la droite, et interpelle ses invités en même temps que moi :

— Pierre, vous nous livrerez bien quelques petites éclaircies sur nos futurs ?

Je suis tétanisé. Je n'avais pas prévu une demande aussi brutale, avant même de passer à table. Dans ma jeunesse, j'avais participé à un dîner mondain transformé en séance de voyance gratos, mais la maîtresse de maison avait eu la décence de nous faire becter avant. Et puis à table, ça passe mieux, c'est plus fluide, untel me pose une question, je bricole mon jeu, je réponds, un autre se lance… Mais là, rien à voir. Je suis vraiment l'animation clé de la soirée.

— Nous avons l'habitude de faire une préparation individuelle avant les cartes groupées. Est-il possible de nous indiquer un endroit calme afin de vous recevoir les uns après les autres ? Si possible en hauteur ? demande mon assistante.

Qu'est-ce qu'elle fait, mon Dieu, qu'est-ce qu'elle fait ?

— En hauteur ?

Véronique s'approche de mon assistante à pas lents, tout en s'essuyant les mains avec sa serviette.

— La voyance travaille beaucoup sur le rapprochement des plans physiques et spirituels. Hauteur du lieu, hauteur de l'âme. Pas étonnant qu'on joue au poker dans des caves.

Véronique renverse la tête à l'envers, éclate de rire avant de se tamponner les lèvres avec sa serviette dans un geste totalement affecté.

Peu importe le degré d'hypocrisie dans son rire. Marion-Psyché l'emporte.

— Hakim va vous accompagner à l'étage. Dans la salle à manger.

Puis, à mon attention, d'une voix blanche et sans me lâcher d'un cil :

— J'espère que vous ne serez pas perturbé par l'âme de Marie-Anne…

56

La thérapeute musicale vient de nous quitter. Elle nous laisse seuls dans ce cadre sinistre. Ses larmes ont coulé à gros bouillons après le coup de l'ancêtre protecteur. Il faut dire que j'ai senti la sensible et ressorti un classique de Cris, que je reprends parfois à mon compte quand j'ai besoin d'axer sur la fibre émotionnelle. Je peux savoir quand une personne aujourd'hui morte a compté dans la vie de celui à qui je fais les cartes. Le truc, c'est d'en rajouter dans le « son âme est là, toute proche… », « son prénom commence par un R ». Sans la Voix, c'est nettement plus dur puisque c'est elle qui me glisse tous les prénoms à l'oreille. Si c'est Josiane et que je te sors un « son prénom commence par un J », c'est encore plus frappant qu'en donnant le nom entier. Bref, sans Voix, je l'ai joué prudent et ça a été efficace. J'ai aussi vu un bon problème de bibine mais parler de mamie Jacqueline était plus pertinent. Question d'ambiance. La Caroline doit déjà être en bas en train de vanter mes talents de généalogiste. Parfait. Les seuls qui nous intéressent vraiment : le baron et Véro.

Marion-Psyché me chuchote de lui indiquer le lieu où j'ai vu l'ordi la première fois. Je lui indique une porte, qu'on aperçoit depuis la salle à manger…

Trop tard. L'autre victime est déjà là. C'est Anastasie. La petite n'aura jamais le temps de s'isoler pour jouer aux pirates !

Je commence à mélanger le jeu avec des gestes vifs et saccadés. La respiration d'Anastasie s'emballe. Elle croit que je vais lui révéler un musée à son nom ou quoi ?

Marion-Psyché retourne les cartes et pousse un petit « olala » qui m'inquiète.

— C'est grave, mademoiselle ? demande Anastasie.

— Non, madame, mais il vaut mieux que je sorte. Pardonnez-moi, mais vous faites l'objet d'une élection. Il faut absolument que je vous laisse dans l'intimité. Les cartes veulent que leur contenu ne soit pas dévoilé à autrui. Je ne peux pas m'imposer à elles.

Cette lâcheuse sort à reculons, me laissant seul avec l'enfer.

— Vous pensez que je suis élue pour quoi, exactement ?

(Vite, vite, quelque chose. N'importe quoi.)

— À Monaco…

— Une royauté ?

— Élue pour un prix. Un prix, un nouveau prix, décerné à une personnalité, une vraie, très remarquable, de ce beau petit État. J'entends Albert et Stéphanie…

— Même si j'ai tiré Le Cloître, Despotisme et Trahison ?

— Ça ne veut rien dire. Ou plutôt, ça veut dire qu'il faut se méfier du dessin des cartes, Anastasie. Des années d'expérience sont nécessaires pour lire l'oracle. Seuls les incompétents vous diront que Mort, Maladie ou Trahison sont des choses négatives.

Je suis consternant. Heureusement que Jenni n'est pas là pour le voir. Je crois qu'une séance de coaching ne m'aurait pas fait de mal à moi aussi…

Je me concentre sur le mur. Motif d'abeille. Vision d'une enfant piquée, des hurlements de douleur. Le cou qui enfle et enfle.

— C'est dangereux l'apiculture. (J'ajoute un clin d'œil pour sceller un pseudo-rapport complice entre nous.)

— Je vous demande pardon ?

— Je vous vois enfant, Anastasie. Vous êtes déjà ravissante. Six ou sept ans. Mais la piqûre d'abeille reste un traumatisme, n'est-ce pas ?

À son air interloqué, je comprends que je suis en train de me vautrer en beauté.

Fort heureusement, j'entends quelqu'un arriver… Une chevelure rousse… Véro ?

— Tout se passe bien ? Je crois que notre Charlotte s'impatiente en bas… comme quoi, même les contrôleurs de gestion sont en attente d'un avenir ! Ahaha !

Je ne relève pas la blague méprisante. Elle relève mon air inquiet.

— Marion-Narcisse n'est pas là ?

— Marion-Psyché.

— Je suis incorrigible ! Pas de mémoire des prénoms mais une culture trop vaste, ça donne de ces mélanges…

La porte s'ouvre d'un coup. Ma flic nerveuse. Véronique nerveuse. Confrontation silencieuse.

— Vous… étiez en train de… ?

— Chercher les commodités, répond Marion-Lara. Je les ai trouvées.

— Le système d'évacuation des eaux endommagé ne vous a pas importunée, j'espère ? On ne trouve plus aucun plombier qui fasse correctement son travail aujourd'hui, c'est un enfer…

— Pas du tout. Excusez cette courte absence, Maître Pierre.

Véronique la dévisage un instant et quitte la pièce, suivie d'Anastasie.

Marion-Lara me chuchote en exagérant son articulation, la main repliée en paravent au-dessus de la bouche :

— É-tre-tat-ça-mar-che-pas…

— Quoi ?

— « Étretat », ça marche pas !!!

Trop tard. Déferlante Charlotte. Elle s'assoit avec une mine réjouie. Elle doit se dire qu'on lui veut moins de mal que les fauves d'en bas. Ce qui n'est pas faux.

Je mélange. Je brasse, je brasse. Je fixe le plafond en expirant comme si je chassais un mauvais sort par les narines…

— Voyons, Charlotte… Charlotte… Avec deux *t* au milieu, mais pas à la fin…

— Pardon ?

— Je veux dire, il n'y a pas de *t* à la fin de Charlotte… Alors que dans *certains mots*, oui… Mais pas dans Charlotte, évidemment…

Air médusé de la pauvre nana à qui je prévois ensuite de sortir le grand jeu, histoire de rattraper cette catastrophe. Pourvu que Marion-Psyché ait percuté.

Celle-ci retourne les cartes pour que je puisse les lire, c'est l'occasion ou jamais :

— Disciple ?

— Oui, Maître ?

— Vous avez les doigts gras. Allez vous laver les mains, s'il vous plaît. Dix-neuf fois de suite, comme prescrit dans la mythologie indienne. Faites-le immédiatement. On ne souille pas le jeu, Marion-Psyché, je croyais pourtant vous l'avoir suffisamment répété.

Je sors à Charlotte le laïus du prof épuisé par les étourderies de son élève mi-con, mi-naïve. Elle hoche la tête. Elle s'en fout, elle dévore mes cartes des yeux.

Le présent ne l'intéresse déjà plus.

Le peintre ravale sa fierté et monte à l'étage pour se faire prédire le succès de sa prochaine expo. Je m'exécute. J'ai la vision de toiles recouvertes d'un mélange de boue, semelles de godasses et nuances de merdes. Des croûtes de l'Apocalypse.

Marion-Lara joue le jeu à fond. Un peu trop peut-être. Cette andouille teste des options inédites. D'abord les bruits de bouche façon hoquet ivrogne à chaque fois qu'elle retourne une carte durant la séance avec Wolfgang. Avec la nana de Senlis, ça atteint des sommets ; sa main tremblote entre chaque nouveau tirage. Flora ne moufte pas et se contente de regarder, impressionnée, les convulsions secouer les doigts de mon assistante. Quand elle quitte sa séance privée, nous nous attendons à voir débarquer le baron mais c'est Véro qui fait son apparition.

Le jeu risque fort de me dire exactement les mêmes choses que la dernière fois, vu la fréquence de ses séances. Sauf si j'arrive prudemment à me concentrer sur un pan de sa vie que nous n'avons pas encore abordé. Et le pan en question tient en un prénom : « Laure ». Petite inspiration pincée quand je le prononce. Irritation : cette nana est pour elle un vulgaire bouton. Ça gratte sur le coup mais ça finit bien par passer.

— Vous savez… cette fille était, comment dire ? Un mal nécessaire. Marie-Anne possédait un appétit que je n'avais pas.

Bien. Première étape, Laure Bourlane vient de rentrer dans son champ de préoccupation immédiate.

Je mélange, je coupe, je dispose. Je pense à Laure Bourlane. Laure. Laure. Laure. Véronique choisit trois cartes. Au moment où Marion-Psyché s'apprête à les retourner, je note un geste étrange. Véronique avance sa main et balaie celle de ma flic, comme pour chasser une mouche.

Elle retourne elle-même les cartes en me fixant. Peut-être pour me montrer qu'elle reste seul maître à bord. Je repense à l'anecdote de Flachat sur le Noël où les trois femmes étaient réunies sous le même toit.

— Je vois qu'elle partage votre espace intime et qu'elle sera amenée à le partager à nouveau.

— Ça m'étonnerait. Elle était un accessoire utile du vivant de ma femme, or il ne vous a pas échappé que Marie-Anne n'est plus parmi nous.

Même inspiration crispée, façon maîtresse d'école en colère. Je l'agace sérieusement.

— Les cartes me parlent de harcèlement.

— Ma femme a fait l'objet de certaines… pressions de la part de cette Laure. Elle avait momentanément oublié quelle était sa place. Elle en voulait plus, comme toute personne à qui on accorde déjà un peu.

Vision d'une dispute violente. Papiers peints déchirés. Cris et hurlements.

— On fait des choix, Pierre, en situation de crise. Marie-Anne a fait le bon : elle a décidé de se séparer de cette personne. Qui n'était guère plus qu'un jouet. Sans doute efficace sur le plan professionnel, mais remplaçable. Comme presque nous tous.

Elle ment. Les cartes me parlent d'une réelle inquiétude, elle sait bien que Laure était autre chose qu'un pion dans la vie de sa femme.

— Vous semblez un peu trop focalisé sur mon passé aujourd'hui, ajoute-t-elle froidement. Peut-être votre assistante sera-t-elle plus clairvoyante quant à mon futur ?

Elle ramasse les cartes et, d'un hochement de tête dirigiste, invite ma flic à prendre ma place. Elle cherche à me punir d'avoir évoqué sa rivale. Marion-Lara a juste le temps de me lancer un regard inquiet et je regrette de ne pas avoir le don de télépathie plutôt que celui de voyance.

Prise au piège.

— Alors… que voyez-vous ?

Allez, Marion-Lara. Allez. Voilà. Vous pouvez le faire. Mélanger. Couper. Disposer. Mélanger. Couper. Disposer. Faire tirer trois cartes.

— Je vois…

— Votre vue se brouille peut-être, ma chère ?

— Je vois de l'argent. Beaucoup d'argent. Une énorme somme à venir !

Véronique recule contre le dossier de sa chaise. Observe mon disciple pendant des secondes qui me semblent interminables, une mimique méprisante aux lèvres. Puis lâche un de ses petits rires pointus dont elle a le secret.

— Vous êtes mignonne… j'en ai déjà bien assez.

On nous adresse à peine la parole pendant le dîner à la romaine. Nous avons rempli notre mission, nous sommes nettement moins intéressants maintenant. Sans compter que ni ma flic ni moi ne sommes capables de suivre les tirades sans fin sur la musique classique, les débats sur la prise de poids de telle chanteuse ou le nouvel amant de tel ténor. Tout ce beau monde se concentre surtout autour du baron, impassible et probablement habitué à ce genre de simagrées. Véronique est la deuxième star de cette soirée après son hôte autrichien. Ça s'étire dans les canapés comme après une journée épuisante entre deux conversations mondaines.

Je ne sais pas quelle mouche pique soudain ma flic, mais à l'arrivée des fruits, elle farfouille dans sa pochette en cuir pour en sortir son smartphone. Elle me le tend d'un air fébrile :

— Pierre, vous accepteriez de nous prendre en photo, le baron et moi ?

Murmures dans la salle. Huit paires d'yeux, baron compris, rivés sur la nounouille de service.

— Je pourrai l'envoyer à mamie, elle ne va pas y croire, sa petite fille aux côtés d'un vrai baron !

Résurgence de son accent du Sud sous le coup de l'enthousiasme. Rires amusés et un poil hautain de l'assemblée, je justifie la chose en me penchant vers l'oreille aux aguets d'Anastasie :

— Mon disciple n'a pas l'habitude d'être parmi des... personnalités de votre envergure.

Ils sont déjà passés à autre chose. Sauf Véronique qui ne quitte pas des yeux Marion-Psyché, jusqu'à ce moment où elle annonce vouloir offrir à ses invités un « petit interlude musical ». Montaigu en profite pour fuir la pièce. Je l'imiterais volontiers mais je suis fait comme un rat.

Sans surprise, Véronique entame un passage *a capella* de son rôle. Elle chante les yeux tournés vers le plafond, comme si ça rendait sa performance plus importante. J'observe les invités : yeux mi-clos, léger sourire aux lèvres, dodelinement de la tronche. Ça doit être ça l'attitude à adopter pour montrer qu'on aime le spectacle.

Puis vient l'heure...

Où l'on pleure...

Le cœur cède à l'amour...

Une main au bas de mon dos. Appliquée avec une lenteur savante. Une voix qui me susurre à l'oreille :

— Alors, Pierre, mon futur est muet ?

Hakim.

— Je devais dresser la table. Je n'ai pas pu profiter de vos services. J'espère que vous ne m'en voulez pas ?

Et le bonheur fuit sans retour...

— Vous ne croyez pas aux cartes, il me semble ?

— Vous pouvez toujours essayer de me faire changer d'avis.

Et le bonheur fuit sans retour...

Le cœur cède à l'amour...

Et le bonheur fuit sans retour…

Nous restons debout, très légèrement à l'écart du groupe de pseudo-groupies. Je n'ai jamais fait les cartes ailleurs que sur une surface plane mais il faut s'adapter.

— Tirez trois cartes.

— C'est le jeu des sept familles ? murmure-t-il avec un sourire presque enfantin.

Trois cartes.

Trahison. Paix. Ruine.

Est-ce cette proximité physique ? Est-ce qu'il se laisse réellement faire ? J'ai une vision tellement nette que je pense que Hakim s'aperçoit de quelque chose puisqu'il agrippe fermement mon bras.

— Je vois… je vois… Que vous portez un superbe saphir ?

57

De Liszt à Ronald. C'est ce qu'on appelle une mauvaise fin. Faut dire qu'on avait la dalle après cette soirée éprouvante. Mais de là à atterrir au McDo de la porte Dorée… Rapide coup d'œil sur les tables alentour : petit couple qui préfère le double steak aux trois étoiles Michelin, homme à l'air au moins aussi dévasté que son chien en terrasse, groupes de jeunes à la voix qui porte. On crève de chaud.

— Je peux vous prendre une dernière potatoes, Maître ?

— Tout ce que vous voudrez, disciple.

Je ne sais pas si c'est l'âge, mais ma flic se régénère bien trop rapidement pour moi. Elle recommence déjà à s'agiter et à fouiller dans son infâme morceau de cuir. Petit « Ah » victorieux.

— J'étais sûre que Fleur de Lotus saurait !

Je termine mon double cheese, imperturbable. Marion-Lara brandit le portable comme un couteau ensanglanté : un peu plus et elle m'obligera à lire le SMS à voix haute.

— Le baron Andreas Von Grünerstrasse est connu de ses services !

Bien sûr… la photo pour sa grand-mère n'était qu'un subterfuge.

— Vous voulez dire que dans sa période escort-girl, elle l'a eu comme client ?

— Non, pas elle. Mais son homologue Redouane, *oui.*

Tache de ketchup sur mon unique chemise blanche. Merde de merde. Ma première séance de cartes avec Véronique me revient à l'esprit ; « je vois un homme très aisé qui aime le spectacle… On me dit beauté des hommes »… Bien sûr. Marion-Lara n'est pas du tout sa tasse de thé, contrairement à ce que je pouvais penser au début de la soirée… en revanche, quelqu'un comme…

— … Hakim pourrait tout à fait être du goût de ce fameux baron, Pierre, vous ne pensez pas ?

— Je ne vois pas…

— Redouane était comme Fleur de Lotus, un habitué du George-V. Le baron y avait ses habitudes parisiennes. Il ne cachait pas un goût marqué pour les jeunes hommes aux traits fins. Le petit plus : la touche maghrébine. Il a d'abord beaucoup fréquenté Redouane avant de le missionner pour trouver du sang neuf.

La Voix m'assaille :

Qu'est-ce tu crois, Pierre ?

De quoi tu as peur, Pierre ?

Marion-Lara poursuit, profitant de mon désarroi pour s'emparer de mon fond de sauce béarnaise. Hakim ne peut pas être un gigolo. Elle ne peut pas insinuer un truc pareil.

— Grünerstrasse était déjà connu pour son excentricité… sa passion pour l'opéra. Un type d'Opéra *très* particulier. Il a racheté une ancienne salle complètement délabrée, l'a entièrement rénovée et aujourd'hui il y fait donner des œuvres, comment dire ? À son goût.

— C'est-à-dire ?

— Pierre, enfin, vous allez continuer à jouer aux saintes-nitouches ?

Elle enfonce le clou, comme si c'était nécessaire. J'ai parfaitement compris. Dans les castings du baron, habituellement, il n'y a pas de femmes.

— Alors comment vous dire que maintenant qu'on a la confirmation que c'est Hakim qui a envoyé la plupart des lettres de fan à notre Véronique, on peut se demander…

Elle a compris. Bien sûr qu'elle a compris, elle aussi. Elle a vu la bague, le saphir ne lui a pas échappé…

— … s'il n'est pas dans les petits papiers du baron. Et pour aller plus loin, si ce n'est pas lui qui a suggéré l'idée de Véro dans le rôle de Juliette.

Je vois les yeux de Marion-Lara s'allumer de cette petite lueur d'excitation qu'elle a quand elle pense être sur une piste. Elle brandit un ongle laqué de rose bonbon presque sous mon nez :

— Maintenant, le tout, c'est de découvrir si Hakim fait tout ça par gentillesse, mu par une sorte de pitié vis-à-vis de cette femme.

Elle pose le même ongle sur sa lèvre inférieure, le regard réellement préoccupé.

— Ou si quelque chose de *beaucoup plus noir* se cache derrière tout ça !

— Et moi, j'interviens quand là-dedans ?

— Semaine prochaine, Pierre. Véronique part pour deux jours de répétitions intensives à Vienne, invitée par le baron.

Il fallait bien que rester vissée à lui toute la soirée lui serve à quelque chose.

— Vous allez pouvoir en profiter pour vous rapprocher encore un peu plus de Hakim.

Je pourrais protester, demander ce qu'elle sous-entend par là, m'indigner un bon coup. Mais je n'ai même pas le cœur de finir mon sundae caramel. Marion-Lara me l'arrache pratiquement des mains.

— De toute façon, je vais éplucher tout ça avec Marc.

« Tout ça », mais c'est quoi « tout ça » ?

Vision d'un petit rectangle. Clef USB. Bien sûr…

— Heureusement que vous étiez là pour Étretat avec un *t*. J'ai pu embarquer pas mal de fichiers, ça devrait faire l'affaire. Comme dit toujours Marc : « L'ordinateur, c'est le plus fiable des traîtres. »

La Voix doit dormir. Comme Danny. Comme Twiggy. Pas moi.

C'est la chaleur qui m'empêche de trouver le sommeil. Pas la pensée de Hakim. Ni celle de la bague. Encore moins la vision que j'ai eue quand Hakim a choisi ses trois cartes.

Aussi limpide qu'une scène de feuilleton, du TF1 en perfusion. J'essaye de m'en remémorer chaque détail :

Le téléphone sonne. C'est un téléphone fixe.

Elle décroche.

« Une convocation pour le concours du CNSM de Paris ? Pour qui ? Ha... Hakim ? Mais enfin, il ne vit plus ici ! Il a quitté la France il y a trois mois. Au revoir, madame. »

Hakim est là. Il observe. Il observe Véronique. La protectrice, le mentor. La professeure. Il a tout entendu.

Il a tout compris.

C'est la chaleur qui m'empêche de dormir, ouais, bien sûr. Pas la pensée des yeux de Hakim, de sa main dans mon dos.

Pas cette voix que j'entends encore et encore et qui m'indique qu'il est peut-être ce que j'attendais.

C'est moi.

C'est moi.

C'est moi.

58

Nuages menaçants.

C'est ce que je ressens quand Pascaline Dijoud frappe à ma loge vers 18 heures Et c'est aussi ce qui menace de nous péter littéralement à la gueule. Tout semble attendre l'orage. Ma chienne enceinte jusqu'au cou, Danny qui tourne dans la cour comme un lion en cage, des gosses qu'on entend crier. La tension s'échappe des deux corps de bâtiment et je me la prends en pleine tronche.

— Monsieur Pierre. Je ne vous demande pas de signer. Je vous demande d'agir.

— Que se passe-t-il encore, madame Dijoud ?

— C'est cette musique déprimante, sinistre, depuis ce matin, moi je vous le dis franchement, je n'en peux plus. On m'a tout fait cette année : les dames pas recommandables, les combats de chiens… je craque, monsieur Pierre, je suis au bout du rouleau !

Est-ce que ça serait le fameux air de piano ? Celui qui m'a causé un évanouissement en bonne et due forme ?

— Mais dites-moi, il vient d'où, ce son ?

— Du bâtiment B, sans aucun doute. À l'étage des Yen, si vous voulez mon avis. Depuis 9 heures du matin non-stop.

— Madame Dijoud. Vous habitez le bâtiment A. Même en supposant que la famille Yen au grand complet s'entraîne pour un concert de death metal, vous devriez être relativement épargnée, je me trompe ?

La reine des commères apprécie moyennement ma sortie. Poings sur les hanches, menton relevé, sourcils froncés : le sermon n'est pas loin.

— Je vais vous dire une chose, monsieur Pierre. Depuis quelques mois, beaucoup de gens remarquent un certain relâchement de vos… activités. Et qui dit relâchement dit « danger ». Portes ouvertes aux trafics, à l'indécence. Au Mal. Oui, au Mal, monsieur Pierre. Je considère que c'est mon devoir de vous seconder dans cette période creuse.

Une dispute dès le lundi soir entraînerait un mauvais mardi. J'essaye d'adopter un ton d'élu municipal et promets à Pascaline de m'en occuper tout de suite.

Danny choisit ce moment précis pour rentrer de la cour. J'espère pour elle que mon néflier préféré ne va pas finir noyé par ses soins. Pour vous parler de sa Foire du Trône, elle est là, mais quand il s'agit de s'occuper d'une plante avec délicatesse…

— Madame Dijoud ! Vous tombez bien ! Vous avez vu qu'ils ont dégagé Julien Lepers de « Question pour un champion » ? Moi, le nouveau, je m'y fais pas ! Franchement ! On rêve !

Bon, d'accord. Y'a quand même des fois où je bénis ma coloc et son art de la diversion. Je les laisse en grande discussion téloche, elles me voient à peine partir.

Je parviens à me hisser jusque chez les Yen avec les dernières forces que me laissent ces 15 degrés de trop. Effectivement, c'est plutôt déprimant, et c'est bien trop fort. Mais ça n'a aucun rapport avec la mélodie obsédante qui m'avait rendu tout chose. Non, ce truc-là, c'est un truc de jeunes. Ça passait au McDo samedi soir :

« J'ai ajusté mes pansements pour que mes saignements
Soient beaucoup moins apparents sur la piste d'argent »

Je sonne plusieurs fois. Zéro réponse. J'insiste. La musique s'arrête. Je profite d'être repéré pour redonner un petit coup de sonnette. J'entends un pas traînant mais léger qui s'avance en direction de la porte d'entrée. Typique : un pas de presque ado.

Ouverture de la porte. Sans suivre les précautions d'usage sans doute données par papa-maman. Pas de « Qui est là ? », pas de regard par l'œilleton.

— Salut mon grand. Tu penses pouvoir le faire gueuler un peu moins ton rappeur ? Tu traumatises toutes les petites vieilles de l'immeuble.

Grand sourire de l'aîné des Yen. Le gosse a dû passer toute la journée en pyjama, ses cheveux sont encore ébouriffés comme au saut du lit. En cherchant bien, je dois pouvoir trouver des corn flakes sur sa manche.

— Tu es tout seul ?

— On est en vacances. C'est fini l'école.

— Ça je sais, mais ta famille ?

— Ils sont partis voir mes grands-parents pour la journée mais moi ce matin je me sentais pas très bien. J'ai le droit de rester.

— Bon. Je peux compter sur toi pour écouter ton son moins fort ?

— Si celle qui fouine toujours dans l'immeuble vous cause des ennuis, je peux aussi mettre un casque.

Je n'ai jamais mentionné Pascaline. Le petit devrait être plus vigilant. Il apprendra bien assez tôt et probablement à ses dépens qu'il vaut mieux se protéger quand on a le don comme lui. Et comme moi. Un jour, faudra peut-être que je lui file quelques tuyaux.

— Merci… Rémi, c'est bien ça ?

Hochement de tête et mine réjouie (parce que je connais son prénom ?). À bien y réfléchir, j'ai jamais croisé de pré-ado aussi souriant. J'entends un « Pssst » très enfantin quand je m'apprête à descendre.

— Hey, monsieur ! Un jour je veux bien vous accompagner au cimetière de Bercy, le chien blanc et vous, j'ai des amis qui disent que y'a des tombes trop stylées là-bas. Mais là, vu que vous allez retrouver votre ami, je viendrai plutôt une prochaine fois.

— Mais de quoi est-ce que tu parles ?

Pas le temps de me répondre, il a déjà refermé la porte.

Pourquoi il me dit ça ? Je ne vais jamais dans ce putain de cimetière de Bercy. Je le longe si je prends le 87, mais l'idée d'y promener Twiggy…

Oh merde. Je viens de piger. Le gamin a eu une vision.

Je descends les marches à toute vitesse, attrape ma brindille, son harnais rose et sa laisse.

— Pierre ? Tu vas où ?

— Pas le temps de t'expliquer, Danny, oublie pas de sortir les poubelles !

Je marche aussi vite que je peux, Twiggy dans les bras pour garder le rythme, je vais arriver trempé de sueur mais tant pis, il faut que j'y sois. Des nuages noirs commencent à s'accumuler juste au-dessus de nos têtes.

Je franchis l'imposante muraille de pierres grises, les sempiternelles tombes avec médaillon, fausses fleurs, vraies fleurs, plaques de marbre commémoratives, photos tristes. Une odeur de pierres sèches, gravier et herbes brûlées par le soleil parisien me monte aux narines. Un filet de vent frais, annonciateur de l'orage, vient me chatouiller la nuque. Sans réfléchir, je trace droit devant moi. Je dépasse deux petites veuves en train de s'échanger des recettes et un mec qui traîne un sac de terreau dans un Caddie. Vision d'un type à moto. Il vient sans doute fleurir la tombe de son fils mort dans un accident à la con.

J'aime pas les cimetières. Toujours trop plein d'histoires que je n'ai pas envie de connaître. Mais je dois me fier à la vision de Rémi Yen, je le sens.

Encore quelques détours pris au hasard et soudain je l'aperçois. Non loin de la tombe du grand Pierre Zizine. Il fixe une stèle imposante. Remue quelques graviers du bout du pied. Twiggy révèle ma présence en aboyant quand elle aperçoit un potentiel copain : Montaigu.

— Drôle d'endroit pour promener un chien, vous n'êtes pas d'accord, Pierre ?

Son sourire est tellement insondable que j'ignore s'il est réellement content de me voir ou contrarié par ma présence.

Montaigu, lui, semble bien plus sincère dans sa façon d'aborder ma chienne, avec cette franchise désarmante propre aux rites de la race canine.

Personne d'autres que nous dans cette allée. Hakim s'approche de moi. Encore un peu. Puis il tend la paume de main vers le ciel.

— Une goutte d'eau ? Déjà ?

Nous levons simultanément les yeux vers le ciel. Les gouttes se multiplient, lourdes et presque chaudes. Un bruissement gagne tout le cimetière.

La pluie s'intensifie, en quelques secondes nous sommes littéralement trempés et obligés de gagner la sortie. Aucun endroit pour s'abriter…

— On peut rejoindre l'arrêt du bus du 87 si vous voulez ? Ça évitera que les chiens ressemblent à des serpillières !

— Je crois que c'est déjà le cas, Pierre. Mais j'ai une autre idée. Venez à la maison. C'est à deux pas !

Pierre, n'y va pas.

Pierre, ne va pas…

Non… non … non… NON, PIERRE !

59

Est-ce que l'orage a duré toute la nuit ? Par la fenêtre, j'aperçois des gouttes d'eau perler du bout des feuilles recroquevillées d'un énorme hortensia rose pâle.

Twiggy dort sur le parquet, la tête posée sur le dos de Montaigu.

Je quitte le grand lit sans aucune notion de l'heure. Quelque chose m'a réveillé dans mon sommeil. Une musique. Ou plutôt *la* musique. Celle que j'ai entendue pour la première fois boulevard Soult, dans mon immeuble. Celle que j'étais le seul à entendre.

Je n'ai plus qu'à traverser la chambre. La porte s'ouvre sur le dos de Hakim, déjà vêtu et installé au piano. Il joue doucement, il ne voulait sans doute pas me réveiller. J'avance une chaise et m'installe à ses côtés. Je pige rien à la musique mais une chose est sûre : cet air-là est macabre et il me tord les boyaux.

De temps en temps, Hakim tourne la tête vers moi et m'adresse un beau sourire.

Même si ça me met furieusement mal à l'aise, faut que je tienne et que je pose la question qui me taraude.

— C'est quoi, ce morceau ?

— *Gaspard de la nuit*. Ravel. Tu connais ? Il s'est inspiré de trois poèmes d'Aloysus Bertrand. « Ondine ». « Le Gibet ». Et « Scarbo », mon préféré. Tu aimes ?

— C'est… c'est très noir. Presque cruel.

Hakim rit joyeusement sans s'arrêter de jouer.

— Tu penses, son père était sur le point de crever quand il a écrit ça…

J'écoute et je regarde attentivement les touches. Quelque chose à l'extrémité du clavier. Une tache. Une petite tache rouge. Toute petite. Je dois rêver. J'essaye de me détendre même si chaque note est une torture. Mais la tache… la tache grandit… une autre, une autre, et encore une autre. Rouge. Elles… sortent des ongles… des ongles de Hakim ?

Je me relève d'un bond en faisant tomber ma chaise, Hakim me jette à peine un regard, il est trop concentré sur son jeu, la mine extatique. Je redresse ma chaise avec toutes les précautions possibles. Je ne vois plus que ses ongles, ses longs doigts, ses mains gracieuses. Ce ne sont plus des gouttes, ce sont des gerbes de sang, des explosions d'hémoglobine, c'est rouge, c'est dégueulasse, ça tache tout le piano, il y en a sur chaque touche maintenant.

— Tout va bien, Pierre ?

Je lève les yeux. L'homme qui me parle n'est plus Hakim. C'est une créature abjecte, petite et bossue. C'est un gnome.

Je quitte la pièce, l'escalier. La cuisine. De l'eau fraîche, à même le robinet, je m'en balance sur le visage, je bois tout ce que je peux. J'essaye de calmer ma respiration qui s'emballe. De me raisonner. Je me traîne jusqu'à la salle à manger. Je m'écroule presque sur la table. J'ai l'impression que cette baraque veut que j'y passe.

Je relève doucement les yeux et j'essaye de m'accrocher à un point fixe. Le papier peint. Fleurs. Fruits. Insectes. Des fleurs blanches en entonnoir. Des fraises. Des… des abeilles ? Partout. Partout autour de moi ces trois motifs répétés, fleurs blanches, fraises, abeilles. Est-ce que la petite fille piquée dans ma vision n'était pas Anastasie mais feu la maîtresse de maison ?

Quelque chose a changé dans la pièce. Le silence. Silence complet. Il s'est arrêté de jouer. J'entends son pas lourd. Qui vais-je retrouver ? Le gnome ou mon joli prince ?

Une vision naissante. Une matière qui brille, qui luit comme du métal.

— C'est ce papier peint qui te fascine autant ? *Datura stramonium*, prononce Hakim comme s'il annonçait l'entracte. Plus connue sous son nom de datura. Aussi appelée « fleur du diable ». Toxique. Létale, même.

Hakim joue avec moi, il contourne lentement la table en ne me quittant pas des yeux. Sa voix est douce, posée. J'essaye de ne rien laisser paraître de mon malaise.

— Abeille. Si précieuse abeille… dire que les gens ont tendance à partir en courant à la moindre guêpe ou frelon…

Je m'oblige à poser les deux bras à plat sur la table et à le regarder droit dans les yeux.

— Et puis la fraise. Quel fruit magnifique. Délicieux. On oublie trop souvent que ce qui est dangereux peut être bon. Et beau… Marie-Anne ne l'a jamais oublié. C'est elle qui a fait dessiner ce joli papier peint. Une de ses premières créations. C'est Véronique qui m'a raconté cette histoire. Mais elle n'en connaissait qu'une infime partie.

Ma vision commence à se préciser. Je vois les contours d'une… machine. Une machine en métal. Elle apparaît presque en filigrane, l'image de Hakim devant moi est plus forte.

— Je me souviens encore de ce soir où je suis monté à l'étage, sans doute pour prendre un Doliprane dans la cuisine. J'ai trouvé Marie-Anne toute seule. En pleine nuit. Exactement à la place où tu te tiens. Elle buvait une bouteille. Ça devait être un excellent vin, tu vois, parce qu'elle m'a dit : « On s'habitue vite au luxe. Pas vrai Hakim ? À être entouré de belles choses. À ce frisson qu'on a quand on sait qu'on peut beaucoup obtenir. Juste avec de l'argent. » Je pense qu'elle avait déjà presque terminé la bouteille. « Il est beau, ce papier peint. Il me rappelle que je suis peu de chose. Même avec tout ce fric que je gagne. Il me rappelle que tant de belles choses peuvent vous faire du mal. » Je me souviens surtout de cette dernière phrase, parce que j'ai dû y réfléchir longtemps avant de la comprendre : « Ces motifs, c'est ma vanité. » J'étais plus jeune. Je croyais… je croyais qu'elle me parlait d'orgueil, je croyais qu'elle voulait me montrer qu'elle était fière de son travail. Mais non, Pierre. Elle ne parlait pas de ça, tu t'en doutes. Ce papier peint, c'était sa vanité, c'était le rappel de sa mortalité.

La vision est de plus en plus forte, de plus en plus nette. Elle commence à se superposer lentement à la silhouette de Hakim qui continue de s'avancer vers moi, tout aussi lentement. La machine est coupante. Une extrémité comme un tube longiligne. Un autre tube en hauteur. Ça brille, c'est… de l'inox. Mais qu'est-ce que c'est que ce truc ?

— Tu sais, Pierre, ce jour-là, ce n'était pas un jour exactement comme les autres. Même si je ne l'ai su que le lendemain, c'est ce jour-là, précisément, que Véronique avait choisi de parler à Marie-Anne de la possibilité de me faire rentrer pour toujours dans leur famille. Comme un enfant. Un enfant avec un nom si noble. Mais elle n'a pas voulu.

Des crans. Il y a des sortes de crans ? Non, c'est un… hachoir ? Un broyeur ? Il faut que je comprenne…

— C'est drôle. Les gens qui ont conscience de vous faire du mal culpabilisent souvent. Au moins un petit peu. Et tu sais ce qu'ils font ? Tu sais ce qu'ils ont trouvé comme moyen efficace pour se déculpabiliser ? La confidence. La complicité. Ils pensent que révéler un secret, que confier quelque chose d'intime, ça compense, tu vois. C'est la spécialité de Véronique. Elle a toujours voulu me garder pour elle. Le petit Hakim. Le petit prodige. Si joli. Si doué. On n'allait quand même pas lui permettre de tout réussir, si ? Épanouir mon talent revenait à la quitter. Impossible, non ? Qu'est-ce que tu en dis, Pierre ? Tu ne réponds pas ? Qu'est-ce que tu fixes comme ça ? Mes yeux ? Tu penses que tu vas y lire quelque chose ? On ne quitte pas sa bienfaitrice. Alors, pour compenser la prison qu'elle a bâtie pour moi, spécialement pour moi, elle a fait de moi son confident. Je connais ses rêves, ses désirs, ses fantasmes. Je sais ce qui la rend heureuse. Ce qui la fait tenir.

— Et ce qui pourrait la détruire ?

— Bien sûr, Pierre. Tu as tout compris.

Oui. J'ai tout compris. Je quitte ma place, j'essaye d'avancer mais la vision est trop forte, elle me fait trébucher. Hakim m'aide à me relever, il m'accompagne à la cuisine, attrape un verre d'eau, m'oblige à boire. La vision s'estompe. Je vois à nouveau les yeux si compréhensifs, si pleins d'attention, de Hakim. Et surtout je la vois *elle*. La machine. L'extracteur à jus de Marie-Anne.

Bien sûr que je comprends. Comment une femme même au régime, même soi-disant stressée par les pressions de sa maîtresse, irait-elle délibérément bouffer un aliment dont elle sait qu'il peut la tuer ? Le paquet de cacahuètes entamé, visible, si facile à trouver. Trop facile peut-être.

Mais une fraise. Une simple fraise. Qui deviendrait le fruit défendu. C'est si facile d'en glisser une, une seule, dans la machine en inox. Celle qui sert à faire les jus. Les repas de la pauvre Marie-Anne pendant son régime drastique.

Depuis la cuisine mon regard se pose une dernière fois sur le papier peint. Il n'y a pas à dire : c'est beau, une fraise.

Hakim a raison. Les gens qui ont conscience qu'ils vont vous faire du mal pensent toujours soigner vos plaies en vous révélant leurs plus profonds secrets.

60

Aucune recommandation de la Voix sur le trajet du retour. Juste une vision de Marion-Lara. Une évolution dans le travail et dans… sa personnalité ? Quelque chose en plus ? Un supplément ? Quoi, quand même pas un gosse avec le Marc ? Je ne vais pas m'en remettre.

D'ailleurs, est-ce que je vais me remettre de cette nuit ? Hakim…

Inutile de lui faire le coup de la pointe des pieds ou de se la jouer ombre furtive. Danny est probablement levée depuis un bail. Et vu sa gueule quand elle me voit débarquer, elle a passé une nuit de chien. Contrairement à Twiggy, qui court néanmoins sur le canap, perclue de fatigue à cause des chiots qui vont pas tarder.

— T'as dormi quelque part ?

— Ouais, a priori si je n'ai pas dormi ici c'est que j'ai dormi quelque part.

Œil suspicieux. Danny est ma coloc mais c'est aussi l'une de mes plus vieilles amies.

— Oh ! Vas-y, raconte ?

— Plus tard, Danny. Plus tard.

Je navigue comme un zombie jusqu'à la Senseo. J'oublie si je veux un long ou un court. J'ai la tête embourbée et un vrombissement persistant dans les oreilles.

— Faut que j'te dise un truc, Pierre, déclare Danny en me tendant un paquet d'aspirines.

Mon grommellement sert de « Oui ».

— Tony m'a proposé de le suivre pour la route des Sud.

— Connais pas. C'est comme la route des Indes ?

— C'est la grosse tournée estivale des fêtes foraines, mais justement tu dis ça, ça continue aussi en septembre, pendant l'été indien ! Cap d'Agde, Palavas, Orange, Pessac, Mont-de-Marsan et Dax !

— La tournée des grands ducs, quoi.

— Ouais, Pierre. Je sens que c'est la chance de ma vie. On n'a qu'une jeunesse, faut pas la perdre si elle encore là à soixante-dix piges passées, tu crois pas ?

— Hum hum.

— Je suis chargée de l'animation. Choix des playlists, discours pour tenir les jeunes en alerte pendant que l'attraction est en marche. Je vais fricoter avec des adolescents et des trentenaires, Pierre ! C'est tout ce qu'il me faut pour le moral ! Mon Tony, lui, il monte la machine avec des camarades et il vérifie les mécanismes. Autant dire que tous les deux on assume des postes à forte responsabilité ! Oh ! et puis, si toi t'es cachottier, moi je te dis la vérité : ça me fait frissonner de partager sa roulotte !

— Alors tu me quittes pour de bon ?

— Au moins jusqu'à l'automne. Mais j'ai déjà prévu de te téléphoner souvent, même pour te faire des mémos. Ces derniers temps, j'ai remarqué que t'avais souvent le cerveau dans les talons.

C'est l'hôpital qui se fout de la charité. Elle me quitte à la Danny, c'est-à-dire sans un mot de plus. Petite robe champêtre, elle doit filer retrouver son forain.

Faux départ. Re-bruit de clés. Ré-ouverture de la porte de la loge deux secondes à peine après le départ :

— Au fait Pierre, tu dois passer voir l'informaticien ! Il a des trucs à te donner ! C'est Marion-Lara qui a demandé où que t'étais et qui m'a dit de te dire ça.

— Tu lui as répondu quoi ?

— Qu'à cause de la chaleur tu t'étais levé à 6 heures pour marcher et que t'enchaînais direct sur un bilan avec le patron du syndic.

— Pointu, comme mobile.

— On peut dire ça.

Nouvelle disparition de Danny. Cette fois, je suis bien seul. Twiggy ronfle faiblement. J'éteins mes deux portables. Aucune envie de penser aux locataires. Aucune envie de me taper la mission à grimper chez l'autre con d'informaticien. Envie d'être seul. Et je le suis, non ?

Je suis seul.

Tout seul.

Mais alors pourquoi j'ai la nette impression que quelqu'un est en train de m'observer ? Comme une présence. Je ne le sens pas. Je ne le vois pas. Pourtant je le perçois. Il y a quelque chose qui me regarde en ce moment. Quelque chose qui serait dans un coin de la pièce mais que je ne serais pas capable de voir…

N'y va pas Pierre.

Tu savais.

Je t'ai dit.

N'y va pas.

— C'est toi ? C'est toi, la Voix ?

Non.

N'y va pas, Pierre.

Non.

Pierre y va.

— La Voix, je sais que c'est toi ! Pourquoi tu me parles pas dans ma tête comme d'habitude ? Où est-ce que tu es ? Je t'entends. Dis-moi où tu es ? Reviens dans ma tête, reviens !

Non.

Pierre ? Pierre ? Pierre ?

— Oui, la Voix ?

Je

Te

Quitte

Rien qu'une ombre. Une femme. Vieille. Petite taille. Dos voûté. Une femme en ombre chinoise. Qui glisse sur le mur du salon. Qui glisse jusqu'à la porte d'entrée.

Qui disparaît.

61

Sourire parfait. Ouverture de porte parfaite. Accueil parfait. Crétin, va. Faux jeton. Il transpire même pas alors qu'il fait 60 °C.

— Bonjour, Pierre, je ne savais pas quand vous alliez arriver, alors… enfin, à part du jus de mangue ou de fraise, je n'ai rien à vous proposer, je suis confus.

— Tout sauf de la fraise. C'est tout ce que je vous demande. Je ne veux plus jamais entendre parler de ce fruit de merde.

— Euh… comme vous voudrez.

Première fois que je rentre chez Marc.

Des talons aiguilles mal dissimulés sous une armoire. Pas le genre de ma cagole. Elle, c'est plutôt plates-formes improbables. Connard, va. Sale type.

C'est bien un intérieur d'informaticien, ça. Rien sur les murs à part une affiche du *Retour du Jedi*. Lamentable. Rien qui dépasse. C'est tout lisse. Tu parles…

— On a terminé l'exploration avec Mimi et…

Mimi ? C'est quoi ce pseudo à la con, merde !

— … on n'a rien trouvé d'intéressant dans les dossiers qu'elle a pu récupérer sur l'ordi de cette femme, sauf un ou deux mails. Mais je peux vous garantir une chose, c'est que cette Marie-Anne devait tout trier, gérer, classer. Et je pense que ce qui était personnel, elle le bazardait.

Ouais, bon. De toute façon, je vais finir ce jus de mangue même pas frais et je vais me casser…

— Sauf deux mails, un reçu, un envoyé. Mais qui datent malheureusement, si j'ai bien compris, de deux jours avant sa mort. Ça devait être le genre qui trie ses mails le week-end, une fois la semaine écoulée quoi.

On a compris, Einstein.

— J'ai imprimé tout ça, que vous puissiez les regarder tranquillement. Je suis désolé, c'est du recto-verso, qu'est-ce que vous voulez, on fait ce qu'on peut pour sauver la planète, hein !

Ouais, bah avec des calibres dans ton genre, c'est mal barré.

— Je vous raccompagne. Au revoir, Pierre, et bonne journée !

DE : laurebourlane@gmail.com
À : m.a.decasanove58@gmail.com

Ma douce,

Bientôt débarrassée de ces deux parasites… hâte de t'avoir à mes côtés pour cette nouvelle vie. Nouveau job, nouvelle femme : nous ferais-tu ta crise de la soixantaine ? Mdr !

Ta Laurette

(qui t'aime pour toi et rien que pour toi)

PS : j'ai fait un cauchemar cette nuit ; Véro se suicidait à l'annonce du divorce. Tu crois qu'elle va tenir le choc ?

PS 2 : EFFACE nos échanges STP. La dernière fois que j'ai croisé Hakim il a utilisé trois fois le mot « parasite » dans une conversation de 5 minutes. Il doit fouiller dans tes mails ou tes textos, il sait comment je les appelle.

DE : m.a.decasanove58@gmail.com
À : laurebourlane@gmail.com

Ma chérie,

J'ai pensé à une matière un peu originale pour le sol de la boutique, je te montrerai ça la semaine prochaine. En attendant, tranquillise-toi. De toute façon, Véro ne sera pas lésée par le divorce, tu sais que le parasite a tout fait pour que je l'épouse et qu'à l'époque j'ai cédé à ses supplications pour la communauté des biens. Heureusement que tu as de l'argent et que tu m'aimes pour ce que je suis, parce que je vais laisser des plumes et des billets dans ce divorce. Je ne veux pas te chagriner et nous en avons déjà parlé, mais je veux juste m'assurer que tu as bien ça en tête.

Véro tiendra le coup : on dirait que le ciel nous vient en aide avec ce rôle de Juliette. Elle va se réfugier dans le travail et tout ira bien pour elle.

À te retrouver,

Ta Nanouche

PS : J'y pense pour les mails, ne t'en fais pas.

62

Même au téléphone, je peux l'entendre bondir sur place.

C'est terrible, et en même temps… que pouvait-il lui arriver de mieux ? Nicole veut la faire monter en grade. Les prélèvements de sperme sur la peluche de Rebecca se sont avérés correspondre à ceux de son grand frère. Revenu des USA exprès pendant la sordide affaire, reconquis par le charme de la vie parisienne, il n'est plus reparti. Un vrai soutien pour sa maman et son angélique sœur.

La police est restée incrédule, le gamin a été entendu, a évidemment nié s'être masturbé dans la chambre de sa sœur.

Rebecca a vacillé. Tout était de sa faute et il ne fallait surtout pas envoyer son frère en prison ou à la chaise électrique comme aux États-Unis. Parce que c'était elle qui avait fait ça. Elle avait trouvé un préservatif dans la poubelle de la salle de bains et l'avait utilisé pour tacher sa peluche afin de se débarrasser de son beau-père.

Et puis accuser le nouveau petit copain de sa mère dans la foulée. S'assurer la tranquillité, la paix, maman rien qu'à moi, rien que pour moi.

Seulement voilà, la stratège s'était plantée en beauté ; elle ignorait que son frère avait une petite copine qu'il ramenait parfois discrètement à la maison.

Bien sûr, qu'une jeune fille ait pu aller aussi loin pour nuire à un homme remettait en question toute la précédente enquête sur le beau-père salace.

Et qui avait été la seule à exprimer des doutes quant à la santé mentale de la gamine ? Qui avait souligné une confusion de titres de films plutôt louche, entre un Kubrick et un Hergé ? Ma flic. Ma petite Marion-Lara.

Nicole était chic. Elle n'avait pas fait dans le trouble de mémoire, elle. Elle s'était parfaitement souvenue des réflexions de sa protégée.

Maintenant, elle voulait tout faire pour appuyer sa montée en grade.

Tout allait être différent pour ma flic. Fini le placard et les humiliations du Chaville et de l'Adrien. Ils arrêteraient enfin de la prendre pour une blonde neuneu. C'était pas trop tôt.

— Pierre, vous vous rendez compte ? C'est démentiel ! Cette enfant, c'est Chucky !

— Eh oui, Marion-Lara, eh oui.

— À ce propos, Marc vous a fait lire les deux mails ? Stupéfiant, non ?

— Stupéfiant quoi ?

— Bah… comme par hasard, Marie-Anne meurt quarante-huit heures plus tard. Et il est bien question de Hakim qui espionne sa correspondance. Vous avez pu le revoir ? Ça y est, les cartes ont parlé ?

— Oui, j'ai passé plusieurs heures avec lui, seul à seul.

— C'est génial, Pierre, j'étais sûre que vous feriez ça très bien ! Et alors ? C'est notre coupable ?

— La seule coupable qu'il faut incriminer, Marion-Lara, c'est la cacahuète. J'ai eu une vision sans équivoque de Marie-Anne en train d'en manger une petite poignée. J'ai compris pourquoi je ne voyais rien chez Hakim jusqu'à présent. C'est lui qui a entamé les fameuses cacahuètes caramélisées, son péché mignon. Du coup, il s'est senti coupable de la mort de Marie-Anne.

— Et ??

— Eh bien, ce sentiment de culpabilité fermait tout champ magnétique. Je connais bien ça, face aux clientes. Cela arrive parfois.

— Je comprends... Donc le Dr Flachat peut partir tranquille s'installer à Royan ?

— Oh oui, Marion-Lara. Tranquille et en paix avec lui-même. Comme nous tous.

UN MOIS PLUS TARD...

63

— C'est quand même terrible, ce qui se passe dans le 12ᵉ, ces derniers temps.

— Quoi donc, Pascaline ?

— Vous avez pas entendu les rumeurs sur la maison à motifs ?

— Vous la connaissez ?

— Comme tout le monde, monsieur Pierre, enfin ! C'est là qu'elle habite la chanteuse ! Et puis on peut dire que c'est la maison du drame ! Alors d'abord la grosse bonne femme qu'est morte à cause d'une allergie à je sais pas quoi, et maintenant la chanteuse !

— Qu'est-ce qui lui est arrivé à la chanteuse, Pascaline ?

— Vous êtes pas au courant ? Pourtant, je pensais qu'en tant que gardien, vous saviez un peu tout sur ce qui se passait dans le coin. Je vais vous le dire : apparemment, le rôle de sa vie, celui qui devait lui permettre de revenir sous les feux de la rampe, eh bien, il lui est passé sous le nez. Et vous savez par qui elle a été doublée ? Je vous le donne en mille : un trans thaï ! Pour jouer Juliette ! Mais dans quel monde on vit, monsieur Pierre ? Enfin, de là à s'avaler six boîtes de médicaments…

— Qui vous a dit un truc pareil ?

— C'est le remplaçant de Flachat.

— En consultation ? Mais… et le secret professionnel ?

— Oh ! vous savez, là on n'est pas dans le secret, hein, on est dans la vie de quartier. Et puis faites pas cette tête d'enterrement, elle est pas morte !

— Ah… ah bon ?

— On va pas se mentir, elle est pas bien vaillante, y'a Mme Van Eecloo qui m'a dit qu'elle est venue en fauteuil pour acheter une tradition. Apparemment elle fait peur à voir, un vrai légume, et encore le terme est faible. Et c'est sans retour.

— Elle est en fauteuil, vous dites que c'est un légume, et elle vient s'acheter son petit pain croustillant chez la mère Van Eecloo, comme une grande ?

— Bah non, vous vous en doutez bien. Elle le fait pas seule. Y'a son fils qui pousse le fauteuil et qui fait tout pour elle.

— Son… son fils ?

— Mais oui, le pianiste, vous voyez, le beau garçon. Et puis si c'était que ça… aimable en plus. La gentillesse même, ce jeune. Et bien éduqué pour quelqu'un comme lui.

Elle se penche un peu plus vers moi, un grand sourire illumine son visage quand elle me murmure :

— Bon, je vous le dis parce que c'est vous, monsieur Pierre, mais c'est pas son fils naturel. Elle l'a adopté y'a plusieurs années, je le sais par le caviste, vous savez, celui de *La Treille muscate*. Des femmes comme ça, elles ont rarement des enfants, si vous voyez ce que je veux dire… mais bon, l'important c'est qu'elle l'aimait comme son fils, et lui il l'aime comme sa mère. La preuve, il ne la quitte pas. C'est lui qui gère toute sa vie maintenant. Au détriment de sa carrière. Enfin, c'est ce qu'il raconte.

Je me suis forcé à éloigner Hakim de ma vie et de ma loge. Mais on dirait que Scarbo revient frapper à ma porte.

64

Quand j'ai entendu sonner et prononcer mon prénom avec un léger accent appuyé sur le « e » final, je savais que c'était elle.

Les trois chiens ont commencé à aboyer comme des malades quand je lui ai ouvert. Twiggy tout à la joie de revoir sa vieille copine. Et fière de lui présenter sa progéniture.

— Oh ! comme ils sont trop choux !

— Ouais, enfin, ils enchaînent les conneries, faut pas se fier à leur gueule d'ange.

Pourquoi elle n'entre pas ?

— Vous allez les garder, les chiots ?

— Sont réservés. J'en donne un à Émile Abramson, cadeau de sa petite-fille pour son anniversaire. Elle pense que ça va l'encourager à aller plus loin dans le vidage de l'appart. Et puis l'autre je le file au fils Yen. Le grand. Spécial, ce petit. Vous voulez pas entrer, dites ?

— Des chiens spéciaux pour des gens tout aussi spéciaux.

— Marion-Lara, les vacances au bercail vous ont redonné le sens de la formule.

Traces de bronzage, cheveux coiffés comme la Folle de Chaillot. Orteils vernis en bleu azur, infâme. Robe de plage de synthèse. Mules dorées. Bref, ma flic préférée. Quelque chose qui noircit le paysage. Une légère inquiétude dans son sourire peut-être.

— Pierre. Faut que je vous dise quelque chose. J'ai un petit problème.

Pour changer.

— Entrez, voyons, vous allez me raconter ça devant un bon verre de Tang Virgin Mojito, pas dans le couloir de mon immeuble. C'est tout nouveau comme parfum.

Elle rentre avec son air de pantin ébahi. Effectue un rapide tour de la pièce pour vérifier que rien n'a bougé après ses deux semaines d'absence. Pas de nouvelle déco. Ma loge dans son jus.

— Je vous ai rapporté un petit cadeau du Sud mais c'est pas emballé, alors vous passerez le prendre.

— Je vois pas la logique de votre phrase, ma petite. Bon, vous me crachez le morceau ?

— Pierre. J'ai un petit problème.

— Allez droit au but. On va pas y passer la nuit.

— Je pensais que ça allait s'arrêter. Surtout que j'ai pris le TGV pour aller dans le Sud et puis je me suis dit qu'après deux semaines, elle allait se lasser.

— C'est qui « elle » ?

— La Voix, Pierre. Enfin la vôtre. Votre Voix. Depuis presque un mois, je l'ai dans la tête. Je vous cache pas que c'est pas facile tous les jours.

Oh mon Dieu.

Il va nous falloir beaucoup plus de sachets de Tang.

Remerciements

Je remercie tout particulièrement les équipes HarperCollins, Camille Ancel, Sabrina Arab et Hélène Vaveau.

Merci à Frédéric Petracca de m'avoir donné l'idée de personnifier la Voix.

Composé et édité par HarperCollins France.

Achevé d'imprimer en avril 2019.

FIRMIN-DIDOT

à Mesnil-sur-l'Estrée (Eure)

Dépôt légal : mai 2019.

Pour limiter l'empreinte environnementale de ses livres, HarperCollins France s'engage à n'utiliser que du papier fabriqué à partir de bois provenant de forêts gérées durablement et de manière responsable.

Imprimé en France